공동체 · 생명 · 가치

우리 사회 어디로 가야 하나

공동체 · 생명 · 가치
— 우리사회 어디로 가야 하나

1쇄 발행일 | 2011년 9월 10일

지은이 | 방영준
펴낸이 | 정화숙
펴낸곳 | 개미

출판등록 | 제313-2001-61호 1992. 2. 18
주소 | (121-736) 서울시 마포구 마포동 136-1 한신빌딩 B-122호
전화 | (02)704-2546, 704-2235
팩스 | (02)714-2365
E-mail | lily12140@hanmail.net

값 13,000원

공동체 · 생명 · 가치

우리 사회 어디로 가야 하나

방영준 지음

개미

30년 가까운 대학 강단의 생활을 마감할 때가 다가오면서 이러저러한 사념들이 넘쳐흐른다. 나는 그동안 무엇을 해 왔는가? 그동안 내가 지향한 가치는 과연 무엇이었나? 나의 지향가치를 실천하기 위해 얼마나 치열했고 진지한 고뇌를 하였는가? 이런 질문을 스스로에게 던져보면서 자신 있게 대답할 수 있는 것이 과연 무엇인가에 대해 허허스러움을 느낀다.

내가 대학 생활을 하던 시기는 사유와 인쇄물의 빈곤시대였다. 학문과 사상의 회로는 폐쇄적이었고, 독해의 자료도 매우 빈한하였다. 그러나 내가 대학 강단에 선 1980년대에 들어서서 시민사회적의 토대가 마련되기 시작하면서 사유의 지평이 급격히 확장되기 시작하였고 인쇄물의 문화도 급격히 변하였다. 정보기술이 급격히 발전하면서 다양한 사상과 사유방식이 홍수처럼 몰려오기 시작하였고, 독해의 자료도 소화할 수 없을 정도로 많아졌다. 제3세계와 저개발국가에 대한 다양한 분석 틀이 제공되었고, 이와 함께 한국 사회를 진단하는 다양한 시도가 나타나기 시작하였다. 또한 분단체제의 상처로 금기시되어 왔던 마르크스 이론과 유사 마르크스 사상이 대학가를 풍미하기도 하였다. 여기에 황당하게 보아온 주체사상까지 가미되었다.

이런 격변의 와중에서 내가 지닌 사유의 틀에 혼란과 한계를 느끼게 되었다. 나는 한국전쟁의 고통을 아프게 기억하고 있고, 1968년 청와대 공비침투사건으로 복무기간이 늘어나 3년을 서부전선 철책선에서 사병으로서 근무한 사람이다. 나는 반공사회화의 1세대인 것이다. 그러니 그 혼란과 당혹감은 더 할 수밖에 없었다. 나는 이를 극복하기 위해 나의 전공에 관계없이 좌충우돌하면서 다양한 독해물을 횡단하였다. 꽤나 어려운 책으로 알려진 마르크스 이론에 대한 책을 번역 출간하는 만용도 부려 보았다.

지난 세월을 회고해 보면 다양한 사상과 이론의 격랑 속에서 노를 저으면서, 이러저러한 지식들을 배합해서 희석시킨 소주를 만들어 마시고, 남에게 권주하기도 하였다는 느낌이 든다. 이제 긴 여정을 통해 발효의 기술을 어느 정도 익히지 않았을까 스스로 위로를 해본다. 발효의 기술은 사회이론과 사상에 대해 차분하게 바라 볼 수 있는 시선을 가지게 되었다는 의미이고, 또한 세상 현상을 '잠자리 눈'으로 볼 수 있는 자세를 가졌다는 것을 의미할 수도 있다. 발효의 기술은 어느 사상이나 이론을 분석할 때, 관념체계의 형식과 내용의 의미 자체만 가지고 고립적으로 관찰하는 것이 아니라, 이를 넘어 이론과 사상을 배태시킨 다양한 맥락 속에 위치시키면서 고뇌해 볼 때 나오는 것이라 하겠다.

지금은 마르크스 이론의 특징과 의미, 그리고 그 한계와 오류에 대해 내 나름대로 가늠할 수 있다. 또한 마르크스 사상의 대척점에서 열린사회를 지향하면서 점진적 사회공학의 이론을 제시한 칼 포퍼(K. Popper)의 이론에 대해 친화력을 가지고 있다. 이와 함께 자연론적 사회관을 바탕으로 자유공동체 사회를 지향하면서 압제적이고 권위적인 삶의 구조와 제도에 태클하는 저항의 피뢰침 같은 아나키즘에서 많은 영감을 얻고 있다. 아나키즘적 사유는 일찍이 많은 인류의 위대한 선지자에서 그 흔적을 예외 없이 찾을 수 있다. 아나키즘의 생명력은 정치이념을 비롯한 다양한 신념체계가 독선적이고, 권위주의로 부패되지 않도록 하는 소금과 같은 천연 방부제의 역할을 하는데서 나오는 것이라 생각한다. 이에 나는 아나키즘을 일상적인 삶의 현장에서 구현하는 '삶의 양식'으로 보면서 환경, 생명, 교육, 자치공동체 등과 연결시켜 글을 쓰기도 하였다.

나는 사물과 현상을 분석하고 진단하는데 복합체계론적 시각을 가지고 있다. 복합체계이론은 카오스 이론, 양자역학, 그리고 노벨화학상을 받은 프리고진(Iliya Prigogine)의 자기 조직화 이론 등 현대의 첨단과학에 토대를 둔 것이지만 그 내용은 매우 동양의 사유방식과 매우 유사하다. 즉 존재 자체를 시간과 독립된 정해진 현상으로 보는 것이 아니라 혼돈적인 시간의 흐름 속에서 구성요소들이 서로 상호작용하면서 존재의 본질이 발현된다고 보고 있다. 여기서 비결정론적, 유기체적, 생태론적 세계관이 나온다. 이러한 생각은 일찍이 노장사상에서 이미 표현되었고, 불교의 연기론도 맥락을 같이한다고 보고 있다. 프리고진 자신도 자신의 이론이 동양의 사유와 맥을 같이 함을 인정하고 있다. 나는 아나키즘과 복합체계이론을 통해 생명과 환경, 자치공동체의 구현을 위한 이론적 틀을 만드는데 많은 질료를 얻고 있다. 더 나아가 모든 존재가 서로 관계를 맺으면서 상호의존하며 살아가는 '상호윤리'의 출발점을 찾고 있다.

내가 그동안 공부하고 가르치면서 지녀온 화두는 우리 사회가 가야 할 방향이 어디이고, 이를 실천할 수 있는 가치가 무엇인가의 문제라고 할 수 있다. 이것은 구체적으로 도덕과 윤리의 문제로 귀결된다. 언뜻 거창해 보이는 화두 같지만 기실 일상 속에서 누구나 품어보는 질문이라 하겠다.

우리가 지향해야 할 사회는 '바르고 행복한 사회'이다. 나는 바르고 행복한 사회를 만들기 위해서는 크게 두 수레바퀴가 함께 굴러 가야 한다고 생각한다. 한 바퀴는 개인윤리적 차원이다. 이것은 개인의 도덕성, 즉 개인 의지와 결단에 바탕을 둔 것이다. 여기서는 개인의 가치관 정립과 그 실천 방향에 관심을 모은다. 개인의 도덕성 함양은 주로 교육을 통해 이루어진다. 따라서 개인윤리적 차원은 어떻게 도덕적인 교육기능을 제고시키느냐에 초점을 맞추게 된다. 또 하나의 바퀴는 사회윤리적 차원이다. 여기서는 사회구조와 제도의 도덕성에 관심을 가진다. 사회윤리는 개인행위의 원인이나 사회문제의 원인을 규명하고 해결함에 있어서 일차적 관심을 사회적 원인에 둔다. 이러한 관심은 사회구조, 사회제도, 정책이 도덕적 사회의 비전에 얼마만큼 적합한가하는 논의와 연결된다. 여기서 사회정의의 문제가 제기된다. 이와 함께 어떤 사회가 정의로운 사회이며 어떻게 정의로운 사회를 실현할 것인가하는 사회윤리적 과제가 등장한다.

나는 바르고 행복한 사회로 향한 두 수레바퀴를 움직이는 엔진의 연료로 '공동체', '생명' 그리고 '가치'라는 연료를 쓰고자 한다. 이 세 연료는 공해를 발생시키지 않은 자연 연료라고 생각한다. 따라서 내가 이 책에 쓴 모든 내용은 이 세 가지 연료를 에너지원으로 하여 전개된다. 이 책은 편의상 세 개의 장으로 나누어 구성하였다. 즉, 〈인본교육과 가치〉, 〈환경 생명윤리와 공동체〉, 그리고 〈한국인의 가치관과 미래〉이다.

〈인본교육과 가치〉에서는 다섯 개의 주제를 다루고 있다. 첫번째 주제로 한국 사회의 도덕성 회복 방안은 도덕성 회복을 위한 큰 그림을 그려 보는 작업이다. 너무 거창한 제목을 붙여 쑥스러움을 느낀다. 도덕문제의 이론과 쟁점을 먼저 평가해 보고, 한국 사회의 도덕적 현실과 진단을 해 보았다. 그리고 도덕성 회복 방안을 개인윤리적 차원, 사회윤리적 차원, 사회운동적 차원에서 제시하였다. 세계화와 다문화라는 용어는 교육에서부터 기업경영과 국가정책에 이르기까지 다양한 형태로 회자되고 있다. 그러나 이에 대한 가치론적인 논의는 아직 혼미한 상태에 있다. 우리의 입장에서 이를 진단하고 가치교육의 방향을 어떻게 할 것인가는 매우 고뇌스러운 주제이다. 행복과 윤리의 만남은 내가 항상 관심을 가지고 있는 주제이다. 윤리는 결코 짊어지고 가는 무거운 짐이 아니라 행복과 성공을 가져다주는 도구라고 생각한다. 행복하게 살기 위해 윤리는 어떠한 역할을 해야 하느냐의 과제는 매우 현실적인 주제라고 생각한다. 한국의 학력사회의 구조와 교육의 문제는 우리 사회에 제일 큰 영향을 미치는 화두이다. 우리의 학교는 지난 50여년 동안 우리 사회를 지탱하고 일으킨 큰 기둥의 역할을 해 왔다. 그러나 지금은 학교가 흔들리고 교실이 붕괴되었다는 한탄이 나오고 있다. 어째서 이런 현상이 나타났고 앞으로는 어떻게 될 것인가? 참으로 안타까운 주제이다. 마지막 주제는 꽤 도전적인 주제로 보여질 수 있는 아나키즘 교육론을 소개하는 것이다. 아나키즘 교육론은 기존의 교육이념과 제도에 도전하면서, 인본교육이 붕괴되는 우리의 교육 현실을 진단하고 반성하는데 자극을 줄 것이다. 아나키즘 교육론은 대항이론으로서 환상이 가득한 풍부한 상상력을 주류 교육이론에 공급해 주는 신선한 산소와 같은 역할을 하고 있다.

〈환경 · 생명윤리와 공동체〉에서는 다섯 개의 주제를 다루고 있다. 많은 석학들은 현재의 지구촌을 '위험 사회'로 보면서 새로운 문명의 패러다임과 새로운 윤리의 등장을 요구하고 있다. 근대사회를 키워온 기계론적 패러다임이 이제 그 생명을 다했고, 이제 생명론적 패러다임의 등장을 요구하고 있는 것이다. 이와 함께 다양한 환경 · 생명윤리가 등장하고 있다. 그 이론을 정리해 보고 실천방안을 모색해 보는 것은 매우 의미있는 작업이라고 생각한다. 오늘날 공동체는 제일 유행되는 용어이면서 제일 애매한 용어이기도 하다. '공동체 만들기'는 필자의 큰 관심사의 하나로서 우리 사회를 '따뜻한 사회'로 만들기 위한 출발로 생각하고 주제로 삼았다. 공동체에 대한 다양한 이론을 정리하고 미래 기획으로서 공동체 구현의 방향과 이를 위한 실천방안을 그려보았다. 불평등은 인간의 삶과 사회문제의 가장 중요한 주제 중의 하나이다. 나는 불평등 문제에 대해 오랫동안 고뇌해 왔지만 아직도 번민은 계속되고 있다. 아마도 지구촌에 사는 한 그 번뇌는 계속될 것이다. 여기서는 불평등 이론에 대한 다양한 이론을 검토해 보고, 불평등의 공간과 영역을 유형화한 자료를 제시해 보았다. 나아가 한국 사회의 불평등 구조와 특징을 도출하고 윤리적 과제를 제시해 보았다. 마지막으로 사회생태주의를 소개하고, 자치공동체의 실현방안을 그려 보았다. 사회생태주의의 주창자인 북친(Murray Boochin)은 지구촌의 생태문제를 가치론적인 문제로 보지 않고 사회지배구조의 문제로 보고 있다. 사회생태주의 이론이 지닌 사회윤리적 의의는 매우 크다고 생각해서 주제로 삼고 그 과제를 가늠해 보았다.

〈한국인의 가치관과 미래〉에서는 네 개의 주제를 다루고 있다. 먼저 한국인의 사유원형이라는 문제를 다루었다. '사유원형'이라는 용어는 심리학과 민속학 등에서 사용되는 용어이다. 이를 우리 민족과 연결시켜 보았다. 나로서는 꽤나 주제넘은 짓이지만 관심이 있어 주제로 삼았다. 문화민족, 문화대국은 나의 간절한 소망이다. 여기서는 한민족의 기층문화와 사유원형의 특징을 살펴보고, 이것이 가꾸어온 우리의 얼들이 무엇인가를 정리해 보았다. 나아가 이러한 우리의 사유원형이 어떻게 왜곡되고, 질식되어 왔는지 그 원인을 살피고 민족맥류의 회복 과제를 그려 보았다. 한말 의병정신이 지닌 현대적 의미에 대해서 관심을 가져보았다. 의병정신의 가치론적 특징을 도출하고 의병정신과 시민운동의 상관성을 살펴보았다. 6 · 25 한국전쟁은 나와 나의 가족사에 많은 영향을 미친 사건으로 항상 관심의 대상이 되어 왔다. 6 · 25는 한민족 역사상 제일 큰 비극이며, 이것이 한국인의 삶의 양식에 미친 영향은 엄청난 것이라 생각한다. 여기서는 6 · 25 한국전쟁의 역사적 구조적 의미를 살피고 한국인의 가치관 형성에 미친 부정적 요소들을 다양한 측면에서 분석해 보았다. 마지막 주제는 남북통일의 문제를 가치론적인 측면에서 다루어 보는 것이다. 남북문제에 대한 정치적, 경제적 논의는 다양하게 논의되어 왔지만 가치의 문제로 다루는 연구는 매우 미흡하다고 생각한다. 가치의 문제는 남북문제에 있어 일종의 소프트웨어의 성격을 지니는 것이다. 여기서는 먼저 통일 당위론의 문제에 대해 가치론적으로 다루어 본다. 그리고 남북한 주민의 생활양식과 가치관의 차이를 가늠해 보고, 우리가 추구해야 할 통일 한국의 이념과 미래상을 그려 보았다.

위에서 열거한 주제들은 바르고 행복한 사회를 어떻게 만들 것인가라는 화두에 대한 나의 조그마한 응답들이다. 아직 설익은 것도 있고, 막연한 것도 있으리라. 그러나 공동체, 생명, 가치라는 틀에서 우리 사회의 문제를 다루어 온 고뇌의 소산이라 용기를 내어 출판을 하게 되었다. 그동안 어려운 환경 속에서 윤리학을 함께 연구하고 도덕교육의 현장에서 고락을 같이한 여러 도반들에게 깊이 감사드린다. 또한 사제의 인연을 맺어온 성신여대 윤리교육과 동문들에게 깊은 감사의 마음을 보낸다. 어려운 출판환경에서 나에게 출판을 권고하고 채찍질해준 개미출판사의 최대순 사장님께 감사드린다.

인간 삶과 사회문제에 있어 해답은 항상 진행형이라 생각한다. 진정한 해답은 고정된 어떤 것이 아니라 질문의 질을 높이는 것이라고 생각한다. 여러 가지로 미흡한 내용이지만 읽는 분에게 사유의 지평을 넓히고 질문의 질을 높이는 조그마한 자극의 역할을 이 책이 해준다면 매우 행복하겠다.

2011. 가을. 의왕시 모락산 우거에서
방영준

| CONTENTS |

행복과 윤리의 만남

PART 02 _ 환경 · 생명윤리와 공동체

21세기 문명의 패러다임과 신윤리

환경 · 생명사상의 조류와 가치론적 과제

공동체의 본질과 실현

PART 03 _ 한국인의 가치관과 미래

한국인의 사유원형과 민족맥류의 회복

PART 01

인본교육과 가치

한국 사회 문제점과
도덕성 회복

한국 사회가 도덕적 위기에 직면해 있다는 개탄의 소리는 귀에 면역이 될 정도로 회자된 지 오래다. 그래도 이런 개탄의 소리는 유사 이래 당대의 위대한 사상가들의 저술 속에도 항시 있어 왔고, 중생이 사는 이 세상이 그렇게 도덕적일 수 만은 없을 것 같다는 생각을 하면서 대다수 사람들은 스스로를 위안시켜 왔다.

그러나 최근에 일어나고 있는 일련의 사건들, 보기도 끔찍하고, 듣기도 끔찍하고, 말하기도 끔찍한 일들을 겪으면서 그동안의 위안이 얼마나 안이한 것이었나 하는 생각이 든다. 더욱 두려운 것은 이런 사건들이 일시적 현상이 아니라 하나의 시작 징후에 지나지 않나하는 데에 있다. 이곳에 사는 사람들의 심성의 황폐함과 이곳 사회의 여러 문제들이 이제 지각을 뚫고 분출하기 시작했다고 여겨진다. 야채장수 이웃 아주머니가 뺑소니차에 숨져가고 있는 동안에 주변의 행인들은 지폐를 향해 날뛰고 있었으니, 우리 모두가 살인자가 되고 도둑놈이 된 것 같은 자괴감을 갖게 된다.

이제 또 너나 할 것 없이 도덕성 회복이니 윤리성 회복이니 목청을 돋우고 있으나 찢어진 거미줄을 손가락으로 수리하려는 것과 같은 느낌이 든다. 도덕성의 위기 극복은 상징적인 사고의 틀이나 현실적합성을 상실한 추상적인 이론 틀로는 파악될 수 없는 매우 복합적인 문제라 하겠다. 환자의 질병을 치료함에 있어 질병의 원인에 대한 근본적인 치료를 하는 것처럼 한 사회의 도덕성 위기를 타개함에 정확한 원인 진단과 이에 부합되는 적합한 대책이 마련되어야 함은 주지의 사실이다.

한국 사회의 도덕성 위기는 도덕 행위의 주체자와 사회 구조의 문제가 함께 얽혀있는 복합적인 원인을 가지고 있다. 도덕성의 위기를 개개인의 도덕적 취약성으로 귀일시키는 것은 인간과 사회의 관계를 경시하는 오류를 범하는 것이며, 그렇다고 그 원인을 사회의 구조적 모순에만 묻는다면 인간 개개인의 근원적 자유와 도덕적 책임의 문제를 도외시하는 것이다.

우리 사회의 도덕성 위기는 개항 이후 근대사 백 년 동안에 축적되어진 것들이 이제 본격적으로 표출되기 시작하였다고 볼 수 있다. 식민통치와 남북 분단을 비롯한 일련의 사회적 변동과정에서 구조적 차원의 모순이 개인의 도덕성 타락에 심각한 영향을 미쳤고, 개인의 도덕성 타락이 또다시 사회 구조 자체에 환류됨으로써 악순환을 초래하였다고 볼 수 있다. 이 과정에서 실용주의에 바탕을 둔 서구 문화의 이식은 우리 사회의 도덕적 정체성에 심각한 혼란을 초래하였다. 또한 사회의 변화 속도를 따르지 못하는 정신 문화의 빈곤은 윤리적 지체 현상을 일으켜 도덕성 위기를 가중시키고 있다고 볼 수 있다. 따라서 우리의 도덕성 위기 극복은 개인의 가치관 정립과 사회 구조의 개선이라는 두 바퀴가 서로 상보적인 관계를 가지고 끊임없이 추진되어야만 가능할 것이다. 총론적인 함성을 지르며 북을 쳐대는 대책 방안이나 범죄와의 전쟁을 선포하는 식의 대응으로는 이 문제는 결코 해결될 수 없다.

이제야 말로 조용한 혁명이 일어나야 한다. 이 조용한 혁명을 완수시키지 못한다면 우리 사회는 정글의 법칙이 지배하는 아수라가 될 것이다.

이 글에서는 먼저 도덕문제의 이론적 쟁점과 이를 평가해 보고 다음 한국 사회의 윤리적 현실을 진단하고 도덕성 함양의 실천방안을 모색해 보고자 한다.

Ⅰ. 도덕문제의 이론적 쟁점과 평가

1. 도덕적 삶의 평가문제

한국 사회의 도덕 윤리적 제 상황을 두고 타락이니 혼란이니 하는 용어를 쓰고 있다. 이런 평가는 어디다 그 기준을 두고 있는가. 우리 사회의 도덕적 문제를 논하기 전에 이에 대한 의미를 명확히 할 필요가 있다. 도덕적 평가의 기준은 크게 세 종류로 나누어 볼 수 있겠다.[1]

첫째는 그 사회 구성원들의 실제적 행동을 구체적으로 지칭하는 경우이다. 이 경우에는 그 사회의 구성원들 대부분이 믿고 있는 가치를 전제로하여 마련된 도덕규범의 보편성을 기준으로 삼고, 그 위반에 대한 통계를 근거로 하여 그 사회의 도덕적 상황을 평가하게 된다. 즉 범죄율의 증가, 향락적인 과소비의 증가에 대한 통계자료, 성 도덕의 문란을 입증하는 미혼 여성의 낙태율 증가 등과 같은 사회과학적 연구나 각종 통계자료 등을 통해 그 사회의 도덕적 상황을 판단한다. 이 경우 도덕적 상황에 대한 평가의 사실성 여부는 자료의 정확성과 적실성에 달려 있다. 이러한 접근법에 대해 많은 비판이 제기되고 있다. 도덕규칙과 도덕적 실천 사이에 괴리가 생겼다면 그 도덕규범이 규범으로서의 기능을 이미 상실했는지 또는 행위자의 실천 의지가 박약했는지를 규명할 필요가 생긴다. 따라서 사람들의 실제적 행동에 대한 통계적 자료만으로는 도덕적 평가를 하기가 힘들다는 것이다.

둘째는 그 사회의 도덕규범이나 규준 자체를 평가하는 경우이다. 도덕규칙과 실천 사이의 연관성에 대해 다양한 견해가 제시되고 있다. 규정론적 관점(prescriptive view)에 의하면, 도덕규칙을 사람들이 지키지 않는다면 그것은 구속력 있는 도덕규칙으로서의 기능을 이미 상실한 것으로 본다. 많은 사람들의 실제 행동이 도덕규칙을 따르지 않는다면 그 도덕규칙은 더이상 사회 규범으로서의 권능을 상실한 것이며, 그러한 도덕규칙을 지키지 않는다고 쉽게 도덕적 타락이라고 단정할 수는 없다.

이런 관점에서 도덕적 변화에 대한 평가는 실제적 행동이라는 경험적 차원 뿐만 아니라, 도덕규칙 또는 도덕기준 자체에 대한 정당성에 대한 선험적 논쟁을 제기한다. 그러나 '도덕적 기준의 타락(declining moral standards)'이라는 말은 모호한 개념이다. 이것은 기존의 도덕규칙을 준수하는 기준의 타락을 뜻할 수도 있고, 또한 도덕규칙 자체에 대한 평가 즉 규범적 기능을 상실했다거나 열등해졌다는 의미로 해석될 수도 있다. 도덕적 변화에 대한 선험적 논쟁에 있어서 도덕적 기준의 타락이란 도덕규칙 자체에 대한 평가로 해석된다. 도덕규칙 자체의 정당성에 대한 이러한 선험적 논의는 도덕적 변화 양상에 대한 설명을 부당하게 만들려는 것이 아니라, 도덕규칙의 측면에서 실제 행동으로서 도덕적 타락 혹은 발전을 진단할 수 있는지의 여부는 도덕규칙 자체를 도덕적으로 평가할 수 있는지 하는 문제에 달려있음을 밝히려는 것이다.

세 번째 접근으로 도덕적 변화의 평가를 사회윤리적 차원에서 설명하는 것이다. 정치·사회·경제 구조와 제도는 도덕적 평가의 중요한 논의의 대상이 된다. 오늘날 윤리나 도덕은 개인의 내면적 문제에 한정되는 것이 아니라 단체의 윤리나 도덕을 생각하지 않으면 안된다. 이것은 윤리적 주체의 복수화를 의미한다. 복합 다원화되어가는 현대 사회에서 사회 구조나 제도에 대한 윤리적 대응은 매우 필요한 것이다. 그러나 이러한 논의도 도덕규칙 또는 도덕기준 자체의 도덕적 평가의 가능성 여부가 문제된다. 이것은 결국 정치 철학 또는 이데올로기 문제와 연결되어 많은 논쟁을 불러 일으키고 있다.

2. 비도덕적 행위의 유형과 특성

도덕적 삶의 구현에 간과되어서는 안될 것이 비도덕적 행위의 특성을 밝히는 일이다. 도덕의 문제를 현실적으로 접근하기 위해서는 선(善)에 대한 관심보다는 악(惡)에 대한 관심이 보다 요구된다.

비도덕성에 대한 연구는 도덕성에 대한 연구보다 더욱 중요한 영역이 될 수 있다. 우리의 현실은 도덕적이라기 보다는 비도덕적이다. 그럼에도 불구하고 비도덕적인 악함보다는 도덕적인 선함에 훨씬 많은 관심을 가져온 것은 오히려 이상하다고 할 수 있겠다. 아리스토텔레스는 비도덕성의 유형을 사악함과 나약함의 두 가지로 분류함으로써 이에 대한 관심을 나타냈다. 그러나 최근에 이르기까지 도덕적 나약함에 대한 논의는 많이 이루어져 왔음에도 불구하고 도덕적 사악함은 무시되어 왔다.[2] 이에 대해 마일로(D. Milo)는 몇 가지의 비판을 받음에도 불구하고 비도덕 행위들을 유형화하고 그 특징을 분석함으로써 도덕적 삶의 평가문제에 많은 시사점을 던져 주고 있다.

마일로는 행위자가 자신의 비도덕적 행위에 대해서 그것의 도덕성을 알고 있느냐 모르고 있느냐에 따라서 비도덕성의 유형을 여섯 가지로 분류하고 있다.[3] 즉 행위자가 자신의 행동이 나쁘다는 것을 모르는 유형으로

'외골수적 사악함(perverse wickedness)', '도덕적 태만(moral negligence)', '무도덕성(amorality)'으로 나눈다.

외골수적 사악함이란 잘못된 도덕원리를 가지고 있기 때문에 자신의 행위가 나쁘다고 생각하지 않고 도덕적으로 나쁜 일을 행하는 것이다. 도덕적 태만은 특정 사실에 대한 무지, 부주의, 태만의 결과로써 나오는 비도덕적 행위이다. 즉 어떤 종류의 행위가 나쁘다고 알면서도 자기의 행위가 이런 종류의 행위에 속하는지를 알지 못하고 있는 경우이다. 무도덕성은 전혀 도덕판단을 하지 않고 하는 경우이다. 자신의 행위가 나쁘다는 것을 알고 있는 경우로 '선호적 사악함(preferential wickedness)', '도덕적 나약함(moral weakness)', '도덕적 무관심(moral indifference)'으로 구분한다.

선호적 사악함은 잘못을 알고 있으면서도 다른 목적을 위해 양심의 가책 없이 도덕적 악행을 하는 경우이다. 도덕적 나약함은 도덕 행위를 실천할 수 있는 의지의 결핍에서 나온 것으로, 스스로 죄책감을 가진다. 도덕적 무관심은 잘못을 알고 있음에도 불구하고 가책이나 죄책감을 느끼지 않는다.

이렇게 비도덕적 행위의 유형을 분류하는 것은 비도덕적 행위의 원인을 진단 분석하고 이를 바탕으로 그 대책 방안을 마련하는 데 많은 도움을 얻을 수 있을 것이다.

상기의 비도덕적 유형의 특징을 도표로 분류해보면 다음과 같이 그릴 수 있겠다.[4]

행위자의 도덕적 결함 \ 행위자의 신념상태	잘못을 알지 못함	잘못을 알고 있음
나쁜선호	외골수의 사악함	선호적 사악함
자기 통제의 결여	도덕적 태만	도덕적 나약함
도덕적 관심의 결핍	무도덕성	도덕적 무관심

3. 도덕이론의 구조와 평가

윤리학적인 식견이 많다고 해서 윤리적인 사람이 되는 것은 아니다. 그것은 서로 별개의 차원이다. 경영학을 학문으로서 열심히 하는 것과 회사를 잘 운영해 나가는 것은 다른 문제이다. 그러나 잘 안다는 것과 올바로 실천한다는 것이 별개의 문제라 하더라도 명료하게 보고 정확하게 판단하는 사람이 올바르게 실천할 수 있는 가능성이 높은 것은 사실이다.

올바른 판단과 실천을 위해서는 도덕이론에 관한 폭넓은 지식을 키워야 한다. 이러한 지식이 있어야 행위에 대한 정확한 관점과 시각을 가질 수 있다. 나의 도덕판단이나 도덕적 행위가 일관성을 가지려면 그 근거가 반드시 있어야 한다. 마찬가지로 다른 사람들의 도덕판단이나 도덕적 행위에도 분명히 그 근거가 있다. 우리가 우리 자신의 도덕적 입장을 분명히 하고 다른 사람들의 일반적인 행위 안에 내재된 도덕규준을 명확히 한다면, 어떤 도덕적인 행위에 대해서건 분명하게 판단할 수 있다. 윤리학에 반성적 시각이 도입되는 것도 이런 연유에서다.

도덕원리를 평가하기 위해서는 우선 더 광범위한 이론의 맥락 속에 그 도덕원리를 끌어들여 평가해야 할 것이다. 도덕이론의 구성은 세 가지 단계를 가진다. 첫 단계는 도덕기준(moral standard)이다. 도덕적 확신을 거슬러 올라가다 보면 결국 가장 기본적인 원리에 도달하게 되는데 이것이 바로 도덕기준이다. 도덕기준은 옳고 그른 것을 결정하기 위한 가장 기본적인 기준이다. 다음 단계가 도덕규칙(moral rule)이다. 도덕규칙은 도덕기준으로부터 도출된 일반적인 원리들로 구성되어 있다. 따라서 도덕기준으로부터 도출된 일반적인 원리들로 구성되어 있다. 따라서 도덕규칙은 개인들 간의 관계와 개인과 집단, 또 집단과 집단 간의 관계에 지침을 제공하면서 많은 개별적 도덕판단들을 정당화시킨다. 마지막 단계가 도덕판단(moral judgement)이다. 도덕판단은 행위나 인격의

구체적인 등급, 또는 구체적인 행위나 인격에 대해 도덕적 평가를 하는 것이다.[5]

상기한 도덕이론의 구성 요소에 따라 다양한 윤리학설이 제기되고 있다. 이를 크게 두 가지 형태로 분류하면 결과주의 도덕이론(consequential moral theory)과 비결과주의 도덕이론으로 나눌 수 있을 것이다.

결과주의 도덕이론에서는 행위, 인격, 동기 등을 오로지 그 결과의 성질에 따라 판단한다. 결과주의 이론의 대표적인 것이 이기주의와 공리주의이다. 대체로 이기주의는 개인의 자기 이익에 관한 행위의 결과에 의해 행위를 판단해야 한다고 주장하며, 공리주의는 인간의 일반 복지에 관한 행위의 결과에 의해 판단해야 한다고 주장한다.

이에 반해 비결과주의 도덕이론에 따르면 행위, 인격, 동기 등은 결과에 의해서가 아니라 도덕규칙과의 일치에 의해서 판단되어야 한다. 이러한 규칙들은 우리가 도덕기준이라고 부르는 것, 즉 옳음과 그름이 무엇인지를 결정하기 위한 근본적인 기준으로부터 나온다. 비결과주의 이론의 대표적인 것이 자연법 윤리설과 인간 존중의 윤리설을 들 수 있다. 자연법 윤리설은 행위는 인간의 본성에 대한 일치에 의해 판단되어야 한다는 입장이고 인간 존중의 윤리설은 행위는 모든 인간의 동등한 가치와 일치하는지의 여부에 의해서 판단되어야 한다는 입장이다. 이러한 비결과주의적 도덕이론은 도덕성이 관련된 도덕규칙을 위반했는지의 여부에 의해서만 판단되기 때문에 엄격하고 완고한 것으로 보인다.

이러한 다양한 도덕이론을 평가하기 위한 기준은 무엇인가. 도덕철학자들은 도덕이론을 평가하기 위한 기준들에 대해 일치하고 있지는 않지만 대체로 다음과 같은 네 가지 기준은 제시할 수 있겠다.[6]

그 첫번째가 일관성(consistency)이다. 합리적으로 받아들일 수 있는 이론은 일관성을 지녀야 한다는데 우리는 항상 동의해 왔다. 이론 내의 명제는 그 이론 내의 다른 명제들과 모순되지 않아야 한다. 이 일관성의 기준에 의해 많은 도덕이론이 비판받고 있다. 그러나 도덕이론 내에 비일관성이 있다고 해서 그것이 곧 그 도덕이론을 포기해야 하는 것은 아니다. 어떤 도덕이론도 완전하게 일관적일 수는 없으며 인간이 단일한 도덕이론을 일관되게 주장하는 것도 불가능할 것이다. 그러나 일관성이라는 개념은 합리성 그 자체의 개념에 있어서 필수적인 것인 바, 도덕이론의 내적 비일관성은 도덕이론의 중요한 약점으로 간주된다.

두 번째로 신빙성(plausibility)의 기준이다. 이것은 구체적인 도덕문제에 관하여 도덕이론이 함축하는 바를 끌어내고 그 다음에 이러한 함축이 우리들 대부분이 강력하게 믿고 있는 도덕적 신념들과 비교하는데서 나온다. 어떤 도덕이론의 현실 적용에 나타난 의미와 그 사람이 이미 가지고 있는 도덕적 신념 간에 상충이 있다면 그 도덕이론의 신빙성에 문제가 제기된다. 도덕이론은 우리가 이미 지니고 있는 도덕적 신념과 일치하는 도덕판단을 산출할 때 신빙성이 높아진다. 그러나 이미 가지고 있는 도덕적 신념과의 일치가 도덕이론의 타당성을 증명하는 절대적인 시험은 아니다. 만일 어떤 도덕이론이 이미 가지고 있는 도덕적 신념과 상충한다면 그 이론은 이론이라기 보다는 그른 도덕적 신념일 수도 있다.

세 번째로 유용성(usefulness)이다. 도덕이론이 우리의 사고 내에서든 나와 타인들과의 관계에서든 도덕적 딜레마를 해결하는데 도움이 될수 없다면 실질적인 용도는 거의 없는 셈이다. 도덕이론이 유용성을 가지지 못하는 경우는 세 가지로 거론할 수 있겠다. 먼저 용어의 모호성 문제이다. 즉 도덕이론에서의 용어가 너무 모호해서 실제적인 도덕문제에 함축하고 있는 내용이 명백하지 못한 경우이다. 자연법적 윤리설에 특히 이런 문제가 많이 제기된다. 다음은 도덕이론 그 자체만으로는 서로 상충되는 도덕적 가르침들을 중재할 수 있는 어떤 지침도 제공하지 못하는 경우이다. 예를 들면 이기주의 윤리설은 오직 각 개인에게 이익이 되는

것을 하도록 권한다. 그러나 이러한 충고가 이해의 상층을 해결하는데
도움이 되는 것이 아니라 오히려 남과의 갈등을 격화시키기 때문에 유용
성에 잘 들어 맞지 않는다. 마지막으로 도덕적 판단을 위한 정보의 문제
이다. 도덕철학은 어려운 도덕적 문제를 해결하기 위하여 정보를 요구하
기도 한다. 그러나 이러한 정보를 획득하기란 매우 어렵다. 이 문제는 특
히 결과주의 도덕이론 즉 이기주의 윤리설과 공리주의에서 심각하게 나
타난다. 이기주의자는 자신의 장기적인 이익을 가져오게 될 행위가 무엇
인가를 판단할 충분한 정보를 갖기가 힘들고 공리주의자는 일반적 복지
를 가져오게 될 행위가 무엇인지를 알기 위한 충분한 지식을 갖기가 어
렵다. 결과를 예측할 수 있는 정확한 정보가 미흡하다면 결과주의 윤리
설은 그만큼 약점을 드러내는 것이라 하겠다.

　네 번째로 거론되는 것이 정당성(justification)의 문제이다. 도덕이론
가들은 다른 사람의 도덕기준보다 자신의 도덕기준이 받아들여지도록
하기 위해 어떤 근거를 마련한다. 어떤 도덕이론가들은 종교나 도덕적
직관에 호소함으로써 도덕기준을 옹호하기도 한다. 도덕기준을 옹호하
는 방법은 하나의 도덕이론 내에 있는 도덕규칙들이나 도덕판단들을 옹
호하는 방법과 근본적으로 다르다 하겠다. 도덕규칙들과 도덕판단들을
도덕기준과 관련하여 변호될 수 있지만, 도덕기준의 엄격한 증명은 불가
능한 것이다. 기껏해야 도덕철학자는 다른 도덕기준을 받아들이는 것보
다는 왜 이 도덕기준을 받아들이는 것이 그럴 듯한지 그 이유를 설명해
줄 뿐이다.

　많은 윤리학자들은 상기의 기준 또는 유사한 기준들을 가지고 여러 도
덕이론들을 평가해 왔다. 모든 이론은 강점과 약점을 가지고 있어 어떤
이론을 유일하게 옳은 이론이라고 결론짓지는 못하고 있다. 그럼에도 불
구하고 공리주의 윤리설과 인간 존중의 윤리설이 높이 평가되고 있다.
또한 공리주의 윤리설과 인간 존중의 윤리설이 구체적 적용에 있어서 상

충되었을 경우 이를 조화시키는 방법도 제시되고 있다.

여기서 우리가 고려해야 할 사항은 윤리학에서 아직 완벽한 이론이 만들어지지 않았다고 해서 윤리적 회의주의를 받아들이느냐의 문제이다. 비록 도덕원리의 제시가 미흡하더라도 극단적인 윤리 회의주의를 극복할 수 있는 몇 가지 고려 사항을 제시할 수 있을 것이다.

첫째, 많은 도덕이론들은 많은 영역에서 유사한 결론을 가져오는 경향이 있다는 점이다. 거의 모든 도덕이론들은 도덕의 핵심적인 영역에서는 일치하고 있다는 점이다. 둘째, 우리가 실제로 직면하는 도덕적 결정은 다양한 도덕원리들과 도덕이론들 가운데에서 선택하는 것이지, 우리가 어떤 도덕원리를 선택해야 하는지를 결정하는 문제가 결코 아니라는 점이다. 실제적인 문제는 우리가 합리적인 관점으로부터 최선의 원리를 선택하고 있는지의 여부이지, 우리가 선택한 원리가 궁극적으로 옳은 원리인지의 여부가 아니다. 셋째, 도덕원리나 이론은 논증이 가능한 것이지 결코 우리의 감정을 표현하는 영역은 아니다. 도덕적 정당성은 합리적인 분석과 논증을 통해 이루어진다. 결국 윤리적인 행위는 합리적인 행위이다.

윤리적 회의주의를 극복할 수 있는 몇 가지 증거를 가지고 있다고 해도, 우리는 여전히 도덕이 개인적 판단과 개인적 입장 표명을 위한 여지를 갖고 있음을 인정해야 할 것이다.

도덕이론은 도덕적 문제와 그 문제의 해결에 대해 중요한 통찰력을 제공할 수는 있으나 한계를 지닌다. 우리가 명심해야 할 것은 도덕이론은 행위의 전체적인 지배자가 아니라 도덕적 삶에 도움이 되는 안내자라는 점이다.

II. 한국 사회의 윤리적 현실과 진단

1. 도덕성 위기에 대한 접근법

한 사회의 도덕성 위기에 대한 원인을 분석하고 진단하는 여러 가지 접근법이 있다. 서구에서는 일찌기 도덕성 위기의 문제를 사회문제의 차원으로 보고 많은 학자들이 다양한 접근법을 제시하였다.

이를 크게 나누어 보면 사회변동론적 접근방법, 가치갈등적 접근방법, 사회병리학적 접근방법, 일탈행위적 접근방법 등이 있다. 이러한 접근방법들은 접근하는 각도가 다르다 하더라도 그 내용들은 상호 겹치고 서로 보완하는 관계에 있다고 하겠다. 최근에는 상기 이론들을 통합시키려는 방법으로 체계론적인 접근을 시도하고 있다. 즉 사회를 하나의 체계(system)로 보고, 체계의 안정과 건강성을 도덕의 문제와 연결시켜 보는 시도이다. 이것은 도덕의 문제를 복합적 적응체계인 사회 현상으로 파악하는 총체적 관점에서 나온 것이다. 현재 한국 사회의 도덕성 위기 문제를 진단하는 틀은 크게 네 가지 형태, 즉 사회변동론적 접근, 산업사회 비판론적 접근, 개인윤리적 차원, 사회윤리적 차원으로 나타난다.

사회변동론적 시각에서 도덕성 위기의 원인을 규명하는 접근은 뒤르껭(Emile Durkheim)의 아노미 이론과 사회해체론이 주류를 이룬다. 이 이론들은 급격한 사회 변동이 사회의 동질성을 붕괴시키고 나아가 사회 해체현상을 야기시키면서 기존의 규범이 그 효력을 상실하고 상이한 가치와 규범 간의 갈등이 일어나면서 무규범 상태로 몰고 간다고 본다. 그러나 산업사회의 기본 가치가 비판받아야 한다고 주장하지는 않는다. 이러한 사회변동론적 접근은 급격하고 파행적인 사회 변동 과정을 겪은 우리나라의 경우에 많은 적실성을 가지고 있다고 보겠다.

산업사회 비판론적 접근방법은 몇 가지의 갈래로 나눌 수 있다. 첫 갈래가 산업사회가 지니고 있는 구조적 특징이 도덕성 타락을 초래한다는 입장이다. 이것은 산업사회가 지니고 있는 인간 해방의 가능성을 너무 간과하고 있다는 비판을 받고 있다. 두 번째 갈래가 자본주의 원인론이다. 자본주의화의 과정에서 사람들의 이타심보다는 이기심이 더 강화됨으로써 일탈 행위가 일어 난다고 보는 입장이다. 대표적인 주창자로 봉거(W. Bonger)와 퀴니(R. Quiney) 등이다. 이 이론은 1970년대까지도 유지되어 왔으나 공산주의 국가들의 사회병리현상이 노정됨에 따라 그 타당성이 문제되었다. 세 번째 갈래가 상대적 박탈감 이론이다. 이 이론은 외국에서는 사회 병리를 설명하는 과정에서 원용되는 경우가 많지 않은 반면에, 우리나라에서는 1980년 이후 많이 원용되고 있다. 이는 급격한 경제 발전에 따른 배분적 정의가 소홀했음을 나타내 주고 있다. 상대적 박탈감 이론은 자본주의 자체를 부정하는 것이 아니라 배분적 정의라는 사회 정의에 관심을 둔다.

개인윤리적 차원과 접근은 윤리문제가 궁극적으로 개인의 양심 및 도덕심과 관련된다는 입장이다. 따라서 사회의 도덕적 부패와 타락은 사회를 구성하고 있는 개개 구성원들의 윤리 의식에 문제가 있다고 보고 사회의 윤리성 회복은 개인의 도덕적 이성과 실천적 합리성의 완성을 통해서 가능하다고 본다. 이러한 접근은 계몽주의적 입장에 선 사람이나 철학, 교육, 심리 등 인문계열에 속한 학자들에 의해 많이 주장되어 왔다.

사회윤리적 차원의 접근은 사회의 윤리적 문제가 개인의 도덕적 양심이나 행위에만 관련되는 것이 아니라, 사회적 구조나 제도 및 정책과 밀접한 관계를 맺고 있다고 본다. 따라서 윤리적 문제의 발생 및 해결이 개인 도덕만으로 환원될 수 없고 사회의 제도, 구조, 정책 등의 합리화와 정당성을 통해 이루고자 한다. 니부어(R. Niebuhr)가 대표적인 주창자이다. 그는 도덕적 사회를 실현하기 위해 개인의 도덕성에 의지하려는 한계를 지적하고, 사회윤리의 방법론이 개인의 이성과 양심보다는 권력에 의한 강제를 수반하는 정치적 방법에 의존하는 특수성을 갖게 됨을 지적하고 있다. 결국 사회윤리는 정의(Justice)가 무엇인가 라는 문제와 연결되고 또한 이 문제는 이데올로기와 연계된다. 그러나 개인윤리적 관점과 사회윤리적 관점은 상호 배타적인 관계에 있는 것이 아니라 서로 보완적인 관계에 있다 하겠다. 사회윤리적 관점에서 한국의 윤리 상황에 관심은 사회사상(윤리), 사회과학계통에서 두드러지게 나타난다.

2. 한국인의 부정적 가치관의 특성

한국 사회의 윤리적 현실에 대한 논의는 이중적으로 나타나고 있다. 계몽적, 규범적 성격이 강한 문헌에서는 매우 부정적으로 표현되고 있는 반면에 실증적인 연구에서는 상대적으로 도덕감이 높은 것으로 나타난다.[7] 이러한 이중적인 분석의 원인은 다양한 측면에서 찾을 수 있을것이다.

현존 한국인의 가치관을 논함에 있어 가장 큰 혼란을 일으키는 부분이 조선조의 유교적 가치관과의 관계성이다. 유교적 가치관은 현존 한국인의 가치관에 가장 많은 영향을 미치고 있는 반면에 동시에 유교적 가치관이 붕괴되는 것으로 나타난다. 따라서 논자에 따라 한국인의 부정적 가치관이 유교적 가치관에 초점을 맞추어 논의되는가 하면, 유교적 가치관에 도전하는 산업사회적 가치관에 초점을 두어 논의되기도 한다.

김경동 교수는 '태도 척도에 의한 유교 가치관의 측정'이라는 논문을 통해 우리의 의식 구조를 지배하는 유교적 가치관의 영향을 인식시켜 주고 있다.[8] 많은 학자들이 현존 한국인의 가치관의 문제점을 파악하는 출발점으로 유교적 가치관의 문제점을 거론하는 것으로 출발한다.

이와 대조적으로 현대 산업사회의 구조적 문제점과 이에 매몰되어 나타나는 현상에 초점을 맞추어 논의를 출발시키는 학자들도 매우 많다. 이럴 경우 유교적 가치관은 자연스럽게 긍정적 가치로 등장하기도 한다. 이 글의 목적은 이러한 논의의 타당성을 분석하는 것이 아니기 때문에 논의를 단순히 하고자 한다. 즉, 현존 한국인의 부정적 가치관은 조선조의 유교적 가치관의 문제점과 현대 산업사회에 나타난 문제점의 결합형태로 마무리짓고자 한다.

현존 한국인의 윤리적 현실을 진단하는 방법으로 고범서 교수의 가치관 분류 방법을 원용하고자 한다. 고범서 교수는 쉘러(Max scheller)와 하르트만(Nicolai Hartnaun)의 이론을 종합하여 가치의 위계질서를 정하고 이를 세 가지 측면 즉, ①인간 존재의 측면 ②인간 관계적 포괄성의 측면 ③시공간적 포괄성의 측면으로 나누고 있다.[9] 이는 개인윤리적 차원에서 한국인의 가치관을 분석하는데 유용한 기준으로 적용할 수 있겠다.

인간 존재의 측면에서 본 부정적 의식형성

인간의 욕구는 다양하게 분류할 수 있겠으나 이를 크게 두 가지로 나누어 보면 에리히 프롬(Erich Fromm)의 분류가 적절하지 않나 생각된다. 프롬은 인간의 욕구를 그의 저서 『The Revolution of Hope』에서 생존적 욕구(survival needs)와 초생존적 욕구(trans-survival needs)로 나누고 있다.[10] 이를 구체적으로 항목화하면 다음과 같다.

· 정신적 가치의 물화현상
· 배금주의, 물질만능주의 팽배
· 현세적 쾌락주의 만연
· 자기 정체성 및 주체성의 미흡

· 기복적인 종교신앙

· 허례와 허식

상기 내용들이 과연 현존 한국인의 특징적인 가치관이냐 하는 문제는
많은 논쟁점을 가지고 있다. 제시된 한국인의 부정적 의식형태는 계몽적
입장에서 과장된 것이 아니냐 하는 반론도 있을 수 있다. 또한 현대 산업
사회에서 나온 일반적인 병리현상으로 볼 수도 있을 것이다. 그러면서도
한국인의 삶의 양식이 생존적 욕구에 지나치게 매달려 있음을 부인하기
는 어렵다고 여겨진다.

인간 관계적 포괄성의 측면에서 본 부정적 의식형성

이것은 개인이 타인 및 공동체 집단과의 관계와 관련된 가치관이다. 많
은 학자들은 현존 한국인들이 인간 관계적 포괄성의 측면에서 볼 때 개
인과 부분에 집착하는 경향이 많은 것으로 평가하고 있다. 이를 구체화
하면 다음과 같다.

· 연고 정실주의

· 가족주의

· 지역감정

· (집단)이기주의

· 공동체 의식의 결핍

· 공사 구분의 불분명

· 사회적 공덕심의 부족

상기 내용들은 한국인의 특성을 분석하는데 있어 거의 일치하는 부분
이다. 흔히 칭하는 '한국병'이 차지하는 영역 중 제일 많은 비중을 차지

하고 있다.

시간 공간적 포괄성의 측면에서 본 부정적 의식형태

이것은 개인이 지니고 있는 내용이 시간적·공간적인 측면에서 얼마간의 영역을 확장시키고 있는가를 평가하는 것이다. 이에 관한 한국인의 의식은 매우 부정적인 것으로 보이고 있다.

· 미래의 가치보다 현재의 가치관에 집착
· 전체의 가치보다 부분의 가치에 경도
· 찰나주의 및 미시주의 성향
· 적당주의 경향
· 종합적 사고력 미흡

상기 내용들도 한국인의 부정적인 의식형태에서 대체로 합의하고 있는 부분이다.

Ⅲ. 도덕성 함양방안

도덕성 형성은 개인적인 요인, 사회 환경적인 요인, 제도적인 요인 등 복합적인 요인들의 상호 작용적 산물이다. 따라서 도덕성 함양의 방향도 종합적이고 다변적인 접근방법이 요구된다. 여기서는 개인윤리적 차원, 사회윤리적 차원, 사회운동적 차원으로 분류하여 도표를 만들어 보고 그 실천방안을 제시한다.

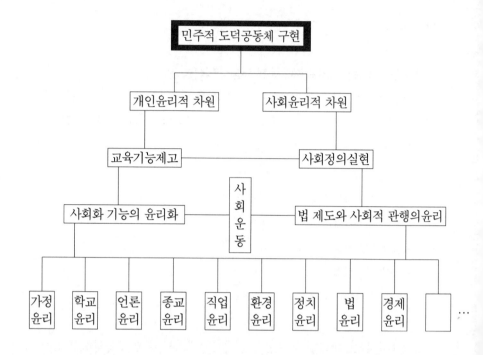

1. 개인윤리적 차원

개인윤리적 차원은 도덕적 문제의 해결을 개인의 도덕성, 즉 개인 의지의 자유와 결단에서 다룬다. 이 경우 의지의 자유란 의지의 자율을 말하며, 결단이란 자율적 의지의 선택적 결단을 말한다. 대표적인 것이 칸트(I. Kant)의 윤리관이다. 동·서양의 윤리학의 주류를 이루고 있었던 것이 개인윤리와 개인윤리학이었다. 개인윤리는 도덕이 가지고 있는 현실적 결과와 사회적 측면을 고려하지 못한다는 점에서 문제성을 가지고 있음에도 불구하고 여전히 중요하다.

제도적 장치를 통해 사회 정의를 제대로 실현하느냐의 문제는 바로 그 제도를 운영하고 그 제도 아래서 삶을 영위하는 사회 구성원의 도덕 수준에 좌우된다. 사회 구성원의 도덕 수준이 미흡하면 제도적 장치의 발전과 충실화가 가능하지 않다.

개인의 도덕성 함양은 주로 교육을 통해서 이루어 진다. 따라서 개인윤리적 차원은 어떻게 도덕적인 교육 기능을 제고시키느냐에 초점을 맞추게 된다. 구체적으로는 가정, 학교, 언론, 종교 등 사회화 기능의 윤리화를 통해 도덕성이 함양된다.

가정

가정은 사회제도로서의 대표적인 일차 집단이며, 사회 통제의 가장 효과적인 매개체이다. 그러나 오늘날 산업화와 함께 개인의 사회적 역할이 중요시되면서 가정은 핵가족화되었다. 핵가족제도는 친족 간의 유대 약화, 소외, 정서적 안정 상실이라고 하는 문제점을 야기시키고 있다. 가정의 교육적 기능의 붕괴 또는 약화는 그 자체가 심각한 사회문제이다.

산업화에 따른 가족 기능의 변화가 반드시 가정 해체를 의미하는 것은 아니지만 사회적인 가치, 규범, 행위 행태 등이 학습되는 가정생활의 축소화는 가족성원 간의 갈등뿐만 아니라 전인적인 교육에 장애로 등장할 수 있다.

러셀(B. Russell)은 국가가 교육을 장악하는 데서 오는 폐단을 완화할 수 있는 곳이 가정이라고 보고, 가정의 교육적 기능을, '애정의 체험', '협동체의 체험', '인간관계의 원초적 체험', '성인의 다양한 직업생활에 대한 경험' 등을 지적하고 있다. 이 중에서도 가장 중요한 것은 애정의 체험으로서, 만일 가정이 다른 기능은 모두 빼앗겨도 애정을 기반으로 하는 정신안정적 기능만은 확보해야 한다고 주장하고 있다.

오늘날 한국의 가정은 급격한 변천과정에 있으며 많은 교육적 문제를 안고 있다. 이러한 원인들은 여러 가지 측면에서 접근할 수 있겠지만 제일 큰 것은 대가족제도의 붕괴와 관련되는 것이다. 그렇다고 우리는 대가족제도로 돌아갈 수는 없다. 문제의 핵심은 가정의 교육적 기능을 제고시키면서 이 교육적 기능을 가족이라는 집단에서 사회 공동체 집단으로 어떻게 확대, 연결시키느냐 하는 문제이다. 이와 함께 전통적 규범을 현대에의 적용과 현대 가족제도에 걸맞는 새로운 규범 창출에 대한 깊은 연구가 있어야 할 것이다.

학교

도덕성의 문제는 학교의 도덕, 윤리교육만으로 해결될 수 있는 것은 아니다. 그러나 학교의 도덕, 윤리교육은 모든 학생들의 도덕적 성숙 및 발달을 돕는 일 자체를 기본 목적으로 하기 때문에 우리 사회의 도덕성 회복을 가장 기본적이고 최소한의 노력이라고 볼 수 있다.

더구나 오늘날에는 학교생활을 통한 경험이 보다 큰 비중을 차지하기 때문에 학교의 도덕교육적 기능은 매우 크다 하겠다. 더구나 학교 교육은 그 어느 교육보다도 훨씬 집단적이고 조직적이며 목적지향적인 성격을 갖는다. 따라서 그 사회를 구성하는 사람들의 인간상은 학교 교육의 내용과 방법과 성격이 어떠하느냐에 달라질 수 있다. 그럼에도 불구하고 우리들의 암묵적인 의식 속에는 학교 교육의 무기력에 대한 실망과 패배주의적인 비관론이 널리 퍼져 있다. 이러한 비관론은 사회의 도덕적 풍토의 개선없이는 학교 도덕 교육의 효과도 기대할 수 없다는 것이다. 다수라고 할 수는 없지만 이와 반대되는 시각도 있다. 즉 학교의 도덕교육적 영향력을 지나치게 과대 평가하고 사회의 모든 도덕적인 문제들을 학교 교육의 부실에 책임을 묻는다. 학교 도덕 교육에 대한 지나친 비관론이나 낙관론은 모두 비현실적이다. 학교 도덕 교육은 사회적인 풍토의 영향을 필연적으로 받지만 그렇다고 수동적인 반영은 아니다. 어느 면은 다분히 학교가 선도적인 역할도 하고 있으며, 사회적 풍토에 저항하는 요소도 많다.

오늘날 한국의 현실은 말로는 학교의 도덕 교육을 가장 중시하는 언어의 인플레현상을 가져오지만 실제는 도덕교육적인 면을 가장 마지막으로 고려하는 아이러니를 낳고 있다. 이것은 우리의 입시풍토에서 연유된 것이다. 이제 도덕 교육과 관련된 극단적인 비관론이나 낙관론을 극복하고 사회적 환경이 학교 도덕 교육에 미치는 영향의 양상을 규명하고 학교 도덕 교육의 문제점을 진단하고 대안적인 방안을 모색해야 할 것이다.

학교의 도덕교육적 기능을 제고시키기 위해서는 크게 두 가지 측면, 즉 교육환경적 측면과 교과과정의 측면에서 논의해 볼 수 있을 것이다.

매스 미디어

현대 사회에서 매스 미디어는 공식적 · 비공식적 사회화의 중요 집행자라는데 의견을 합의하고 있다. 특히 텔레비전, 영화, 잡지 등은 어린이와 청소년의 사회화에 중요한 원천으로 생각되고 있다. 그러나 매스 미디어가 사회화의 중요한 기제라는 점에서는 합의하고 있지만 얼마나 많은 영향을 어떻게 미치고 있는지에 대해서는 의견의 일치를 보지 못하고 있다.[11] 이 글은 매스 미디어가 사회화에 미치는 영향에 대한 연구 성과들을 분석하자는 것이 아니다. 여기서는 매스 미디어가 청소년과 성인들의 '숨은 교사(unwitting teacher)이며 수용자들의 현재적 행위(overt behavior)와 현실의 해석에 지침이 되는 장기적이고 누적적인 교육을 마련한다고 가정한다. 지금까지 매스 미디어가 사회화에 미치는 영향을 인과관계로서 규명하는데는 아직 미흡한 상태지만 매스 미디어의 간접적이고 누적적인 영향은 매우 크다는 것은 그동안의 연구 성과들을 통해 합의하고 있다.

매스 미디어 기능을 논할 때 먼저 유의해야 할 두 가지 명제가 있다. 그 하나는 매스 미디어가 전하는 외부 환경은 실존하는 세계가 아니라 언론이 만들어 낸 '유사환경(Pseudo environment)'이라는 것과, 다른 하나는 이 유사환경은 '실존환경(real environment)'을 그대로 축소한 것이 아니라 언론이 주관적으로 선택하여 구성한 것이라는 사실이다.

여기서 매스 미디어의 무서운 힘이 있는 것이고 따라서 그 사회적 책무도 어느 사회화 매체보다 큰 것이라 하겠다. 매스 미디어는 생성시부터 야누스의 두 얼굴을 가지고 있다. 그 하나는 공기적(公器的)인 기능이다. 사람들이 직접 접촉할 수 없는 사회적 환경을 가능한한 정직하고 진실되게 보도하고 이에 대한 분석과 시비를 가려 주는 기능이다. 언론 매체의 또 다른 얼굴은 이윤추구의 수단으로 생각하는 기업적인 성격이다. 기업적인 성공은 자유 언론의 전제가 될 수밖에 없지만 또한 언론의 기업화는 자본주의 법칙에의 종속을 뜻한다. 여기에 언론이 공기적인 역할을 할 수 있는 여지는 좁아지며 오히려 사회마취제적인 역기능을 낳기도 하며 황색언론(Yellow Journalism)이 등장하기도 한다.

한국의 매스 미디어의 사회적 기능의 제 양상을 상론할 필요는 없다. 다만 한국의 매스 미디어는 도덕 교육의 측면에서 볼 때 부정적인 역기능의 측면이 강하고 특히 학교 도덕 교육의 효과를 약화시키는 주범으로 인식되고 있다는 것이다. 물론 매스 미디어가 도덕적으로 미치는 영향을 일일히 예측하면서 편집하고, 보도할 수는 없을 것이고 또한 한국 사회의 합의된 도덕규범이 불분명하다는 점도 인정된다. 그럼에도 불구하고 매스컴이 사회적으로 엄청난 힘을 발휘하고 있는 현실을 감안할 때 매스컴의 도덕교육적 기능은 아무리 강조해도 지나치지 않을 것이다.

종교

우리가 일상생활을 하면서 조심해야 할 금기 중의 하나가 종교에 대해 언급하는 것이다. 종교를 화제로 등장시키면 부드러운 만남의 분위기는 어느새 주변을 긴장케하고 어색하게 만들 위험이 있기 때문이다. 그래서 종교는 '말의 영역'이 아니라 말을 넘어서는 '경험의 영역' 또는 '믿음의 영역'으로 간주되기도 한다. 그래서 종교는 개인의 내면사에 속하기 때문에 입을 다무는 것이 서로에게 편하다는 입장을 충분히 이해할 만하다.

그러나 종교는 결코 인간 내부의 영역에만 속하는 것이 아니다. 오히려 내부영역 보다는 외부영역, 공적영역에 더 많은 영향력을 미치고 있다. 오늘날 종교문제로 인한 심각한 사회, 정치적 갈등은 지구촌 곳곳에서 나타나고 있다. 중동에서 유대교, 기독교, 이슬람교의 갈등, 북아일랜드의 개신교와 가톨릭의 갈등, 구소련 붕괴 후 민족주의와 종교의 얽힘, 아시아, 아프리카의 각종 종교 분쟁 등 일일이 열거할 수 없을 정도로 확산되어 있다. 다종교 사회인 한국은 외국인이 감탄할 정도로 평화스러운 관계를 유지해 온 것으로 평가되고 있으나 '봉은사 땅 밟기' 사건 같은 걱정스러운 사례가 등장하고 있다.

이제 종교의 문제를 은밀한 사적 영역에서 끼리끼리 소곤거리는 영역에 방치해서는 안 될 것이다. 그것이 아무리 불편한 것일지라도 이제 종교가 이야기 될 수 있는 종교 담론의 공간이 마련되어야 할 것이다. 인간의 삶과 종교는 분리될 수 없는 관계이다. 그럼에도 불구하고 우리 사회는 종교를 공론화하는 담론을 의식적으로 피해왔다. 한국의 인문학계에서 종교 담론을 체계적이고 포괄적으로 다룰 수 있는 공간은 매우 빈약하다. 종교 인구가 제일 많은 나라(인구수보다 종교인수가 더 많은 나라), 그러나 제일 종교 연구가 낙후된 나라가 바로 우리나라일 것이다. 이제 우리는 종교에 대해 깊이 성찰해야 할 때이다. 그래서 종교가 지닌 진정한 뜻을 이웃과 함께 펼쳐야 할 것이다. 그렇지 못할 때 오히려 종교가 재앙으로 다가올 위험성이 있다.

한국에서 종교가 도덕적 형성에 긍정적인 역할을 할 수 있을 것이라는 가설은 입증되고 있지 않다. 종교적 신념체계가 강하면 도덕성도 높을 것이라는 막연한 통념이나 논리들이 실제의 경험적 증거에 의해 하나의 허구 관념에 불과하다는 것이 여러 모로 지적되고 있다.[12] 즉, 종교인들은 분명한 도덕의식을 가지고 있으나 그러한 도덕적 행위의 실천에는 비종교인들과 실제적으로는 차이가 없다는 것이다. 오히려 부분적으로는 비종교인의 눈으로 보기에는 종교인들이 비종교인들보다 더욱 독선적이고 비도덕적인 경향성을 드러내고 있다는 견해도 성립할 수 있는 자료들이 제시되기도 한다.

물론 세속적 도덕과 종교적 도덕 사이는 출발점에서 차원이 다르다 하겠다. 그러나 궁극적으로는 하나의 뿌리로 귀결할 수 있다. 이에 대한 논의는 지면 관계상 생략한다. 그러나 종교가 도덕성 함양에 긍정적 역할을 할 것이라는 통념에 대한 경고는 종교가 제시해 온 도덕적 가치덕목에 대한 메시지를 도덕 교육의 측면에서 재음미할 필요가 있으며, 한국 사회에서 종교의 교육적 기능을 진단해 보고 그 처방책을 모색해 보아야 할 것이다.

2. 사회윤리적 차원

사회 구조의 도덕성에 초점을 두고 있는 사회윤리에 대해 관심이 증대하게 된 이유는 사회 변화의 속도가 급속하고 사회 구조의 복잡성이 개인의 삶과 사회와의 유기적 관계를 증대시켰다는 사실에서 찾을 수 있을 것이다. 또한 윤리학이 도구로서 사용할 수 있는 사회과학이 발달했다는 사실이다. 즉 사회의 복잡성의 증대와 이에 대한 인간의 대처 능력 사이의 갭을 극복하는 방안을 마련하는 학문 등이 발달했다는 것이다.

사회윤리는 그 접근방법에서 다음과 같은 몇 가지 특성을 가지고 있다.[13] 먼저 사회적과를 현실적으로 문제삼고 추구한다. 개인윤리는 현실적인 사회의 구체적 결과와는 관계없이 개인의 순수한 내적 동기에 많은 관심을 기울인다. 이러한 심성적 윤리는 무력하고 자의적 내면성의 윤리가 될 위험성이 크다는 것이다. 따라서 사회윤리는 개인 행위의 원인이나 사회적 문제의 원인을 규명하고 해결함에 있어서 일차적 관심을 사회적 원인에 둔다. 다음으로 이러한 사회적 원인의 해결이나 제거를 사회적 정책이나 제도 또는 체제의 차원에서 추구한다. 이에 윤리적 문제를 정치적 방법으로 다루게 된다. 또한 사회윤리는 사회적 규범과의 관련성에서 윤리적 문제를 다룬다. 개인윤리의 도덕적 규범과는 달리 사회윤리가 다루는 사회적 규범은 사회적 과정의 산물이며, 사회를 통합하고 질서를 유지하는 기능을 한다. 따라서 사회윤리학은 사회적 과정 속에서 사회적 규범이 형성되는 과정과 그 메커니즘을 분석하고 밝히는데 관심을 둔다. 또한 사회의 통합과 질서 유지를 위해서 사회적 규범이 가지는 기능을 규명해야 할 과제를 가진다.

그러면 사회 구조의 도덕성 논의에 있어 구체적 대상은 무엇인가? 이것은 사회이념, 사회제도, 정책이 도덕적 사회의 비전에 얼마만큼 적합한가 하는 정치, 사회철학 및 정책철학적 과제이다. 따라서 사회윤리학은 도덕철학, 정치, 사회철학, 정책철학 등의 통합적인 접근을 필요로 한다. '사회 구조의 도덕성'을 논의할 때, 사회 구조의 문제는 구체적으로 국가의 기본체제, 정책적 차원, 사회적 관행의 차원으로 세분할 수 있고, 또한 '사회의 도덕성' 문제는 규범윤리학에서 지칭하는 행위 규범이 아닌 '제도적 규범'이라는 의미에서 사회제도의 정의문제를 탐구하게 된다.

사회제도의 정의문제는 사회윤리의 제일 큰 과제이다. 롤즈가 "사상체계에서 진리가 덕목인 것처럼 정의는 사회제도의 핵심 덕목이다. 어떤 이론이 아무리 세련되고 경제적일지라도 진리가 아니면 거부되고 수정되어야 되듯이 아무리 능률적이고 잘 조직된 제도일지라도 부정의한 사회제도는 개혁되거나 폐지되어야 한다"[14]고 한 것도 정의문제의 중요성을 강조한 것이다.

　그러면 어떤 사회가 정의로운 사회이며 어떻게 정의로운 사회를 실현할 것인가 하는 사회윤리의 구체적 과제가 등장한다. 이 과제는 우선 정의의 이념과 그 실천 원리에 대한 철학적 탐구가 선행되어야 한다. 다음으로 이러한 이상과 원리에 비추어 정치·경제·사회체제라는 국가의 기본적 시스템을 어떻게 조직하고 나아가 이를 사회제도 및 정책 등에 제도적인 규범으로 어떻게 반영시키느냐 하는 탐구가 이루어져야 한다. 마지막으로 사회적 관행 관습문화적 패턴 등과 같은 '관행적 규율체계(conventional practice)'가 그 사회 구조와 사회 구성원들 사이에서 어떻게 작동되는가를 분석해야 할 것이다.

　이 관행적 규율체계의 문제는 한국 사회에 있어 사회윤리적 과제로서 제일 관심을 두어야 할 영역이다. 오늘날 사회윤리학적 관심은 대부분 이데올로기, 제도, 정책적 차원에 치중되고 있다. 그러나 우리 사회의 윤리성 문제를 거론할 때는 이데올로기나 법·제도 자체의 정의성 여부를 따지는 데서 나오는 것보다는 법·제도 자체가 모든 사람에게 공평무사하게 적용 집행되고 있는가의 문제이다. 즉 우리 사회의 사회 정의문제는 법과 제도의 잘못이라는 실질적 부정의 보다 법 제도의 집행이나 운용이 공평무사하지 못한 형식적 부정의의 문제가 태반이다.

　그러나 이러한 형식적 부정의가 공직자 개개인의 도덕성 문제로 환원된다면 이것은 사회윤리학의 영역이 될 수 없다. 사회 구조의 도덕성으로서 사회윤리를 정의할 때 사회 구조의 범주는 위로는 국가의 기본 질서로서의 정치·경제·사회체제, 그리고 하위체계로서 법 제도나 공공정책뿐만 아니라 사회적 관행이나 습관, 생활 양식, 문화적 패턴까지도 포함하는 포괄적 개념이다. 국가의 기본적 질서나 법 제도와 같은 사회 구조는 명문화된 '제도적 규범체계'이지만 사회적 관행이나 관습 등은 제도적 규범체계는 아니지만 '관행적 규율체제'라는 점에서 사회 구조적 측면에서 파악되어야 한다.[15] 즉. 비도덕적 사회 구조가 비도덕적 인간을 만든다고 할 때 이 사회 구조의 개념 속에는 부도덕하고 불합리한 사회적 관행이나 문화적 풍토까지 포함되는 것이다.

3. 사회운동적 차원

국민의식개혁운동의 주체는 크게 관 주도의 운동(간접적이든 직접적이든)과 시민사회운동으로 대별할 수 있겠다. 근래 지금까지의 관 주도의 의식개혁운동의 성과에 대한 회의가 높아지면서 시민운동에 대한 관심이 높아지고 있다.

서구 사회에서는 제도권 정치에 대한 불신과 제도권 정치에 의해 대변될 수 없는 새로운 요구와 관심들이 집단적인 사회운동의 형태로 표출되자 대의적인 정치나 종래의 계급론적인 사회운동에 대한 인식들이 크게 변해왔고, 이와 함께 시민사회와 시민운동에 대한 관심이 높아졌다.

한국에서의 시민사회에 대한 관심은 경실련이나 공선협과 같은 중도적 초계급적 성향이 깊은 시민단체들이 점점 사회 변혁에 영향력을 발휘하면서 나타나기 시작하였고, 시민운동은 민주화와 궤도를 같이 하는 것으로 인식되고 있다. 시민운동은 노동운동의 한계의 표출과 중산층 및 언론의 지원에 힘입어 성장을 하였고, 문민정부 출범 이래 시민운동단체들은 국민의식개혁운동의 중요한 축으로 등장하고 있다.

그러나 시민사회의 성숙이 미흡한 바탕 위에서 출발한 한국의 시민운동이 앞으로 어떻게 진행될 지는 미지수이다. 또한 시민운동단체들이 스스로 밝히고 있듯이 대중성의 확보문제, 명사 중심의 위로부터의 운동, 자급적인 재정확보의 문제, 전문성의 제고 등을 내세우고 있는 현실을 감안할 때, 순수한 민간 주도의 국민의식개혁운동이 과연 성공할 수 있을 것인가에 대해 의문을 제기해 볼 필요가 있을 것이다.

지금까지의 관 주도의 국민운동이 부정적으로 평가된 가장 큰 원인은 '위의 의식개혁' 보다는 '아래의 의식개혁'을 강요했기 때문일 것이다. 만약 정부가 '위의 의식개혁'에 수범을 보인다면 시민운동단체와 정부가 함께 역할 분담을 하면서 추진할 수 있지 않나 생각된다. 시민운동단체들이 어용화의 두려움으로 정부를 의식개혁운동에서 배제시키고자 한다면 그것은 또 다른 '민간 주도 만능의 신화'일 수도 있겠다.

*

도덕성 함양의 문제를 논의할 때 가장 유의할 점은 도덕과 예절은 등격화해서는 안 된다는 것이다. 현대 사회에서의 도덕적 문제는 매우 복합적이고 역동적이다. 바람직한 윤리적 판단을 하기 위해서는 도덕적 위기의 문제를 사회유기체적 맥락에서 인식할 수 있는 통찰력과 인간 삶의 질의 문제를 합목적으로 조망하고 관리할 수 있는 능력을 가지고 접근해야 한다.

현대의 윤리문제는 '지금 우리들'에서 '미래 후손들'까지도 고려해야하며, '인간 중심의 관계'에서 '인간과 자연과의 관계'까지도 고려해야한다. 또한 '선의지'만으로는 해결할 수 없는 문제가 산적하여 '인지윤리'와 '협동윤리'의 중요성이 제기된다.

그럼에도 불구하고 한국의 도덕성 함양은 예절의 회복과 인륜에 관련시켜 논의하는 경향이 많다. 특히 학교 교육에서의 도덕 교육을 보는 시각이 그러하다. 이러한 편중된 시각은 도덕·윤리교육을 생활예절 교육으로쯤 생각하는 참으로 엄청난 오류를 범하게 된다.

현대를 살아가는데 있어 올바른 윤리적 행위를 하기 위해서는 선의지와 함께 종합 인문사회과학적인 능력이 요구된다. 따라서 도덕성의 위기 극복은 규범적인 사고의 틀이나 현실적합성이 결여된 추상적인 이론 틀로는 이루어질 수 없다.

이 글은 거시적 틀에서 도덕성 함양방안을 가늠하는 나침반 같은 역할을 한 것에 지나지 않는다. 이제 방향을 가리키는 나침반만 볼 것이 아니라 그 방향을 직접 찾아가 구체적이고 현실적인 실천방안과 실천전략이 마련되어야 할 것이다.

세계화 · 다문화시대의
쟁점과 가치관 정립

오늘날 세계화와 다문화라는 용어는 중요한 화두로 등장하여 다양한 형태로 회자되고 있다. 교육의 문제에서부터 기업 경영과 국가 정책에 이르기까지 세계화 · 다문화는 중요한 쟁점이 되고 있다. 초 · 중등교육 과정에도 세계화 · 다문화시대에 부응하고자 하는 내용이 중요한 영역으로 등장하고 있다. 이 글은 세계화 · 다문화시대에서 일어나고 있는 쟁점과 가치의 방향을 가늠하고자 하는데 있다.

세계화 · 다문화의 문제는 역사, 문화적 배경에 따라 다양하게 나타나고 전개된다. 서구의 세계화 · 다문화는 우리의 성격과 특징과는 매우 다르다. 세계화 · 다문화는 보편적 용어로 사용되고 있지만 그 내용은 서로 판이한 특수적 성격이 강하다. 한국의 세계화 · 다문화도 한국의 근대화 과정에서 독특하게 나타나고 있다. 이에 먼저 한국 사회가 겪고 있는 세계화 · 다문화의 특징을 해방 이후 한국 사회 변동과정에서 도출해 보고자 한다. 이에 대한 진단이 없이 논의를 전개할 수 없다. 우리 사회는 해방 이후 어느 나라보다 세계화·다문화적 파고 속에서 항해해왔다고 볼 수 있다. 다음으로 세계화·다문화에 따른 중요한 가치론적 쟁점들을 자아 준거적 입장에서 다루어 보고 우리 교육이 지향해야 할 가치들을 찾아 탐색해 본다.

Ⅰ. 한국의 세계화·다문화 사회 변동의 궤적과 특징

세계화·다문화의 문제는 나라와 지역에 따라 다양한 형태로 나타난다. 세계화·다문화적 사회 변동의 양상에 따라 그 성격도 다양하게 나타날 것이다. 세계화·다문화의 화두를 논하기 위해 먼저 그 나라의 세계화·다문화의 과정과 특징을 살피고 그 과제를 도출해 보아야 할 것이다. 한국의 세계화·다문화시대의 가치관 정립의 과제와 방향을 살피기 위해 먼저 우리 사회의 세계화·다문화적 사회 변동의 궤적과 그 특징을 먼저 파악할 필요가 있다. 우리나라의 경우 크게 네 가지 틀에서 그 궤적을 살필 수 있다.

1. 해방과 한국전쟁을 통한 세계화

한국은 해방과 한국전쟁을 겪으면서 미국과 서구 중심의 세계화 틀에 자연스럽게 편입되었다. 이것은 미군정에 의한 건국과정과 국제전적인 성격을 가진 한국전쟁으로 불가피한 현상이기도 하다. 이때의 세계화는 한국이 어떤 주체적인 입장을 가지고 수용할 수 있는 능력이 없는 수동적이고 타력적인 세계화였다. 마치 유아기적 상황 속에서 서구 중심의 세계화 물결에 휩싸인 것이다. 서구 문물이 급격하게 유입되었고, 그 매개체도 미국 군인이 큰 비중을 차지하고 있었다. 특히 한국전쟁으로 전통적인 사회 구조가 급격하게 붕괴하기 시작하였고, 전통적인 규범이 극심한 혼란을 겪으면서 한국인의 가치관에 엄청난 변화를 야기시켰다. 이와 함께 교육, 문화 등 사회 전반의 영역에서 문화 사대주의적인 경향도 심하였다. 이에 대한 반응으로 1970년대부터 민족 정체성, 문화 정체성에 대한 관심이 증대되었다. 그 대표적인 주창자는 당시 서울대 철학과의 박종홍 교수이다. 그는 '우리는 우리를 알고, 남을 알고, 사회를 알고, 시대를 알아야 한다. 알되, 주체성을 가지고 새로운 미래를 그 가능성에서 틀림없이 밝혀내야 한다'고 주장한다.[1] 이러한 조류는 박정희 정권의 근대화 작업의 정신적 기조로 자리잡았고 '국민교육헌장'이 제정되고, 이것이 초 · 중 · 고 교육과정에도 반영되기 시작하였다.

2. 신자유주의로 인한 세계화

자본주의 체제가 글로벌한 차원으로 전환되고 신자유주의적 경향이 등장하면서 나타난 현상으로 1990년대부터 급격히 진행되었다. 수출 중심의 국가인 우리나라도 세계 경제체제에 편입되었고, 한미 FTA 등 경제적 세계화 현상은 앞으로도 지속될 것이다. 오늘날 신자유주의 문제는 많은 논쟁을 야기시키고 있으며, 이것이 인간 삶에 미치는 영향에 대해 많은 비판을 받고 있다. 신자유주의적 세계화는 신제국주의 논쟁, 국가와 계층 간의 양극화 문제, 불평등 문제, 시장형 인간형성 등 많은 논란을 일으키고 있다. 신자유주의는 불가피한 형상인가, 그것이 불가피하다면 인간 삶의 질과 행복을 높일 수 있는 방안은 어디에서 찾을 수 있는

가. 신자유주의는 우리가 어떻게 살아야 하는가에 대해 무거운 화두를 던져 주고 있다.

3. 다양한 외국인의 국내 유입

1990년대부터 결혼 이민자, 이주 노동자, 북한 이탈 주민, 다국적 기업 및 사업 관리계층, 교육부분 외국인 종사자 등의 급격한 증가는 단일 민족을 자처하던 우리 사회를 다문화 사회로 새롭게 정의하도록 하였다. 다문화주의, 다문화 정책, 다문화 교육, 다문화 가정, 다문화 체험 등 다문화와 결합된 용어들은 그 자체가 바람직하고 선한 것으로 여겨지는 가운데, 다문화는 일종의 만능 접두어로 변하고 있다. 이러한 경향은 초·중등 교육과정에도 반영되어 '2007년 개정 교육과정'은 단일민족주의를 강조하던 관행에서 벗어나 다문화 교육의 내용을 강조하고 있다.

오늘날 많은 한국의 청소년은 우리가 역사적으로 단일민족으로서의 순수한 혈통을 이어 왔다고 생각하는 것으로 추정된다. 한국청소년정책연구원이 2008년 전국 3,175명의 초·중·고 학생들을 대상으로 설문조사의 결과를 보면, 38%가 '우리나라가 단일민족인 것을 자랑스럽게 생각한다'에 응답했다. 이러한 경향은 연령이 어릴수록 더욱 강해 초등학생 49%, 중학생 37.8%, 고등학생 30.8%로 나타났다.[2] 그동안 단일민족과 민족 정체성을 강조해 온 교육과정을 벗어난 새로운 교육과정에 대한 국내의 비판도 일부 제기되고 있으며, 북한은 우리 사회의 다문화 논의에 대하여 '민족 감정에 칼질을 하고 있는 것으로 민족의 단일성을 부정하고, 남한을 이민족화, 잡탕화, 미국화하려는 민족말살론이다'라고 하는 등 격렬한 비난을 하고 있다.[3]

4. 해외 이주의 격증과 원격 민족주의(distant nationalism)의 생성

한국인의 해외 이주의 격증과 해외 동포에 대한 관심과 관련되어 나타
나는 현상이다. 해외 교포에게 투표권을 주는 문제에서부터 '한민족 공
동체'라는 이름하에 나타나는 각종 행사도 빈번하다. 이것은 한민족의
세계화와 동시에 원격 민족주의의 생성이라는 새로운 현상이 나타나고
있다. 또한 한류로 불리는 연예인의 해외 진출, 한국 전통음식과 복식 등
의 해외 진출 등을 우리 문화의 세계화라는 맥락에서 볼 수 있다.

위에서 본대로 한국의 세계화 · 다문화의 특징은 금세기의 보편적 경향
으로 볼 수 있는 것이 아니라, 다층적이고 복합적인 한국 사회의 변동과
정에서 나타난 특이한 현상을 지니고 있다. 이것을 무시한 채 세계화 ·
다문화를 보편적 용어로 정의하고, 가치관 정립의 윤리교육 과제와 방향
을 찾아본다는 것은 많은 오류를 범할 가능성이 있을 것이다.

II. 세계화 · 다문화에 따른 가치론적 쟁점

1. 문화의 보편성과 특수성의 문제

세계화 · 다문화의 담론에서 제일 중요한 논쟁점은 보편성과 특수성의
문제라 하겠다. 한국 학계에서의 보편성과 특수성의 논쟁은 다양한 형태
로 진행되어 왔으나 결론은 엇비슷하게 '보편성과 특수성의 조화'라는
틀로 모아진다. 이러한 보편성과 특수성의 이진법적 사유는 과연 적실성

이 있는 것인가?

한국에서의 보편—특수의 이진법 코드는 선진성—후진성 코드와 맞물려 진행되어 왔다. 정체성의 담론의 논의는 보통 후진적인 '특수성'과 선진적인 '보편성' 사이의 대립으로 설정된다. 예를 들면 '한국적인 것은 무엇인가'의 질문을 던질 때 항상 제기되는 문제가 보편성과 특수성의 관계이다. 한국적인 것을 강조하면 특수성에 집착하게 되고 이 특수성은 보편성을 결여해서는 안 된다는 압박을 동시에 갖게 된다. 이러한 보편성과 특수성의 이진법의 코드 속에는 문화적 식민지성의 상처가 담긴 논리의 성격이 짙다고 볼 수 있다. 보편성과 특수성의 많은 논의의 형태를 보면, 보편성은 강자의 문화로 암시되고, 특수성은 약하고 열악한 문화로 암시되는 것을 많이 볼 수 있다. 세계화 과정에서 나타나는 다문화 사회에서 보편성과 특수성의 조화라는 것이 과연 무엇인지, 과연 실체가 있는 것인지 의심스럽다. 문화 담론 안에서 보편—특수의 개념 구도는 그 자체가 보편에 대한 특수의 내면적 열등감이 반영되어 있다.

세계화·다문화 사회에서 보편성과 특수성의 이진법 개념 구도를 가지고 이를 조화라는 이름의 어떤 관념적 최적점을 찾는 문화 종합은 실체성이 없다고 본다. 문화의 생성은 다양한 문화 맥락의 복합적 혼합, 즉 문화 혼합의 과정이라고 할 수 있다. 문제는 어떻게 문화 혼합의 과정을 거치느냐에 있다고 본다. 보편—특수의 이진법에서 은폐된 문화적 주체들을 복귀시켜 문화 담론을 재구성해야 하지 않나 생각한다. 즉 '나—남' 또는 '나—남'의 공동주체성을 기반으로 하는 문화활동의 주체들로 재편성하는 것이다. 따라서 다문화 사회의 문화 담론은 자폐적 자아가 아니라 열린 자아를 통해 나와 타자의 만남을 통해 상생하는 문화 혼합 속에서 자기 나름의 생활양식을 선택하는 것이라 하겠다. 여기서 정체성과 주체성 담론의 건전한 출발점이 있다.

2. 민족 주체성 · 문화 정체성의 정립 문제

세계화는 다양화와 획일화의 두 측면을 동시에 가지고 있다. 따라서 세계화 · 다문화 사회의 이면에는 파시즘적인 문화제국주의적 요소도 많이 가지고 있다. 더구나 해방 이후 수동적 세계화의 과정을 거친 우리의 경우는 더욱 그러하다. 우리는 일찍이 19세기 제국주의적 세계화의 물결 속에서 나라를 빼앗긴 아픔이 있다. 그러나 지금은 우리의 정신 내면이 잠식되고 있는 위기에 처해 있다. 그런데 이 위기는 전혀 인식되지 않기 때문에 더욱 문제가 있다. 이미 근대화의 과정을 통해 도구적 합리성을 훈련받은 우리의 정신은 신자유주의적 논리 앞에 무력하다. 오늘날 대부분의 한국인은 미국과 서구를 통해 습득된 가치관과 생활양식으로 살고 있다. 이미 서구적인 가치관과 생활양식은 우리 생활에 전혀 저항감 없이 유입되고 유통되고 있다. 이미 서구의 것이 나의 것이 되었고, 전통적인 것이 타자가 되었다. 이제 세계화의 속도는 더욱 빨라지고 이러한 현상은 더욱 심화될 것이다. 여기서 정체성의 문제나 주체성을 주장하면서 그 어떤 순종성을 추구하는 것은 불가능하며, 그것은 오히려 큰 저항을 불러일으킬 것이다.

우리는 민족 통일이라는 현실적 과제가 앞에 있다. 분단체제 속에서 강요당했던 민족 이질화의 부담을 어떻게 극복하느냐의 문제가 있다. 북한이 한국의 다문화 논의에 대해 비판하고 있는 것은 많은 함축성을 내포하고 있다. 우리는 민족 주체성의 담론에서 자연스럽게 믿어온 민족 동질성이 지금은 재창출해야 하는 현실에 놓여 있다. 이러한 현실 속에서 우리에게 문화 정체성과 민족 주체성의 정립 방향과 방법은 무엇인가 하는 문제가 제기된다.

3. 다문화주의와 공동체적 관계의 훼손 문제

다문화주의(multi-culturalism)는 중앙집권적 단일 지배문화에 순응하던 시대의 종언과 더불어 다양한 주변부 문화들에 대한 조명과 이해 및 공존을 주장하는 사조이다. 이러한 다문화주의는 1970년대 캐나다와 호주에서 시작하여 1980년대에는 미국 사회에서 가장 중요한 사회적 담론이 되기도 하였다. 다문화주의는 정치적, 경제적, 사회적, 문화적, 언어적 불평등을 시정하는 일종의 국민 통합 혹은 사회 통합의 이데올로기로서 구체적인 정책을 유도해 내는 지도 원리로서 작용하고 있다. 오늘날 한국 사회에서도 다문화주의는 선한 용어로 유행되고 있고, 초·중등 교육과정에도 중요한 요소로 등장하고 있다.

그러나 이러한 다문화주의의 실패에 대한 사례도 많아지고 있다. 그 대표적인 것이 조너던 색스(Jonathan Sacks)가 지은 『The Home We Build Together』에 잘 나타나 있다.[4] 2005년 7월 7일 런던 중심가의 연쇄 폭탄테러로 50명 이상이 사망하고 700명이 부상을 입은 충격적인 사건이 있었다. 그런데 이러한 테러를 한 무슬림 청년들은 해외의 알카에다 조직이 아니라 영국에서 태어나 교육을 받은 청년이었다. 이 사태는 다양한 인종, 종교 집단의 문화를 인정하겠다는 다문화주의 정책의 적실성에 대한 논란을 불러일으켰다. 이러한 예는 프랑스를 비롯해 많은 나라에서 발생하고 있다.

색스는 전체주의, 민족주의에 대한 반감으로 다문화주의가 등장하였지만 정체성 약화로 오히려 사회 통합이 아니라 분리를 야기시켰다고 주장한다. 그는 다문화 사회를 '호텔로서의 사회'로 비유하고 호텔 투숙객의 생활행태를 이야기하고 있다. 한국은 이주 노동자, 결혼 이민자, 외국 유학생 등의 숫자가 이미 2007년도에 100만 명이 넘어서면서 다문화 사회로 진입하고 있는 실정에 있다. 다문화주의의 실패에 대한 사례는 우리에게 큰 교훈이 될 것이다. 우리는 다문화 사회의 다양한 특징과 그 문제점을 파악하고 따뜻한 공동체로 만들기 위한 개인윤리적, 사회윤리적 차원 등 다양한 방법을 모색해야 할 것이다.

4. 무한경쟁 사회와 시장형 인간의 형성

세계화와 신자유주의적 사회는 극심한 경쟁 사회를 유도하고 있고, 이와 함께 시장형 인간이 양산되고 있다. 이러한 무한경쟁 사회는 '거래의, 거래에 의한, 거래를 위한' 행위 양식을 본질로 한다. 오늘날 우리 사회는 서로를 감싸안는 공동체적 화합의 몸짓이 아니라, 경쟁적 이기주의가 기승을 부리고 있다. 따라서 타자는 무한경쟁의 대상이고, 이겨야 할 대상이다. 이러한 현상은 '거인주의적 개인주의'를 만연시키고 있다. 강한 자의 자유와 승리는 극대화되고 사회적 약자는 낙오자로서 패자를 면치 못한다. 이러한 현상은 개인과 나라의 단위를 넘어 국제적인 차원으로 확대되어 지구촌이 거대한 정글이 되어버리고 있고, 이 정글 속에서 힘센 호랑이만이 '리바이어던'으로 군림한다. 이러한 정글 사회를 어떻게 공동체적 사회로 변환시키느냐 하는 문제가 유토피아적 꿈으로만 치부되어서는 안 될 것이다.

오늘날 공동체는 확실한 지리적 공간에 존재하지 않더라도 게마인샤프트적 인간관계에 대한 필요성이 날로 강화되고 있다. 21세기 정보사회에서 공동체는 개인의 차원에서 삶의 장으로 인식되는 동시에 집합적 수준에서 인간들이 공동으로 이룩할 이상적 사회상으로 인식된다. 네트워크의 가상공간에서 만나는 인간들이 인간 본연의 모습을 표출시킬 수 있는 장이 될 수 있을지는 아직 판단하기는 어렵다. 그럼에도 불구하고 인간의 이상적 미래 사회는 인간의 본연 의지에 기초한 관계로 맺어지는 공동체를 지향하고 있으며 다른 어떠한 대안은 없어 보인다. 문제는 경쟁적인 사회관계의 틀을 넘어 인간들이 더불어 살아가는 지혜를 모으느냐에 있다.

Ⅲ. 세계화 · 다문화시대의 지향가치

1. '공생적' 정체성과 주체성 정립

정체성 개념은 '변화 속의 영속성'과 '다양성 속의 단일성'이라는 두 가지 요소를 가지고 있다. 정체성의 핵심은 공간과 시간의 변화 등 자기를 구성하는 외적 요소들의 다양한 변화에도 불구하고 스스로를 하나이며 영속적인 개체로 인식하는 개인 및 집단 차원의 자의식의 존재를 의미한다고 할 수 있다. 이것이 구체적 행위와 연결될 때 주체성이라 표현할 수 있다. 개인 차원에서 자아 정체성을 이야기할 수 있고, 집단 차원에서는 민족(국가) 정체성을 대표로 들 수 있다.

정체성의 출발점은 자아 중심성에 있다. 이 자아 중심성의 강도에 따라 다양한 형태의 정체성이 나타날 것이다. 그리고 자아 중심성은 타자의 만남에 어떻게 반응하느냐에 여러 형태로 나타나게 될 것이다. 세계화 · 다문화 사회는 타자와의 만남의 광장이 확장되고 있는 사회이다. 이러한 만남을 평화롭게 하기 위해서는 정체성은 그 어떤 순종적인 것에 소속된다거나 단독적으로 존립할 수 없다. 따라서 세계화의 조건 아래서 성장할 자아는 다른 자아로부터 자신의 생활권이 위협받을 수도 있고, 동시에 보장받을 수도 있는 생활과정 속에 살고 있다는 것을 자각해야 할 것이다. 따라서 자신의 자아는 타자와 공생할 수 있는 정신적 여백을 내장하고 있어야 할 것이다. 즉 끊임없이 타자로부터 자신의 생활권을 보장받으면서, 그 타자와의 만남을 자신이 선택한 생활권에서 자신이 성숙할 수 있다는 자아의 태도가 필요하다. 이러한 자아의식을 '공생적 정체성'으로 표현해 보았다. 이 표현이 거슬린다면 흔히 사용하는 '열린 정체성'으로 사용해도 무방할 것이다. 문제는 정체성이 미미하거나 나약할 경우이다. 이럴 경우 우리는 타자에 의해 점령당하는 문화 식민지가 되고 말 것이다. 이에 한국의 문화와 전통에 대한 자긍심과 따뜻한 시선이 필요하다.

여기서 생각해 볼 문제가 있다. 문화를 보는 현상에는 '문화제국주의', '문화상대주의' 그리고 '자문화중심주의'가 있다. 문화제국주의에 대한 비판은 새삼 거론할 필요가 없다. 그러나 '민족문화', '전통문화'로 통칭되는 모든 지역적 문화들은 나름대로의 가치가 있기 때문에 마땅히 지켜져야 한다는 식의 문화상대주의 역시 배척되어야 할 관점이라고 생각한다. 이것은 '좋은 것은 지키거나 받아들이고, 나쁜 것은 버리고 배척해야 한다'는 지극히 상식적인 주장이다. 또한 어떤 것이 좋고, 나쁜 것인지를 어떻게 결정한 것인가의 문제도 필연적으로 따르게 된다. 여기에 로티(R. Rotty)의 열린 자문화중심주의를 주목할 필요가 있다고 생각한다.

'자문화중심주의(ethnocentrism)'는 그 단어가 갖는 부정적 뉘앙스 때문에 많은 오해의 소지를 안고 있다. 자문화중심주의에 대한 전통적 사용은 서구의 제국주의적 관점을 반영하는 것이었다. 로티는 이 용어가 갖는 명백한 부정적 뉘앙스에도 불구하고 자신의 입장을 자문화중심주의로 표현하고 있다. 로티의 의도는 그 부정적 의미를 뒤집어 문화제국주의적 획일성에 저항할 수 있는 요소를 찾아내자는 것이다.[5] 그는 문화제국주의를 비판하는 관점으로서의 자문화중심주의는 문화상대주의와 전혀 다른 철학적 배경을 가지고 있다는 것을 강조한다. 문제는 로티식의 자문화중심주의가 문화상대주의와 같은 니힐리즘이나 회의주의에 빠지지 않고 더 개방적이고 질 높은 문화를 만들어 갈 수 있는 관점을 제공하고, 우리의 문화적 정체성을 바람직한 방향으로 형성해 가는데 실천적 과제를 얻는데 도움을 얻을 수 있느냐에 있다. 획일화하는 파시스트적 긍정성이 아닌 다양화하는 자유주의적 긍정성을 자신의 문화적 삶 속에서 찾아내려는 실천적 요구가 로티의 자문화중심주의가 주는 교훈이 아닐까 한다. 이것은 우리 문화의 전통 속에서 내세울 만한 긍정적인 요소를 끊임없이 탐구하면서 열린 태도를 가지면서 문화적 다양성을 인내하는 자세에서 나온다.

2. 사회 통합과 시민민족주의

문화 간의 소통과 상호존중을 내세운 다문화주의는 사회 통합에 순기능을 할 것으로 기대되었지만 오히려 사회 통합의 저해 원인으로 등장할 가능성도 함께 가지고 있다. 다문화주의는 공동의 사회적 목표 안에서 개인을 하나로 묶어주던 도덕적 유대의 끈에 손상을 입힐 수 있다. 이와 함께 국가를 하나의 공동체로 인식하는 국가 정체성도 약화된다. 정체성은 진공상태를 두려워한다. 우리는 누구이며, 사회 속에서 어떤 역할을 맡고 있는지, 또한 어느 집단에 소속되어 있는지 알아야 할 필요성을 느낀다. 사람은 '미지의 존재 상태'에 있는 것을 두려워한다. 인류 역사 대부분의 기간 동안 사람들은 출생에 의해 정체성의 한계가 결정되어 왔다. 그러나 오늘날 지리적, 사회적, 직업적 유동성의 다양화로 인해 종래의 정체성을 한계지우는 제약이 무너졌다. 이러한 다양성과 불확실성 조건에서 어떤 굳건한 토대 위에서 자아 감각을 뿌리내리기가 어려워 졌다. 이제 현대의 사람들은 외로운 여행자가 되었다.

근대성의 특징은 구성원의 정체성 위기 상태로 이끌 가능성을 많이 내포하고 있다. 이에 대한 반응으로 사회 구성원이 인종적 정체성, 지역적 정체성 또는 종교적 정체성 등 과거의 향수로 도피하면서 자기의 정체성을 확인하는 경우가 많아진다. 이러한 현상을 색스는 '부족으로의 회귀'로 표현하고 있다.[6] 그렇다고 해서 다문화주의가 폐기의 대상이 되는 것은 아니다. 다문화 사회 이전으로 돌아가는 길은 없다. 오직 다문화주의를 넘어서는 길만이 있을 뿐이다. 각 집단의 가치관과 문화를 존중하면서 다문화주의를 한 차원 뛰어넘는 공동체적 연대의 사회를 어떻게 만들어 가느냐 하는 것이다.

다문화 가정의 급증, 다양한 외국인의 국내 유입 등 우리나라도 인종적 다문화 사회의 문턱에 들어서고 있다. 따라서 단순히 그들의 문화를 인정하고 존중해 주는 차원을 넘어 함께 사는 새로운 보금자리 같은 집을 만들어 주어야 할 것이다. 그러나 우리의 현실은 그렇지 않다. 한국 사회의 폐쇄적인 민족 정체성은 경제적 우월주의와 결합하여 서구의 문화는 선호하고 서구인과 이룬 다문화 가정에 대해서는 호감을 가지면서 동남아 등 경제 후진국 사람과 이룬 다문화 가정에 대해서는 차별적인 태도를 취하는 이중적 자세를 가지고 있다. 이러한 경향이 지속될 때 동남아인과 이룬 다문화 가정의 자녀들이 성장했을 때 색스가 지적한 대로 '부족에의 회귀' 현상이 일어나 사회 통합의 큰 장애로 등장할 수 있을 것이다. 사회의 사회 통합을 실천하고 있는 좋은 사례를 하나 소개하고 싶다. 서울 마포구청에서 실천하고 있는 결혼 이주 여성에게 '친정엄마 맺어주기' 운동이다. 이 운동은 한국 어머니의 많은 참여 속에서 정겹고 아름다운 많은 사연을 전하고 있다.

세계화 · 다문화 사회에 있어 논의되어야 할 과제가 민족주의의 문제이다. 세계화의 물결 속에서도 민족주의의 성향은 결코 식지 않고 있고 앞으로도 그러할 것이다. 민족주의는 유형상으로 크게 세 가지 형태로 분류해 볼 수 있다. 즉, '인종적 민족주의'와 '국민적 민족주의' 그리고 '시민적 민족주의'로 구분해 볼 수 있을 것이다.

인종적 민족주의는 혈연적 단일성과 민속적 공통성에 바탕을 둔 것이다. 국민적 민족주의는 인종적 민족주의에 공화주의가 결합되고 공화주의가 인종보다 우월적 지위를 가지고 있는 민족주의를 의미한다고 볼 수 있다. 즉, '국민들로 구성된 실재적 민족이 동포들로 구성된 가공적 민족에 대해 지녀야 할 우위성'[7]이 보장되는 민족주의이다. 혈통과 민속을 초월하여 동일 거주지에 살면서 누구나 같은 공동체의 구성원으로 대접받으면서 평등한 법적 지위를 기반으로 하여 민족이 구성된다.

오늘날 국가가 세계화의 관계망 속에 편입되고 있는 상황에서 민족국가의 성격도 변해가고 있다. 국가 권력은 국내지역, 국제적 차원의 다양한 주체에 의해 분할되고 있다. 또한 정치적 운명 공동체라는 관념은 더 이상 단일한 민족국가의 경계 내에서 작용하는데 많은 장애가 생긴다. 그렇다고 해서 기존의 민족국가가 가지고 존재의 의미가 사라지지는 않을 것이다. 민족국가는 국내 정치와 국민의 기본권을 보장하는 단위로서 필요하며, 또한 세계화 과정을 정치적으로 규제하는 주체가 된다.

여기에서 시민적 민족주의의 필요성을 제기해 본다. 근대 민족국가 체제에서 자아 정체성의 기초가 되었던 민족 정체성은 더 이상 단일한 형태로 운명적으로 주어지는 것이 아니라 보다 공개적이고 성찰적으로 구성된다. 즉 국가 구성원이 세계 시민성을 가지는 것이다. 시민민족주의의 구성원은 자신의 지방성과 세계 시민성을 동등하게 겸비한 자아를 가진 자이다. 이러한 시민적 민족주의는 다양성 속의 통일이라는 다원주의와 자기 존재감을 가지면서 민족 간의 공존을 지향하는 국제 평화주의를 지향한다. 앞으로 한국 민족주의의 지향방향이 시민적 민족주의임은 자연스러운 것이라 하겠다.

3. 공동체적 윤리문화와 시민사회적 윤리문화의 융합

세계화·다문화 사회는 타자와의 만남의 광장이 확대되고 가치관계의 영역도 확대되고 있다. 전통적인 사회에서는 거의 아는 사람끼리의 공동체적 관계의 사회였고, 이에 따른 규범도 사람들 사이의 관계를 근간으로 하는 '관계적 윤리'였고, 또한 구체적인 관계 속에서 일어나는 상황 중심의 윤리적 성격이 강하다고 할 수 있다. 이러한 공동체적 문화 속에서 잉태되는 규범은 '행위'보다는 '행위자'에 주목한다. 따라서 행위자가 유덕한 품성을 지니고 실천하는 방향을 제시하는 덕목을 중요시 여긴다. 이러한 전통적인 관계의 규범은 오늘날 근대 시민사회에서 잉태된 자유주의적, 개인주의적 규범에 반기를 들면서 등장한 공동체주의에 의해 새롭게 조명되고 있다. 그 대표적인 것이 덕 윤리와 배려의 윤리라 할 수 있다.

그러나 이러한 공동체적 문화 속에서 나온 윤리는 추상적인 사해동포주의를 실천하는데에 분명히 한계가 있다. 가족이나 이웃 등 소규모 공동체에서는 덕과 배려의 덕목을 기대할 수 있으나 더 큰 '거래의 사회'에서는 이를 실천하는 것은 쉽지 않을 것이다. 오늘날 사회는 근대적 국가와 세계화라는 거대 공동체로 확대되어 버렸기 때문이다. 이제 행위자의 덕목과 더불어 '행위' 자체에 주목하는 규범의 중요성도 함께 한다. 공동체적 윤리가 자유주의적 윤리가 가지고 있는 삭막성에 대한 저항에서 나온 것이지만, 지금의 세계가 모르는 사람끼리의 삭막한 관계가 확대되고 있음을 부인할 수 없다.

여기에 시민사회적 윤리의 중요성이 제기된다. 시민사회는 계약사회적 성격이 강하다. 문제는 얼마나 구성원이 자유롭고 평등하게 계약을 하고, 합의한 계약을 잘 지키느냐이다. 그리고 그 계약을 지킴으로써 공동체 구성원의 삶의 질이 얼마나 향상되느냐 하는 것이다. 여기서 정의 윤리의 중요성이 제기된다. 정의의 윤리는 탈문화적인 성격이 강하며, 내용으로서의 도덕 개념이 아니라 형식과 절차로서의 도덕 개념의 성격이 강하다고 할 수 있다. 배려와 정의는 긴장관계는 가지고 있지만 결코 배타적 관계는 아니다. 도덕적 인간이란 배려와 정의의 윤리를 함께 갖춘 사람으로 보아야 할 것이다.

Ⅳ. 가치교육과 상호 윤리

세계화·다문화 사회는 결국 생활영역이 확대되고, 이에 따라 가치공간이 넓어지고 확대되는 것을 의미한다. 2007 개정 교육과정에서는 '지구 공동체'와 '자연·초월적 존재'와의 관계를 설정하는 등 세계화·다문화시대의 요청을 수용하면서 가치관계 확대법을 도입하고 있다. 이에 세계화·다문화 사회의 요구에 부응하는 가치교육의 방향과 도덕과 교과의 교육과정을 일반체계이론의 틀을 응용해 제시해 보고자 한다.

일반체계이론은 다양하게 변화되는 현상들을 개별적인 실체로 분석하고 이해하는 것이 아니라, 이 변화하는 것들의 상호작용에 유의함으로써 그 현상을 이해하려는 노력에서 시작되었다. 모든 존재는 열린 시스템(open system)의 성격을 가지고 있다. 열린 시스템은 역동적이다. 주위 환경과 상호작용하면서 에너지와 정보를 변형하는 열린 시스템은 호혜적, 상호적 인과과정을 통해 나타난다. 이 상호관계 속에서 피드백이라는 개념이 나타난다. 이러한 시스템 이론을 적용하여 다음과 같은 '덕목과 가치공간의 인드라망'의 모형을 제시해 본다. 상기 모형은 다음과 같은 내용을 나타내려고 시도하였다. 나의 의견이 이 서투른 도안으로 표현되었는지는 확신이 서지 않았지만 시도해 보았다.

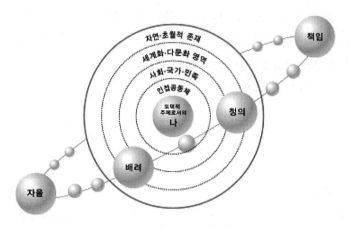

덕목과 가치공간의 인드라망(indra-net)

첫째, 모든 존재와 현상은 '의존적 상호발생(dependent co-arising)'의 관계에 있다는 것이다. 나와 타인과의 관계, 집단과 집단과의 관계, 나와 자연과의 관계, 생물체와 생물체와의 관계 등 이 세상의 삼라만상은 상호의존적 관계에 있으며, 이 관계에서 새로운 관계도 형성된다고 본다. 따라서 모든 존재와 현상은 하나의 그물코 안에 연결되어 있다. 물과 해가 없으면 우리가 존재할 수 없고, 인간의 사회성이라는 것도 한 그물코에 있기 때문이다. 이러한 사유 안에서 윤리의 출발점이 있다고 본다. 여기서 사랑의 윤리, 배려의 윤리, 책임의 윤리, 생명의 윤리, 평화의 윤리 등이 생성된다. 가치교육에서 필요한 영역으로 4개의 가치공간을 만들었다. 즉, 나, 이웃 공동체, 사회·국가(민족), 타문화·타국가(타민족), 자연 초월적 존재영역으로 분류하였다. 중요한 것은 이러한 가치공간이 서로 분리되고, 수직적 관계가 있는 것이 아니고, 서로 상호의존적 관계를 상호작용한다는 점이다. 그래서 자기가 귀중하듯 모든 존재도 귀중한 것이 된다.

둘째, 모든 가치덕목도 상호의존적 관계가 있다는 것이다. 정직, 배려, 정의, 책임 등 다양한 가치덕목들은 어느 영역에 한정되는 것이 결코 아니고, 상호 연결되어 있으며, 이 연결망에 따라 다양한 가치덕목도 생성된다. 예를 들면 '책임'이라는 가치덕목은 나에서부터 자연에 이르기까지 적용되는 것이라 하겠다. 여기에 가치덕목의 상호의존성을 전제로 하면서 '자율', '배려', '정의', '책임' 등 4가지의 덕목을 제시하였다. 다양한 가치덕목 가운데 이를 선택한 것은 이 4가지가 대체로 이들이 일반화의 수준이 높다고 생각하기 때문이다. 4가지 가치덕목에서 여러 파생가치가 나오는 것이며, 4가지 가치덕목의 상호관계 속에서도 다양한 파생가치가 나올 것이다.

모든 존재와 현상을 의존적 상호 발생으로 보고 출발하는 윤리적 관계를 '상호 윤리'라고 표현하고 싶다. 이러한 관점에서 보면 자아는 자신이 경험하는 세계와 그 경험을 해석하는 코드 사이의 상호작용에 의해 형성된다. 상호 윤리는 규범을 이성의 명령이나 어떤 절대적 존재의 승인에서 나온 것으로 보지 않는다. 그 규범은 모든 존재의 조건이 되는 관계성 바로 그 자체에 근거를 두고 있다. 따라서 상호 윤리의 규범과 가치들은 개인의 행복과 사회의 건강이 불가분의 관계임을 드러내며, 개인적 변화와 사회적 변화 사이에 깊은 상호 의존관계가 있음을 말한다. 이에 상호 윤리는 다른 존재에 대한 깊은 배려 속에서 자기의 이익을 확장하는 것이다.

오늘날의 사회는 종래의 도덕적 규범으로는 해결할 수 없는 많은 문제에 직면하고 있다. 과학 기술의 발전에 따른 여러 가지 역기능의 문제, 생태계 파괴에 의한 환경문제, 인류의 안전과 평화의 문제 등 헤아릴 수 없는 많은 문제가 있다. 이러한 현대 사회를 독일의 저명한 사회학자 울리히 벡(Ulich Beck)은 '위험 사회'로 규정하면서 새로운 윤리적 성찰의 필요성을 강조하고 있다. 오늘날 책임윤리, 세계윤리, 환경윤리, 타자윤리, 평화윤리, 경쟁윤리 등 다양한 윤리관이 등장하고 있는 것은 현대 사회의 위험성에 대한 윤리적 대응에서 나온 것이다. 이러한 다양한 윤리관의 근원은 상호 윤리적 사유와 밀접한 관계가 있다고 본다.

행복과 윤리의
만남

행복이라는 단어는 일상적으로 제일 많이 사용되는 말이지만 또한 제일 애매한 용어이기도 하다. 이러한 단어가 학문적, 대중적 관심을 끌면서 이 시대의 새로운 화두로 등장하고 있다. 그 어느 시대보다 행복이 자주 회자된다는 것은 역설적으로 이 시대의 사람들이 그다지 행복하지 않다는 것을 의미한다고 볼 수 있다. 이것은 그동안 행복을 가져다 줄 것으로 기대해 온 물질적 풍요가 별반 행복을 가져다주지 못했다는 인식과 맥을 같이 한다.

그러면 도대체 행복이란 무엇이고, 무엇이 행복을 가져다주는 것인가? 얼마 전까지도 행복은 학문적 연구 대상에서 소외되어 왔다. 그것은 행복은 신기루와 같아 학문적 개념으로 정립하기가 힘들기 때문 일 것이다. 그러나 행복에 대한 관심이 증대되면서 오늘날 심리학, 사회학, 경제학, 생물학 등을 중심으로 행복에 대한 연구가 활발하게 진행되고 있다. 반면에 오늘날의 윤리학은 행복이라는 주제에 대해 무관심한 것처럼 보인다. 『행복학 저널(Journal of Happiness Studies)』의 편집자이자 세계행복데이터베이스의 창립자인 루트 벤호벤(Rutt Veenhoven)은 "지난 몇 세기에 걸쳐 이루어진 철학적 탐구는 무엇이 행복한 삶인지에 대해서 아무런 결론도 내리지 못한 채 실패로 끝나고 말았다"[1]고 선언하면서 행복과 인간 욕망에 대한 성찰에서 철학자와 윤리학자의 지위를 부정하고 있다. 참으로 충격적인 선언이다.

윤리학이 행복의 주제에 소홀히 한다면 그 생명력은 많은 훼손을 입을 것이다. 고전 윤리학의 제일 큰 관심사는 행복이었다. 윤리와 인간의 행복은 결코 분리될 수 없는 것이다. 이제 윤리학은 행복과 행복한 삶에 대한 지혜를 다시 주어야 한다. 이러한 문제의식에서 이 글은 '세상 행복하게 만들기', '사람 행복하게 만들기'에 윤리학은 어떤 위치에 있으며, 그 역할은 무엇인가? 이에 대한 해답을 찾는 작업의 출발점으로 쓰고자 한 것이다.

Ⅰ. 행복의 개념과 측정에 대한 논의

1. 행복이란 무엇인가?

"당신은 행복한가?" 라는 질문을 받았을 때 어떻게 대답해야 할지 망설이게 된다. 이것은 무엇이 행복인지 불명확하기 때문이다. 행복이라는 어의도 매우 다양하다. 행복에 가까운 말로서 영어에는 happiness, 라틴어에는 felix, 그리스어에는 eudaimonia가 있다. 그러나 이 말들의 뜻은 조금씩 다르다. 언어는 문화권에 따라 다르게 사용되며, 추상적인 대상에 대해 완벽하게 대응하는 용어를 발견하기란 매우 어렵기 때문이다.

일상 언어에서도 행복이라는 말의 용법은 아주 다양하다. '옥스포드 영어사전(OED)'에는 행복에 대해 세 항목으로 설명되어 있다.

*인생 또는 특수한 사건에서의 행운, 성공, 번영
*성공 또는 좋은 것으로 간주되는 것으로부터 오는 마음의 만족한 상태
*성공적 또는 알맞은 적성, 적당, 적합성, 적절성, 경사

이렇게 행복이란 용어는 매우 다양하게 사용되고 있어 그 개념을 정의하기가 매우 어렵다. 예를 들면, 1985년 판『펭귄심리학사전(Penguin Dictionary of Psychology)』은 아무런 해명도 없이 'haploid'라는 용어에서 'haptic'이라는 용어로 바로 넘어가면서 'happiness'를 사전에 수록하지 않고 있다. 단지 행복과 비슷한 말인 'hedonic 쾌락적 상태'이라는 용어가 몇 페이지 뒤에서 세 줄로 소개되고 있을 뿐이다.

행복을 정의하는데 어려운 점은 우리 모두가 행복이 무엇인지 직관적으로 알고 있으며, 너무 자명한 것이므로 정의가 필요치 않다는 것이다. 또한 행복이란 개인적인 것이고, 각 개인은 타인과 다른 고유의 행복을 향유한다는 것이다. 그러므로 행복에 관해 보편적인 정의를 내릴 수 없다는 것이다. 이러한 논리는 유명론적이다. 즉 유명론은 '행복'이란 일반적인 '이름'의 단어가 존재함을 인정하나, 단순히 행복이 단 하나의 현실이나 인간 정신 안에서 일반적인 생각과 상통한다는 점은 부정한다. 그러나 행복에 관심을 두고 있는 학자들은 이러한 유명론적 입장을 받아들이는데 주저한다. 어떤 의미에서 각자의 행복이 다르다는 것은 분명하다. 그렇지만, 여러 형태의 행복이 있을지라도 그 안에는 공통된 어떤 것이 있으며, 그것을 행복이란 동일한 언어로 지칭할 수 있을 것이라는 희망을 가지고 있다.

행복의 개념은 불확실하다. 그러나 행복의 개념이 불확실하다고 해서 그 개념이 가지고 있는 가치까지 부정될 수 없을 것이다. 행복 연구에 관

심을 가지고 있는 많은 학자들은 행복은 행복과 관련된 모든 구체적인 사례가 마치 한 식구처럼 서로 연관된 개념으로 보고 있다. 많은 행복 연구자들은 행복의 개념을 이해하기 위해 여러 가지 각도로 접근하고 있다. 그들의 강조점에 따라 행복의 개념을 다양하게 범주화하였다.

행복의 개념 유형을 주관주의, 객관주의, 절충주의 행복론으로 나누는 견해를 먼저 살펴 보자.[2] 주관주의 행복론은 행복은 '묘사'가 아니라 '평가'로 보면서, 행복의 가치는 개인적 판단의 산물로 보는 것이다. 대표적인 것이 쾌락주의 행복론이다. 객관주의 행복론은 인간의 본질 혹은 본성이 존재한다는 것을 전제로 하면서 이를 구현하는 것을 행복이라고 본다. 이러한 본질주의 행복관은 아리스토텔레스의 윤리학의 핵심을 이룬다. 또한 객관적 행복론의 또 다른 축은 욕구이론이다. 이 관점에 의하면 인간의 행복이나 복지는 개인적 욕망이나 성향 또는 호불호와 상관없이 인간 복지의 내재적 근원으로서의 기본적 욕구체계가 있다는 가정을 하고 있다. 이러한 관점은 행복을 사회적 경제적 차원에서 측정하고 삶의 만족으로서 행복 개념을 구축하려는 '사회지표운동'에서 잘 나타난다. 절충주의 행복론은 주관주의와 객관주의가 배합하여 만족, 복리, 그리고 인간 존엄성의 복합체로서 행복을 보고 있다. 오늘날 행복을 측정하고자 하는 많은 학자들은 절충주의의 입장에 있다.

행복을 세 가지 범주로 나누어 보는 견해도 있다.[3] 먼저 '상태로서의 행복'을 보는 견해이다. 행복은 어떤 마음의 상태를 의미를 하며, 이러한 상태를 '행복한 상태(being happy)'라고 말한다. 행복한 상태란 인생을 살아가면서 욕구나 희망이 실현되어 만족한 상태에 도달했다는 것을 의미한다. 즉, 어떤 사람이 자신의 삶 속에서 자신의 기대가 실현되어 거기에서 만족감을 얻는다면 행복하다고 말 할 수 있다는 입장이다. 이렇게 상태로서의 행복관은 만족이라는 차원에서 행복을 정의하고 있다. 그래서 행복은 매우 주관적이고 평가적인 대상이 되고 있다.

두 번째로 '활동으로서의 행복'을 보는 견해가 있다. 행복을 활동으로 보는 사람은 결과보다는 과정을 중시한다. 행복을 수동적인 쾌락이나 욕구의 만족을 통해서가 아니라, 능동적인 활동을 통해 획득될 수 있다고 주장한다. 이것은 능동적 쾌락, 즉 우리가 활동을 하는데서 기쁨을 얻기 위해 행복을 추구하는 것을 의미한다. 이 경우에는 활동의 기술 또는 방법을 중시한다. 우리가 활동의 기술에 능숙하면 할수록 더욱 행복해 진다. 이러한 활동으로서의 행복은 만족을 중요시하는 상태로서의 행복관보다 지속성이 강하다고 할 수 있을 것이다.

세 번째로 '관계로서의 행복'을 보는 견해가 있다. 동일한 환경이라도 사람에 따라 다르게 받아들이는 경우가 많다. 이러한 경향은 우리로 하여금 행복은 삶의 상태가 아닌 개인의 속성이라고 생각하게 한다. 개인의 속성으로 보는 견해와 대조를 이루는 것이 행복을 환경과의 관계로 인식하는 견해다. 이 견해에 의하면 행복하다는 것은 실제로 어떤 관계 안에 있다는 것을 의미한다. 무엇과의 관계인가? 바로 생활환경과의 관계다. "그는 행복하다"는 말은 "그는 그것(it)을 좋아 한다"라고 말하는 것과 비슷하다는 것이다. 여기서 말하는 '그것(it)'은 이러저러한 특정한 사물이나 활동을 의미하지 않는다. 그것은 전체를 의미한다. "나는 행복하다'라고 말할 때 그는 언어로 자신의 태도, 자신의 환경과의 관계를 말하고 있다. 행복은 환경과의 관계에서 출현한다. 스스로 행복하다고 판단하는 것은 자기 삶의 환경을 좋게 평가하는 것이다.

2. 행복은 어떻게 측정할 수 있는가?

지금까지 행복이 무엇을 의미하는지에 대한 논의를 살펴보았다. 행복에 관한 이론의 무늬는 그렸지만 구체적으로 행복이 무엇인지는 불확실한 상태이다. 이에 행복을 측정하려는 기존의 노력을 살펴보는 것이 행복의 정체를 밝히는데 도움을 줄 것이다.

행복을 어떤 기준으로 측정할 수 있는가? 행복 측정에 관한 연구는 최근에 관심을 끈 분야로서 매우 짧은 역사를 가지고 있다. 1960년대부터 미국을 중심으로 '삶의 질'의 문제가 대두되면서 행복과 행복 측정에 대한 관심이 일어나기 시작하였다. 한 국가 수준에서의 일인당 GNP의 증가가 반드시 행복한 사회를 만드는 요인이 아니라는 인식이 증가하였으며, 또한 개인의 차원에서도 소득의 증가가 삶의 만족 및 행복감을 높여주는 것만은 아니라는 자각이 일어나면서 행복의 구성과 결정 요인에 대한 연구가 시작되었다. 행복한 사회, 행복한 삶이란 무엇인가에 대한 질문을 두고 철학, 윤리학, 심리학, 사회학, 경제학 등을 중심으로 학제적인 연구가 진행되고 있다.

행복을 측정하는 문제에서 항상 거론되는 것이 행복의 실체가 무엇이냐 하는 것이다. 행복은 주관적이고 불명확하며 모호하다는 이유로 수십년 동안 심리학에서 무시된 용어였다. 근래에 '행복지수'라는 용어가 낯설지 않게 사용되고 있다. 또한 행복을 측정하고자 하는 연구가 활발하게 진행되고 있고, 다양한 국제기관에서도 각 국민의 행복지수를 정기적으로 발표하기도 한다.

행복을 측정하는데 있어서 두 가지 큰 줄기는 객관적 삶의 질을 측정하는 것과 주관적 안녕을 측정하는 것이다. 객관적 삶의 질과 주관적 안녕은 어떤 관계를 맺고 있는가? 객관적 삶의 질은 주관적 안녕을 결정하는 독립 변인으로 간주할 수 있다. 그러나 객관적 삶의 질은 주관적 안녕을 결정하는 요인이지 주관적 안녕 자체는 아니라는 것이다. 즉 수입이 많고 복지시설이 좋은 곳에서 산다고 해서 그 사람이 행복하거나 주관적 안녕이 높지만은 않다는 것이다.

주관적 안녕은 어디까지나 개인의 주관적 판단에서 나온다. 잘 먹고 잘 산다고 해서 반드시 행복한 것은 아니다. 주관적 안녕은 어디까지나 개인의 주관적 판단에서 나온다. 잘 먹고 잘 산다고 해서 반드시 행복한 것은 아니다. 객관적 삶의 질과 주관적 안녕은 서로 일치하지 않으며, 또한 상관성도 그리 높지 않을 수 있다. 행복을 측정함에 있어 중요한 것은 객관적 삶의 질과 주관적 안녕이라는 두 변인이 어떤 유형의 관계를 이루는 가에 있다. 객관적 삶의 질과 주관적 안녕 간에 직선적 관계로 나타나면 그것은 객관적 삶의 질이 높으면 높을수록 주관적 안녕도 높음을 의미한다. 만일 둘 간의 관계가 엎어진 S자형을 이룬다면 객관적 삶의 질이 어느 정도까지는 행복과 관계가 있지만 어느 정도를 넘어서면 더 이상 행복에 도움을 주지 않음을 의미한다.

객관적 삶의 질과 주관적 안녕 간의 관계를 연구하는 일은 매우 중요한 작업이다. 이것은 정부의 정책 설정이나 국가 운영에 커다란 시사점을 주고 있기 때문이다. 객관적 삶의 질에는 경제적 요소와 비경제적 요소 즉, 인구과밀, 교통, 범죄율 등 다양한 요인들이 있는데 이러한 것들이 주관적 안녕과 어떠한 관계를 가지고 있는가를 규명하는 것은 국가 정책에 주요한 자료가 되는 것이다. 예를 들면 만일 GNP보다는 시장바구니의 물가가 주관적 안녕에 더 큰 영향을 준다면 정부는 경제 성장에만 주력할 것이 아니라 물가 안정에 보다 역점을 두어야 할 것이다.

객관적 삶의 질의 측정은 여러 국가를 비교할 수 있는 기준이 된다. 즉 교육, 문화, 사회복지, 건강 등의 객관적 삶의 측정치들은 GNP를 떠나서 어떤 국가가 보다 질 좋은 삶을 누리고 있는가를 반영해 준다. 경제학자, 사회학자, 정치학자들은 객관적 삶의 질에 대한 지표 그 자체에 보다 큰 관심이 있는 반면, 주관적 안녕을 연구하는 심리학자들은 객관적 삶의 질 보다는 그것이 주관적 삶에 미치는 영향에 많은 관심을 가지고 있다.

객관적 삶의 질과는 달리 주관적 삶의 질은 개인의 주관성이 개입된다. 따라서 개념의 정의 및 측정이 매우 어려우며, 주관적 삶의 질을 규명하는 이론을 정립한다는 것은 더욱 난제일 수밖에 없다. 기존의 연구에 의하면 '주관적 삶의 질(subjective quality of life) 또는 주관적 안녕(subjective well-being)은 크게 두 가지 영역의 세 가지 상호 독립된 차원으로 구성된다.[4]

두 가지 영역은 정서적인 영역과 인지적인 영역으로 구분된다. 정서적인 영역에서의 삶의 질은 일반적으로 행복이라는 용어로 표현되는 감정적 상태를 의미한다. 여기서는 상호 독립된 두 차원, 즉 즐거운 감정(pleasant affect)과 불쾌한 감정(unpleasant affect)으로 나누어진다. 즐거운 감정의 요인이 많고 불쾌한 감정을 일으키는 요인이 적으면 행복도가 높아진다. 인지적인 차원에서의 주관적인 삶의 질은 개인이 자신의 삶을 긍정적으로 평가하고 판단하는 상태로서 삶에 대하여 만족하는 정도를 의미한다. 일반적으로 삶의 만족도와 행복감 사이에는 밀접한 관계가 있다. 그러나 자신의 삶에 만족하면서도 행복감을 느끼지 못하는 사람도 있을 수 있으며 반대의 경우도 가능할 것이다.

1970년대 주관적 삶의 질에 대한 기초를 마련한 학자는 캠벨(A. Campbell)은 만족도의 개념이 행복의 개념보다 더 주관적 삶의 질 연구를 위해 유용한 개념이라고 주장한다.[5] 왜냐하면 행복감은 만족도보다도 더 주관적인 성격이 강하며, 또한 문화에 따라 상황에 따라 가변적이라 정의와 측정을 내리기 매우 힘든 개념이기 때문이다. 그러나 만족도의 경우는 행복감과는 달리 전반적인 삶에 대한 만족도만이 아니라 삶의 하위영역들 각각에 대한 만족도를 측정할 수 있어서 삶의 질을 높이려는 노력을 보다 구체화시키는데 도움이 될 수 있다는 것이다. 그러나 1980년대에 접어들면서 주관적 삶의 질에 대한 연구는 만족도보다는 행복감 쪽으로 방향이 옮겨 갔다. 이는 궁극적으로 개인이 체험하는 삶의 주관적 안녕(subjective well-being)은 인지적인 측면에서 냉철하게 평가하는 '만족'이기보다는 감정적으로 행복한 상태라는 견해가 보다 우세하게 되었기 때문이다.

주관적 삶의 질에 영향을 미치는 요인들을 찾아내려는 노력은 크게 두 갈래로 나누어지고 있다. 하나는 밑에서부터 위로 올라가는 접근법(bottom-up approach)이다. 이는 삶을 구성하는 하위영역들에 만족하게 될 때, 삶 전반에 대한 만족 및 행복을 얻게 될 것이라는 추론에 근거한 것이다. 이러한 관점은 모든 사람에게 공통되는 인간의 욕구들이 존재하며 이러한 욕구들을 충족시켜주면 주관적 안녕이 높아지리라는 가정에서 출발하고 있다. 이러한 관점을 취하는 연구자들은 응답자가 처해있는 사회경제적 조건 및 인구학적 특성과 같은 삶의 조건을 형성하는 요인들이 얼마나 주관적 삶의 질에 영향을 미치는가에 관심을 기울인다.

또 다른 접근법은 위에서 아래로 내려오는 접근법(top-down approach)이다. 여기서는 개인의 성격적인 특징에 따라 동일한 조건에 대하여도 만족도나 행복을 느끼는 정도가 다르므로, 외적인 조건에 관심을 기울일 것이 아니라 내적인 심리적 성격에 관심을 가져야 한다고 주장한다. 즉 객관적 조건보다는 자기 존중감, 긍정적 낙관적 성격, 자기 통제감 같은 성격 특성이 주관적 안녕감을 결정하는데 더 영향을 미친다는 것이다. 그러나 객관적 조건과 성격의 특성 간에는 서로 인과적인 영향을 교환하고 있으므로 어느 조건이 더 우세하다고 일방적으로 단정짓기 어렵기 때문에 두 가지 접근법을 통합하자는 주장도 제기되고 있다.

주관적 삶의 질에 관심을 가지면서 거론되는 것이 토착심리학적 접근법이다. 토착심리학이란 '그 지역에 고유하고, 타 지역에서 유입되지 않은, 그 지역 사람들을 위한 인간의 행동이나 마음에 대한 과학적 연구'이다. 토착심리학자들은 대부분의 심리학 연구들은 인간의 행동과 경험이 문화보편적이라는 가정 하에 서구에서 개발된 이론과 측정들을 다른 문화권에 그대로 적용하는 방식으로 이루어졌다고 지적하고 있다. 또한 이들은 이러한 방식의 연구에서는 외적 타당성의 문제(error of commission)와 내적 타당성 문제(error of ommission)가 발생한다고 하였다. 외적 타당성의 문제란 서구 심리학적 이론들이 서구 사회에 한정된 것이기 때문에 다른 문화권에서 일반화되지 않을 수 있다는 것이고, 내적 타당성의 문제란 서양의 과학자들이 비서구 문화에서 중요한 측면들을 인식하는 도식이 없기 때문에 이러한 현상을 발견하고 이해하기 힘들다는 것이다. 이에 해당 문화권의 내부자적 관점에서 개인이나 집단을 맥락에 근거해서 이해하는 토착심리학적 접근이 요구된다.

위에서 본 것처럼 행복과 삶의 질을 측정하는 방법은 매우 다양하다. 유엔을 비롯한 국제적인 여러 기관들은 각각 그들이 고안한 측정 모델을 가지고 각 국의 행복도를 측정하고 있다. 그래서 각 국의 행복도는 측정 기관에 따라 많은 편차를 보이기도 한다.

한국에서의 주관적 삶의 질에 대한 체계적인 연구는 양이나 질적인 측면에서 초기 단계에 머무르고 있다. 대개의 연구들은 우리나라의 소득 수준이 상당 수준에 달하게 되면서 과연 이에 걸맞게 삶의 질이 높아졌는가 하는 사회적 관심에 부응하여 1990년대에 들어서면서 진행되었다. 지금까지의 연구는 삶의 질과 주관적 안녕과의 관계 또는 주관적 안녕의 구성과 결정 요인이 무엇인가에 있다. 연구의 결과는 개개 학자들의 견해일 뿐 일반화된 어떤 모델은 없어 보인다. 또한 국내에서 한국인의 행복지수를 공신력있게 조사한 결과도 없어 보인다.

Ⅱ. 유형별 행복관과 윤리이론과의 관계

1. 행복을 어떻게 유형화할까?

행복과 윤리의 관계를 살펴보기 위해서는 행복을 유형화시켜 비교해 보는 작업이 선행되어야 할 것이다. 행복이 너무 광범위하고 추상적이어서 이를 쪼개어 분류하여 유형화해 보는 것이 유익하다고 생각한다. 여기서는 대니얼 네틀의 이론을 먼저 소개하고, 나아가 여러 이론을 종합하여 나름대로 행복을 유형화하여 윤리이론과의 관계를 살펴보는 틀을 만들어 보고자 한다.

대니얼 네틀(Daniel Nettle)은 아래 표와 같이 행복의 세 가지 의미를 제시하고 있다.

〈행복의 세 가지 의미〉

행 복		
1단계 행복 · 순간적인 느낌들	2단계 행복 · 느낌들에 대한 종합적인 판단	3단계 행복 · 삶의 질
· 기쁨 · 즐거움	· 웰빙 · 만족	· 존재의 번영 · 자아실현

⬅️

보다 직접적
보다 세속적이며 감정적
보다 확실한 측정이 가능
보다 절대적

➡️

보다 인식적
보다 상대적
보다 도덕적이고 정치적
보다 많은 도덕적 규범과 가치를 포함

행복을 말할 때 대부분은 위의 도표에서 제시된 세 가지 의미 중 하나를 의미한다. 1단계 행복은 행복의 가장 직접적인 의미로서 기쁨이나 즐거움 같은 감정 혹은 느낌을 말한다. 이런 느낌은 일시적이며 분명하고 특별한 현상을 갖고 있다. 2단계 행복은 살면서 느낀 즐거움과 고통을 비교해보고 장기적으로 삶이 더 즐거웠다는 것을 의미한다. 바로 이것이 심리학자들이 보통 말하는 행복이다. 이런 의미의 행복은 기쁨이나 즐거움 같은 구체적인 느낌이 아니라, 느낌들의 전체적인 균형 상태에 대해 종합적인 판단을 한 것이다. 이런 의미의 행복과 비슷한 말로는 흡족함(contentment)과 삶에 대한 만족(life satisfaction)과 같은 말이 있다.

2단계 행복은 기쁨이나 즐거움을 직접 느낄 때 얻는 1단계 행복과는 달리 오랫동안 경험한 긍정적 감정과 부정적인 감정 사이에 긍정적인 감정이 우세하다는 판단을 할 때, 그리고 실제 발생한 결과가 발생할 수도 있었던 다른 결과에 비해 더 낫다는 판단을 할 때 얻어지는 것이다. '최대 다수의 최대 행복'을 말할 때의 행복은 2단계 행복, 즉 오랫동안 축적된 긍정적인 감정과 부정적인 감정 사이에서 긍정적인 감정이 더 우세하다고 판단한 상태를 의미하는 것이다.

이보다 더 광범위한 '3단계 행복'이 있다. 3단계 행복을 진정한 행복이라고 주장한 철학자와 신학자는 수없이 많다. 아리스토텔레스의 경우를 보자. 아리스토텔러스는 'eudaimonia'라는 용어를 썼는데 종종 '행복'이라는 용어로 번역된다. eudaimonia는 사람들이 자신의 진정한 잠재력을 실현하는 삶을 의미한다. 3단계 행복은 감정 상태를 의미하는 것이 아니기 때문에 밖으로 드러나는 독특한 현상이 없다. eudaimonia를 실현한다는 것이 무엇인지를 말해주는 유일한 징표는 없다. 왜냐하면 모든 사람의 잠재력이 다르기 때문이다. 3단계 행복은 스스로 선택한 자기실현의 삶을 구현한 상태라고 말할 수 있다. 불우한 삶을 산 한 예술가가 온갖 고난 속에서도 자신이 추구하던 예술적 목표를 성취했다면, 2단계 행복은 누리지 못했을지라도 3단계 행복은 얻었다고 할 수 있다.

3단계 행복은 '심리적 웰빙'과 맥락을 같이 하고 있다. 심리학자 캐럴

리프(Carol Ryff)와 연구팀은 '심리적 웰빙'은 단순한 2단계 행복보다 더 광범위한 일련의 요소를 포함하고 있다고 주장한다. 이런 일련의 요소들에게는 '즐거움'과 '고통 없는 삶'은 물론이고 개인적인 성장, 삶의 목적, 자신을 둘러싼 환경에 대한 지배, 자발성 등 보다 광범위한 요소들이 포함된다. 오늘날 많은 행복에 관한 저서들은 리프의 심리적 웰빙을 행복의 중요한 요소로 간주하고 있다.[7]

다니엘 네틀이 분류한 세 가지 행복 분류는 행복과 윤리이론과의 관계를 보기 위한 틀로서 유용한 시사점을 제공해 주었다고 판단해 소개하였다. 나는 다니엘 네틀이 제시한 틀에다 '가치 위계'에 대한 이론을 접합하여 행복을 유형화하고자 한다.

인간의 삶은 그 어떤 것을 추구하며, 그러한 추구를 충족시키는 과정이라고 볼 수 있다. 이 같은 추구를 욕구 또는 욕망이라고 할 수 있다. 결국 삶의 과정이란 욕구를 충족시키는 과정이라고 할 수 있다. 인간의 삶을 이렇게 욕구를 충족시키는 과정으로 규정할 때 분명한 것은 욕구가 질적으로 다르다는 것이다. 이러한 욕구의 질적 구별과 욕구의 충족이 주는 만족 또는 만족감의 분석과 해명은 곧 가치 및 가치의 위계와 직결된다.

가치의 위계에 대한 논의는 여러 학자들에 의해 다양하게 제시되고 있다. 일찍이 막스 쉘러(Max Scheler), 니코라이 하르트만(Nicolai Hartmann), 페리(R.B Perry), 매슬로(A. Maslow), 프롬(E. Fomm) 등에 의해 가치의 위계와 그 기준이 제시된 바 있다. 다양한 가치 위계의 이론을 크게 정리해 보면 크게 세 단계로 구분해 볼 수 있다. 첫 단계로 감각적 욕구, 생리적 욕구, 두 번째 단계로 공동체적 욕구, 사회적 욕구, 세 번째 단계로 정신적 욕구, 실존적 욕구로 나눌 수 있다.

필자는 위에서 살펴본 다니엘 네틀의 세 가지 행복 유형과 가치의 위계에서 제시된 세 가지 욕구 유형이 충족됨에 따라 느껴지는 행복을 결합시켜, 행복을 '생존적 행복', '관계적 행복', '실존적 행복'으로 유형화시

키고자 한다. 물론 세 유형의 행복이 명확히 구분되지 않고 상호 중첩될
수 있는 부분도 있을 것이다. 그러나 행복과 윤리의 관계를 논의하는데
좀 더 명확한 초점을 맞추는데 도움을 줄 것이다.

2. 유형별 행복관과 윤리이론은 어떤 관계가 있는가?

생존적 행복과 윤리

생존적 행복은 생존적 욕구(survival needs)가 충족되었을 때 느끼는
만족감이라 할 수 있다. 인간의 삶을 생물적 측면에서 볼 때 인간은 생물
적 욕구가 충족되지 않으면 생명을 유지할 수가 없다. 이러한 생물적 욕
구에 속하는 것을 에리히 프롬은 생존적 욕구라 칭한다.[8] 생존적 욕구는
식욕, 수면욕, 성욕, 유희적 욕구, 신체적 운동의 욕구 등 동물과 함께 가
지고 있는 본능적 욕구라 할 수 있다. 이러한 생존적 욕구의 충족은 인간
의 행복한 삶에 있어 매우 중요하다. 그럼에도 불구하고 많은 철학자와
윤리학자들은 이러한 생존적 행복에 대해 친화적이 아니다.

프롬도 초생존적 욕구(trans-survival needs)와 비교하면서 현대인의
삶의 문제점은 생존적 욕구에 대한 지나친 집착에 그 원인을 두고 있다.
그는 생존적 욕구의 만족을 쾌락으로 보고 있다. 프롬에 의하면 쾌락은
부단히 자극을 요하는 신경생리적 조직의 자극 욕구가 채워지지 않는데
서 생기는 긴장이 제거됨으로써 주어지는 만족감이다. 그리고 이러한 만
족감은 '신경생리적 경제 원리'의 기제에 의해서 어떤 한계를 넘으면 얼
마 안가서 자극 효과의 자극력이 상실된다. 그렇게 되면 욕구가 다시 발
동되어 자극이 요구된다. 이러한 과정이 반복되면서 계속 더 큰 자극을
요구하게 된다. 쾌락이 가지고 있는 이와 같은 기제는 쾌락이 인간의 행
복을 위해서 할 수 있는 역할의 한계를 말해 준다.

생존적 행복과 친화력이 있는 것으로 보이는 윤리학설이 쾌락주의 윤리학설과 공리주의 윤리설이다. 행복이 쾌락 그 자체라는, 혹은 쾌락의 일종이라는 견해는 오래전부터 널리 주장되어 온 입장이다. 그럼에도 불구하고 대다수의 쾌락주의 윤리학자들은 생존적 욕구의 충족에서 오는 행복을 경시하고 있다. 그들은 쾌락을 구분하면서 육체적 쾌락이 주는 의미를 경멸하고 정신적 쾌락을 행복과 연결시킨다. 기원전 4세기경 아리스티푸스(Aristippus)가 창립한 그리스 최초의 쾌락주의 학파인 키레네 학파(Cyrenaics)도 그러하였고, 에피크로스 학파(Epicurian School)도 크게 다르지 않다.

쾌락의 문제를 보편적 관점으로 확장시킨 것이 공리주의이다. 그러나 벤담(J. Bentham)의 양적 쾌락주의에서 밀(J.S. Mill)이 질적 쾌락주의를 주장함으로써 생존적 욕구에서 나오는 쾌락을 경시하고 만다.

생존적 욕구에서 나오는 쾌락이 경시되는 것은 가치의 위계질서에서 맨 밑에 자리 잡고 있기 때문이다. 막스 쉘러(Max Scheler), 하르트만(N. Hartmann) 등의 가치 위계질서에서 보면 생존적 욕구는 감각적 가치와 생명적 가치로 보고 순위를 맨 밑에 두고 있다. 이들 가치는 지속성이 약하고, 분할적이라는 것이다. 그리고 다른 가치에 비해 독립성이 적으며, 가치 감정의 만족감이 낮다는 것이다.

그러나 생존적 욕구에서 나오는 쾌락을 경시하면서 행복한 삶을 현실적으로 이야기 할 수 있을까 하는 의문이 든다. 동서고금의 다양한 행복론을 조감해 보면서 느낀 점은 인간이 가지고 있는 생존적 욕구에 대하여 경계하는 것이 태반이다. 본능적 쾌락을 절제하고 뛰어넘는 것이 행복이라고 주장하고 있다. 이것은 인간이 지니고 있는 포유동물적 특징을 간과하고 인간을 지나치게 높게 평가하고 있지 않나 하는 생각이 든다.

여기에 자연주의적 인간관에 관심을 가져 보자. 자연주의적 입장에서 볼 때 인간은 자연 존재일 뿐이다. 인간 안에서 정신적인 것은 아무런 독자성과 고유 법칙도 가지고 있지 않다. 정신적인 것은 그것의 규범을 이상적 가치에서 받아들이는 것이 아니라, 실재적 자연에서 받아들인다. 윤리적인 것은 자연적인 것과 일치한다. 사람들이 정신적 가치들의 특별한 부류로 취급하곤 하는 윤리적 가치들은 실제에 있어서는 생명가치에 불과한 것이다. 여기에 생물학적 윤리학이 등장한다. 생물학적 윤리학은 그 대상을 생물학적 인식론에 근거를 두고 있다. 이러한 입장을 일찍이 대변한 사람이 니체(F. Nietzsche)이다. 오늘날 많은 사회생물학자들은 '진화윤리학'을 이야기 하고 있다. 모리스(Desmond Morris)는 그의 저서 『The Nature of Happiness』에서 인간의 행복관을 진화론적 관점에서 분석하고 있다.[9]

이러한 생물학적 윤리학의 입장에서 볼 때 생존적 욕구의 충족은 인간 행복의 제일 중요한 요건이 될 것이 분명하다. 그러나 생물학적 윤리관은 "모든 윤리학의 종말을 의미 한다"라는 엄청난 비판을 받고 있다. 그러면 인간의 생존적 욕구의 충족과 인간의 행복을 연결시키는 윤리적 근거는 어디서 찾아야 하는가? 생물학적 윤리관과 규범 윤리학이 함께 할 공간은 어디에 있는 것인가? 윤리학이 인간의 행복에 현실적으로 기여하려면 이에 대한 해답을 먼저 찾아야 할 것이다. 왜냐하면 맛있는 음식을 먹으면서 느끼는 행복을 우리는 무시할 수 없기 때문이다.

관계적 행복과 윤리

"할리우드의 영화 제작자들은 선사시대 인류를 사악하고 경쟁심으로 들끓는 존재나 야만적인 존재, 그리고 끊이지 않는 부족 내의 사소한 다툼으로 항상 동료의 머리를 방망이로 내리치는 모습으로 그려내려고 한다. 그러나 그러한 일은 가끔 발생했고 지금도 일어나고 있지만, 만일 그런 일이 다반사였다면 진화 초기 단계에서부터 인류는 하나의 종으로서 생존할 수 없었을 것이다. 또한 부족 내의 폭력이 규칙의 예외였다면 무질서가 난무했을 것이다. 따라서 부족을 지배하는 분위기는 상호 협조, 협력, 분배 등이었을 것이다. 그렇지 않았다면, 인류는 결코 번영할 수 없었을 것이다. 현재 우리가 살고 있는 시대의 지나친 인구 과잉상태를 감안해 본다면, 우리 인류가 얼마나 평화롭고 온순한 종인지를 알 수 있다. 내 이야기가 미심쩍다면, 아침에 일어나서 다른 사람의 얼굴을 가격하지 않고 하루를 보내는 수십억 인구를 헤아려보라. 우리 인류에게는 다행스럽게도 대다수의 사람들이 이렇게 살아간다. 기자들에게는 다행스럽게도, 60억 인구에 비하면 극소수지만 벽돌을 던지거나 폭탄을 터트리는 사람들이 있어서 어쨌든 신문을 가득 채워주고 있다. 그렇지만 우리들 대다수는 항상 잔혹 행의를 탐닉하기보다는 행복을 추구하는데 관심이 더 많았다는 사실을 망각해서는 안 될 것이다."[10]

　위의 인용구는 인간이 무리지어 함께 살면서 서로 간의 관계에 대한 규범의 정립을 진화론적 관점에서 제시하고 있다. 그리고 동서고금을 통해 제시되어온 규범 윤리학의 태반은 사람과 사람과의 관계, 사람과 집단의 관계, 집단과 집단 간의 관계 등이 태반을 이루고 있다.
　공자와 아리스토텔러스가 제시한 덕목들도 관계의 덕목으로 볼 수 있다. 오늘날 '행복 만들기' 또는 '행복지수 높이기' 유의 책이 유행되고 있는데 그중에서 제일 많이 차지하고 있는 부분이 '관계'에 관한 지혜를 이야기하고 있다. 이러한 경향은 진화론적 입장에서 보면 매우 자연스러운 것이다.
　인간이 구체적 삶을 살아가면서 행복을 느끼는 여러 종류 중에서 관계 속에서 느끼는 행복의 비중이 매우 클 것이다. 가족 간의 관계, 친구 간의 관계, 직장 동료 간의 관계, 남녀 간의 애정관계, 개인과 조직체 간의 관계 등이 인간의 행복에서 차지하는 무게는 엄청나게 클 것이다.
　관계적 행복과 제일 밀접한 관련을 맺는 것이 '덕의 윤리'일 것이다.

덕 윤리는 인간이 살아오면서 가장 오래되고 친숙한 윤리 자체라 할 수 있다. 인간은 가정에서부터 시작하여 다양한 형태의 공동체 속에서 살아왔고, 그러한 공동체 속에서의 삶을 영위할 수 있는 능력과 지혜가 바로 덕이었다. 이러한 덕의 윤리가 한동안 골동품처럼 취급되다가 새로이 관심의 대상으로 등장하고 있다. 그것은 어떤 의미에서 사람 간의 관계가 위기에 처해졌다는 것을 의미할 것이다.

근대 윤리학은 인간 내면의 도덕성의 근원과 개인의 인성을 무시한 채 도덕적 의무와 도덕법칙만을 강조해 왔다. 그러나 덕의 윤리는 추상적 원리보다는 구체적인 사람의 덕성에, 법적인 의무보다는 바람직한 인간관계의 맥락에 더 주목하고 있다. 서양의 덕 윤리학은 아리스토텔레스의 윤리학에 많은 영향을 받았다. 아리스토텔레스는 인간 행위에 있어 무엇이 바람직하고 옳은지는 보편적 규칙이나 원칙을 통해 이해될 수 있는 것이 아니라 도덕적 사고, 욕구, 행위의 좋은 습관과 결부되어 있는 감수성이나 세련된 식견의 문제라고 보았다. 이러한 덕 윤리는 동양의 유교 윤리에도 가장 잘 나타나 있다고 볼 수 있다. 유교의 공동체적 윤리는 개인보다 구성원들 사이의 관계성에 초점을 맞춘다. 유교윤리는 가족 내에서 형성되는 혈연적 자연적 사랑과 배려를 토대로 점차 그것을 확산시켜 나가는 윤리이다.

덕 윤리와 밀접한 관련이 되는 것이 최근에 등장한 '배려윤리(care ethics)'이다. 길리건(C. Gilligan)과 나딩스(N. Noddings)로 대표되는 사람들 사이의 관계를 근거로 전개되는 관계적 윤리이다. 배려윤리에서는 인간관계의 맥락을 벗어난 개인적 판단이나 결단은 의미가 없다. 도덕적 행위를 하고자 하는 사람은 도덕원리를 찾기에 앞서 배려를 필요로 하는 사람이 처하여 있는 상황과 그의 구체적 요구를 먼저 살펴야 한다.

인간의 행복 중 사람과의 관계에서 나오는 행복은 매우 큰 비중을 차지하는 것은 재삼 거론할 필요가 없다. 따라서 관계를 중시하는 덕 윤리와 행복의 관계는 매우 밀접하다. 그러나 우리는 덕 윤리가 가지는 한계를 인식할 필요가 있다. 오늘날 산업화 도시화되면서 응집력이 약하고, 익명적 개인들의 거대한 집합체로 사회는 변해가고 있다. 덕 윤리는 '우리'라는 의식이 자랄 수 있는 범위의 공동체에서 그 기능을 잘 발휘할 수 있었다. 그러나 오늘날 사회는 '우리'보다는 '나'가 더 강조되고 있다. 이에 추상적인 거대 공동체 또는 익명적 타인과의 관계에도 적용할 수 있는 윤리가 필요해진 것이다. 즉 보편성을 지향하는 원리 중심의 윤리이론이 등장한 것이다. 또한 이러한 윤리는 일반적인 도덕적 감수성이 미치는 범위를 훨씬 넘어서까지 적용되어야 하기 때문에 강한 의무의식을 수반하지 않을 수 없다. 그 대표적인 것이 칸트의 윤리이론이다. 그러나 이미 지적되었듯이 추상적 원리만을 중시하고 구체적 상황 및 개인적 욕구나 감정 등을 무시함으로써 실천력이 떨어진다는 비판을 받아 왔고, 이에 덕 윤리가 재등장한 것이다.

그러나 오늘날 덕 윤리가 제대로 작동하기에는 많은 한계가 있다. 이제 덕의 윤리와 원리의 윤리가 융합되어 자연스러운 도덕 습관으로 표출되도록 하는 방향을 모색하는 물음에 답해야 할 것이다. 그래야만 행복과 윤리는 견결한 관계를 맺을 것이다.

실존적 행복과 윤리

실존적 행복은 실존적 욕구의 충족에서 오는 행복이다. 실존적 욕구는 가치의 위계질서를 주장하는 학자들에 의해 높은 가치로 분류되는 것들이다. 이러한 가치에 대해 '실존적 욕구'라는 명칭을 붙이는 것이 타당한지는 논란이 있을 것이다. 실존의 개념은 실존철학자들 사이에서도 상당한 차이가 있을 것이다. 여기서는 프롬의 『소유냐 존재냐(To Have or To Be)』와 프랑스의 실존철학자 마르셀(G. Marcel)이 그의 저서 『존재와 소유』에서 분류한 삶의 방식을 차용하여 사용하였다. 생존적 욕구와 대비되는 실존적 욕구의 삶은 어떤 것인가? 실존으로서의 삶은 인간에게 고유한 독자적인 정신적 가능성을 실현하는 삶이다. 즉 이성적 욕구, 심미적 욕구, 사랑의 욕구, 자유의 욕구, 창조적 욕구, 종교적 욕구 등이 실존적 욕구의 충족을 추구하고 실현하는 것이다. 이러한 실존적 욕구를 지향하는 가치는 지속성이 높고, 비분할적이며, 다른 가치로부터 독립성이 높고 또한 가치 감정의 만족이 매우 깊기 때문에 매우 높은 가치로 평가된다.

이러한 행복을 추구하고 있는 철학자와 윤리학자는 수를 헤아리기 어려울 정도로 많다. 그 대표적인 것이 플라톤이라 할 수 있다. 그는 선의 이데아가 참된 행복이라고 본다. 그러면 결핍된 존재인 인간이 어떻게 절대이며 완벽함인 선의 이데아와 나를 동일시하여 행복에 이를 것인가? 이것이 플라톤의 제일 큰 관심사였다. 아리스토텔레스가 말한 'eudaimonia'도 실존적 행복과 연관된 용어이다.

중세의 많은 철학자들은 신에 대한 믿음이 곧 행복이라고 보고 있다. 이러한 전통은 지금도 도도히 전개되고 있다. 종교적 가치, 성가적 가치를 가치질서의 최상에 두고 신에 대한 믿음과 헌신을 진정한 행복으로 보고 있다. 폴 틸리히(Paul Tillich)는 최고의 행복을 'blessdness' 즉 신의 축복으로 보고 있다.[11] 틸리히는 인간이 종교적인 것 즉 영원한 것의 관계에서 인간적 가능성을 실현하고, 고통과 슬픔, 나아가 죽음까지도 넘어 설 수 있다.

반면에 불교는 스스로의 힘으로 열반과 해탈을 통해 최고의 행복에 도달할 수 있다고 말한다. 불교는 탐, 진, 치 삼독심, 즉 탐욕, 분노, 어리석음에서 벗어나 팔정도를 통해 해탈을 설파하고 있다.

오늘날 현대 문명의 위기를 개탄하고 있는 많은 철학자들은 실존적 욕구의 상실 또는 약화를 이야기하고 있다. 나아가 정신적 부흥과 새로운 종교 개혁을 이야기하기도 하고, 교육의 문제점을 제기하기도 한다.

많은 철학자와 윤리학자들은 실존적 행복에 깊은 관심을 가지고 있으나, 필자는 그 당위성을 인정하면서도 그 행복의 높이에 현기증을 느끼기도 한다. 행복은 사소한 일상성 속에서 순간적으로 오는 것도 많으며, 그 순간을 중히 여기면서 사는 것이 보통사람들의 삶이 아닌가 하는 생각이 들기 때문이다.

Ⅲ. 행복 증진을 위한 윤리학의 과제

1. 행복에 대한 눈높이의 조절

행복과 윤리의 관계를 찾아보면서 느낀 점은 윤리학자들이 제시하는 행복론들이 너무 눈높이가 높다는 것이다. 이러한 현상은 보통사람들이 생각하는 행복관에 대해 윤리학자들이 가지고 있는 어느 정도의 부정적인 감정과 연결되어 있지 않나 생각된다. 행복의 추구는 이기주의적이고, 사람을 가볍게 만들고, 쾌락에 빠지게 할 수 있다고 보는 것이다. 또한 행복을 추구하다 보면 행복보다 무가치하지 않은 다른 가치들을 등한시 할 위험이 있을 수 있을 것이다. 기실 행복의 추구와 공정, 정의의 가치가 충돌할 가능성은 얼마든지 있는 것이다.

또한 철학, 윤리학자들은 행복의 추구와 진리의 추구는 길이 다르다는 부정적인 생각을 어느 정도 가지고 있지 않나 생각된다. 자신이 행복하다는 것은 자기 기만에 불과한 경우가 많다는 것이다. 그래서 행복한 바보보다는 불만족한 소크라테스에 더 높은 가치를 두는 것이다.

그러나 많은 윤리학자들이 인간의 행복을 무시할 수는 없을 것이다. 그래서 행복을 인간의 고고한 이상에 연결시키려 했을 것이다. 따라서 생물적 존재로서의 생존적 행복보다는 실존적 행복에 많은 관심을 가지게 된다. 그들은 견고하고 변치 않는 행복을 추구한 것이다. 그러나 행복은 이처럼 견고하고 변치 않는 것인가?

동물행동학자인 모리스는 다음과 같이 행복을 표현하고 있다.

"우리에게 놀라울 일이 일어나는 바로 그 순간, 강렬한 기쁨의 감정과 순수한 환희의 폭발과 같은 감동이 물밀듯이 밀려오는데, 이때가 바로 우리가 진정으로 행복한 순간이다. 그러나 애석하게도 이 순간은 오래 지속되지 않는다. 강렬한 행복은 한 순간에 지나가는 감정이다. 누군가가 냉소적으로 말했듯이 삶이란 짧은 행복의 순간이 잠깐씩 끼어드는 고통의 기나긴 연속인 것이다."[12]

그러면 삶의 짧은 막간을 불러오는 행복이란 감정은 무엇인가? 모리스는 그 답을 찾으려면 우리 인류라는 종이 100만여 년간 진화해온 과정에서 돌이켜 보아야 한다고 주장한다. 그는 목표, 경쟁, 협동, 유전 등 다양한 행복의 유형들을 살펴보면서 우리가 일상적으로 추구하는 행복에 어떤 종류가 있는지 분류하고 있다. 그는 이러한 탐구를 통해 행복에 대한 일반 원칙을 시도한다. 그것은 "우리가 처한 상황이 인간 본성의 기본적인 특성과 조화를 이룰 때 행복의 순간을 얻을 가능성이 크게 늘어난다"는 것이다. 즉, 호기심, 야망, 경쟁심, 협동심, 사회성, 유희성, 상상력 등 사람이 가지고 있는 기본 특성에 부합될 때 행복을 느낀다는 것이다.

그러나 그는 행복의 유형을 검토하면서 가장 가치 있는 마음의 상태를 주는 원인이 하나가 아니라고 강조한다. 그 원인은 여러 가지이며, 사람에 따라 적합한 것도 있고, 그렇지 않은 것도 있다는 것이다. 따라서 자신의 행복을 극대화하기 위해서 어떤 유형의 행복을 추구할지는 전적으로 개인 스스로가 결정하고 조합시킬 일이다.

나는 행복에 대한 눈높이를 낮추는 예로 진화생물학자의 행복론을 거론하였다. 진화생물학적인 행복론에 대해서 비판할 수 있는 요소는 많으나 철학적인 행복론이 너무 먼 곳에 있고 관념적으로 느낀 바에 비하면 현실적으로 다가 왔다. 철학윤리가 인간의 행복에 구체적으로 관여하기 위해서는 진화생물학적인 행복론과 연계시켜 그 과제를 도출해 보는 것이 중요하다고 생각한다. 행복에 대한 눈높이를 조정할 때 우리는 좀 더 현실성을 가지고 구체적으로 행복에 다가 갈 수 있을 것이다.

2. 사회윤리적 접근에 대한 관심

많은 윤리학자들은 개인윤리적 차원에서 행복의 문제에 접근하여 왔다. 개인이 지닌 가치관과 품성이 어떻게 행복한 삶과 연결되느냐에 주된 관심을 두고 있다. 그러나 한 개인의 행복이 결코 그 개인의 차원에 머무르는 것은 결코 아니다. 한 개인이 살고 있는 사회 구조와 기능에 따라 개인의 행복은 많은 영향을 받는다. 오늘날 행복을 측정하는 여러 요소들 중 사회 시스템적인 요소들이 차지하는 비율은 매우 크다. 이제 윤리학이 인간의 행복에 좀 더 현실적이고 체감적으로 접근하기 위해서는 사회 시스템의 문제에 깊은 관심을 가져야 할 것이다. 여기에 사회윤리의 중요성이 제기된다.

사회 구조와 도덕적인 삶의 관계에 초점을 두고 있는 사회윤리에 대해 관심이 증대하게 된 이유는 사회 변화의 속도가 급속하고 사회 구조의 복잡성이 개인의 삶과 사회와의 유기적 관계를 증대시켰다는 사실에서 찾을 수 있을 것이다. 또한 윤리학이 도구로서 사용할 수 있는 사회과학이 발달했다는 사실이다. 즉 사회의 복잡성의 증대와 이에 대한 인간의 대처 능력 사이의 갭을 극복하는 방안을 마련하는 학문 등이 발달했다는 것이다.

사회윤리는 그 접근방법에서 다음과 같은 몇 가지 특성을 가지고 있다. 먼저 사회적 결과를 현실적으로 문제삼고 추구한다. 개인윤리는 현실적인 사회의 구체적 결과와는 관계없이 개인의 순수한 내적 동기에 많은 관심을 기울인다. 이러한 심성적 윤리는 무력하고 자의적 내면성의 윤리가 될 위험성이 크다는 것이다. 따라서 사회윤리는 개인 행위의 원인이나 사회적 문제의 원인을 규명하고 해결함에 있어서 일차적 관심을 사회적 원인에 둔다.

다음으로 이러한 사회적 원인의 해결이나 제거를 사회적 정책이나 제도 또는 체제의 차원에서 추구한다. 이에 윤리적 문제를 정치적 방법으로 다루게 된다. 또한 사회윤리는 사회적 규범과의 관련성에서 윤리적 문제를 다룬다. 개인윤리의 도덕적 규범과는 달리 사회윤리가 다루는 사회적 규범은 사회적 과정의 산물이며, 사회를 통합하고 질서를 유지하는 기능을 한다. 따라서 사회윤리학은 사회적 과정 속에서 사회적 규범이 형성되는 과정과 그 메커니즘을 분석하고 밝히는데 관심을 둔다. 또한 사회의 통합과 질서유지를 위해서 사회적 규범이 가지는 기능을 규명해야 할 과제를 가진다.

그러면 사회 구조의 도덕성 논의에 있어 구체적 대상은 무엇인가? 이것은 사회이념, 사회제도, 정책이 도덕적 사회의 비전에 얼마만큼 적합한가 하는 정치, 사회철학 및 정책철학적 과제이다. 따라서 사회윤리학은 도덕철학, 정치, 사회철학, 정책철학 등의 통합적인 접근을 필요로 한다. '사회 구조의 도덕성'을 논의할 때, 사회 구조의 문제는 구체적으로 국가의 기본체제, 정책적 차원, 사회적 관행의 차원으로 세분할 수 있고, 또한 '사회의 도덕성' 문제는 규범 윤리학에서 지칭하는 행위규범이 아닌 '제도적 규범'이라는 의미에서 사회제도의 정의문제를 탐구하게 된다.

사회제도의 정의문제는 사회윤리의 제일 큰 과제이다. 롤즈가 "사상체계에서 진리가 덕목인 것처럼 정의는 사회제도의 핵심 덕목이다. 어떤 이론이 아무리 세련되고 경제적일지라도 진리가 아니면 거부되고 수정되어야 되듯이 아무리 능률적이고 잘 조직된 제도일지라도 부정의한 사회제도는 개혁되거나 폐지되어야 한다"[13]고 한 것도 정의문제의 중요성을 강조한 것이다.

그러면 어떤 사회가 정의로운 사회이며 어떻게 정의로운 사회를 실현할 것인가 하는 사회윤리의 구체적 과제가 등장한다. 이 과제는 우선 정의의 이념과 그 실천 원리에 대한 철학적 탐구가 선행되어야 한다. 다음으로 이러한 이상과 원리에 비추어 정치·경제·사회체제라는 국가의 기본적 시스템을 어떻게 조직하고 나아가 이를 사회제도 및 정책 등에 제도적인 규범으로 어떻게 반영시키느냐 하는 탐구가 이루어져야 한다. 마지막으로 사회적 관행 관습 문화적 패턴 등과 같은 '관행적 규율체계(conventional practice)'가 그 사회 구조와 사회 구성원들 사이에서 어떻게 작동되는가를 분석해야 할 것이다.

개인의 행복과 사회 구조와 작동의 시스템은 매우 밀접한 관계를 가지고 있다는 것은 새삼 거론할 필요가 없다. 행복을 측정하는데 있어 큰 비중을 차지하고 있는 '객관적 삶의 질'은 거의 사회윤리적 명제들이다. 이제 개인의 행복문제를 개인윤리의 차원뿐만 아니라 사회윤리의 차원에서 접근해야 할 것이다. 이제 현대 사회의 행복문제는 학문 간의 통섭적인 접근을 요구한다.

3. 행복윤리학의 정립

윤리학의 한 분야로써 행복윤리학의 정립 필요성을 강조하고 싶다. 오늘날 행복한 삶이란 무엇이며, 행복한 삶을 살기 위하여 어떻게 해야 하느냐에 대한 관심이 다양한 학문에서 중요한 화두로 등장하고 있다. 하버드대학 최고의 인기 과목으로 부상한 것이 행복학이라는 사실은 이를 대변해 주고 있다.[14] 심리학의 예를 들어 보자. 과거에는 심리학의 목적이 부정적이고, 의기소침하고, 우울한 심리상태를 연구하고, 이를 정상적인 중립상태로 돌려놓느냐에 주된 관심을 두었다. 그러나 최근에는 긍정 심리학이 큰 흐름을 이루고 있으며, 이를 행복한 삶의 방법과 연결시키고 있다. 그러나 철학과 윤리학은 지금 행복한 삶을 만드는데 어떤 기여를 하고 있는가? 긍정적인 대답을 하기가 불편스럽다.

심리학, 의학, 생물학, 사회학 등 다양한 분야에서 얻어진 행복에 관한 이론이 효과가 있는지를 알아보기 위하여 2005년 5월부터 3개월에 걸쳐 영국의 소도시 슬라우에서 사회 실험이 이루어 졌다. 이 실험의 과종을 담은 것이 BBC－TV 다큐멘터리 〈스라우 행복하게 만들기(Making Slough Happy)〉이다.[15] 여기서는 사람을 행복하게 하는 중요 요소들 즉, 친구, 돈, 일, 사랑, 성, 가정, 자녀, 음식, 긍정적 마음, 운동, 휴식, 공동체, 미소와 웃음, 종교, 나이 등이 어떻게 인간을 행복하게 만들고 있는가를 실험하고 있다.

상기한 행복 요소들은 윤리학의 틀에서 다룰 수 있는 중요한 주제라고 할 수 있다. 지금까지의 철학, 윤리학이 진리의 추구, 바람직한 가치의 추구에 많은 관심을 두어 왔다면 이제 보통사람들의 행복의 추구에도 관심을 가져야 할 것이다. 사람들의 행복 추구에 윤리적인 요소가 빠진다면 그 사람들의 삶의 질과 삶의 양식은 매우 낮을 것이다. 이에 행복윤리학의 정립이 시급하다.

한국 학력사회와
인본교육 붕괴

  한국 사회의 학교는 지난 60여 년 동안 우리 사회를 지탱해 온 큰 기둥으로서의 역할을 해 왔다고 자임할 수 있을 것이다. 해방 후의 혼란 속에서도, 민족 상잔의 비극을 겪으면서 최악의 여건 속에서도 우리 교육은 불사조처럼 그 생명력을 발휘하면서 한강의 기적을 이루는데 초석이 되어 왔다. 그러나 근래에 와서 학교가 흔들리고 교실이 붕괴되었다는 한탄이 나오고 있다. 교사는 존경과 신뢰를 잃었다고 한탄하고, 학생들은 학교가 재미없다고 한탄하고, 학부모는 과외비 때문에 한탄하고, 학교 구성원은 불신과 갈등으로 고통을 겪고 있다고 한탄하고 있다. 소위 교육의 총체적 위기라고 일컬어진다. 교육의 총체적 위기라 함은 교육이 교육의 본연 임무를 하지 못한다는 것을 단적으로 표현한 것이니라. 교육의 본연 임무라는 것은 도구적 합리성이나 효율성의 논리에 의해 차단될 수 없는 인간의 존재론적 사명을 말하는 것이다. 이것은 인본이라는 용어로 표현될 수 있을 것이기도 할 것이다.

이 글은 우리 사회가 직면하고 있는 교육의 위기를 한국 학력사회의 모순에서 찾고자 한다. 나는 우리 교육의 문제는 근원적으로 학력사회에서 출발하고 또한 귀결된다고 보고 글을 전개시키고자 한다.

한국 교육의 현실을 진단하고 처방하는 글들은 정리할 수 없을 정도로 많다. 학생의 수기에서부터 교사, 학부모, 교육 전문가에 이르기까지 다양한 종류의 다양한 형식의 자료가 있다. 그리고 그 내용들은 우리 사회에 사는 사람들이라면 거의 체감하고 있는 것들이다. 이 글은 이러한 다양한 종류, 다양한 형식의 글을 틀에 넣어 정리한 것이다. 따라서 이 글은 탐구의 결과물이라기보다는 이미 경험하고 체감하고 있는 내용들을 편집한 것으로 보는 것이 옳겠다.

Ⅰ. 학력사회론에 대한 이론적 검토

1. 어떤 사회를 학력사회라고 하는가?

학력사회를 논하기 전에 학력이란 용어에 대하여 먼저 생각해 보자. 학력이라는 용어는 매우 혼란스럽게 사용되어 왔다. 학력이라는 용어 대신에 '학업 성적' 또는 '학업 성취도'라는 실용적 개념이 학력의 개념을 대체해 왔다고 할 수 있다. 학력이라는 용어에 '사회'라는 이름이 합성될 때 학력은 하나의 구성물로서 나타난다. 학력은 공식적이고 제도화된 교육기관으로부터 산출된다는 틀을 가지게 되며 이것은 학력이 국가와 밀접한 관계를 갖는 사회 정치적 구성물의 성격을 띠게 하는 것이다.

이러한 학력은 학교 교육체제에서 이루어지는 개인의 능력을 상징적으로 표현하고, 사회 구성원들에 대한 평가지표로서 기능을 하게 되고, 나아가 학력은 신분의 상징으로 등장된다. 이렇게 학력은 사회 정치적 구성물로서 학력의 사회적 기초와 기능은 그 사회의 객관적 조건과 구조적 성격과 밀접한 관계를 갖게 된다.

학력주의란 학력이 가진 일정 부분의 합리성에 근거하여 학력을 사회 구성의 지표로 수용하는 인식체계라 할 수 있다. 즉 학력주의는 학교 교육의 능력주의에 대한 신뢰와 그 효용에 대한 믿음에서 나온 신념체계라 할 수 있을 것이다. 그러나 학력주의라는 용어 속에는 실질적인 실력보다는 형식이나 상징으로써 학력을 지나치게 중시하는 모순을 이미 내포하고 있는 것으로 인식된다. 학력주의는 개인 능력위주의 실력주의와 구별되어 사용된다.

학력주의의 성격을 구분하기 위해서는 학력주의와 비슷한 뜻으로 사용되는 몇 가지 개념들을 정리할 필요가 있겠다. 먼저 실력주의(meritorcracy)이다. 업적주의로도 번역되는 이 개념은 개인의 실력, 지능, 노력의 총화를 의미한다. 두 번째는 자격증주의(diplomatism)이다. 자격증주의는 인재 선발의 일차적 기제로 자격증을 본다는 것이다. 이러한 실력주의와 자격증주의는 한국 사회의 학력문제와 사회적 진출간의 관계를 설명하는데는 한계를 지니고 있다. 우리 사회는 현실적으로 사회 출세에 있어 중요한 것은 개인의 실력이나 자격증만이 아니라 이에 부수해서 따라 다니는 사회적인 '알파' 요소이다. 이 알파의 요소는 혈연, 지연, 학연을 비롯해 다양하게 거론될 수 있을 것이다. 이러한 다양한 요소 중에서 인재 선발의 대의 명분이 있는 것이 바로 학연이다. 따라서 학력주의라는 용어 속에는 그 사회의 '문화적 상징성'과 '사회의 지표성'이 포함되어 있다. 이는 명문대학, 후원적인 학연관계, 새로운 신분 획득 등이 대표로 거론된다.[1]

학력사회는 간단히 표현해서 이러한 학력주의가 큰 영향력을 행사하는 사회라 할 수 있을 것이다. 즉 학력사회는 학력이 사회 구성의 핵심적 지표로서 기능을 하고 있는 사회라고 볼 수 있을 것이다. 이러한 학력주의 사회는 학력의 기능적 속성이나 학력에 부여된 능력에 대한 평가에 따라 여러 유형으로 분류할 수 있을 것이다. 예를 들면 미국으로 대표되는 '기능적 학력사회'와 일본과 한국이 대표로 거론되고 있는 '상징적 학력사회' 등을 거론할 수 있을 것이다.

이러한 학력주의는 학교 교육에 대한 문제점과 한계성이 인식되기 시작하면서 많은 비판을 받고 있다. 즉 "학력은 과연 능력을 입증하는가", "학력획득 과정의 기회균등과 공정성이 과연 실현되고 있는가", "학력주의는 과연 누구를 위한 신념체계인가" 등의 의문이 제기되면서 학력이 사회 구성 지표로서 많은 문제점을 지적당하고 있다. 더구나 전문적 능력보다는 특정 학교 출신을 중요시하는 상징적 학력사회의 경우는 더욱 많은 문제를 지적받고 있다.

근래에 우리 사회에서는 학벌주의, 또는 학벌사회라는 용어가 많이 사용되고 있다. 학벌이라는 용어는 상징적 학력사회의 병폐를 상징하는 용어라 할 수 있을 것이다. 학벌이라는 용어 속에서 우리는 족벌, 문벌, 또는 재벌, 군벌 등과 같은 개념을 떠올리게 된다. 이것은 학벌이 단순한 학력과는 차원이 다른 개념임을 짐작케 한다. 한국 사회에서의 학벌은 하나의 권력이자, 신분이며 사회적 관계를 뜻한다. 우리 사회에서 좋은 학벌은 기득권 세력에 편입할 수 있는 가장 빠르고 확실한 길이며, 또한 개인에게 사회적 존재로서의 자긍심을 고양시켜주는 원천이 되기도 한다.[2] 오늘날 한국 교육의 문제점은 학벌이라는 증서 취득에 사회적 에너지가 집중되므로써 나타나는 현상으로 진단할 수 있을 것이다.

2. 학력사회화는 왜 일어나는가

학력이 사회 구성 지표로서 중요시되는 사회는 어떤 요인에 의해서 형성되는가. 여기서는 무엇이 학력을 중시하게 만들었는가라는 질문에 대해 여러 가지 이론적 접근들을 검토해 보고자 한다. 학력사회화의 동인에 대한 이론은 크게 개인적 수준의 접근과 사회 구조적 수준의 틀에서 논의할 수 있을 것이다. 그러나 개인적 수준과 사회 구조적 수준은 기실 상호 복합적으로 얽혀있어 관념적으로나 구분이 가능할 뿐 실제적으로는 구분이 불가능한 경우도 많을 것이다. 학력사회화의 동인을 설명하는 이론은 사회 변동을 설명하는 이론만큼이나 다양하게 제시될 수 있을 것이다. 그러나 여기에 제시되는 이론들은 한국의 학력사회를 분석하는데 유용한 도구로 추정되는 것들을 선택한 것이다.

욕구 성취와 경쟁 동기론

학력사회화의 현상은 개인의 욕구와 경쟁에서 야기된 현상으로 보는 이론이다. 사람은 학습의 욕구, 지위 욕구 등 여러 가지 기본적 욕구를 가지고 있는바, 이것이 학력사회화의 제일 큰 동인으로 보는 것이다. 이 것은 학력사회화 이론의 대표적인 개인적 수준 이론이다.

개인적 수준의 접근 이론은 학력사회화의 현상을 개인적 욕구와 요구에 관련시켜 분석해 보고자 하는 것이다. 따라서 인간이 지닌 기본적 욕구에 따라 교육 그 자체의 목적적 가치를 추구한 결과가 바로 학력사회화라고 본다. 이러한 개인의 심리학적 욕구 이론에 바탕한 접근은 학력사회를 긍정적으로 보는 경향이 강하다. 학력은 개인에게 경쟁의 동기를 제공해주며 이것은 사회 발전에 큰 기능을 하고 있다고 본다. 즉 학력사회는 학력 경쟁의 승리자에게 정당한 보상을 제공함으로써 각 개인에게 경쟁 동기를 부여하고 이는 우리 사회를 움직이는 중요한 동력이 된다는 것이다.

개인적 접근에서의 학력사회론은 학력과 능력을 동일시하는 경향이 강하다. 학력이 바로 능력의 가장 정확한 지표의 역할을 한다는 것이다. 즉 신분사회에서 능력사회로 옮아가는 근대 사회에서 학력은 가장 신뢰할 만한 능력 판단의 기준이 된다는 것이다. 따라서 오늘의 입시제도는 공정한 규칙에 의한 공개 시험을 통해 우수한 능력을 가진 사람을 선발하는 매우 공정한 제도로 보고 있다. 또한 사회적으로 소외된 주변 계층도 학력을 통해 사회 상층 계층으로 진입할 수 있는 기회를 획득하게 만들어 주는 순기능을 하는 것으로 본다.

욕구 성취와 경쟁 동기론 이론은 여러 측면에서 많은 비판을 받고 있다. 학력 추구의 욕구가 사회 전체의 현상으로 나타나는 것은 학력 추구 행위는 이미 개인 차원을 넘어 사회적 의미를 갖는 인식체계로부터 표출되는 것임을 함의하고 있는 것이다. 사회 현상은 사회 성원들의 개인 의지와 사회 구조의 힘이 역동적으로 작용하면서 계기적 동태적 맥락 속에서 작용하는 변증법적 성격을 지니고 있는 것이다. 이에 학력사회를 분석하기 위해서는 사회적 맥락의 역동성이 간과되어서는 안된다는 것이다.

사회 · 문화 구조적 접근

사회 · 문화적 접근은 학력사회를 만드는 동인을 사회 구조와 문화 구조에 두고 있다. 이 접근은 사회 구조와 문화 구조 자체가 사회 구성원들의 관심을 학력사회로 지향토록 만들었으며, 학력사회화의 동인은 사회의 전체적 맥락과 밀접하게 관련되어 있다는 가정 하에서 출발한다. 이에 대한 이론은 논자에 따라 다양하게 분류되어 논의되어 질 수 있을 것이다. 여기서는 대표적인 몇 가지를 제시해 보고자 한다.

첫째로 오랜 동안의 생활 양식으로 이어 내려온 역사적 경험이 배어든

문화 구조가 학력사회화의 동인에 큰 역할을 하고 있다는 이론이다. 문화는 순수한 관념의 산물이라기 보다는 사회적 조건과 밀접한 조응관계를 갖는 것으로서, 역사적으로 구성되고 또 재구성되는 것이라 하겠다. 과거의 역사적 경험과 이것의 구성체인 문화가 오늘의 사회 현상에 중요한 구조적 힘으로 작용하고 있다는 것은 당연하게 받아들여지고 있다. 한국 학력사회의 특수성을 거론할 때마다 역사적 문화적 배경의 요인이 항상 강조된다. 그러나 이 이론은 너무 추상적이고 관념적이라는 비판도 받고 있다. 과거 문화 잔재의 평면적 조합을 통해 막연히 많은 영향력을 미치고 있다는 식의 설명은 설득력이 약하다 하겠다. 사회 조건의 역동적인 변화 과정과 이에 상응하는 문화의 역사적 구조를 오늘의 교육 현실을 진단하는데 적용하기 위해서는 다른 방법론들과 연계되어 복합체계론적인 접근이 필요할 것이다.

둘째로 기술적 기능이론(technological function theory)을 토대로 한 접근이다. 이 접근은 과학 기술의 발달과 산업화가 학교 교육의 필요성을 증대시켰고, 이것이 학력사회화를 촉진시키는 계기가 되었다는 주장이다. 이 이론은 인간 자본론, 근대화론, 발전 교육론 등과 함께 교직되어 나타난다. 또한 이 이론은 기능주의적 사회관과 자유주의적 교육관에 바탕을 두고 있다. 이 접근은 학력이 인간 자본의 생산성과 근대적 가치의 확산, 그리고 사회 발전에 긍정적으로 작용한다는 낙관적인 전망을 내 놓고 있다.

한국 사회에서도 1960대 이후 산업화가 본격 추진되면서 이 이론이 교육정책의 주요 토대가 되었다고 볼 수 있을 것이다. 그러나 최근에 들어서 이 이론의 적실성에 대해 많은 비판이 가해지고 있다. 즉 사회 변화와 학교 교육의 변화가 일치하고 있지 않으며, 학교 교육이 사회에 필요한 적합한 지식과 기술을 제공해 주지 못한다는 것이다. 또한 학력획득에 대한 사회적 수요의 과잉현상을 설명해 주지 못한다는 것이다.

또한 기능주의적 이론에 대한 비판이 받는 화살을 이 접근법도 받고 있다. 산업화 근대화의 요구가 학력사회화를 가지고 왔다고 설명하는 것은 그 사회적 관계를 추상화시킴으로써 누구의 이익을 지배적으로 반영하는 것인가를 문제삼지 않으므로 해서 이 이론 자체가 이데올로기성을 이미 내포하고 있다는 것이다. 이와 함께 계급론적 시각에서 학력사회론을 분석하는 접근이 제기된다.

세 번째가 계급론적 접근이다. 이 접근은 학력사회화 현상을 지배계급의 요구의 반영으로 본다. 특히 자본주의적 산업화의 맥락에서 전개되어 온 학력사회화 현상은 자본주의적 사회관계에서 지배적 위치를 차지하는 계급 집단의 요구와 밀접한 관계를 맺고 있다는 것이다. 즉 학교 교육은 자본의 의지를 전달하고 주입하고 기존의 계급관계를 유지 재생산할 수 있는 효율적 장치로 보고 있다. 교육에 대한 정치 경제학적 논의들의 태반은 계급론적 시각과 비슷한 경향성을 띠고 있다. 이 접근은 학교 교육과 사회의 지배 구조의 제조건과 연결시켜 논의할 수 있는 틀을 제공한다는 측면에서 의미를 지니고 있다. 이 접근법은 결정론에 너무 경도되어 있다는 비판을 받고 있다.

네 번째가 국가 통합적 접근이다. 이 접근은 국가 권력이 국민을 통합시킬 수 있는 효율적 장치로서 학교 교육을 이용하게 되고, 이와 함께 학력사회화에 국가 권력의 의도가 반영되고 있다고 보는 이론이다. 특히 국민 국가의 형성 과정에 있는 나라에서는 국가 권력이 학력사회화의 중요한 동인으로 등장할 가능성이 높다는 것이다. 그러나 이 접근은 사회 구성원의 의지를 피동적으로 인식하고 있거나 경시하고 있다는 비판을 받고 있다.

세계 체제론적 접근법

학력사회화의 동인을 한 국가의 범위를 넘어 세계 체제와 국제적 관계의 맥락에서 찾아보고자 하는 이론이다. 이 접근법은 몇 가지 틀에서 나누어 볼 수가 있다.

첫째가 세계 공유의 문화 확산이 학력사회화의 큰 원인이 된다는 것이다. 학교 교육의 팽창과 이로 인한 학력사회화의 현상은 특정 국가의 현상이 아니라 초국가적인 문화현상이라는 것이다. 즉 교육 기회 평등의 이념, 민주적 가치체계 등이 세계적 연계망을 통해 확산 침투된 결과가 학력사회를 형성시키는 원인이 되었다는 것이다.

두 번째가 후발국가가 학력사회화를 형성시키는 동인이 되고 있다고 보는 이론이다. 후발국의 근대화에의 요구가 사회 문화적 제조건과 연결되면서 학교 교육의 필요성이 강조되고 이것이 학력사회화를 촉진시키는 동인이 되었다는 것이다. 또한 학교 교육의 경력이 사회 진출을 위한 선발의 기능을 하게 되고, 이것은 학위병을 유발하게 된다는 것이다. 후발효과가 각 사회의 내재적 조건과 결부되어 나타나는 현상에 따라 다양한 학력사회화의 유형이 도출된다고 본다.

마지막으로 종속 이론적 틀에서 접근하는 것이다. 세계 체제에 편입되어 있는 대외적 종속 상태에 있는 주변부 국가는 중심부 국가의 정치 경제적 이해에 밀접하게 연관되어 있는바, 학력사회화 현상도 이런 현상의 하나라는 것이다. 사회의 수요를 훨씬 초과하는 주변부 국가의 과잉 교육열과 학교 팽창은 자본주의적 성장을 촉진시키고 중심부 국가의 문화를 확산시키려는 제국주의적 성향과 밀접한 관계를 갖는다고 보고 있다. 종속 이론적 접근은 남미의 정치 경제의 현상을 분석하는 도구로 많이 적용되었다. 1980년대의 한국 사회의 정치 경제적 모순을 사회구성체 이론으로 해석하려는 것도 같은 맥락으로 볼 수 있을 것이다.

Ⅱ. 한국 학력사회의 형성과정과 구조

1. 우리의 학력사회는 어떻게 굳어 졌는가

한국 사회의 학력사회화의 형성과 전개과정은 논자에 따라 다양하게 설명될 수 있을 것이다. 이러한 다양한 논의들을 크게 나누어 보면 조선조, 개항기, 일제 식민지 시대를 한 묶음으로 얽어 학력사회 형성의 맹아기로 보고, 해방 이후의 시기를 학력사회화의 본격적인 가동시기로 볼 수 있을 것이다. 이 글에서도 해방 이전의 시기와 이후의 시기로 나누어 한국 학력사회의 형성과 전개과정을 보는 것이 글을 정리하는데 편하리라 생각된다.

학력사회 형성의 맹아기

삼국시대 이후 학교 교육제도의 등장 이후 학력이 지배층의 충원 기제로써 중요한 역할을 해 온 것은 사실이다. 그러나 고구려의 태학, 신라의 독서삼품과까지 학력사회 형성의 원인으로 거론하는 것은 너무나 까마득한 느낌이 든다. 그러나 조선조의 유교문화, 과거제도 등은 아무래도 우리의 학력사회를 형성시키는데 큰 영향을 미친 것으로 생각된다. 조선조 유교문화가 가지고 있는 숭문주의적 성격과 가족주의적 가치관 등이 과거제도와 결합되어 입신양명의 도구적 교육관이 터를 잡을 수 있는 계기를 마련하였을 것으로 본다. 교육 그 자체를 중요하게 보는 유교문화의 숭문주의적 성격, 신분에 의한 차별과 과거제도에 의한 관료의 충원, 그리고 가족주의적 가치관 등은 일정한 조건만 주어진다면 고학력자가 사회 지배층으로 등장하는 학력사회를 형성시킬 수 있는 잠재성을 지니고 있다고 하겠다.

이러한 학력사회화의 잠재성 속에서 19세기 조선조에 조성된 사회 구성 방식의 변화는 학력제도를 본격적으로 등장시키는 계기가 되었다고 볼 수 있을 것이다. 갑오경장 이후 제한적이고 파행적이기는 하였지만 봉건적 신분 질서를 타파하고 근대적인 사회 질서를 지향하고자 하는 것이 큰 흐름으로 등장하였다. 새로운 사회 재구성의 제일 큰 프로젝트로서 등장한 것이 바로 엘리트의 새로운 충원 방식이었다. 즉 과거에 응시할 수 있는 자격에 신분의 차별이 없이 개방되었고, 학교 교육이 엘리트 충원 방식과 밀접한 연관을 맺게 된 기틀이 마련된 것이다. 학교 교육은 서구적 교육이념과 제도를 도입하는 제일 큰 기제로써 등장한 것이다.

1880년대 이후부터 학력 요건의 법제화가 이루어지기 시작하였다. 정부는 학교 설립의 목적을 관료나 국가 발전에 필요한 인재를 양성하기 위한 것으로 규정하고, 각급 학교 졸업생에 대한 사회 진출을 보장하는 관련 규칙을 제정하는 등 이들에 대한 적극적인 관심을 보이고 있다. 이와 함께 기존 기득권 세력과의 갈등도 일어난다. 그러나 학교 교육이 사회 진출 특히 관직 진출에 중요한 역할을 하게되자 점차 학교 교육에 관심을 두고 적응하기 시작하였다.

새로운 사회를 구성하고자 하는 방식으로 등장한 학력제도의 등장은 기회 균등과 능력주의적 성격을 지니고 있다는 점에서 근대적 사회로의 지향성을 지니고 있다. 그러나 이러한 학력제도는 일제의 조선 지배에 이르러 그 성격이 변질되어 갔다. 일제는 그들의 통치 수단으로써 학력제도를 더욱 체계화시키고 그 내용과 형식을 강화하였다. 즉 각급 학교 간의 위계적 관계를 분명하게 설정하고 상위 학력의 접근에 대한 하위 학력 보유 조건과 시험제도 등을 체계적으로 정립하였다. 또한 관료에로의 진출에 일정한 학력 수준을 명시하고, 학력을 관료의 선발 배치의 준거로 하는 법규들이 제정되었다. 이러한 일제의 학력제도는 우리 민족을 분열시키는 기제로써 이용되었다. 우리 민족의 교육열을 이용하여 식민

체제에 봉사할 만한 사람에게 선별적으로 학력획득의 기회를 제공하고 학력에 따라 차별 보상을 엄격히 하였다. 일제는 경제적 여유가 있는 상층 계층과 친일적 인사들에게 유리한 학력획득의 기회를 부여함으로써 이들을 일반 대중과 분리시켜 식민지배에 종속시키려는 의도를 가지고 있었다. 일본인과 조선인의 학력 접근에의 기회 불평등은 새삼 거론할 필요도 없이 심각하였다.[3]

상기한 바와 같이 한국의 학력사회화는 우리의 전통적인 교육문화 구조에 이미 그 조건을 잠재적으로 지니고 있었으며, 이것이 구한말의 내외적인 사회 변화의 제양상과 맞물려 잉태되기 시작하였고, 나아가 정부의 강력한 학력정책에 의해 학력의 중요성에 대한 의식이 일반 대중 속에 점차적으로 자리잡기 시작하였다. 이러한 학력주의적 의식이 일제의 통치 수단으로 더욱 강화되고, 또한 왜곡되어 우리가 현재 지니고 있는 한국 교육의 병폐에 단초를 제공했다고 볼 수 있겠다.

해방 후 학력사회화의 전개와 고착

해방 이후의 학력사회화 과정은 크게 세 단계의 시기로 나누어 볼 수 있을 것이다. 즉 미군정기에서부터 1950년대에 이르기까지의 시기, 1960~70년대의 시기, 그리고 1980년대 이후의 시기로 나눌 수 있을 것이다.

첫 단계 시기에는 미국식 학력 산출 체제를 도입하고 이를 제도화시키는 단계라고 하겠다. 이 시기에는 미국의 교육이념과 제도가 학력 산출 과정의 전형적인 범례로써 기능하면서 일제 식민지 시절에 형성된 중앙집권적이고 관료제적인 체제를 청산하지 못한 채 미국식의 이념과 제도를 도입하기 시작하였다. 그리고 이를 이끌어 온 핵심적 주도 세력들은 대개 보수적이고 친미적 성향을 가진 교육 엘리트들이라 하겠다. 나아가 한국전쟁의 발발과 전후 복구를 위한 원조는 미국식 학력 산출 제도를

보다 확고히 하고 확산시키는 계기를 마련하였다.[4]

해방은 일제시대에 억눌렸던 학력획득의 열망이 강하게 분출하게 하였다. 일제시대에 진행된 학력사회화는 왜곡은 되었지만 일반 국민들이 학력을 사회 진출의 큰 요인으로 인식하기에는 충분하였다. 또한 우리 민족의 역사적 경험을 통해 형성되어온 교육문화적 구조와 해방 이후 한국사회에 파급된 서구적인 평등적 교육이념과 개방적 교육관이 맞물려 학력획득의 욕구를 강화시켰다고 볼 수 있겠다. 그리고 2차 세계대전 이후 신생 독립국에 파급된 발전 교육론적인 사고방식은 사회 발전의 가장 큰 요인으로 교육을 핵심적 위치에 두도록 하였고, 특히 한국의 경우는 남북의 이념적 갈등 등으로 인해 국민 통합의 수단으로 교육이 중요한 위치를 차지하기에 이르렀다.

이러한 상황은 국가가 학력사회화의 주도적 역할을 하게 만든 중요한 원인이기도 하다. 서울대와 지방 국립대의 설립, 대학생에 대한 병역특혜제도, 토지 개혁시에 사학재단에 대한 배려 등은 국가가 발전 교육론적인 입장에서 주도적인 역할의 대표적인 사례라 하겠다. 일제시대의 학력사회화가 지배 계층의 충원과 식민 사회를 구성하는 하나의 수단으로 전개되어 왔다면, 해방 이후 50년대까지의 학력사회화 과정은 분열적 지배 구조를 재편성하는 가운데서 교육 기회의 균등, 업적주의, 학력 산출 체제의 국가 관리 등 서구적 학력사회의 이념과 제도가 도입되고 보급되던 시기라 하겠다.

1960년대부터 1970년대에 이르기까지의 학력사회화 과정은 국가주의적 학력 관리 체제의 강화기라고 볼 수 있을 것이다. 이 시기는 한국의 산업화가 국가에 의해 적극 주도되는 기간으로써 국가는 학력 산출과 학력 관리의 전 과정에 그 영향력을 확대시켰다. 이 기간에 나타난 학력의 지배적인 활용 방식은 경제개발에 필요한 인력 충원과 이데올로기적 통제에 있었다 하겠다. 5·16을 통해 등장한 공화당 정권은 그들의 교육정책을 이론적으로 뒷받침하기 위하여 브라멜드(T. Brameld)의 재건주의 교육이론과 슐츠(T. Schultz)의 인간자본론을 현장에 도입했다.[5]

1960~70년대를 통해 나타난 학력 산출의 특성 중의 하나는 중등 학력의 확대와 대학 학력의 억제였다. 이것은 산업 발달에 따른 생산직 노동자의 대량 조달의 필요성과 체제의 정당성에 도전하고 있는 당시의 대학 상황과도 밀접한 관련을 맺고 있다고 할 수 있을 것이다. 동시에 억제되었던 대졸 학력은 그 상대적 희소성을 높이고 대학 교육에 대한 투자 수익률을 높이는 결과를 낳았다고 볼 수 있다. 차별적 학력 산출은 학력 간의 차별적인 보상을 정당화고, 나아가 대학 학력에 대한 획득 열망을 증폭시키는 결과를 가져 왔다. 그리고 학력은 계층 상승의 중요한 기제로서 등장하였고 이와 함께 대학 서열화의 현상이 점점 뚜렷해지기 시작하였다. 이런 대학의 서열화는 분야별 경쟁구도 속에서 형성된 것이 아니라 학교의 브랜드네임에 의해 피라미드형의 서열을 이루고 있다. 이러한 악성의 대학 서열화는 변형된 신분사회로서의 학벌사회가 구축되는 결정적 토대를 제공해 주었다고 볼 수 있을 것이다.

1980년대의 시작은 유신체제의 붕괴와 소위 '신군부'의 개입에 의한 전두환 정권의 출범으로 시작된다. 이 시기는 그동안의 한국 사회의 발전 방향에 대한 의문이 심각하게 등장하고 사회 징치적 갈등이 정치적으로 폭발한 시기로 볼 수 있을 것이다. 이러한 와중에서 출발한 제 5공화국은 집권 과정의 정당성의 취약점을 보안하기 위하여 일정 부분에 대해 의사개량정책을 통해 체제의 정당성을 확보하려고 하였다. 그 대표적인 것이 교육에서 나타난다.

1980년 5월에 설치된 '국가보위비상대책위원회'의 문교공보분과위원회에서 입안되어 발표된 '교육 정상화 및 과열 과외 해소 방안'을 제목으로 하는 '7 · 30 교육개혁조치'는 제 5공화국의 학력 관리 정책의 방향과 그 의도를 집약적으로 표현된 것이라 할 수 있다. 그 주요 내용은 과외금지, 대학 본고사의 폐지, 고교 내신제의 실시, 대학 입학 정원의 확대와 졸업 정원제, 초·중등 교육과정 축소, 방송통신대학의 확충 등이다. 과외금지조치, 고교성적 내신제도, 대학 본고사의 폐지 등은 그 다름대로의 충분한 이유를 가지고 있었으며, 방송통신대학 확충 등은 비형식적 학력 산출 체제를 통해 학력획득의 기회를 확대했다는 측면에서 그 의미를 가지고 있었다.

이러한 조치들은 중하위층의 계층 상승 욕구를 어느 정도 충족시키면서 일정부분 정권의 정당성 확보와 국민적 동의에 의한 헤게모니를 구축하려는 의도가 반영되어 있다고 볼 수 있을 것이다. 그러나 이러한 조치들은 1980년대 중반을 지나면서 그 명목적 목적을 제대로 수행하지 못하고 많은 부분이 폐지되거나 유명무실해져 버리고 만다.

전두환 정권을 이은 노태우 정권의 학력 관리 방식은 기존의 국가의 하향적 통제 방식으로부터 어느 정도의 유화적인 성격으로 나타난다. 노태우 정권의 학력 관리 방식은 경쟁의 심화와 개량화라는 이중적인 정책으로 나타난다. '교교입시와 과외 부활', '월반 유급제' 등이 교육의 수월성 추구를 통한 경쟁체제 강화책으로 볼 수 있으며, 실업고교 강화를 핵심으로 하는 '고교교육체제개혁방안'이나 '독학자 학사 고시제' 도입, '사내대학제도' 등은 심화되는 경쟁구도 속에서 낙오되는 소외 계층에 대한 배려책으로 볼 수 있을 것이다. 이렇게 1980년대 이후의 학력 관리 방식은 비교적 간접적인 국가 통제 정책이 확대된 가운데 학력획득 기회를 넓히고 산업 구조의 변화에 따른 요구의 수용 등 개량화의 방향을 지니고 있다. 이것은 1980년대의 시민사회의 태동 등 한국 사회의 사회적 맥락과 밀접한 관계를 가지고 있다고 하겠다. 이 글에서는 김영삼 정부 이후의 학력사회화 과정은 생략하고자 한다. 크게 보아 1980년대 중반 이후부터 전개된 학력사회화 과정의 패턴이 그대로 유지되고 있다고 보기 때문이다.

해방 이후 학력사회화 과정은 사회 구조적 맥락 속에서 학력사회가 고착되어 갔고 동시에 이를 완화시키려는 정부의 정책적인 시도도 있었지만 실패했다는 점이다. 이러한 현상의 제일 큰 원인은 학력을 대신할 만한 사회 구성 지표를 확립하지 못했다는 것이다. 산업화의 전개과정에서 학력은 사회 진출의 가장 중요한 기제로써 기능하였으며, 그리고 이 학력은 새로운 사회계층 구성의 기반으로 자리잡아가면서 학력사회화는 선언되지 않은 비공식적인 사회적 이데올로기로 기능하고 있다고 볼 수 있을 것이다.

2. 학력사회의 병폐는 무엇인가

학력사회가 그 정당성을 확보하기 위해서는 학력이 사회 구성의 지표로써 얼마만큼 합리성을 지니고 있느냐에 달려 있다고 하겠다. 또한 학력이 인간의 자아 실현과 사회 발전을 위한 기능을 하고 있느냐에 좌우된다고 할 수 있겠다.

사회 구성 지표로써의 학력은 신분, 혈연, 지연 등과는 다른 능력주의적 성격을 지니고 있다는 점에서 어느 정도의 합리성을 확보하고 있다고 하겠다. 그러나 학력은 단순히 개인의 능력을 표상하는 것이 아니라는 점이다. 학력획득의 배경에는 개인적 능력 외에 사회 경제적 배경, 지역, 성별 등 다양한 요인들이 함께 얽혀 있다. 즉 학력은 사회적 산물의 성격도 지니고 있다는 점에서 학력사회는 그 사회의 성격을 표현하고 있다고 하겠다. 학력획득의 사회적 성격을 알아보기 위해서는 학력의 산출과 그 결과가 어떻게 연결되고 작동하고 있느냐를 분석해야 할 것이다. 이 글에서는 학력사회의 모순 구조를 학벌사회의 형성과 학력획득의 불평등 구조에 초점을 맞추어 분석해 보고자 한다.

학벌사회의 형성

한국 학력사회화의 큰 문제점은 이것이 학벌사회 형성의 제일 큰 역할을 하였다는 점이다. 오늘날 학벌은 우리 사회의 모든 영역에서 한국 사회를 작동시키는 보이지 않는 배후로 기능하고 있다. 학벌사회는 학력사회의 개념과 그 틀을 달리한다. 학력사회가 제도권 교육의 이수과정의 결과에 따라 사회적 보상에 대한 차별이 이루어지는 사회라고 한다면 학벌사회는 사회적 불평등을 넘어 문화적 봉건성과 맞닿아 있는 사회라고 할 수 있다. 학벌이란 시민사회가 성숙되지 못하고 집단 소속에 의해 개인의 사회적 위상이 정해지는 연고사회에서 나타나는 현상이라고 할 수 있다.

학벌사회의 가장 큰 특징의 하나는 학벌이 신분으로서의 기능을 한다는 것이다. 즉 학벌이 한국 사회를 또 다른 형태의 신분적 사회를 고착시키는 기제로 작용하고 있다. 명문 대학에 입학하여 본인과 가족의 자긍심을 높이고, 졸업 후에는 사회로부터 적절한 인정을 받는다는 막연한 기대감을 주었던 명문대 졸업장이 이제는 우리 사회에서 개인적인 힘으로는 어쩔 수 없는 신분사회를 형성하는 가장 중요한 통로가 되고 있다. 학벌은 일종의 성취 지위이지만 한번 얻어진 성취 지위는 취직, 인간관계, 결혼 등 삶의 모든 영역에서 판단 기준으로 등장한다. 학력으로 인한 신분의 벽은 공정한 경쟁의 기회를 말살하는 경우가 허다하다. 그리고 학벌이라는 신분은 봉건시대의 신분이 그러하듯 세습적인 경향마저 띠기 시작하였다. 이러한 현상은 서울대 등 소위 일류대 신입생의 가정환경조사에서 확연히 나타난다. 이러한 학벌의 세습화 경향은 학벌사회가 변형된 신분사회의 성격을 갖고 있다는 것을 증명된다.

학벌사회의 또 다른 특징 중의 하나는 학벌이 붕당의 성격을 지니고 있다는 점이다. 즉 학벌이 패거리적 특성을 가지게 된다는 점이다. 한동안 세칭 명문 고등학교를 중심으로한 학벌이 사회적 권력관계에서 의미있는 역할을 하였으나, 1974년 고교 평준화 이후 고교 학벌의 의미는 점점 퇴조하기 시작하면서 출신 대학을 기반으로 한 학벌사회가 형성되었다. 우리 사회의 학력사회화의 과정 속에서 대학 학력의 인플레 현상이 일어났고, 이로 인해 대학 졸업장이 보편화됨에 따라 대학 서열화 현상이 고착화되기 시작하였고 소수 수도권 대학들을 중심으로 한 소위 명문대 학벌 현상이 가속되었다. 이 명문대 중심의 학벌은 저마다 붕당을 형성해 그들의 붕당적 이익을 보호하고 확대시키는 역할을 하고 있다. 또한 모교의 서열을 높이는 것이 자기의 사회적 서열과 밀접한 관계를 갖는다고 생각한다. 이 학벌의 붕당현상이 가장 심각한 곳이 지식인 집단사회로 거론된다. 그 대표적인 것이 교수사회이다. 관료계는 말할 필요도 없이 합리적인 시장원리가 지배하고 있는 경제계도 사정은 크게 다르지 않다. 연고자본주의(crony capitalism)라는 조어가 한국 자본주의의를 표상하는 것도 가족관계와 함께 학벌 네트워크가 경제계에 차지하는 비중을 말하는 것이다.[6]

이러한 붕당적인 학벌은 사회의 모든 영역에서 독점현상을 야기시키고 있다. 이러한 현상은 구태여 통계를 제시하지 않아도 국민 모두가 체감하고 있는 현실이다. 더욱 연고 정실주의적 전통이 강한 우리 사회의 문화적 토양 속에서 대학 간판은 공정한 게임을 할 수 있는 기회를 봉쇄한다. 이러한 학벌사회는 사회 구성원을 '명문대 집착증'이라는 정신병적 상태로 몰고 가고 있다. 학벌은 집단 무의식에까지 깊이 자리잡고 있으며, 우리 사회의 사회 심리적 구조를 왜곡시키고 열린 공동체의 형성을 가로막는 거대한 장벽과 편견으로 등장하고 있다. 이러한 한국의 학벌주의는 자연인으로서의 개인적 정체성은 학벌이라는 집단적 이미지에 매몰되어 일생 동안 그 족쇄에서 벗어나지 못하게 한다. 여기서 특기할 만한 것은 학벌사회의 형성에 메스컴이 큰 역할을 하고 있다는 점이다. 언론은 각종 연속극과 신문 보도를 통해 일류대 중심의 상징, 기호, 담론

등이 창출하고 있으며 이것이 미치는 영향은 참으로 크다 하겠다. 어떤 면에서 언론은 학벌사회의 수혜자로서 약간의 비판과 함께 이를 즐기는 듯한 느낌까지 주고 있다.

학력획득의 불평등 심화

해방 이후의 학력사회화 과정 속에서 우리 사회의 교육 인구는 폭발적으로 증가하였다. 1950년의 의무교육 실시, 1969년의 중학교 무시험 입학제, 1974년의 고교 평준화, 1980년의 대학 정원 확대 등을 통해 각급 학력 인구는 급속히 팽창하였다. 또한 1985년 이후에는 고등교육의 대중화 단계에 본격적으로 접어들었다. 이와 함께 교육 기회의 양적 팽창에도 불구하고 교육 기회의 불평등 구조가 나타나기 시작하였다. 특히 대학 학력획득의 불평등 구조가 심각하게 대두되었다. 여기서는 대학 학력획득 기회를 중심으로 살펴보고자 한다.

학력획득의 불평등 현상은 먼저 지역에서 심각히 나타나고 있다. 즉 어느 곳에 살고 있느냐가 학력획득과 밀접한 관계를 맺고 있다는 것이다. 한국 사회의 발전 과정은 수도권 집중 및 도시 발달과 궤도를 같이 한다고 할 수 있다. 이러한 현상은 정치 경제 문화는 물론 교육적 기회 배분에서도 지역 간의 격차가 심하게 나타나고 있으며, 이것은 지역 간의 불균형을 더욱 심화시키는 악순환을 거듭하고 있다. 지역 간 불균형은 대학의 수, 대학 진학률, 고교 수업의 질, 그리고 학업 성적 등에서 골고루 나타나고 있다. 이러한 지역의 불평등 현상은 사회 구성원들의 사회 경제적 배경 요인과 밀접한 관련을 맺고 있다. 즉 사회 구성원들의 사회 경제적 배경에 따라 학력 내적인 층화현상이 심화되기 시작하였다. 이렇게 위계화된 학력체계에서 상위 학력을 상층 계층이 상대적으로 많이 점유하고 있는 현상이 나타난다. 종래에는 가난한 집안에서 공부 잘하여 학력이 계층 상승의 도구로 그 기능을 해온 측면이 많았으나 지금은 엄청난 사교육비의 증가로 인해 가난하면 공부도 못할 수 있는 현실이 대두되고 있다. 학력이 계층을 고착화시키는 경향이 나타나고 있다고 하겠다.

이러한 현상은 구체적으로 계층 간 교육 불평등으로 나타난다. 지역 불평등의 문제 속에는 이미 계층 간의 불평등 문제가 내포되어 있다. 지역은 단순한 물리적 공간이 아니라 사회적 공간의 성격을 이미 가지고 있기 때문이다. 계층 간의 교육 불평등에 관한 논의는 각 가정의 사회 경제적 배경과 학력획득 기회의 접근과의 관련성 문제이다. 이것은 구체적으로 교육비 부담의 문제와 연결된다. 엄청난 사교육비에 의존하는 현재의 교육비 체계는 학력획득 기회의 배분 문제를 개별 가정의 경제력에 환원시킴으로써 하층 계층의 교육 기회가 제한되고 이로 인해 사회 불평등 구조가 재생산되는 결과로 이어진다 하겠다.

또한 가정의 사회 경제적 배경은 자녀의 학력획득에 경제적 지원 영역뿐만 아니라 학력획득 수준이나, 대학 선택의 유형, 학생들의 진학 계획 등에 이르기까지 많은 영향력을 미치고 있는 것으로 나타나고 있다. 학력획득 기회에 대한 사회계층적인 요인의 영향은 대학에 재학하고 있는 학생들의 가정에 대한 분석에서 분명하게 드러나고 있다. 각종 선행 연구와 대학 당국이 가지고 있는 여러 자료를 볼 때 부모들의 소득 수준, 직업 지위, 학력 수준이 높을수록 대학 학력을 획득할 기회가 더 많으며 특히 세칭 일류 대학에 상층 계층이 차지하는 비율이 높다는 것이다. 이것은 우리 사회의 계층 간 불평등 구조가 교육 기회의 양적 팽창에도 불구하고 질적으로는 변화되지 않았음을 의미한다. 오히려 대학 간의 서열화와 더불어 계층 간 불평등 구조가 극명하게 표현되고 있다고 하겠다.

Ⅲ. 한국 학력사회가 학교 교육에 미친 영향

우리나라의 입시제도는 건국 이래 20여 번이나 바뀌었다. 그때마다 내세운 것이 '학교 교육의 정상화'라는 명분을 제시하였다. 그럼에도 불구하고 학교 교육은 정상화되지 않았고 오히려 학교 교육의 붕괴라는 현실을 맞이하고 있다. 이러한 학교 교육의 붕괴 현상은 다양한 측면에서 그 원인을 도출할 수 있겠으나 그 근원은 한국 사회에 만연하고 있는 학력주의에 있다고 본다. 이것이 학교 교육에 미친 영향을 정리해 본다.

1. 교육의 내재적 목적은 어디로 갔나

교육이 왜 필요한가의 논의에서 결코 빼 놓을 수 없는 것이 바로 '인간다움의 형성'이다. 인간이 지닌 가능성을 현실성으로 실현하고자 하는 자아 실현이 교육의 근원적인 목적이라고 할 수 있을 것이다. 즉 교육의 목적은 각 개인이 지닌 가능성이 실현될 수 있도록 도와 주고 그에 필요한 여러 가지 인간적 특성과 능력을 기르는데 있다고 본다.

그러나 이러한 교육의 목적이 학력주의로 인해 많은 상처를 입고 있다. 우리 사회 구성원의 교육에 대한 일차적 관심은 성적과 진학의 문제로 집중되고 있다. 그것은 학부모, 교사, 학생들 모두에게 일치된 목표로 되어 있다. 성적과 진학의 문제에 주의를 집중하고 있는 학교 교육의 실제는 그 내용보다는 점수로 나타나는 결과가 가장 중요한 교육의 결과로 인식된다. 따라서 학교 교육은 어떤 인간을 어떤 방식으로 형성시킬 것인가의 문제보다는 주어진 목적 달성을 위해 얼마나 효율적으로 점수를 관리하느냐에 있다.

이와 함께 학교 교육의 체제는 그 명시된 목적에도 불구하고 좀 더 높은 학력, 특히 대학 학력획득을 위한 체제로 운영되고 있으며 대학 이전의 모든 교육은 대학 입시의 준비 단계로 간주된다. 이러한 현상은 학교를 우수아 중심의 학교체제로 만들게 하는 원인을 제공하기도 한다. 학교의 위상을 높여 줄 우수 학생들은 늘 관심권 내에 있으면서 격려와 보호를 받는 반면 중간 성적 이하의 대학 입시를 포기한 소위 '대포'들은 방치되거나 수업 분위기를 위해 지나치게 규제를 당하기도 한다. 이것은 많은 학생들이 학교 수업에 흥미를 잃게 하고 나아가 학교를 혐오의 대상으로 보기도 한다.

　이렇게 학교 교육의 현장에서는 학력주의가 성적주의로 등치되어 지배적 이데올로기로 기능하고 있다고 하겠다. 이러한 학교 현장의 성적 제일주의는 총체적으로 학교의 교육적 기능을 약화시키고 있다. 각종 매스미디어의 발달과 다양한 교육기관의 설립은 학교 교육의 기능이 약화될 수 있는 가능성을 이미 지니고 있다. 학교와 교사의 위상이 흔들리고 있는 현상은 우리나라만의 특이한 현상은 아니다. 그러나 우리의 경우는 학력주의로 인한 원인이 제일 크다 하겠다. 학력주의는 모든 학교 교육에 누수현상을 일으키고 있다. 마치 깨진 독처럼 교육이라는 물이 밖으로 빠져나가고 학교는 텅 빈 을씨년스러운 장소로 변해 가고 있다. 한국 교육에는 이제 비정상적으로 일상화되어 우리 모두를 마비시키고 있다.

　그 대표적인 것이 과외 수업이다. 한국의 학력사회화는 사교육 시장을 엄청나게 키워왔다. 그 규모는 정확히 통계내기 어려울 정도라 하겠다. 1999년 12월 교육인적자원부가 코리아 리서치에 의뢰해 조사한 바에 따르면 초등학생의 70%, 인문계 고등학생의 55%가 과외를 받고 있는 것으로 나타나고 있다. 또한 학생 1인당 연평균 86만 5천 원, 가구당 192만 5천 원을 과외비로 지출하고 있으며, 총액은 대략 7조에서 12조로 추산되고 있다. 이것은 국민총생산(GDP)의 2%로 과외로 악명 높은 일본보다 3~4배에 달하는 수치이다. 각종 고액과외를 고려해 볼 때 현실은 더욱 심할 것임은 명확하다. 이러한 사교육 시장의 확대는 경제적 부담의 차원을 넘어 학교 교육을 황폐화시키고 있다. 학생들은 학원 등에서 학교 교과과정에 앞서는 선행학습을 받음으로써 '공부는 학원에서, 잠은 학교에서'라는 말이 성행할 지경이 되고 있다. 학교 교육이 입시에 그렇게 비중을 두고 있음에도 불구하고 학원과의 경쟁에서 참패당하고 있는 것이 현실이다. 사교육 시장은 단순히 교육 시장을 점거하는데 그치지 않고 우리의 교육 시스템을 결정하는데까지 영향력을 발휘하고 있다. 소위 유명 학원으로 불리는 곳에서 만든 대학 지원 배치도는 언론기관을 통해 대대적으로 보도되고 대학 지원의 가장 중요한 가이드 역할을 한다. 이제 대학의 서열을 정하는 막강한 힘이 사교육자의 손에 넘어가고 있는 것이다. 많은 대학 당국자들이 지원 배치도를 만드는 학원에 로비를 하고 있는 참으로 어처구니없는 현상이 벌어지고 있다.

입시 위주의 학교 교육에는 '다른' 그 무엇이 비집고 들어 갈 틈을 주지 않는다. 무이념의 교육, 무철학의 교육이 진행될 뿐이다. 이러한 학교 교육의 인본주의적인 목적 상실은 도덕적 권위의 상실로 이어지고 이것은 교육 공동체를 붕괴시키는 제일 큰 요인이다.

2. 교육 주체는 심한 소외감에 빠졌다

교육의 주체는 교육 활동을 구성하는 교사, 학생, 학부모를 지칭한다. 교육 주체는 교육에 대한 결정권을 공유하고 교육 활동을 주도적으로 구성하는 성원을 의미한다. 그러나 한국의 학력사회에서 이들 교육 주체들은 물신화된 성원 관계 속에서 연대를 해체당하고 있다. 교사는 교실에서 학생들로부터 신뢰와 존경을 잃어버렸고, 가르치는 위치로써 응당 갖추어야 할 권위마저 위협받고 있다. 교사의 령이 서지 않고 교사의 지시나 꾸짖음은 공연한 참견이나 잔소리로 여겨진다. 사회가 교사의 지위를 어떻게 생각하든 그래도 가르친다는 보람과 긍지와 사명감으로 교단을 지켜 온 역사가 우리 교육계에는 있었다. 그러나 이제는 그 긍지와 사명감이 무너져 가고 있다. 이러한 현상을 야기케 하는 원인은 여러 측면에서 다양하게 찾을 수 있을 것이다. 그중에서 제일 큰 원인은 학생들이 교사의 지적 권위를 인정하지 않게 된데에 있다고 본다. 종래에는 선생님을 지식의 상징으로 보고 우러러보았다. 그러나 지금은 학생들이 교사를 보는 시선이 달라졌다. 공부를 잘하는 학생들은 학교보다는 학원을 더 선호하고, 공부 못하는 학생들은 교사와 담을 쌓고 학교와 등지게 되었다. 이렇게 교사의 권위 붕괴는 학력사회화의 문제점과 밀접한 관계를 갖고 있다. 현재 중등학교 교사들은 학력사회의 방조자이면서 동시에 피해자이기도 한다. 사실 교사들은 학교와 사회적 압력에 의해 피동적으로 움직일 수밖에 없는 위치에 서 있다. 매년 명문대 합격 숫자가 학교의 최종 성적으로 평가되고 있으며 이것이 나쁘면 학부모로부터 무엇을 했느냐고 손가락질을 당하는 것이 현실이다. 지방에서는 지역 사회까지 이에 가세한다. 이에 학교로서도 생존을 위해 교육의 본연을 포기하고 비인본적인 경쟁에 나설 수밖에 없다. 이러한 비인본적인 경쟁 구도 속에서 학교와 교사는 점점 나락 속으로 빠져들면서 스스로의 권위를 포기하는 결과를 초래케 한다. 이러한 교사의 권위 붕괴는 학부모의 교사에 대한 인식에도 많은 영향을 미치고 있다.

　학력사회의 가장 큰 피해자는 학생이다. 특히 고등학생이다. 그들은 인생과 사회에 대한 가치관을 세우고 예민한 감수성으로 세상을 느끼며 가장 격렬하게 자기를 조형해 가는 과정에 있는 존재이다. 바로 이런 시기에 학력사회가 고등학생에게 가하는 입시 교육은 참으로 참혹하다고 하겠다. 그러나 고등학교 3학년의 입시전쟁 시절을 하나의 통과 의례로 간주하는 의식이 우리 사회에 만연하고 있다고 하겠다. '고3은 인간이 아니고 공부 로버트가 되어야 한다'라는 말도 있다. 이것은 바로 엄청난 인권 탄압이다. 또한 숙제다 학습장이다 학원이다 등 공부에 할애당하는 시간은 아마 세계 제 1위일 것이다. 그러나 이렇게 많은 시간을 공부한다는 것은 거의 불가능하기 때문에 '공부하는 척'하는 시간이 많은 부분을 차지할 것이다. 그리고 이들이 하는 공부는 지식 암기라는 이른바 하등정신과정을 통한 번잡한 박식일 뿐이다. 고등정신과정인 사고력, 창의력, 상상력, 지적 호기심과는 거의 거리가 멀다. 오히려 이러한 것들은 입학 시험에 방해가 되는 금기이기도 하다. 이 금기를 깨는 반항자는 결국은 학력사회에서 낙오자가 되고 만다. 이에 학생들의 학습 의욕은 전반적으로 떨어지고 있다. 수업 시간 중에 수업에 집중하는 학생은 많아야 20% 정도에 지나지 않는다. 나머지 학생들은 잠을 자거나, 만화책을 읽거나, 큰소리를 내며 장난을 치기도 한다. 이런 학생들을 교사도 지쳐서 못 본 척하는 경우가 많다고 한다. 이러한 교실 붕괴의 현상은 교사와 학생의 공감대 부족과도 밀접한 관계를 갖는다. 교사와 학생들은 서로가 피해자라고 생각한다.

마지막으로 학부모의 상황을 보기로 한다. 학력주의적 교육의식은 학부모의 교육 열망을 폭발시키고 있다. 그러나 우리나라 학부모들의 교육 열망은 대학 학력획득을 위한 입시 준비에 국한되어 있으며 교육에 대한 주체적 의식을 가지고 있지는 못하는 것으로 보인다. 또한 학부모들은 공통적으로 자녀들의 학력문제와 관련된 불안심리가 매우 강하게 존재하고 있다. 자녀들을 어렸을 때부터 각종 학원에 보내는 것은 학업 성취 능력을 향상시킬 것이라는 막연한 기대와 타인과의 경쟁에서 불리해지지 않으려는 불안심리가 함께 내재되어 있는 것 같다. 이것은 마치 보약을 먹는 심리와 비슷한 것으로 비유할 수 있을 것이다.

많은 학부모들은 교육정책이나 학교가 교육적인가의 관심보다는 자녀들의 점수에 관심을 집중해 왔으며 오히려 학력 경쟁을 적극적으로 조장하는 역할을 계속해 왔다. 이러한 상황 속에서 학부모들은 이중적 성향을 띠게 된다. 객관적 입장에서 교육 이야기를 할 때는 모두 좋은 이야기를 하지만 자기 자녀와 연결될 경우에는 어떤 원칙도 필요 없고 극심한 이기주의적 성향을 나타내고 있다. 이것은 자녀들의 학력이 자녀의 인생을 좌우한다는 믿음과 경험에서 나온 것이다. 이러한 현상은 학교나 교사와 함께 학생들에 대한 교육적 논의를 할 수 있는 가능성을 원천적으로 봉쇄하고 있다.

오늘날 학부모는 학력사회화의 제일 중요한 매개자 역할을 하면서 동시에 최대의 피해자이기도 하다. 대입 지망생이 있는 가정은 가정의 정상적인 기능이 마비되는 경우가 비일비재하다. 온 가족이 항상 긴장감에 휩싸여 있고 늘 스트레스에 가위눌려 있다. 가족 내의 역동적 관계가 파괴되고 과외비 등 금전적 부담은 엄청나게 가중된다. 과외를 못 시키면 부모는 엄청난 죄책감에 고민하고 파출부 등 부업을 찾게 된다. 이렇게 한국의 학력사회는 한국의 가정을 흔들어 놓고 극한 경쟁이라는 심리적 공황을 유발케 하고 있다.

상기한 바와 같이 한국의 학력사회는 교육 주체들을 소외시키고 나아가 교육 공동체를 붕괴시키는 가장 큰 원인으로 등장하고 있다. 교사, 학생, 학부모들은 자신도 모르는 사이에 학력사회의 늪에 빠져 허우적거리고 있으며 교육의 본래적 목적은 어느새 사라지고 말았다. 교육은 백과사전식 지식을 가르치는 것이고, 학교는 입시를 위해서 있는 것이고, 전인교육이나 가치관 교육은 한갓 구두선에 지나지 않는다. 더불어 사는 사회를 만들기 위한 연대의식, 공동체의식은 교육 현장에서 찾아보기 힘들며, 인간적인 에토스, 파토스는 간 곳이 없고 사회 구성원 모두가 명문 학벌을 얻기 위한 극한적인 경쟁의 회오리 속에서 신음하고 있다고 하겠다.

3. 교육과정은 길을 잃고……

    학력사회에서 학교 교육의 실질적인 교육 활동은 최고 학력 산출기관의 선발 방식에 의거 크게 좌우될 수밖에 없다. 고등학교에서 부과되는 모든 시험은 대학 입학을 위한 준비과정적인 성격을 가지고 있으며, 거의 모든 가치는 시험의 결과에 종속된다. 성적은 학교 교육에서 최고의 가치를 지니면서 그 외 모든 가치를 압도한다. 이것은 필연적으로 교육과정의 파행과 왜곡을 불러들인다. 이에 학교 교육의 명목적 목적과 구체적인 시행은 엄청난 괴리로 나타난다. 지난 10여 년간의 많은 연구 보고서에 의하면 입시에서 큰 비중을 차지하는 과목들은 규정된 단위수의 최대 시간을 배정하거나, 법정 시간을 초과하는가 하면 또한 보충수업을 통해 학원식 수업을 하고 있다. 이러한 비정상적인 교육과정을 은폐하기 위해 이중 시간표를 작성하기도 하며 특별 활동을 변칙적으로 운영하고 있는 경우도 비일비재하다는 것이다. 이렇게 고교 교육에서는 공식적인 것과 실제가 다른 경우를 형식적으로 짜맞추어 놓는 이중성을 지니고 있다.

    학생들은 대학 입시의 효율화 전략에 따라 영어, 수학, 국어 과목을 공부하는데 가장 많은 시간을 투여하고 있으며, 여유 시간의 대부분도 이 과목에 매달리고 있다. 또한 성적 우수 학생들은 서클 활동을 탈퇴하거나 탈퇴를 권유당하기도 한다. 또한 고등학교 2학년까지 고등학교의 전체 교육과정을 이수하고 3학년에 와서는 입시 과목에 대한 복습과 연습, 예상문제 풀이를 하는 경우도 많다고 한다. 이러한 경우는 특수 목적고교에서는 이미 상례화되어 있다고 볼 수 있다. 이와 함께 소위 우열반, 특수반이 운영되기도 한다. 이러한 교육과정의 파행과 왜곡은 학교 내 교육 기회의 심각한 불균등 배분을 초래하고 있다. 학교 교육과정의 실질적 운영은 성적 우수아나 성적 우수 가능성의 학생을 위주로 진행되고 있고, 많은 보통학생들은 이로부터 소외당하고 있다. 이러한 교육과정의 왜곡은 탈법적 행위이지만 이를 감독해야 할 해당 교육청이 묵인하고 방조하는 경우도 흔하다는 것이 교사들의 일반적인 인식이다. 학력사회의 틀 속에서 지방 교육청도 자유스럽지 못하다는 사례는 많이 있다. 몇 년 전에 모 광역시의 신임 교육감이 열린 교육을 대대적으로 독려했으나 결국 지역 여론에 굴복하여 입시 교육의 후원자로 되돌아섰다는 사실이 대표적인 사례라 하겠다.

최근 몇 년 간 교육개혁의 방향은 21세기에 능동적으로 대처하기 위한 수요자 중심의 교육에 중점을 두고 있다. 수요자 중심의 교육은 교수―학습의 개별화를 의미하는 것으로 학생들이 주체가 되어 스스로 학습할 수 있는 능력을 배양하고자 하는 것이다. 그 대표적인 것이 열린 교육이다. 이러한 새로운 교육 방향은 시대적으로 바람직한 것이나, 학교 현장을 무시한 조치라는 비난 또한 크다. 오히려 학교의 기능을 혼란시키고 권위를 실추시켰다고 비난하기도 한다. 우리 학교의 교실 현실, 교과 내용과 자료의 부실, 교사들의 인식과 자질, 정보 기자재의 미흡 등 여러 측면에서 교육 환경의 미비로 인해 열린 교육을 실시하기가 힘들게 만든다고 주장되고 있다. 그러나 열린 교육의 최대 장애는 한국의 학력사회라고 하겠다. 현재의 대학 입시체제는 학교보다는 학원이 더 효율적일 것이다. 입시 공부는 학원에서 한다는 생각이 지배적일 때 열린 교육이 그 열매를 맺기 어려울 것이고, 어떠한 인본주의적인 학교 교육도 그 효과를 발휘할 수 없을 것이다.

Ⅳ. 학벌사회의 종언과 교육 공동체의 구현 방안

1. 학력사회는 지식정보사회에서 사라질 운명이다

오늘 우리가 사는 지구촌은 인류 문명사적으로 큰 전환기에 놓여 있다. 산업사회가 종언을 고하면서 새로운 문명의 물결이 밀려오고 있다. 이 물결은 '후기 자본주의', '탈산업사회, 정보화사회', '지가사회' 등 다양한 이름으로 표현되고 있다. 이러한 사회의 공통적 특징은 지식, 정보 등의 무형자원을 투입 요소로 하는 '지식기반사회(knowledge-based society)'적 성격을 가지고 있다는 점이다. 이러한 문명사적 패러다임의 원동력은 생산체제의 변혁에 있다. 산업사회에서는 천연자원이 중요한 투입 요소였으나 지식정보사회에서의 생산체제는 지식 네트워크가 주도한다. 지식을 비롯한 무형자원이 유형자원을 대체해 나가고 있는 것이다. 또한 급속도로 확산되고 있는 인터넷은 공간적, 시간적 비용을 크게 감소시킬 뿐만 아니라 국경을 뛰어넘는 중요한 정보원이 되었으며 이것은 새로운 부의 창조자로서 기능을 하고 있다.

이러한 패러다임의 변화는 우리의 교육 방향에도 엄청난 영향을 미치고 있다. 산업사회가 기술 혁명을 통해 형성되었다면 지금 지식정보사회는 지식 혁명을 통해 형성되고 있다. 여기서 지식 혁명이라는 것은 종래의 지식이 축적에 많은 비중을 두고 있는 반면 '지식활용 지식'을 보다 중요한 지식의 형태로 강조하는 것이라 하겠다. 여기서 지식을 활용하는 지식은 사실적 지식, 방법적 지식을 포함하여 어떠한 형태의 지식이든 그것을 다양하고 창의적인 방식으로 활용하여 부가가치를 창출해 내는 능력을 의미한다. 이러한 지식이 중요한 생산 요소가 되는 사회에서는 자기 주도적이며 기존의 지식을 다양한 방식으로 활용하고 재구조화하여 변형함으로써 지식의 부가가치를 높일 수 있는 창의적 인재 양성을 요구하고 있다. 이와 함께 학교는 지식을 전수하는 교육기관으로서의 소극적인 역할과 기능 수행에서 벗어나, 지식정보를 생성 확산하고 지식의 부가가치를 창출하는 보다 적극적인 기능을 수행을 요구받고 있다.

이러한 변화는 서열화되고 위계적이고 동질적인 형태로 존재해 왔던 종래의 학교 구조의 변화를 요구하고 있다. 국가 수준의 교육 통치에 있어서는 대규모화된 학교체제의 효율적 관리 운영에 중점을 두는 관료적 통제 모형에서 탈피하여 소규모화, 다양화, 특성화를 지향하는 단위 학교들을 거점으로 하면서 다양한 교육 기회를 부여하는 시장 통제 모형으로써의 변화를 모색해야 할 것이다. 이렇게 지식기반사회에서는 국가의 교육적 역할도 변해야 한다. 지금까지 우리의 정부는 교육에 대한 독점적 영향력을 행사해 왔다. 국가의 교육정책의 기조는 공공재로써 교육 서비스를 국민에게 베푸는 시혜자로서 일관되어 왔고 국민은 수동적 위치에서 서 있었다. 그러나 지식정보사회에서는 국가와 학교, 국가와 국민 간에 수직적 관계가 아니라 수평적 관계로 변화되어야 한다.

이렇게 지식정보사회는 우리의 교육 전 영역에 엄청난 변화를 요구하고 있다. 이 변화를 수용하지 못할 때 우리는 정보지식사회에서 낙후하고 말 것이다. 지식정보사회에의 변화에 가장 큰 장애가 바로 우리의 학력사회이다. 학력사회의 구조 속에서 서열화된 학교체제, 획일화된 학생 선발제도, 시험중심 교육과정의 운영과 점수문화 등은 지식정보사회의 교육적 역할과 기능에 얼마나 동떨어진 것인가는 새삼 강조할 필요가 없겠다. 지식정보사회라는 큰 틀 속에서 학력사회는 결국 사라져 버릴 것이다. 학력사회는 필연적으로 폐기될 수밖에 없다. 학력사회 속에서 지식정보사회는 그 기능을 발휘할 수 없으며 또한 지식정보사회에서 학력사회는 그 생명력을 유지할 수 없는 것이다. 지식정보화화의 물결 속에서 학력사회가 그 생명력을 유지하는 기간이 길수록 우리 사회는 낙후될 것이다.

2. 지식정보사회는 교육의 내재적 가치를 요구하고 있다

지식정보사회에서 요구하는 한국인상은 과연 어떤 것인가. 이것은 개성과 창의성을 갖춘 인간이면서 동시에 남과 더불어 살 수 있는 공동체적 시민의식을 가진 사람으로 축약하고 싶다. 개성과 창의적인 자질은 21세기 지식정보사회가 요구하고 있는 가장 큰 자질이다. 공동체적 시민의식은 더불어 잘 살고자 하는 정신의 핵으로서 시민적 의사결정 능력을 함양시키고 공동체의 정체성을 확립케 한다.

한국 학벌사회의 구조는 이러한 한국인상을 만드는데 큰 장애 요소로 가능해 왔다. 건국 후 입시제도의 정책은 굵직한 변화만도 20여 회가 된다고 한다. 변경의 의도는 입시 준비의 경감을 목표로 했지만 거의가 실패했다는 것이다. 그 원인은 그 시야가 너무 단기적이고 한정적이었고, 또한 그 착상이 즉흥적이고 미봉적이었다는 것이다. 그럼에도 불구하고 입시에 따른 여러 문제점을 문제점으로 보기보다는 하나의 관행으로 보는 사고도 형성되었다. 비정상적인 것이 오래 지속되다 보면 그것이 도리어 정상이 되고, 정상을 찾으려는 노력이 오히려 비정상적으로 여겨진다. 한국 학벌사회의 문제를 해결하기 위해서는 학벌사회가 만들어 낸 오랜 관행에서 해방되는 사고가 절실히 요구된다.

여기서 우리는 교육이 지닌 본연의 의무를 다시 생각해야 한다. 인간과 사회와 교육을 보는 시각에 따라 자연주의, 전통주의, 진보주의, 본질주의, 문화주의 등 다양한 교육사상과 철학이 있을 수 있다. 여기서 어떤 공통 분모를 찾는다면 그것은 전인의 사상이다. 즉 인간은 지·정·의, 나아가 체까지 포함하는 전인적 존재이다. 교육은 이런 요인들의 어떤 기본적인 균형을 갖추고 있는 인간을 길러내야 하며, 그 기본적 균형 위에 개성적인 특성이 길러져야 한다는 것이다. 교육에 대한 보통사람들의 기대에도 대개 어떤 전인적인 기대가 담겨져 있다. 공부만 잘하고 염치도 예의도 모르는 아이를 길러 주기를 바라지 않는다. 그만큼 전인교육은 교육의 끈질긴 대전제로 생각되어 왔다.

그러나 한국의 학력사회화는 이 전제를 지금은 잃어버리고 있다. 시험 성적을 올리는 것이 최선이며 그 외 모든 것은 거의 무시된다. 이러한 현상은 개인뿐만 아니라 전 사회의 영역에 엄청난 훼손을 가져온다. 가령 중등 교육이 입시 준비 교육에만 치중하여 지적인 호기심과 상상력, 창의력, 정적인 인간적 감수성, 투철한 가치관과 윤리의식을 길러냄이 없다면, 그것은 전인적 인간과 총체적 문화의 형성에 실패를 하게 되고 이것은 정치, 사회, 문화, 도덕 등 모든 영역에 해악을 미치게 된다는 점이다. 지금 지식정보화 사회는 어느 때보다 전인교육을 요구하고 있다.

지식정보화 사회에서 요구되는 인간상이 구비하여야 할 조건은 어떤 것이 바람직한 것인가. 21세기가 요구하는 인간상이 과연 무엇인가에 대해 그 특징을 명쾌하게 기술하기는 어렵다. 그러나 이 분야에 대한 여러 가지 논의를 정리해 보면 그 그림을 그릴 수 있을 것이다. 근래에 확산이 되었던 '신지식인', '창조적 지식인' 등의 논의들이 대표적인 사례다. 피터 드러커(Peter Drucker)는 지식 근로자(knowledge worker)라는 개념을 통하여 미래의 인간상을 설명하고 있다. 그는 '교육받는 사람(educated person)'라는 개념이 급격하게 변화하고 있음을 지적하면서, 지난 300여 년 동안 교육받은 사람이란 처방된 일련의 형식적 지식의 보유자를 의미했으나 이제는 학습방법을 알고 있으면서 평생을 통한 학습을 지속할 수 있는 역량을 갖춘 사람임을 강조한다. 지식기반사회에서 요구하는 인간상을 크게 세 유형으로 나누어 볼 수 있다. 즉 창의적 인간, 평생 학습하는 인간, 더불어 사는 인간 유형이다.

창의적인 인간은 문제를 주도적이고 창의적으로 해결하는 인간, 지식을 수용하기보다는 생성하는 인간, 상황적응적보다는 상황주도적인 인간, 자율적이고 융통성있는 인간, 자기 혁신적인 인간을 의미한다. 평생학습하는 인간은 학습하는 능력과 평생 학습을 통하여 새로운 지식과 정보를 습득하여 새로운 지식을 창출, 관리, 보수하여 자신의 고용 가능력을 높일 수 있는 인간을 의미한다. 더불어 사는 인간은 자신과 가족 그리고 이웃은 물론 인류의 복지와 미래를 염려하며 경쟁하면서도 세계 여러 나라 사람들과 조화를 이루며, 또한 인류의 보편적 가치를 존중할 줄 아는 세계 시민이라고 볼 수 있다. 결국 21세기 지식기반사회가 요구하는 인성적 특징은 개방적 태도와 타인을 배려하는 마음, 새로운 지식의 창조나 문제를 해결하려는 열의와 추진력, 그리고 책임감과 사명의식 및 도전의식 등을 들 수 있다.

이렇게 보면 지식정보화 사회야 말로 전인교육과 인본주의적인 교육관을 필요로 하고 있다. 한국의 학력사회는 학부모, 교사, 행정당국, 정치인, 경제인 등에게 교육에 대한 철학적 사려를 망각하게 만들었다. 극단적인 표현을 하면 개인에서 국가에 이르기까지 세속적인 부귀공명을 찾는 이외에는 어떤 승화된 이상도 없는 '무철학'의 행진을 하여 왔다고 볼 수 있다. 오늘 우리 학교에서는 '열린 교육'이 중요한 화두로 등장하고 있다. 그럼에도 불구하고 학부모로부터 열린 교육에 많은 저항을 받는 것은 그것이 입시 공부에 얼마나 도움이 되겠느냐하는 의문에서 나오는 것이니라. 이제 변해야 한다. 변하지 않으면 추락하기 때문이다. 지식정보사회에서 요구하는 이제 형해화된 학력이 아니라 전인적 인격과 생동하는 창조성에서 나오는 생명력 있는 실력이다.

이제 우리 교육은 교육 본연의 위치로 돌아가야 한다. 지금까지의 수단주의적, 목적 편향적 사고방식을 넘어 교육 자체로써 가지고 있는 내재적인 가치로 돌아가야 한다. 그렇다고 교육의 수단적인 가치, 외재적인 가치를 무시하는 것은 아니다. 다만 어떤 경우라도 교육 자체가 지닌 내재적 가치가 우선되어야 한다는 것이다.

3. 신나고 재미있는 학교가 미래를 만든다

근래 우리 사회에서는 '학교 붕괴'니 '교실 붕괴'니 하는 소리가 회자되고 있다. 한국교육개발원이 최근 발행한 연구 보고서에 의하면 이러한 붕괴론이 사실임을 확인시켜 주고 있다. 학교 교육의 위기론은 우리의 특이한 현상이 아니라 미국이나 일본에서도 거론되고 있는 현상이다. 그러나 그 양상과 원인이 우리의 경우와는 다른 점이 많다. 일본에서는 학급 질서에 대한 우려에서 나오는 것이고, 미국의 경우는 학력 저하와 관련된 우려가 주종을 이루고 있다.

최근에 학교 교육이 위기에 직면하게 된 것은 어느 날 갑자기 돌출한 현상이라기보다는 근대의 학교 교육체제에 잠재된 어떤 특성이 지식정보화 시대를 맞이하면서 표출된 것이라고 보는 시각이 많다. 즉 공교육체제의 경직성, 다양한 교육 매체의 발달로 인한 학교 교육의 기능 약화, 신세대의 등장 등이 학교 교육의 위기를 불러온다는 것이다. 이러한 원인들은 선진국의 학교 위기 현상을 설명하는데에 어느 정도 적실성을 가질 것이다. 그러나 우리 사회에서 붕괴라는 표현이 사회적인 호소력을 지닐 만큼 학교 교육의 위기를 이야기하는 것은 우리 나름의 특수한 원인이 있기 때문이다. 교육 재정의 만성적 부족으로 인한 학교 교육의 여건, 중앙집권적이고 관료적인 교육정책과 집행, 교원의 사기 저하 등이 우리 학교 교육의 중요 위기 요인으로 거론되고 있다. 그러나 제일 큰 원인은 입시 중심의 교육체제에서 나왔다고 볼 수 있다. 공부는 학원에서 하고 학교는 단지 졸업장을 따기 위해 온다는 속설은 학교 교육의 위기를 극적으로 표현해 주고 있다. 우리의 학교 교육은 교육의 내재적 가치를 상실한 채 단지 학벌이라는 사회적 자본의 획득을 위한 수단으로 전락하고 말았다.

입시 중심의 교육은 지식정보화 시대에 부응할 수 없다는 것은 재론할 필요도 없다. 과정보다는 대학 입시가 최종 목표가 된 학교 교육이 지식정보사회에서 그 존재 가치를 유지할 수 없음은 당연하다. 이렇게 폐기될 수밖에 없는 학력사회가 우리 학교와 교실을 죽이는 것이다. 재미있고 신나는 학교와 교실을 만들기 위한 방법은 교육자나 교육정책자라면 누구나 알고 있다. 2001년 7월 20일에 대통령에게 보고된 '지식정보화사회에 부응한 교육여건 개선 추진계획'의 내용을 보면 이에 대한 대책이 잘 나타나 있다고 본다. 지식정보사회를 위한 교수―학습방법과 자료개발과 보급 대책과 교사의 전문성 신장 및 사기 진작, 그리고 교원 증원책, 학급당 학생수 감축과 교육시설 확충 등이 직접 간접으로 학교를 재미있고 신나게 만드는 하드웨어들이다. 그러나 이러한 대책들은 우리가 지니고 있는 학벌사회적 풍토를 불식하지 못하는 한 그 효과를 기대하기는 힘들 것이다.

학벌사회화는 오랫동안 진행해 오면서 우리 사회의 지도적인 가치체계로 자리매김을 하면서 우리의 무의식까지 침투하여 자연스러운 관행으로 받아들이는 경향이 강하다. 이에 제도적인 여러 정책들도 물론 필요하겠지만 우리의 관성적인 의식에 제동을 거는 문화운동 차원의 노력이 전개되어야 할 것이다. 학부모, 교사, 교육정책자를 비롯한 전 사회 구성원을 대상으로 의식개혁운동이 일어나야 할 것이다. 학벌사회가 가지고 있는 문화적 봉건성, 극심한 편견과 사회적 차별, 학벌 집단 속에 매몰된 전근대적 인간상의 문제 등에 대한 철저한 분석을 하고 이를 분쇄할 수 있는 문화운동을 전개하여야 할 것이다. 이러한 운동은 교육계보다는 오히려 경제계, 정치계, 언론계에서 일어나야 한다. 경제계, 정치계, 언론계는 학벌사회를 조장한 대표적인 곳이라 하겠다. 특히 언론계가 그러하다. 명문대 중심과의 대학 서열화적 입시 보도, 고교의 명문대 합격자수 보도, 각종 국가기관이나 기업체의 대학 출신 비율, 명문대생의 미담과 기행 보도 등 이루 헤아릴 수 없을 정도로 언론은 학벌사회를 조장해 왔다. 언론인과 학벌은 깊은 유착관계를 맺으면서 특정 명문 대학의 홍보 역할을 해 왔다고 해도 과언이 아니다.

이러한 학벌사회의 구조 속에서 신나고 재미있는 학교와 교실을 만든다는 것은 거의 불가능할 것이다. 학교는 학벌사회라는 거대한 '포로 수용소'에 갇힌 포로이고 많은 사회 구성원들은 포로가 탈출하지 못하도록 감시하는 경비병 역할을 하고 있는 것이다. 학교는 무너지고 교육은 흔들리고 그래서 우리의 미래도 흔들리고 있다. 즐거운 학교, 신나는 교실은 학벌사회의 붕괴에서 출발한다.

아나키즘과
자유교육

　사라져버린 이데올로기처럼 보였던 아나키즘이 1970년부터 많은 관심과 흥미를 끌면서 재등장하고 있다. 현대 사회의 여러 문제점과 관련된 다양한 저항문화운동을 아나키즘의 부활로 평가하는가 하면 각종 공동체운동과 생태환경운동도 아나키즘의 재생이라는 맥락에서 이해하기도 한다. 또한 NGO운동 등 각종 시민사회운동의 이념적 뿌리로써 아나키즘 사상이 거론되기도 한다. 심지어 포스트 모더니즘도 아나키즘의 아류로 평가되기도 한다. 이러한 아나키즘의 부활의 배경은 현대 사회에 대한 처방 능력과 신선감을 상실한 기존의 이데올로기에 대한 염증 및 저항감과 밀접한 관계를 가지고 있다고 하겠다. 그러나 이보다 더 큰 원인은 아나키즘의 사회인식체계가 오늘의 사회에 높은 적실성과 예언력을 지니게 된 것으로도 볼 수 있을 것이다.

　오늘날 아나키즘을 하나의 정치이념이라기보다는 '삶의 양식(way of life)'으로 받아들이는 경향도 강해지고 있다. 자연적인 삶, 자율적인 삶을 근간으로 하는 문화 및 생활양식의 변혁을 지향하는 사람들이 아나키즘에 관심을 두고 있다. 아나키즘을 미학적 관점 입장에서 조명하고 길을 찾는 미적 아나키즘도 이런 류라 할 것이다. 이 글에서는 아나키즘을 교육론의 입장에서 그 특징을 도출해 보고자 한다. 많은 아나키스트들은 아나키즘 사상을 교육과 혁명적인 관계를 가진 사상으로 자처해 왔다. 다른 어떤 사상이나 운동에 비교해서 아나키즘은 그 저술과 실천에서 교육의 원리, 개념, 실험, 적용을 중요하게 생각했다는 점에서 매우 독보적이라는 평가를 받고 있다.

많은 고전적 아나키스트와 현대 아나키스트들은 다양한 형식으로 교육의 문제를 거론해 왔다. 나는 다양한 문헌과 다양한 형식으로 표현된 아나키즘의 교육관을 체계적으로 정리하고 그 특징을 찾아보고자 한다. 또한 이를 바탕으로 아나키즘 교육론의 내용과 그 쟁점을 살피고 아나키즘 교육론이 가지고 있는 정치 교육적 함의를 몇 가지 측면에서 찾아보고자 한다.

아나키즘은 '저항과 분노의 피뢰침'으로 불리기도 한다. 아나키즘 교육론이 기존의 교육이념과 제도에 태클하는 양상은 우리의 교육 현실을 진단하고 반성하는 자극제가 되고 있다. 아나키즘 교육론은 대항 이론으로써 환상이 가득한 풍부한 상상력을 주류 교육이론에 공급해 주는 신선한 산소와 같은 역할을 하고 있는 것이다.

Ⅰ. 아나키즘 교육론의 이론적 배경

1. 자연론적 사회관

다양한 아나키스트 학파는 그들의 철학의 핵심을 형성하는 일군의 공통된 가설에 의하여 결합되고 있다. 그것은 자연론적 사회관이다.[1] 아나키스트들은 이러한 자연론적 사회관을 바탕으로 하여 인간이 자유와 사회적 조화 속에서 살 수 있기 위한 모든 성질을 타고나면서부터 자기 속에 갖고 있다는 주장을 인정한다.

호로비츠(Irving L. Horowitz)는 "아나키즘은 자연이라는 아이디어와 깊이 연관되어 있다"[2]고 말한다. 사실상 아나키스트들은 '자연'이라는 아이디어에 강박당해 있다고 말할 정도로 '자연' 개념은 거의 모든 주도적인 이론가들의 저작에 핵심적인 위치를 차지하고 있다. 이러한 자연개념은 아나키즘의 교의, 즉 권위의 거부, 정부 및 국가에 대한 혐오, 상호부조, 소박성, 분산화, 정치에의 직접 참여 등의 원천이자 기초가 되고 있다. 또한 아나키즘 교육론의 제일 중요한 이론적 배경으로 작용하고 있다. 고드윈(William Godwin)은 어느 사회이건 인간의 행복과 양립할 수 있는 사회는 생동하는 자연적 성장체라고 강조한다.[3] 프루동(Pierre-Joseph Proudhon)은 사회 내에 작용하는 균형의 자연섭리를 간파하고 권위는 질서의 벗이라기보다는 적이라고 하여 이를 거부한다. 그의 저서 『재산이란 무엇인가?』에서 프루동은 사회가 기능하는 '실질적인 제원리'는 권위와는 아무 관련이 없이 동떨어진 것이며 사회가 기능하는 것은 위로부터 부과된 것이 아닌 사회 그 자체의 속성으로부터 연유되는 원리에 의해서라고 한다. 이점은 크로포트킨(Peter Kropotkin)의 논문 〈근대 과학과 아나키즘〉에서도 강조되고 있다.

아나키스트가 이상적이라고 생각하는 사회는 그 구성원의 모든 호혜적 관계가 법에 의해서나 권위에 의해서가 아니라 오로지 사회 구성원 사이의 상호 동의 및 사회적 습관이나 전통의 집적에 의해 자율적으로 규제되는 그러한 사회이다. 그러므로 지배적인 모든 권위를 거부한다. 인간에 의하여 인간을 지배하는 정부를 거부할 뿐만 아니라 모든 가식이나 정체를 거부하며, 단지 '자

연계에서 보는 바와 같은 지속적인 진전·진화'만을 원할 뿐이다.[4]

프루동과 크로포트킨은 인간이 본질적으로 사회적인 존재라는 점과 권위가 파괴되는 경우 이를 충분히 감당해낼 수 있을 뿐만 아니라 자유롭고 자연적이고 본질적인 인간의 우애적 결속에 의해 사회를 유지할 수 있는 인간의 강력한 윤리·도덕적 충동을 믿고 있는 것이다.[5]

소로우(Henry David Thoreau)는 "신을 자연과 동일시할 수 있었고 강줄기가 인도하는 대로 맡겨둘 용의가 있음"을 이야기했다.[6] 그는 창조적인 무위성 내지 자율성은 인간의 정신적인 안녕, 건강을 위해 절대적으로 필요한 것이라고 생각하고 있다. 또한 그에게 있어 여타의 사회적 경험과는 달리 자연을 접함으로써 얻어지는 경험은 창조적 상상력에 촉진제의 역할을 하고, 이에 못지않게 도덕적 의지의 형성을 위한 단련과 수양의 역할도 하는 것이다.

따라서 아나키스트들의 경우, 직접 행동의 요구 내지 참여에의 요구도 그 근저에는 호로비츠의 어구를 빌자면, "무위·자율의 심리적인 가치에 대한 주장 내지 고집"[7]이 깔려있는 것이다. 자연에 대한 이러한 인식, 즉 자연의 유일성·화합성·무위성·자율성이 크로포트킨 같은 아나키스트로 하여금 개인의 자유와 질서 정연한 사회 생활과의 조화 내지 통일을 믿게 한 이유라고 볼 수 있다.

크로포트킨은 호혜적인 자연성의 문제를 모든 윤리적 원칙의 기반으로 삼고 있다. 즉 인간의 '자연적 호혜성' 혹은 '자연적 사회성' 관념은 바로 크로포트킨이 그의 저서 『상호부조론(Mutual Aid)』 『빈곤으로부터의 해방(The Conquest of Bread)』 및 『근대 과학과 아나키즘』에서 강력히 주장했던 논지이다. 크로포트킨의 논지는 경쟁 및 맹목적인 폭력이 사회 성장의 주된 혹은 유일한 결정 요인이라는 논리를 비판하고 있다. 그에게 있어서는 '상호부조'가 엄청나게 큰 역할을 했으며 그것이 사실상 '진전과 진화의 주요인'[8]이라는 것이다.

'상호부조'의 개념은 크로포트킨의 아나키즘 철학의 요체일 뿐만 아니라 그의 모든 윤리적 제원칙의 기반이기도 하다. 그는 윤리와 도덕은 인간의 본능적 사회성으로부터 생성되었으며 진전되었다고 주장한다. 그가 말하는 인간의 본능적 사회성이란 "만인의 행복과 여타 만인의 행복과의 긴밀한 의존성 및 만인이 만인의 권리가 자기 자신의 그것과 동등하다고 느끼게 유도하는 정의 및 형평의식"에 대한 무의식적 인지인 것이다. 따라서 그는 "과학적 윤리 · 도덕의 모든 원리와 원칙은 인간의 사회적 필요 및 습관으로부터 추론할 것"[9]을 제안하고 있는 것이다.

이러한 아나키즘의 자연론적 사회관은 아나키즘의 핵심 원리를 '자발적 질서이론'으로 대변케 만든다. 콜린 워드(Colin Ward)는 아나키즘을 하나의 조직이론으로 보고 있으며, 아나키즘의 자발적 질서의 중요성을 강조하고 있다.[10]

아나키즘의 이러한 정의관은 고전적인 우주론적, 자연론적 정의관과 근대적 자연관에서 나온 정의관이 교직된 형태를 띤다. 여기서 관심을 끄는 것은 도가사상과 아나키즘의 유사성 문제다. 노자에 있어서 자연은 도의 모습이며 모든 만물이 그 스스로 존재하며 변화해 가는 과정 전체의 모습을 가리키는 개념이다. 따라서 도의 움직임은 곧 만물의 자발적 운동과 변화이며 그러한 모습이 곧 자연이라는 등식이 성립된다. 도는 우주의 본원이요 자연은 도의 성질이다. 이러한 자연관은 무위의 사상으로 나타난다. 여기서 관심을 끄는 점은 도가사상에 대한 비판과 아나키즘에 대한 비판이 매우 유사하다는 것이다. 즉 도가사상이 자연신비주의, 이기적 개인주의, 부정적 회의론, 허무주의 등으로 비판받는 내용은 아나키즘에 대한 비판과 매우 비슷하다고 하겠다. 이것은 아나키즘과 도가사상이 다함께 '자연'에서 내재적 삶의 원리를 도출하고 이를 전체 사회에 통용시킨데 서 나왔다고 하겠다.

아나키즘의 자연론적 사회관은 '자연과의 합치'를 주장한 우주론적 · 자연론적 정의관과 인간 이성의 믿음에 바탕을 둔 근대적 자연권사상이 서구의 휴머니즘적 전통 및 유토피아적 전통과 맞물려 생성된 것으로 볼 수 있다.

2. 자주인적 개인

'개인과 자율' 또는 '자주인으로서의 개인'의 문제는 아나키즘 교육관 형성의 중요한 원천이다. 개인의 자율성, 자주성에 대한 강조는 모든 아나키스트들이 공통으로 갖고 있으나 특히 개인주의적 아나키스트에 의해 집요하게 주장된다. 개인주의적 아나키스트들은 그 자신보다 우월한 어떤 존재도 인정하지 않는다. 자주적 개인의 중요성을 강조하는 개인주의적 아나키스트의 유형은 매우 다양하다. 고드윈의 인도적 아나키즘, 슈티르너의 에고이스트적 아나키즘, 터커의 자유방임적 아나키즘 등을 우선 거론할 수 있겠다. 그중에서도 슈티르너는 개인에 대한 집착이 제일 강하다.

개인의 사율성에 관한 명세는 스티르너에 있어 절대적인 관심사였다. 그는 주저 〈유일자와 그의 소유(Der Einzige und sein Eigenthum)〉에서 독특한 개인의 고유한 가치, 즉 대체될 수 없는 유일의 원형에 있어서의 인간을 찬양했다. 그는 불꽃 튀기는 경구를 담은 발랄한 문체로 다음과 같이 쓰고 있다.[11] "자기를 포기하는 가운데 당신 자신을 부정하는 자유를 찾을 것이 아니라 바로 당신 자신을 찾으시오. 당신들 각자로 하여금 전능적인 유일자가 되게 하시오." "내가 옳은가 그렇지 않은가를 심판할 수 있는 것은 판사가 아니라 나 자신이다." "내가 행할 권리를 가지지 않는 것은 내가 자유스런 의지를 가지고 행하지 않는 사항뿐이다." "네가

할 수 있는 권능을 가진 것이면 무엇이든지 행할 권리가 너에게 있다."

또한 스티르너는 자기 자신을 해방하기 위하여 개인은 부모와 교사들이 주입한 지적 하물을 선별해 내는 일부터 시작하지 않으면 안 된다고 주장한다. 즉 '우상파괴'의 대사업에 종사하지 않으면 안 된다는 것이다. 이것은 소위 부르조아 도덕의 파괴에서부터 시작된다. 스티르너의 공격은 공산주의자에게도 옮겨 간다. 그는 공산당의 획일주의에 대하여 냉엄한 비판을 가한다. 즉 당원은 언제 어디서나 당에 복종하지 않으면 안 되며, 당의 명령은 그들에 대하여 확실하고 의심할 수 없는 것으로 몸도 마음도 당의 것이 되지 않으면 안 된다고 비판한다. 그는 계속해서 성도덕의 문제, 친권적 도덕가치, 학교의 주입식 교육 등에 비판을 가한다. 그의 거부의 정열은 그를 역설 속으로 이끌고 가 무의식중에 비사회적인 폭언을 하기도 한다.

아나키즘의 개인주의적 성향은 프루동에 의해서도 극단적으로 표현된다. "나의 양심은 나의 것이고, 나의 정의는 나의 것이고, 나의 자유는 최고의 자유이다."[12] 역설의 명수이고 이율배반적 사고의 열애자였던 프루동은, 그의 사상에서 그가 즐긴 모든 대립 중에서도 가장 현저한 것이 바로 이 극단의 개인주의를 민중과 은밀하게 연결시키는 것이었다. 그는 개인주의적 자존심 속에서 고립하여 있으면서 한편으로 자기는 민중을 위하여, 역사를 위하여 말하고 있다고 주장한다.

자주인적 개인에게 많은 강조점을 두는 개인주의적 아나키즘 성향은 미국의 아나키스트들에게 많은 영향을 미쳤다. 이것은 미국의 문화적 전통과 경제적 환경 및 개인주권의 자유주의 이념을 표방한 제퍼슨적 민주주의자(Jaffersonian Democrats)와도 관련을 맺고 있다.[13] 워렌(Josiah Warren), 터커(Benjamin Tucker), 로스바드(Murray Rothbard) 등이 대표적인 인물이고 생존 인물로는 하버드대학의 울프(R.P. Wolff)교수가 중요하게 거론된다. 울프 교수는 그의 대표적 저서『아나키즘의 변호

(In defence of Anarchism)』 가운데에서 "자율성이라는 덕목과 모순되지 않는 유일한 정치강령은 아나키즘이라 생각된다."[14]고 결론짓는다. 울프는 홉스(Hobbes)와 같이 개인의 자율성과 권력이 상충할 수밖에 없다는데 동의하고 있다. 그러나 홉스는 무정부 상태를 두려워했기 때문에 절대권력을 택했고, 울프는 절대 권력이 두려워 아나키즘을 택했다.

여기서 제기되는 문제는 자유와 국가라는 테마이다. 아나키스트들은 자유를 선험적으로 받아들이고 윤리적 당위의 근거로써 받아들이는 것 같다. 그들은 자유를 바로 그리고 직접적으로 원한다. 이것이 아나키스트들이 국가를 두려워하고 국가가 없는 자유를 주장하게 만든다. 이것은 자유를 지적인 이상향으로 도피시킨 것처럼 보인다. 기실 국가와 자유의 문제는 '국가냐 자유냐?' 하는 식의 테마로 변형될 성질의 것은 아니라고 본다. 왜냐하면 자유와 국가는 서로 상이한 윤리적 차원에서의 개념이기 때문에 이 둘은 직접적으로 연결될 수 없을 것이다. 이들의 연결은 어떤 매개에 의해 간접적으로 연결될 수 있을 뿐이다. '자유'라는 개념은 이성적 개념이며 이념이다. 이에 비해 '국가'라는 개념은 오성적 개념이며 질서 개념이다.[15]

자유란 사물이나 제도 또는 상황과 같이 범주적으로 파악하고 인식할 수 있는 그러한 것을 칭하는 것이 아니라 내가 사유하는 것을 칭한다. 자유는 무조건적인 개념이다. 필연적으로 생각해야 하고 자유로이 나타내어진 이러한 무조건적 행위의 도덕적 특성을 이룬다. 자유는 인간이 도덕적 본질로써 주장되고 이러한 도덕적 자기 주장을 이성적으로 파악하고자 할 때에 있어서만 주어진다. 자유의식의 근원은 도덕적 이성 존재로서의 인간의 자기 파악에 있다. 도덕적 자기 주장 없이는 자유는 없어지고, 도덕성을 이성적으로 파악함이 없이는 자유의식은 사라진다.

이에 반해 국가라는 개념은 범주적으로 파악할 수 있는 부가적 혹은 병렬적 개념이다.[16] 좀 더 정확히는 법률을 통해 제정되고 공권력을 통해 확인된 사회성의 질서이다. 국가라는 개념은 여러 조건의 복합을 하나의 통일로 함께 파악하며 그것을 통하여 사회는 하나의 지배 조직으로 결합한다. 국가는 규정된 관점 하에서 또는 관찰할 수 있는 그 어떤 것이다. 이념 또는 무조건적인 개념인 자유와 질서 복합의 개념인 국가를 단순히 하나로 그리고 함께 놓는 것은 문제가 된다. '자유냐 국가냐' 하는 문제는 차원이 다른 양 개념을 연결시킬 수 있는 매개를 마련하지 않는 한 무의미한 질문이라 하겠다.

3. 권위에의 저항

한 사상의 특징은 교의·운동뿐만 아니라 그 사상이 지니는 기질(temperament)과 밀접한 관계가 있다. 특히 아나키즘에 있어서는 어떤 사상 체계로써 보다는 이것이 지니는 저항적인 기질 때문에 줄곧 관심의 대상이 되어 왔다. 또한 그 생명력도 이 저항에 기인되고 있다는 평가을 받고 있다.[17] 이렇게 아나키즘의 정의관의 바닥에는 본능적인 저항감이 짙게 깔려 있다. 세바스티엥 포르(Sébastien Faure)는 "권위를 부정하고 그 것과 싸우는 자는 누구나 아나키스트다."[18]라고 말한다. 포르의 이 말은 아나키즘에 대해 많은 혼동을 야기시키고 있으나 아나키즘이 존재할 영역만은 분명 밝히고 있다고 하겠다. 아나키즘을 야성과 저항의 피뢰침으로 표상되는 것도 그러하다. 아나키즘의 교육관에도 이러한 야성과 저항성이 절절히 배어있다.

아나키스트들은 어느 누구보다도 우선 반항자로 규정지어지고 있다. 스티르너는 선언하기를 아나키스트는 일체의 신성한 것에 속박되지 않고 무수한 우상과 파괴를 감행한다고 하였다. 지성의 방랑자이며 철저한 반항자의 몸짓을 한 그는 많은 사람들에게 위안을 주는 대상을 신성 불가침

한 진리라고 보는 대신에, 도리어 전통의 테두리를 넘어서서 경건성을 벗어던지고 자유분방한 비판에 탐닉한다. 스티르너는 혁명(revolution)과 반란(rebellion)을 근본적으로 구분하고 있다.[19] 그는 현대에 있어서의 알베르트 까뮈(Albert Camus)와 같이 혁명을 부정하고 반란을 찬미한다. 그 근거는 개인의 유일성이라는 그의 개념과 밀접히 관련되어 있다.

프루동 역시 철저한 반항 감정을 그의 전 저서를 통해 표현하고 있다. 그는 '공직을 가진 사람들, 즉 성직자 · 행정관 · 학술원 회원 · 저널리스트 · 국회의원 등'을 모두 무시했다. 그들에게 있어 "백성은 언제나 정복되어지고, 침묵시켜져야 하고, 사슬에 붙들어 매어져야 하고, 코뿔소나 코끼리처럼 교묘하게 사로잡아야 하고, 굶주림을 이용하여 길들여져야 하고, 식민지로 만들거나 전쟁 수단에 의해 피땀을 짜내야 할 대상으로 밖에는 보이지 않는다."[20]는 것이다.

소로우(H.D. Thoreau)는 그의 논문 「시민의 불복종(Civil Disobedience)」에서 아나키스트의 저항감을 좀 더 구체화시킨다. 박식한 아나키스트이자 『섹스의 즐거움(The Joy of Sex)』의 저자인 알렉스 콤포트(Alex Comfort)에게 불복종은 무책임한 국가권력에 맞서는 도덕적 명령이다. 그는 '저항과 불복종은 야만주의에 대처할 수 있는 유일한 힘'이며, 저항과 불복종을 실천하지 않는다면 야만주의에 대해 무장해제 상태에 있는 것이라고 말한다. 영국의 저명한 시인이자 아나키스트인 오스카 와일드(Oscar Wilde)도 콤포트와 비슷하게 반란의 중요성을 강조한다. 그에 의하면 불복종은 인간의 원초적 덕목이며, 진보는 바로 불복종을 통해 이루어진다.

'권위에의 저항'을 인식론적인 입장에서 세련되게 대변한 아나키스트 학자가 있다. 파이어아벤트(Paul Feyerabend)는 그의 주저 『방법론의 도전(Against Method)』에서 기존의 과학방법론이 지니고 있는 권위에 대해 도전하고 있다.[21] 『방법론의 도전』에 나타난 그의 대부분의 주장은 부정의 자세에서 나온다. 이러한 파이어아벤트의 부정적 자세는 부정을 위한 부정이 아니다. 그의 부정의 태도는 개인의 자유와 관련된 것이다. 파이어아벤트는 '자유를 증대하고 충족된 삶과 보람 있는 삶을 추구하려는 시도'를 옹호하고 '전인적으로 발전된 인간을 길러내고 또 길러낼 수 있는 개성의 함양'[22]을 옹호한다. 그의 관점에서 본다면 사회가 과학을 제도화하는 것은 인간주의적 태도와 일치될 수 없다. 그는 "우리의 조상들이 유일하게 참되다고 생각한 종교의 속박에서 우리들을 해방시켰듯이, 이데올로기적으로 경직된 과학의 속박에서 사회를 해방시키는 것이다."[23]라고 적고 있다. 또한 자유 사회의 성숙한 시민은 '스스로 결심하도록 교육을 받았고, 그에게 가장 맞는 것으로 생각되는 것을 좋아하도록 결정되어진 그러한 사람'[24]으로 보고 있다. 이렇게 파이어아벤트의 권위에의 저항은 개인의 자유와 자율성의 확보를 위한 첫 작업인 것이다.

아나키스트의 저항정신은 인간이 지니고 있는 본능적이고 잠재적인 원초적 본성의 표출인지도 모른다. 그래서 아나키즘은 학습되어지는 것이 아니라 느껴지는 것으로 표현된다. 오랫동안 잠자고 있던 절대적 자유의 본능은 시대의 심층으로부터 불현듯 다시 나타난다. 많은 아나키스트들은 인간의 기억 속에 희미하게 남아 있는 원초적인 신화적인 자유를 상기시키고 있다. 그래서 아나키즘의 뿌리를 선사시대의 사람까지 소급시키고 있는 것이다. 권위에 도전하는 아나키스트들의 저항의식은 아나키 상태가 초래할 혼란에 대한 두려움으로 인해 많은 비판을 받는다. 이러한 저항의식이 사회적 · 정치적 행동으로 구체화될 때 다양한 모습으로 표출된다. 또한 아나키스트가 어떤 수단으로 저항을 표현하느냐에 따라 평가도 다양해진다.

아나키즘의 권위에의 저항과 불복종 사상은 포스트모더니즘의 대표자인 미셸 푸코(Michel Foucault)의 사상과 맥락을 같이 한다. 푸코는 스스로를 그 어떤 사상체계와도 일치시키기를 꺼려했지만, 푸코의 작업은 아나키즘과 분명 동맹관계에 있다고 볼 수 있다. 푸코의 작업은 바로 아나키즘적이다. 그가 역사 연구에서 국가의 총체성이 어떻게 발달했는지, 그리고 국가 권력이 어떻게 성장해 그동안 자신의 관심 영역 밖에 있던 삶의 영역들을 침범했는지를 탐색한 방식 때문이다. 정상(正常)이라는 개념에 대해 아나키스트들은 극히 회의적이다. 아나키스트들은 "아마도 오늘날 목표는 우리가 무엇을 발견하는 게 아니라 현재 모습을 거부하는 것일 것"이라는 푸코의 충고를 환영할 것이다. 현재의 우리 모습이란 우연히 역사적으로 물려받은 사회적, 정치적 정체성들을 마치 자연적이고 불변인 것처럼 스스로 받아들임으로써 순응적이고 복종적으로 되어가는 것일 수 있다고 푸코는 말한다. 이러한 푸코의 작업은 분명히 아나키즘 적이다. 포스트모더니즘의 교육관과 아나키즘의 교육관이 유사한 궤도를 가지고 있는 것은 어쩌면 자연스러운 현상이기도 하다.

Ⅱ. 아나키즘 교육론의 내용

1. 국가주의 교육에 대한 의구심

아나키스트들은 아나키즘을 교육과 혁명적인 관계를 가진 사상으로 자처해 왔다. 다른 어떤 사상이나 운동에 비교해서 아나키즘은 그 저술과 실천에서 교육의 원리, 개념, 실험, 적용을 중요하게 생각했다는 점에서 독보적이라 할 수 있다.

아나키즘 교육론의 제일 큰 핵심은 국가주의 교육에 대한 의구심과 공교육에 대한 불신에서 출발한다. 기실 통치기구와 국가에 대한 아나키스트의 공포와 위구심은 그들의 문헌 속에서 빠짐없이 골고루 발견된다. 아나키스트들은 유사 이래 사람들의 편견 중에서 통치기구에 대한 편견보다 더 심한 것은 없다고 생각한다. 스티르너는 예로부터 통치기구의 편견에 사로잡혀 있는 사람들을 맹렬히 비난한다. 프루동은 특히 "우리 정신의 이 환상, 즉 박물관이나 도서관으로 보내져야 마땅한 이 환상의 제거가 자유로운 이성을 가진 자의 첫째 의무"라고 통치기구에 대한 환상에 대해 통렬한 비난을 퍼붓고 있다. 그렇다면 통치기구의 잘못된 점은 어디에 있다고 아나키스트는 보는가. 철저한 개인주의를 강조하는 스티르너는 "통치기구와 나, 이 양자는 서로 적이다". "모든 통치기구는 그것이 한 사람의 전제이건 한 집단에 의한 전제이건 간에, 언제나 전제적이다. 모든 통치기구는 필연적으로 오늘날 우리가 부르는 이름으로 말하면, 전체주의적이다"라고 표현하고 있다.

프루동도 "인간에 의한 인간의 통치는 노예적 굴종이다. 누구든지 나를 다스리려고 손을 쓰는 자는 찬탈자요 압제자이다. 나는 그에게 나의 적이라고 통고하리라"고 한결같은 말을 한다. 바쿠닌은 통치기구를 '백성의 생활을 게걸스럽게 삼켜먹는 추상물'이며 '이 추상물의 이름 아래 한 나라의 참다운 포부와 생기가 아낌없이 그 자신을 매장되는 대로 맡겨놓는 거대한 무덤'이라고 보았다.[25]

아나키즘은 사회에서 전체 사회를 강제적인 권위로써 지배하는 집단은 없어야 한다는 정치철학을 주장하고 있다. 이러한 사상은 아나키즘 사상의 원천이라고 할 수 있는 자연론적 사회관에서 도출되고 있다.

이러한 아나키스트의 통치기구와 국가에 대한 의구심과 불신이 교육의 문제와 연결되면 자연스럽게 국가주의 교육과 공교육을 반대하게 만든다. 국가주의적 교육과 공교육에 대한 비판은 18세기의 고드윈 이래 20세기의 굿맨(Paul Goodman), 일리히(Ivan Illich), 프레이리(Paulo Freire) 등에 이르는 아나키즘 사상가들에 의해 면면히 이어져 왔다.

공교육 실시 초창기에 고드윈은 『정치적 정의에 관한 고찰(Enquiry Concering Political Justice)』에서 공교육의 국가화에 대한 전면적인 비판을 최초로 시도했다. 공교육을 찬성하는 입장에서 서 있는 루소와는 반대쪽에 있었다. 그는 국가에 의한 여론 조작의 기초를 국가 숭배를 전제로 하는 국가 교육제도에서 찾고, 그것은 저지되어야 한다고 주장한다. 또한 소규모의 토론집단과 같은 작은 규모의 학교가 바람직하다고 보았으며, 개인 교육의 우월성을 주장한다. 프루동의 교육사상도 맥락을 같이 한다. 그는 개개인의 차이를 매우 중시한다. 프루동은 이질자의 존재를 중시하고 개인과 집단의 다양성을 추구하며, 사회에 내재하는 교육력 즉 사람들의 자발적인 상호작용을 존중한다는 점에서 교육에 대한 정치의 개입을 부정한다.

아나키즘의 교육을 몸으로 실천한 사람이 바로 톨스토이다. 그는 일찍부터 교육의 필요성을 통감했으며, 일생에 걸쳐 몇 번이나 농민학교를 운영하였다. 본격적인 농민학교는 1859년, 그의 나이 31세 때 개설되어 3년간 계속되었다. 학교는 무료이고, 시간표도 교과서도 없이 이루어 졌다. 입학과 퇴학도 자유였고, 교과과정도 무시되었다. 오직 아이들의 재능을 발견하고 육성하는 것이었다. 그는 당시의 학교에서 시행되는 강제적인 교육방법을 통렬히 비난하고 있다. 그의 교육사상은 "모든 아이들을 의자로부터 해방시키는 것"으로써 이것은 '무의식의 학교' 또는 '자연의 학교'라고 불렀다.

이러한 아나키즘적 교육사상은 간디, 부버, 리드 등에 의해 계속 주창되고 있다. 국가주의적 공교육에 대한 불신은 '탈학교 사회'이론으로 연결된다. 20세기에 들어서 굿맨, 일리히, 라이머(E. Reimer) 등이 탈학교 사회를 주장하고 있다. 이들은 모든 교육이 학교에서 이루어진다는 전제 하에, 학교 교육은 학생들을 학년별로 짜여진 교육과정의 틀 안에서 가르칠 목적으로 강제적인 감호 통제를 행사하는 제도적 구조라고 본다. 또한 학교는 인간을 억압하고 소외시키며, 비인간화하는 곳으로써 기존 사회의 유지라는 목적을 위해서 존재할 뿐이라는 것이다. 그럼에도 불구하고 학교는 현대의 종교처럼 기능한다는 것이다.

아나키즘 교육론의 현대적인 형태와 이론은 굿맨에 의해 완성되었고 일리히를 통하여 더욱 정교하게 전개되었다고 할 수 있다. 굿맨은『강제적 비교육과 학자 공동체(Compulsory Mis-education, and the Community of Schoolars)』에서 획일적, 중앙집권적이며, 자발성보다는 동조를 강조하는, 세뇌기능이 강조되는 현재의 학교 교육을 비판하고 있다. 굿맨은 나아가 학교 교육의 문제점을 극복하기 위해 커뮤니케이션의 대화적 측면을 강조하고 있다.

일리히는 현대의 관리 사회와 그 문명을 '가치의 제도화'라고 하는 분석 개념을 사용하여 비판하고 있다. 가치의 제도화란 어떤 가치와 그 가치의 실현에 봉사한다고 주장되는 제도 활동을 동일시하는 것을 말한다. 이러한 가치의 제도화는 학교의 비대화를 초래하였다. 가치의 제도화에 의해 학교는 모든 사회를 두 영역으로 구분한다. 곧 특정 시간대, 특정 방법, 특정 조치와 배려, 그리고 특정 전문 작업은 학술적이거나 교육적이라고 간주되고, 다른 것은 그렇지 않은 것으로 구별된다는 것이다. 이러한 제도적 배려에 의존하는 정도가 높으면 높을수록 인간은 자신의 잠재적인 능력과 혼자서 무엇인가 할 수 있는 능력을 점점 잃게 된다. 즉 가치의 제도화에 대한 비율이 높아질수록 인간의 자유와 자주성은 약화되고, 이의 기능을 현대의 학교가 하고 있다고 본다. 이러한 학교에 의존하는 상황을 타파하기 위하여 인간과 환경 사이에 새로운 양식의 교육적 환경을 만들어 낼 필요가 있고, 그것을 위해서는 성장에 대한 태도, 학습에 유효한 도구, 그리고 일상생활의 질과 구조가 동시에 변혁되어야 한다고 일리히는 주장한다.

프레이리의 교육사상도 같은 궤도를 그리고 있다. 그는『피압박자의 교육학』에서 교육자는 강요할 수 있는 권리를 갖지 못하며, 강요는 명령, 명령은 조종, 조종은 결국 아동의 물질화, 비인간화를 의미한다고 비판한다. 이어서 그는 제3 세계에서 억압되고 착취당하는 민중의 해방을 추구하면서 민중 자신이 스스로 주체화하는 교육방법을 제시하고 있다. 그것이 '문제제기교육(problem posing education)'이다. 문제제기교육은 문제의식을 매개로 하여 교육자와 피교육자와 협동하여 현실 세계를 함께 인식해 가는 교육을 말한다. 그것은 일방적인 주입을 거부하고 교류를 만들기 위한 것으로써 대화를 통하여 학생인 동시에 교사인 학생과 교사인 동시에 학생인 교사를 등장시킨다. 그들은 모두가 성장하고 있는 과정에서 공동으로 책임을 지게 된다. 따라서 '침투(extention)'가 아니라 '대화(communication)'가 중요하다.

학교 교육의 문제점에 대한 비판은 라이머, 홀트(John Holt), 실버맨(Charles Silberman) 등에 의해 계속된다. 아나키스트의 공교육에 대한 불신과 학교 교육에 대한 비판은 자유교육학교의 이념적 초석이 된다. 아나키스트적 교육관을 지닌 사람은 결코 교육을 무시하거나, 학교 자체를 거부한 것은 아니다. 다만 학교 교육이 지니고 있는 문제점을 가차 없이 비판할 뿐이었다. 이러한 아나키즘의 교육관은 자연론적 사회관과 자주적 개인을 강조하는 아나키즘의 특징에 권위에의 저항이 접목되어 나타난 현상이라 하겠다.

2. 자유교육학교에의 지향

아나키스트의 공교육에 대한 의구심과 불신은 자유교육학교에의 지향을 낳았다. 그러나 자유학교의 지향은 아나키스트의 전유물은 결코 아니다. 자유학교의 뿌리는 열거하기 힘들 정도로 다양하고 깊다고 하겠다.

자유교육은 멋대로 방치하는 방종 교육이 절대 아니다. 그것은 또한 현재의 학교 교육에 자유의 요소를 단순히 가미하는 것을 의미하지 않는다. 나아가 그것은 미국식 자유주의 교육사상을 뜻하는 것은 더욱 아니다.

자유학교라는 말은 조금씩은 다르게 쓰이는 여러 가지 말을 하나로 묶은 것이다. 즉 free school, open school, alternative school, community school, pioneer school, 아동중심주의학교, 반권위주의 학교, 실험학교, 전원학교, 벽이 없는 학교, 탈학교 등등 나라나 시대에 따라, 또는 학자나 교육자에 따라 달리 사용되는 말들을 모두 포함한다. 그것들이 공통으로 사용하는 것이 자유를 추구하는 교육이다.

자유학교의 기본정신은 자발성, 자주성, 주체성의 원리에 두고 있다. 현대 교육이론에서 아동의 자발성, 자주성, 주체성이 강조되지 않은 이론은 없을 것이다. 그러나 아나키스트가 지향하는 자유교육은 이론적인 측면에서 패러다임이 다르며 실천면에서도 그 심도가 다르다.

바쿠닌은 교사라는 직업과 성직자라는 특권 계급을 비교하고 이렇게 말했다. "상황도 비슷하고, 명분도 비슷하고, 영향력도 비슷하다. 따라서 국가가 거룩한 영감과 자격을 하사하는 근대 학교의 교사도 마찬가지일 것이다. 필연적으로 교사는 국가 권력과 특권 계급의 이익을 위해서 대중이 희생해야 한다는 교리를 가르친다." 그리고 그는 반문한다. 그렇다면 우리는 사회에서 모든 교육을 폐지하고 모든 학교를 폐쇄해야 하는가? 그는 결코 그렇지 않다고 대답한다. 그가 요구하는 학교는 권위의 원리를 없애버린 학교이다. "학교는 더 이상 학교가 아니라 일종의 대중 학원이 될 것이다. 학생도 없고 교사도 없으며 사람들은 자유롭게 찾아와서 필요한 수업을 받을 것이다. 수업은 무료일 것이다. 전문적 자질이 뛰어난 사람들이 교사들을 가르칠 것이고, 교사들은 그들에게 부족한 지식을 가르칠 것이다."

이렇게 완전히 다른 학교 개념은 일찍이 1797년에 고드윈이 고안한 바 있다. 고드윈의 계획은 "교육의 모습을 완전히 뒤바꾸기 위해 마련된 것이다. 지금까지 교육에 수반됐던 가공할 제도적 장치는 모두 해체된다. 엄밀히 말해서, 교사나 학생 같은 역할은 더 이상 존재하지 않는다. 어른과 마찬가지로, 아이 역시 공부하고 싶으니까 공부한다. 아이는 자기가 세운 계획에 따라서 학업을 진행한다. 다른 사람의 계획을 빌려오는 경우에도 완전히 자기 것으로 만든다."[26]

교육에 대한 아나키즘의 접근방식의 바탕이 되는 것은 배움터에 대한 경멸이 아니라 학습자에 대한 존중이다. 자유교육학교에서는 등하교나 수업 출석도 학생의 자발성에 맡긴다. 징벌이나 체벌이 일체 부정된다. 강제만이 아니라 교묘하게 학생들에게 지식을 주입하는 조작도 금지된다. 닐은 강제적 교사를 hard boss, 조작적 교사를 soft boss라고 부르면서, 전자보다 후자가 더욱 유해하다고 했다. 이것은 '드러난 권위'와 '숨겨진 권위'의 차이이다. 그러나 자유교육학교의 교사 업무는 전통적 학교보다도 과중하다고 할 수 있겠다. 출석이 강제되지 않으므로 유능하고 성실한 교사의 수업은 만원이 되고, 무능하고 불성실한 교사의 수업은 없어지게 된다. 자유교육은 교사의 자유와는 무관한 것이다. 그들은 아이들을 방임할 수 없다. 아이들의 학습 유혹을 일으키기 위해 교사는 여러 가지 다양한 교육 활동을 준비해야 한다. 아이들은 여러 활동 중에서 기호와 능력에 맞는 학습계획을 스스로 세우며 교사는 그것에 적극 참여하여야 한다. 또한 학습 성과의 평가에도 학생이 참여한다.

자유교육의 내용은 개성과 개인차에 따라 다르다. 개인차는 당연한 것으로 인정된다. 통일되고 획일적인 기준으로 비교되거나 경쟁시켜서는 안 된다. 평가도 서열별 평가가 아니라 개성을 존중하는 서술이어야 한다. 표준 시험도 없다. 시험이 있어도 그것은 교사의 교육 정도를 평가하기 위한 것이다. 우등생, 열등생은 없다. 자유학교에는 학년제, 학급제도 없다. 모든 학생들은 나름대로의 학습계획을 갖는다.

자유교육의 특징 중의 하나가 교육과 생활의 조화이다. 자유학교에서는 교과서 대신 다양한 교재와 교구가 사용된다. 교과서가 있다 해도 교사가 스스로 만든 것이 대부분이고 그것도 예외적으로 사용된다. 교육이 책이 아니라 학생 스스로의 활동이나 직접 체험에 의해 이루어지기 때문이다. 요리, 농사, 사육, 여행, 인쇄, 토목, 견학 등이 수업의 주 내용이다. 읽기나 산수 등의 기초 학습도 이러한 활동을 통하여 이루어진다. 모든 학습이 일을 중심으로 하여 교사에 의해 조직된다. 국어, 수학, 과학식의 과목 분화가 아니라 하나의 활동 속에 그 모두가 종합적으로 포함된다. 이른바 'learning by doing'이다. 이러한 수업을 준비하기 위하여 교사는 지역 사회와 협조하여야 한다. 아이들을 데리고 다니며 여러 곳을 보여 주고 여러 사람을 만나게 하고 배우게 한다. 자유학교에서는 놀이도 중요시 된다. 놀이를 통한 감정 해방은 자기 주장과 협력의 필요성 및 유용성을 스스로 익히게 된다.

자유학교는 민주적 공동체의 성격을 갖는다. 교사는 권위를 갖지 않는다. 교사는 결코 공포의 대상이 아니다. 교사와 학생은 서로 이름을 부른다. 학생은 집회를 통하여 학교 운영에 적극 참여하고 토의한다. 교장이 있어도 교사와의 상하관계는 없다. 학부모도 학교 운영에 참여한다. 또한 학부모와 주민을 위한 야간학교도 열린다.

자유교육학교의 여러 특징, 즉 자발성, 개성, 생활, 참가의 원리 등은 우리의 교사중심주의, 획일능력주의, 교재중심주의, 관료주의 등과는 반대되는 것이다. 우리는 무의식중에 현실에 젖어 현재의 교육에 대해 문제의식이 둔해 질 수 있다. 그리고 자유교육이 지향하는 이념이 우리의 현실과 너무 동떨어져 두려움마저 느낄 수 있을 것이다. 그리고 우리는 대학 입시라는 틀에 포로가 되어 있다. 그럼에도 불구하고 우리는 자유교육의 지향가치 속에서 교육의 앞날에 풍부한 상상력과 신선한 자극을 받을 수 있다. 우리나라에서도 대안학교, 실험학교라는 이름으로 각지에서 자유교육을 지향하고자 하는 학교가 설립 운영되고 있다. 아나키즘적 교육이론이 우리의 현실 교육과 관련시켜 볼 때 하나의 주변 이론에 부가하다는 평가를 받을 수 있을 것이다. 그러나 우리 교육에 대한 문제점과 비판력을 길러 주고, 나아가 우리 교육의 미래를 가늠할 수 있는 하나의 나침반 역할도 제시하고 있다고 할 수 있겠다.

Ⅲ. 아나키즘이 정치 교육에 주는 함의

아나키즘의 교육론에 나타난 여러 주장들은 가치교육의 목적, 의의 및 방법론에 이르기까지 가치교육의 여러 영역에 다양한 논쟁을 불러일으킬 수 있는 소지를 안고 있다. 특히 아나키스트의 도전적인 국가관, 국가에 의한 가치교육에 대한 회의 등은 가치교육 중 큰 비중을 차지하는 정치 교육의 의의에 대한 기반마저 흔들고 있다. 기실 정치 교육에 대한 아나키즘적 공격은 여러 형태로 전개되어 왔으며, 이를 통해 정치 교육의 여러 영역에 대한 이론적인 구성 작업이 계속 논의되어 왔다. 여기서는 국가의 문제, 교육방법론에 중점을 두어 아나키즘의 정치 교육적 함의를 살펴보고자 한다.

1. 국가의 존재론적 · 윤리적 당위성의 문제

정치 교육의 개념이 협의로 정의되든 광의로 정의되든 국가와 직접, 간접으로 관계를 맺고 있다. 만약 국가의 존재론적 및 윤리적 당위성의 근거가 확보되지 못할 때 정치 교육의 의의는 그 출발점에서부터 많은 논쟁을 야기할 것이다. 국가란 무엇인가라는 질문은 우리 삶의 현실을 반영하고 있는 실천적인 물음이다. 국가에 대한 정치철학적 규정을 할 때에는 현실적인 국가들에 대한 여러 경험들과 여기서 파생되는 인간의 삶과 실천에 대한 명상과 반성들이 그 밑바탕에 토대로 깔려 있는 것이며, 이를 전제로 해서 국가에 관한 이론과 철학은 가능하며 의미를 갖는다.

그리스에서 국가에 관한 정치철학적인 물음이 제기되었을 때, 그것은 특별히 무슨 철학적이거나 과학적인 이론은 아니었다고 레오 스트라우스(Leo Strauss)는 주장하고 있다. 그것은 일상생활에서 제기되었던 실천적인 물음이었다. 도덕적인 국가란 무엇이며, 정당한 국가 권력의 행사는 어떻게 실행되어야 하는가의 물음은 그들의 일상적인 정치 생활들을 반성함으로써 제기되었고 논의되었던 문제들이었다. 그러나 그후 국가나 정치에 대한 이론이 세련화되면서, 현실적인 삶과 정치적 실천과는 동떨어진 이론을 위한 이론들이 많이 제기되었다. 정치적 현실의 구조를 개선하기 위한 이론이라기보다는 가치 판단을 배제한 사실들의 체계화와 개념화에 치중하여 현실성과 실천성을 결여하는 모습으로 전락하게 된 경향이 있었다. 또한 국가론은 이러한 비실천적 추상화의 과정에서 어떤 특수한 계층, 계급의 이익을 대변하고 그들의 권력을 옹호하는 변호론적 구실마저 하게 되었으며 이데올로기로서의 성격마저 띠게 되었다. 이러한 국가론의 비실천성과 관념성 그리고 이데올로기에 대한 반성과 비판에서 국가론에 대한 정치철학적 관심이 다시 고조되고 있다. 이러한 관심은 국가의 존재론적 또는 윤리적 · 규범적 정당성의 문제를 다시 묻게 한다. 만약 국가의 존재론적 및 윤리적 타당성의 근거를 찾지 못한다면, 국가에 대한 아나키즘적 공격에 대해 무방비 상태에 놓일 것이며 정치 교육의 의미도 상실할 것이다.

국가의 존재론적 및 윤리적 문제는 먼저 국가는 우리에게 우연인가, 필연인가, 또는 당위인가의 물음으로 돌아가게 한다. 이 물음은 국가의 정당화의 논거를 밝히는 과제로써 이의 해결을 위해 국가기원론의 방법이 사용된다. 이는 우리 자신을 무국가적 상황에 넣어 그 상황에서 국가의 필연성 또는 당위성을 찾아보는 일종의 사유실험이다. 국가기원론은 크게 세 범주로 나눌 수 있다.

첫째는 역사적 기원으로 국가들이 어떤 역사적 과정을 거쳐 성립하였는가에 답하려는 것으로 국가 발생의 선사적 또는 역사적 원인을 밝혀 인과적 설명을 제공하려는 논의이다. 이러한 논의는 국가의 윤리적 당위성 부여와는 관계없이 경험적 사실에 관한 것들이다.

둘째는 합리적 기원론으로 부를 수 있는 것으로 이 입장은 경험에 관한 사실학이라고 말할 수 있으나, 과거에 존재했던 인간에 관한 선사적 또는 역사적 사실에 주목하지 않는다. 이 입장은 인간에 관한 현상적이고 경험적이긴 하나 보편적인 사실에 관심을 둔다. 즉 자연적 존재로써의 인간이 자연적 욕구를 합리적이고 효율적으로 해결하기 위한 수단 또는 방법으로 국가적 삶을 인간이 선택했으리라고 추정한다. 합리적 국가기원론은 국가 구성의 근원이 되는 사실을 인간의 자연적 욕구에 두고 있으며 이 점에서 국가는 인산의 자연적 삶에 봉사하는 존재라는 시사를 하고 있다. 자연 상태에서의 재화의 희소성, 협동의 효율성, 권리 보호의 필요성, 만인에 의한 만인의 투쟁의 극복 등을 국가 구성의 원리가 되는 사실로 들고 있다. 결국 합리적 국가란 인간의 자연적 욕구를 보다 효율적으로 충족시키기 위한 효과적인 도구에 불과하다. 국가는 단지 편리한 도구에 불과하며 도덕성과는 무관한 개념이다. 따라서 이러한 논리는 국가에 대한 윤리적·규범적 정당성을 제공하지 못한다. 왜냐하면 도구는 결국 선택의 문제이기 때문이다.

세 번째 국가기원론이 규범적 기원론이다. 이 이론은 국가의 철학적 정당화의 논거를 제시하려 한다. 즉 국가가 당위적 선택의 대상이 될 수 있기 위해서는 그것이 우리의 윤리적 욕구 충족에 기여해야 한다는 것이다. 정치 교육의 정당성을 확보하기 위해서는 이 입장에서 그 윤리적 기초를 마련해야 할 것이다. 국가에 대한 규범적 기원론은 일찍이 플라톤, 아리스토텔레스에서부터 찾을 수 있다. 플라톤의 국가론은 인간에 관한 존재론에 기초하고 있으며, 아리스토텔레스에 의하면 국가적 삶은 인간의 존재론적 및 윤리적 삶의 완성에 기인하는 것으로 윤리학까지 포함하는 실천학이었다. 국가에 대한 존재론적 및 윤리적 당위성을 도출하는 문제는 인간은 어떤 존재이기에 국가라는 특정한 삶의 양식을 요청하느냐 하는 문제와 직결된다. 이 문제에 답하기 위한 사유 실험에서는, 무국가적 상황에서의 인간의 특성 규정과 국가에 대한 특성 규정이 선행되어야 할 것이다. 이러한 사유 실험을 통해 인간이 결여적 존재라는 사실과 이 결여태로부터 인간은 자연적 욕구와 윤리적 욕구를 갖는다는 사실을 밝힌다. 나아가 이 두 욕구로 인하여 개인은 무국가적 상황에서 타자와의 관계를 정립하며 국가의 존재를 요청하게 됨을 규명해야 한다.

인간이 자신의 존재와 삶의 우연성과 허무를 넘어서 가치와 실체성을 지닌 존재로 살고자 한다면 이런 욕구를 윤리적 욕구 또는 존재애적 욕구라 부를 수 있겠다. 인간은 자연 상태에서의 자연적 삶을 극복하고 가치와 의미를 지닌 삶을 영위코자 하는 점에서 인간은 윤리적 행위 주체이며 이성적 행위 주체이다. 인간은 자신의 바로 이런 특성을 바탕으로 하여 자신과 타인에 윤리적 가치와 존재론적 실체성을 부여함으로써 새로운 체계를 구축하고 타인들과 윤리적 관계를 저립한다. 바로 이 세계가 정치 세계, 즉 국가이며 여기서 국가의 존재론적 · 윤리적 당위성이 제기된다 하겠다. 이러한 정치 세계는 완전한 의미의 절대적 가치와 이성적 실체성을 지향하는 세계이다. 이러한 세계, 즉 국가에서 개인들은 서로를 이성적 실체성으로 인정하면서 이성적 결여를 메꾸어 나가는 이성적 노력을 해야 한다. 여기서 국가 상태는 그 자체로써 이성 질서는 아니며 그 질서에로 향하는 '과정'으로 표현될 수 있겠다.

국가를 존재론적 및 윤리적 당위성의 문제로 다루는 시도는 오늘날 신자연법론자들에 의해 제기되고 있다. 이 문제는 공동선과 국가의 목적, 기능과의 관계로 연결된다. 공동선은 인간들이 자신의 완성을 보다 원만하고 용이하게 이루게 하는 사회 생활의 모든 조건의 총체로 볼 수 있겠다. 여기서 '인간의 완성'과 '사회 생활의 모든 조건'이 중요한 개념으로 등장한다. 인간의 완성은 사회적인 존재로써 사회 안에서 자기 실현과 완성에 도달하게 되고, 인간의 궁극적 관심을 위해서 필연적으로 조건이 요청되는데 이것이 바로 공동선인 것이다. 바로 이 공동선의 담지자로서 국가의 성격이 규명되어져야 할 것이다. 그래야만 국가를 하나의 도구로서 보지 않고 존재론적·윤리적 당위성의 근거로써 파악되어질 수 있겠다.

지금까지 많은 학자들은 자연적 욕구를 중심으로 국가의 정당성을 인정해 왔다. 그러나 나는 자연적 결여에서 오는 자연적 욕구를 원리로 해서는 국가의 정당성을 확보할 수 없으며 국가 구성의 원리는 윤리적 욕구에서 찾아져야 한다는 점을 강조하고자 한다. 이를 위해 인간은 무국가적 상황에서 왜 이성적 또는 윤리적 결여태가 되는가, 윤리적 욕구를 충족시키기 위한 타자와의 이성관계는 어떤 것이어야 하는가, 윤리적 욕구에서 생성된 국가의 기능은 무엇인가, 어떠해야 하는가 들이 계속 논의되어야 할 것이다. 이 논의를 통해 국가의 인간 삶에 대한 윤리적 당위성이 정립되어야만 정치 교육의 의의에 대한 기반을 마련할 수 있게 될 것이다. 아나키즘의 국가에 대한 도전은 국가 자체에 대한 부정이라고 하기 보다는 윤리적 당위성을 상실한 국가에 대한 저항과 채찍이라고 할 수 있을 것이다. 현대의 많은 아나키스트들은 국가 자체를 부정하는 것이 아니라 국가가 저지르고 있는 각종 부정의에 대해 강한 비판을 가하고 있다.

2. 정치 교육의 방법론에 주는 시사

협의의 정치 교육은 "사회 질서의 체제 내지 정치체계를 유지, 발전시키기 위한 국민의 지지 내지 합의 기반을 형성하는 교육적 노력과정" 또는 "정치체계의 기본 가치관과 규범을 구성원들에게 내면화하여 한 세대에서 다음 세대로 전승해 가는 과정으로 규정되고 있다. 이러한 정의는 정치관계의 안정·통합 및 유지를 강조하여 변화와 발전을 소홀히 취급한다는 결점으로 인해, 체계의 안정과 유지라는 전제를 하지 않고 정치생활의 영역에 대해 자율적으로 생각하고 활동할 수 있는 능력과 자신을 육성하고 정치과정의 참여에 필수적인 지식과 기능, 태도를 학습하게 하는 과정으로 규정되기도 한다.

정치 교육이 어떻게 정의되든 그것은 한 나라가 지향하는 바람직한 인간 교육과 관계된다. 그러나 한 나라가 이상으로 여기는 바람직한 인간상이란 그 나라의 문화 전통과 지배적 가치관 및 국가이념과 정치 목표 등에 따라 다양하게 규정될 수 있다. 여기에 정치 교육에 대한 아나키즘적 도전이 있다. 자연론적 사회관을 바탕으로 통치기구 및 지배계층에 강한 혐오를 표시하는 아나키스트들은 가치교육에 대해 의심을 하고 회의를 한다. 가치교육에 대한 반대는 아나키스트들만의 고유한 것은 아니다. 가치교육에 대한 반대의 전통은 수세기에 걸쳐서 교육학적·정치학적인 저술들을 통해서, 그리고 지리적·문화적 배경을 초월하여 널리 확산되어 왔다. 고드윈, 루소, 톨스토이, 스티르너, 로빈(P. Robin), 페러(F. Ferrer), 크로포트킨, 오웬(R. Owen), 일리치(I. Illich), 라이머(E. Reimer), 프레이리(P. Freire) 등과 같은 아나키스트를 포함한 여러 사람들이 이러한 전통을 잘 대변하고 있다. 반가치교육의 전통은 한 가지로 통일된 운동은 아니다. 그것은 사회·인간·경제 그리고 교육 등에 관한 다양한 견해들의 혼합물인 것이다. 실제로 그 전통은 종종 현저하게 다양한 견해들을 어설프게 요약해 놓은 것에 불과하다. 이러한 전통 속에서 아나키스트들이 차지하는 비중은 꽤 큰 것으로 평가된다.

가치교육을 반대하는 사람들은 도덕성 그 자체를 반대하고 있다기보다는 오히려 도덕성의 이름을 빌려 채택된 하나의 교육적인 입장을 반대하는 것으로 이해하는 것이 마땅하다 하겠다. 가치교육을 반대하는 주장은 다섯 가지로 정리될 수 있겠다. 즉 인식론적인 견해, 개인주의자의 견해, 사회주의자의 견해, 경험적 평가적 견해, 구조주의적인 견해들이다.[27] 아나키스트들은 개인주의적인 견해의 대표자로 거명되고 있다. 이들은 가치·도덕 교육의 여러 활동을 국가나 집단이 그 자체를 지속시키기 위하여 그들의 가치를 그 구성원들에게 부과하는 수단으로 간주한다. 이러한 접근은 스티르너에 의해 일찍이 표현된 자아의 소유권에 대한 개념을 출발점으로 하고 있다. 즉, 어린이들은 만일 그들이 외부로부터 방해를 받지 않거나 부과되지 않는다면, 그들 자체 속에 스스로 자유롭게 선택하는 행위자가 될 수 있는 능력을 이미 지니고 있다는 믿음에 바탕을 두고 있다. 이러한 개인주의적인 견해의 공통적인 입장은 개인에게 어떤 가치들을 부과하고 개인들을 조종하는 수단으로 간주되는 가치교육을 학교에서 실시해서는 안 된다는 것이다. 니일(A.S. Neil)은 이 점을 단적으로 표현하고 있다. 즉 니일에 따르면 도덕적 명령은 우리들 각자 속에 내재하고 있는 도덕성의 진정한 근원을 발달시키기보다는 오히려 외부의 권위와 관습에 복종시킬 뿐이라는 것이다. 그에 따르면 도덕적 명령이 중단되었을 경우에만 도덕 교육이 시작될 수 있다는 것이다.[28]

가치교육을 반대하는 사람들은 항상 비판자와 방관자의 사이를 서성대고 있는 존재로 남아왔다. 그러나 이들의 논리는 계속 관심을 불러일으키고 신선감을 주고 있다. 이것은 가치교육자들이 제시하고 있는 교육학적인 이념들 중에는 성공적으로 시행되고 있는 것도 있지만 '점점 더 많은' 가치교육이 반드시 '점점 더 높은 수준'의 도덕성 발달 단계로 이끌지 않는다는 사실 때문이다. 따라서 이것은 기존의 가치교육 프로그램과 교육방법론에 의문을 제기하게 하고 수정을 가하는데 많은 영향을 미치고 있다.

　여기서 유의할 점은 아나키스트들이 도덕, 윤리 자체를 결코 무시하지 않았다는 점이다. 바쿠닌이 죽기 직전에 윤리학 책을 집필하려 했다는 사실은 주목할 만 하다. 크로포트킨은 말년에 대작『윤리학의 기원과 발달』을 집필했다. 그는 상호부조의 감정 및 정의의 개념과 함께 특히 사람에 대한 관용성, 나아가서 자기 부정—자기 희생이라고 칭하는 것이 필요하다고 주장하였다. 즉 상호부조, 정의, 자기 희생, 이 세 가지 요소가 도덕의 근간이다. 크로포트킨은 이 세 가지 요소야말로 '인간 행위의 물리학'이라고 하면서 윤리의 중요성을 강조하였다.

　광의의 정치 교육이 가치교육을 포괄하고 있음을 생각할 때 아나키즘적 도전은 정치 교육의 방법론에 많은 시사를 주고 있다. 특히 한국의 정치 교육이 그동안 기능론적 입장에 경도되지 않았나하는 비판이 일어나면서 비판 윤리적인 정치 교육방법론이 거론되고 있다. 비판이론에서는 기존의 문화를 비판하고 가치 규범의 경직성을 고발하며, 사회적 갈등상황을 인정하고 그 해결책을 제시하고 해결할 수 있는 능력 배양이라는 차원에서 교육방법을 제시하고 있다. 그러나 비판이론이 가지고 있는 규범적인 성격에도 불구하고 비판에만 그쳤지 구체적인 대안이 결여되었다는 점에서 그 한계를 비판받고 있다. 또한 교육 및 사회화라는 자체가 이미 기능론적 성격을 갖고 있기 때문에, 비판이론이 교육자체를 포기하지 않는 한 다시 기능론적 입장으로 환원될 수 있다 하겠다.

　상기의 문제는 대응 사회화(counter socialization)라는 개념에 유의하게 만든다. 대응 사회화는 독립적인 사고와 정치적 자유의 핵심이 되는 사회 비판을 할 수 있도록 의도된 학습이다. 이것은 적극적이며, 활발한 추론을 장려한다. 이것은 성인으로 하여금 독립적으로 자신이 어렸을 때

배운 것의 가치를 평가할 수 있도록 하기 위하여, 사회화 과정에서 학습해 온 것에 대한 재평가를 포함한다. 대응 사회화 과정이 초기 사회화 과정에서 배운 것을 완전히 거부하는 것은 아니다. 오히려 그것은 개인이 전통적인 가치가 재검토를 받을 수 있는 불확실한 미래에 대비해서 자신의 결론을 위한 신중한 고려를 요구하는 것이다. 문제는 대응 사회화 과정이 피교육자의 지적 능력의 허용 한도 내에서 적절히 이루어져야 한다는 점이다. 사회화 과정은 대응 사회화 과정과 균형을 이룰 때 효과가 있고 영속성이 있다고 하겠다. 사회화 과정과 대응 사회화 과정의 조화를 반성적 사회화(reflective socialization)라 할 수 있겠다.

아나키스트들이 제기하고 있는 항의들을 정치 교육에서 어떻게 흡수시켜 나가는가 하는 과제는 바로 대응 사회화의 개념을 교육과정 및 교육방법론에 어떻게 구체적으로 적용시키는가 하는 문제와 연결된다. 아나키즘의 교육론은 카오스 이론과 맥락을 같이하고 있다고 생각된다. 카오스 이론에 의하면 예측할 수 없는 여러 변인들, 매 사건마다 그 상대적 특수성이 반영되어 혼돈스럽고 파국이 올 것 같은 상황에서도 일정한 정형(pattern)과 규칙성(regularity)을 가지고 있다. 무질서하고 불규칙적인 혼돈상황은 새로운 정형과 규칙성을 찾아가는 과정인 것이다. 아나키스트가 야기하고 있는 무질서한 것처럼 보이는 혼돈상황은 새로운 정형과 규칙성을 창조하고 그것을 이어가는 과정이다. 이것은 동양의 체용론(體用論)에 나타나는 상대주의와 보편적 객관주의의 음양론적 관계와도 맥락을 같이한다 하겠다. 여하튼 정치 교육에 대한 아나키즘적인 도전은 가치교육에 대한 근원적인 문제제기로서 많은 반성적 의미를 주고 있다.

*

아나키즘 교육론 현재의 교육 현실과 비교해 볼 때 지나치게 이상적으로 보이기도 하고 천진난만하게 보이기도 한다. 그럼에도 불구하고 아나키즘적 교육론은 지금까지 다양한 형식으로 주장되고 그 생명력을 이어오고 있다. 아나키즘의 권위주의적이고 형식적인 국가 주도의 공교육에 대한 도전과 자유교육학교에의 지향은 현실과 동떨어진 면이 있음에도 많은 관심의 대상이 되고 있으며, 나아가 각종 형태의 아나키즘적 교육 실험도 진행 중이다. 우리나라에서도 각종 대안학교가 실험 중에 있으며, 그 결과도 긍정적인 평가를 받고 있다고 볼 수 있다.

그리고 아나키즘 교육론의 국가 주도의 공교육에 대한 비판은 국가란 무엇인가에 대한 근원적인 정치철학의 문제를 제기하고 있다. 지극히 당연한 존재로 여겨왔던 국가에 대하여 의문을 제기하면서 교육과 국가의 관계를 거론한 것은 매우 도전적이며, 오늘의 교육문제에 많은 화두를 던져 주고 있다. 또한 아나키즘 교육론은 정치 교육의 방법론에 많은 시사를 주고 있다. 국가 주도의 정치 교육에 대한 도전은 '대응 사회화'와 '반성적 사회화'의 중요성을 인식시켜 주고 있다. 아나키즘의 국가에 대한 도전은 국가 자체에 대한 부정이라기보다는 윤리적 당위성을 상실한 국가에 대한 채찍이라고 볼 수 있으며, 국가 주도의 교육에 대한 위험을 경고한 것이라 하겠다.

결국 아나키즘 교육론은 기존 교육 이론과 제도에 대하여 신선한 충격을 주고 많은 상상력을 제공하고 있다고 하겠다. 비록 주변 이론으로 자리하고 있으나 교육문제에 새로운 문제를 제기하고 기존 교육에 대한 비판과 교육 쇄신을 위한 나침반의 역할을 하고 있다고 볼 수 있다.

PART 02

환경·생명윤리와 공동체

21세기 문명의 패러다임과 신윤리

20세기가 훌쩍 지나가고 이제 21세기에 우리는 살고 있다. 또한 천 년의 시대가 흘러가고 새로운 천 년의 시대를 맞고 있다. 우리 앞에 다가온 21세기와 새로운 천 년의 시대는 어떤 모습으로 펼쳐질 것인가?

미래는 불확실한 것이다. 그러나 미래가 인간의 의지와는 관계없이 규정된 운명같은 것은 결코 아니다. 철저하고도 유연한 준비를 한다면 미래를 예측할 수도 있을 것이며, 나아가 우리는 우리의 미래가 바람직한 모습을 지니도록 만들수도 있을 것이다. 인간이 생각하는 미래는 과거와 현재의 경험, 그리고 상상력에 의하여 좌우되는 피조물과 같은 것이다. 미래는 인간이 도저히 전망할 수 없는 신비의 암흑 상자로 인식된 시대도 있었다. 그러나 인류의 경험이 축적되고 사물의 규칙성과 추세에 대한 이해가 가능해지면서 미래는 전망될 수도 있고 또 변화시킬 수도 있다는 인식이 생기게 되었다.

바람직한 미래를 창출하기 위해서는 미래의 불확실성을 극복할 수 있는 능력을 필요로 한다. 불확실성은 위기를 배태하고 있는 동시에 보다 나은 삶을 위한 기회도 잉태하고 있다. 불확실성을 극복하고 기회로 활용하기 위해서는 한 사회가 가지고 있는 과거의 경험을 활용하고 변화하는 환경에 탄력적으로 적응할 수 있어야 하며, 더 나아가 바람직한 미래를 창조할 수 있는 역량을 증대시켜 나가는 것이다.

지금 인류는 하나의 커다란 시대적 전환기, 변혁기 속에 놓여 있다. 다시 말해서 오늘날 인류는 넓게는 '현대(modern period)'를 벗어나 '후기 현대'로 진입하고 있으며, 좁게는 '산업 사회'에서 '후기 산업 사회'로 들어가고 있다. 바꾸어 말하면 중세가 문예부흥을 거쳐 현대로 바뀌었고 농업 사회가 산업혁명을 거쳐 산업 사회로 바뀌었던 것처럼, 지금 인류는 제2의 산업혁명 혹은 과학기술혁명을 통해 산업 사회를 벗어나서 후기 산업 사회로 진입하였다.

후기 산업 사회로의 전환에 대한 설명으로 가장 널리 알려져 있는 것으로는 1990년에 출간된 앨빈 토플러(Alvin Toffler)의 『힘의 이동(Powershift)』이다. 그는 인류가 제2의 물결, 즉 산업혁명에 의해 산업 사회로 진입한 후 300년이 지나고 나서 이제 제3의 물결이라는 혁명적 변화에 의해서 새로운 문명의 사회로 진입하고 있다고 주장한다. 농업 사회에서는 근육의 힘이, 산업 사회에서는 부 혹은 돈이 주된 역할을 하였고, 후기 산업 사회에서는 지식이 주된 역할을 한다고 본다. 즉 후기 산업 사회, 정보화 사회에서는 산업 사회의 '근육적 테크놀로지'에서 '지식에 근거한 테크놀로지'에 의해서 대치된다는 것이다.

과거의 경험을 역사적인 관점에서 종합적으로 평가하고, 현재를 진단하고 미래를 전망, 설계하는 것은 학제적인 연구를 통하여 유용한 논의를 전개할 수 있다는 것에 합의가 모아지고 있다. 서구에서는 1960년대부터 미래를 종합적으로 접근하는 미래학(futurology)이 태동하였고 지금 상당한 연구가 진행되고 있다. 그러나 아직도 일반화된 이론적 바탕이 결여되어 있고 현재의 추세를 넘어서는 미래상에 대해서는 상상과 그럴 듯한 설득 이상의 논의가 진전되지 못하고 있다.

미래 사회는 우리에게 어떤 의미로 다가오고 있는가? 미래를 낙관적으로 전망하는 긍정론은 장밋빛 같은 희망을 가지고 새로운 유토피아를 상정한다. 반면에 비관록적 부정론은 과학의 고도의 발달과 급격한 사회변동에 의해 인간이라고 하는 신비적인 영역이 유린되고, 가치체계의 붕괴, 자원의 고갈, 환경문제, 정보공해, 핵전쟁 등을 예상하면서 디스토피아를 상정하고 그 대책을 강조하고 있다.

이 글은 미래를 상상해 보자는 데 있는 것이 아니라 바람직한 미래 창출을 위한 좌표를 모색하는데 관심을 두고자 한다. 이를 위해 가치론적인 측면에서 20세기를 이끌어 온 문명을 진단해 보고 21세기를 이끌어갈 문명관과 가치관을 탐구하고자 한다.

Ⅰ. 기계론적 패러다임의 한계

21세기는 우리 인류에게 어떤 시대가 될까? 인류는 현재의 인구 폭발, 식량 부족, 자원 고갈, 에너지 위기 그리고 환경오염이라는 지구 규모의 여러 문제를 해결하지 못하면 21세기 중에라도 존망의 위기에 처할 가능성이 있다는 여러 진단이 나오고 있다. 그 대표적인 것이 로마클럽의 보고서이다. 이러한 위기는 누구의 눈에나 분명한 것처럼 보인다. 그러나 이러한 지구 규모의 문제 해결은 우리 인류에게 지극히 곤란한 과제가되고 있다. 그리고 그 곤란함의 본질은 이 문제가 과학 기술의 발달로 해결될 수 없다는 데에 있다.

근대에서 현대에 이르기까지 인류 사회의 발전을 지탱해 온 것은 과학 기술의 급속한 발전에 기인한 것이다. 그 과학 기술의 기반은 17세기에 뉴턴과 데카르트에 의해 확립된 근대 과학이었다. 그리고 이 근대 과학은 이른바 '기계론적 세계관'과 '요소환원주의'를 축으로 하는 패러다임 위에 성립되어 있다.

기계론적 세계관이란 세계가 아무리 복잡하게 보이더라도 결국은 하나의 거대한 기계로 보는 발상이다. 그리고 요소환원주의란 무엇인가를 인식하기 위해서는 그 대상을 요소로 분할, 환원하여 하나하나의 요소를 자세하게 조사한 다음 그 결과를 다시 모으면 된다는 사고방식이다. 이처럼 근대 과학의 밑바탕에는 세계는 거대한 기계이며 그 기계를 이해하려면 그것을 분해하여 상세하게 구조를 조사하면 되고, 그 기계를 이용하려면 그것을 적절하게 설계하여 제어하면 된다는 생각이 존재하고 있다.

이러한 기계론적 패러다임은 자연을 정복하는데 크나큰 역할을 해 왔으며 지금도 매우 유효한 앎의 패러다임으로 작용하고 있다. 그러나 기계론적 패러다임에 기초한 과학 기술의 발달과 과학적 방법의 성공 이면에서 우리는 그 한계도 새삼 느끼게 되었다. 그 한계란 전체를 분할함에 따라 중요한 무언가가 상실된다는 것이다. 즉 전체를 부분으로 분할할 수 있지만 일단 분할된 부분을 다시 조립한다 하더라도 원래의 전체로 복원할 수 없다는 것이다. 마치 물고기를 해부한 뒤 다시 살아 있는 물고기로 복원할 수 없는 것과 비슷하다.

요소환원주의에 따르는 과오에 대해서도 주의를 할 필요가 있다. 즉 대상을 요소로 환원하여 분석해 나갈 때 반드시 중요하지 않다고 생각되는 요소를 하나씩 버리게 된다. 이때 무엇이 중요하고 무엇이 중요하지 않다는 판단 기준은 대상을 분석하기 이전의 인식 수준에 의해 설정되는 하나의 가설에 지나지 않는다. 그러나 한번 어떤 가설이 채용된 뒤에는 마치 그 가설이 옳아 적절하게 요소환원이 됐다는 환상이 형성되고 만다. 여기에 요소환원주의에서 파생되는 '근사주의(近似主義)'의 함정이 있다.

요소환원주의에서 파생되는 또 하나의 문제로 전문주의의 문제점이 있다. 즉 요소환원주의는 대상에 관한 연구를 갖가지 연구로 세분화하는 경향이 있다. 이러한 경향은 학제적 협력이 필요한 과제를 해결하기 어렵게 만든다. 전문주의 폐해를 극복하기 위해서는 각 전문 분야에 있어서의 가치관이나 전문 용어의 차이를 초월하여 학제적 협력을 가능케 하는 노력이 절실하다. 그럼에도 불구하고 현실은 그렇지 않다. 또한 전문주의가 낳은 병폐의 하나로 앎과 실천의 분리를 들고 있다. 현대 사회에서는 문제의 해결책을 논하는 지(知)의 전문가와 문제 해결을 실행하는 행(行)의 전문가가 분리되는 경향이 발생한다. 오늘의 인류 문제는 지와 행을 공동으로 실현하는 사회적 협력이 절실히 필요한 문제이다.

지금 인류가 당면한 지구의 제 문제를 해결하기 위해서는 새로운 기술의 개발뿐만 아니라 사회 시스템과 라이프 스타일을 변혁하는 등의 어려운 과제와 싸우지 않으면 안 된다. 이러한 과제는 먼저 인간과 자연에 대한 새로운 사상과 이론이 이를 뒷받침해 주어야 한다. 서양의 근대 문명을 이끌어 온 기계론적 세계관은 이제 한계에 이르렀다. 기계론적 세계관은 결국 자연을 인간의 조작 대상 또는 가공의 대상으로 보았고, 이러한 관점은 지구촌의 환경에 심각한 우려를 낳게 하였다. 자연에 대한 인간의 관찰 결과가 바로 과학이며 이것은 진보라는 개념으로 연결된다. 즉 자연을 인간의 손길을 통해 인간에게 가치 있는 것으로 만드는 방법이 과학이며 이것이 바로 진보이다. 그 진보의 결과가 어떠한가에 대해서는 여기서는 상론을 하지 않을 것이다.

근대 문명의 지배적 기반 역할을 해 온 기계론적 패러다임은 현대 물리학의 발달과 함께 흔들리고 있다. 상대성이론과 양자이론을 가져온 물리학의 발달은 데카르트적 세계관과 뉴턴 역학의 모든 개념들을 부수어 버렸다. 절대 공간과 절대 시간, 기본적 고체입자, 기본 물질, 물리적 현상의 엄격한 인과성 등은 현대 물리학이 추구하는 새로운 영역에는 확인될 수 없음이 확인되고 있다. 자연을 대하는 고전 물리학의 기본 태도는 순수한 객관주의였다. 관찰의 대상인 자연은 주관과 관계없이 거기 그대로 존재해 있는 것이므로, 객관적 존재의 불변적 특성인 수량적인 속성의 파악에 물리학은 전력해 왔다.

그러나 현대의 양자 물리학은 주관주의의 방향으로 나아가고 있다. 원자와 원자를 구성하는 소립자를 관찰하는데있어 그 입자들은 공간에 독립적으로 존재하는 객체로써 파악할 수 없으며, 그것은 존재와 비존재 사이에서 변화하는 에너지의 일시적 형태, 또는 에너지 양의 변화의 과정이나 작용에 지나지 않는다고 해석된다. 이에 양자 물리학은 관찰의 대상을 법칙성 있는 존재로써 취급할 수 없으며, 다만 그 관찰의 경험을 정리하고 인식하는 수단으로써 성립하는 것이다. 또한 관찰자는 그 질문의 방식을 통하여 관찰 대상, 즉 자연의 현상에 참여하게 되므로 인간은 자연이라는 연극 속의 관객이며 동시에 배우가 되는 것이다. 여기에서 객관적 존재의 문제는 주관적 인식의 문제와 밀착하게 되며 주관과 객관은 분리될 수 없는 하나로써 등장하게 된다. 이러한 현대 물리학의 발달은 인간중심의 데카르트 — 뉴턴적인 기계론적 자연관과 세계관을 붕괴시키고 새로운 자연관과 세계관을 탄생시키게 된다.

Ⅱ. 생명론 패러다임의 등장

근대에서 20세기에 이르기까지의 시대에 지배적이었던 지(知)의 패러다임이 기계적 세계관과 요소환원주의를 두 바퀴로 한 기계론 패러다임이었다고 한다면, 21세기에 커다란 조류가 될 새로운 지의 패러다임은 생명적 세계관과 전포괄주의(全包括主義)를 두 바퀴로 한 생명론 패러다임이다.

이러한 생명론 패러다임은 현재 인류가 직면하고 있는 지구촌의 제 문제를 해결하기 위해서는 기계론적 패러다임에 기초한 과학 기술만으로는 불가능하다는 인식에서 등장한 것이다. 즉 지구 규모의 제 문제를 해결하기 위해 지금 진정으로 요구되는 것은 글로벌 시스템으로서의 사회 시스템의 개혁과 글로벌 마인드에 기초한 라이프 스타일의 변혁에 있다는 자각에서 나온 것이다.

이러한 생명론적 패러다임의 특징을 다음과 같이 정리해 볼 수 있겠다.

첫번째 세계를 거대한 기계로 보는 기계적 세계관에서 거대한 생명체로 보는 생명적 세계관의 전환이다. 그 대표적인 것이 '가이아 가설'이다. 지구가 내부의 환경 조건을 항상 일정하게 유지하는 '호메오스타시스(Homeostasis, 항상성)'를 가진 일종의 생명체로 보는 가설이다. 이러한 생명적 세계관은 현대 우주론 등 과학의 최첨단에도 반영되고 있다. 우주 그 자체를 생명적 프로세스로 보는 세계관은 근래 스티븐 호킹(Stehen Hawking)과 브랜든 카터(Braden catter) 등 물리학자가 제창하고 있는 '인간 원리 우주론'에도 짙게 반영되어 있고, 에리히 얀츠(Erich Janz)의 '자기 조직화하는 우주'에도 체계적인 사상으로 제시되고 있다.

기계론적 패러다임에서는 세계를 하나의 견고한 구조로 보는 데 반해 생명론적 패러다임에서는 프로세스가 중시된다. 즉 구조 속에 존재하는 프로세스와 다이나믹스의 본질을 중시한다. 이러한 세계관은 불교사상 등 일찍이 동양사상의 기저를 이루는 요소이다. 이처럼 생명론 패러다임은 21세기의 최첨단 기술과 3000여 년의 역사를 지닌 동양사상의 융합에 의한 세계관이기도 하다.

두 번째 특징은 설계 제어에서 '자기 조직화(Self-Organization)'를 중시한다. 기계론 패러다임에서는 세계를 거대한 기계로 간주하기 때문에 세계를 변혁하기 위한 방법으로 '설계'와 '제어'를 중시한다. 이에 반해 생명론 패러다임에서는 세계를 생명적 프로세스로 보기 때문에 세계를 변혁하는 방법으로 '자기 조직화'를 중시한다.

자기 조직화를 촉진하기 위해서는 두 가지 방법이 중요해진다. 그것은 '미래 비전'의 창출과 '흔들림(fluctuation)'의 도입과 창출이다. 즉 상상력과 창조력을 통하여 풍부한 미래 비전을 그림과 동시에 현재의 세계에서 '흔들림'을 의식적으로 증대시켜 자기 조직화를 촉진해야 한다는 것이다. 여기서 중요한 것은 세계의 변화를 '연속적 진보'에서 '불연속의 진화'로 보는 관점이다. 기계론 패러다임에서는 세계의 변화를 기계가 개량돼 나가는 것과 같은 '연속적인 진보'의 프로세스로써 파악해 왔다. 이에 비해 생명론 패러다임에서는 연속적인 진보뿐만 아니라 알에서 병아리가 부화하는 것과 같은 '불연속의 진화'를 이룩하는 프로세스로 파악한다. 생명론 패러다임에서는 미래는 객관적으로 예측 가능한 것이 아니라 어디까지나 '가능성의 미래', '개방계의 미래'로써 우리 앞에 있다. 그런 의미에서 역사나 사회의 미래 예측은 큰 의미를 갖지 못하는 것이다. 그보다 중요한 것은 어떠한 미래 비전을 어떻게 추구해 나가느냐 하는 것이다. 즉 상상력과 창조력을 구사해서 풍요로운 미래 비전을, 그리고 나아가 그 비전을 실현하기 위한 인위적 노력을 다하는 것에 의해서만 '흔들림'과 자기 조직화의 프로세스를 촉진하여 진화를 진행시키는 것이다.

세 번째 특징은 '포커스의 시점'에서 '에콜로지컬한 시점'으로의 전환이다. 기계론 패러다임에서는 그 인식방법인 요소환원주의에 따라 대상을 요소로 분할하여 그 분할된 대상에 대해 개별적으로 초점을 맞춰 분석해 나가는 포커스의 시점이 중시돼 왔다. 그러나 생명론 패러다임에서는 대상을 '전체상'으로 파악하고 나아가 대상의 주변으로 시야를 넓힘과 동시에 대상의 심층으로 시야를 깊게 가져가는 에콜로지컬한 시점을 중시한다.

이러한 관점은 세계를 '타자'로써 보는 것이 아니라 세계를 '자기'를 포함한 것으로 보는 쌍방향적인 것이다. 이러한 '주객일체의 전제'는 기계론 패러다임에서의 객관적 인식이라는 환상을 거부하고 있다. 세계가 자기와 관계없는 타자가 아니라 자기를 포함한 세계인 한 엄밀한 의미에서 객관적 인식은 불가능하다는 것이다. 생명론 패러다임에서는 살아 있는 대상과 주체적인 관계를 가짐으로써만 대상에 관한 인식을 심화시킬 수 있다고 본다. 이러한 사고는 하이젠베르크(Wermer Heisenberg)의 '불확실성의 원리'에 의해 제기된 바 있다. 즉 관찰자와 관찰 대상과의 상호작용을 배제한 관찰 행위는 성립될 수 없다는 것이 현대 자연과학의 흐름이기도 하다.

네 번째 특징은 '제약 조건으로써의 세계'에서 '세계와의 공진화(共進化)'로의 전환이다. 기계론 패러다임에서는 주체에게 있어서 세계는 하나의 환경이며 제약 조건이다. 따라서 주체가 행동을 선택할 때 그 제약 조건 아래 최적의 행동을 선택해 나가는 것이다. 그러나 생명론 패러다임에서는 주체와 세계는 서로 작용하는 관계로서 이해된다. 즉 세계의 변화가 주체의 변화를 촉진할 뿐만 아니라 주체의 변화가 세계에 영향을 준다는 상호작용의 프로세스의 존재를 중시하는 것이다. 나아가 주체는 자기 자신이 진화할 뿐만 아니라 세계와의 상호작용을 통해 세계의 진화도 촉진하며, 양자는 이러한 연계적 프로세스를 거쳐 '공진화(coevolution)'를 이룩해 나간다. 그리고 주체의 진화가 세계의 진화를 가속화하고 세계의 진화가 주체의 진화를 가속화하는 '하이퍼 사이클'에 의해 그 공진화는 한층 가속화한다는 것이다.

이러한 생각은 행위를 평가하는 데 있어 의미와 가치를 중시한다. 기계론 패러다임에서는 세계를 거대한 기계로 보기 때문에 세계를 평가할 때는 기계의 성능이나 효율을 논하는 것이 기본적인 발상이 된다. 그러나 생명론 패러다임에서는 생명체의 통일과 생명력을 유지시키기 위한 가치와 의미에 많은 관심을 두게 된다. 21세기와 더불어 윤리도덕의 문제가 다시 거론되는 것은 지극히 자연스러운 일이라 하겠다.

Ⅲ. 패러다임의 전이와 새로운 윤리관의 등장

새로운 세계관의 등장과 함께 기존 윤리의 한계를 극복하고 새로운 윤리적 대안을 모색하기 위한 노력이 시작되었다. 기존 윤리의 한계를 요나스(H. Jonas)는 다음과 같이 제시하고 있다.

첫째, 기존 윤리는 자연과 인간의 본성을 고정적이고 불변적인 것으로 본다는 점이다. 따라서 인간의 조건도 기본적으로 주어진 것으로 본다.

둘째, 선이란 명확하고 이해가능한 것이며, 따라서 고정된 본성관에 기초하여 선과 악을 구분하는 것이 가능하다고 보고 있다는 점이다.

셋째, 인간의 행위와 책임의 범위가 명확히 한정되어 있으며, 따라서 선의지를 가진 사람은 누구나 도덕적 속성을 판단하는 데 필요한 지식을 획득할 수 있다는 것이다.

이러한 인식체계의 특성을 지닌 기존 윤리는 현대 사회에 적용되기 힘들다는 것이다. 시간의 변화에 따라 인간의 본성도 자연의 본성도 사회의 요구에 따라 변화되었다. 선과 악의 개념도 변화되었다. 인간의 행동 범위 또한 과거에 비해 엄청나게 확대되었고, 그 결과 책임의 범위도 확대되었다.

다시 말해 인간 행위의 규모는 공간적, 시간적으로 확장되어 통제할 수 있는 한계를 초월하였고, 또한 과학 기술의 발전으로 결과 예측은 더욱 불확실한 것이 되고 말았다. 이러한 경향은 앞으로도 계속될 것이다.

울리히(W. Ulrich) 역시 기존 윤리에 나타난 인식체계의 특성에 기초하여 그 한계점을 지적하고 있다. 우선 기존 윤리는 도덕적 판단의 범위를 의미하는 적용맥락을 체계적으로 문제삼지 않는다. 적용맥락이란 실제 현실로써 행위의 결과를 판단하고 평가하는 데 중요한 요소이다. 그러나 기존 윤리는 문제 상황에 대한 인식과 의지를 체계적으로 분석하지 않고 적용맥락이 그 상태 그대로 이미 주어진 것으로 간주한다. 따라서 기존 윤리는 보편적 윤리를 지나치게 이상화하거나, 격변의 현대 사회에 대처할 수 있는 비판적이고 분석적인 적용맥락의 범위를 고려하지 못하는 한계가 있다.

넷째, 기존 윤리는 동시성의 윤리이다. 이는 현재라는 시점에 초점을 맞추고 모든 사람들이 공존한다고 보는 것이다. 이러한 틀은 현재와 미래를 일직선상에 놓고 보는 것으로써 세대 간에 존재하는 규범과 가치체계를 고려하지 못하는 한계가 있다.

다섯째, 기존 윤리는 현—공간적 윤리이다. 현—공간적이란 도덕 판단의 범주가 현재라는 공간에 제한되어 있음을 의미한다. 그러나 오늘날의 환경문제 등 여러 이슈들은 현—공간적 윤리적 범주로써는 해결할 수 없다. 따라서 현대 사회에서 나타나는 비윤리적 현상들은 전체체계의 측면에서 시공간적으로 확대된 관점을 요구한다.

여섯째, 기존 윤리는 인간중심적이다. 과거의 윤리는 자연의 안정성 또는 생존 능력을 기본적으로 확신하고 있다. 그러나 이러한 낙관적인 기대는 인간의 무절제한 파괴로 깨지게 되었다. 즉, 인간들이 자연을 보호해야 하는 상황에 이르렀음을 의미하는 것이다. 따라서 더 이상 인간의 입장에서만 세계를 볼 수 없게 되었다.

과거의 단순한 사회에서 점점 복잡해지는 현대, 미래 사회로 갈수록 그 복잡성으로 인해 새로운 윤리를 요구하게 되었고, 그 결과로 윤리 교육의 중요성이 더 크게 대두되었다. 따라서 요나스는 현대뿐만 아니라 미래에서도 책임질 수 있는 윤리의 대안적 가정이나 도덕적 행위의 이론을 확립해야 함을 지적하고 있다.

울리히가 제시하는 비판적 체계 윤리는 기존 윤리의 한계를 극복하고 새로운 윤리로 나아갈 것을 주장하고 있다. 즉, 미래—반응적이고 실천적인 지식과 책임있는 행동을 성찰하게 함으로써 우리 세대 및 미래 세대가 당면한 윤리적 상황을 해결하고자 한다는 것이다. 따라서 비판적 체계 윤리에 있어 윤리적 행동의 적용 범위는 인간을 넘어 생태계까지 확대되고 있다. 또한 행위의 책임 내지 정당화는 그 행위의 의도, 동기면에서 뿐만 아니라 결과에 대해서도 합리적이고 비판적으로 이루어져야 된다고 보았다. 여기서의 합리성은 완벽한 합리성이 아니라, 불완전한 지식과 제한된 이해라는 현실 속에서 비판적이고 합리적인 사회적 실천은 지향하는 것이다. 다시 말해 비판적 체계 윤리는 인간과 사회의 불완전성을 받아들이면서 동시에 그것을 비판적 성찰과 상호주관적 성찰을 통해 합리적으로 다루는 데서 그 윤리적 합리성을 찾고자 하는 것이다.

울리히는 새로운 윤리가 정의사회를 실현하고자 한다면 우선적으로 다음과 같은 특성을 지녀야 한다고 주장하였다. 그 첫째는 실천 가능한 보편적 윤리이다. 여기서 보편적 윤리관이란 고려되어야 할 적용맥락이 미리 제한되어 있지 않다는 점을 의미하는 것이다. 이것은 기존 윤리의 제한된 경계 판단, 동시성과 즉시성을 극복한다는 의미에서 보편성을 가진다는 것이다. 또한 비판적 체계 윤리가 보편성을 추구한다는 것은 담론적 방식에 의한 적용맥락의 확대를 의미한다. 적용맥락을 규정함에 있어 여러 대안 중에서 선택이 의사소통적으로 이루어져야 한다는 것을 의미한다. 그것은 담론적 방식에 의한 적용맥락의 확대를 의미하는 것이다.

둘째는 인지적 윤리이다. 인간 행위의 범위가 확대된 오늘날 도덕 판단의 인지적 필요조건 또한 크게 증대시켜야 한다. 과거에는 도덕적 의지만으로 훌륭한 도덕 판단이 형성될 수 있었지만 오늘날 요구되는 윤리에는 그에 합당한 지식이 요청된다. 이론적 전문성과 미래와 관련된 지식을 갖고 있어야만 행위의 결과를 예상하고 평가할 수 있기 때문이다. 행위의 잠재적 결과에 대한 충분한 지식은 오늘날 중요한 도덕적 의무로 되어가고 있으며, 지식이 결여된 도덕 판단은 도덕적 양심이 결핍된 것으로 간주하게 된다.

셋째는 예상적 윤리이다. 새로운 윤리는 과거의 윤리가 지니고 있는 동시성과 현―공간성의 한계를 극복하여야 한다. 말하자면 비판적 체계 윤리의 전체체계 판단이나 의사소통의 범주에는 과거, 현재, 미래 세대와 생태계의 모든 존재들이 윤리적 공동체의 일부분으로 포함되지 않으면 안된다는 것이다. 여기서 울리히는 특히 도덕적 성찰이 미래에 책임지는 행동으로 전환될 것을 주장한다. 미래 세대가 존엄성과 자기 결정성에 의해 살기를 원한다면 우리가 먼저 오늘날의 행동에 대해 책임을 지도록 하지 않으면 안된다는 것이다.

기존의 구윤리와 비판적 체계 윤리에서 제시한 신윤리 도표를 비교하면 아래 도표와 같다.

	구윤리(기존 윤리)	신윤리(비판적 체계 윤리)
초점	인간 중심	보편적: 인간＋자연
시간에 관한 정향	동시대의 윤리: '우리들'에 국한됨	탈동시성의 윤리: '그들'을 포함함
공간에 관한 정향	즉시성의 윤리: 행위 결과는 행위자의 생활 세계나, 그 직접적인 환경 내의 경험으로부터 알 수 있고 판단할 수 있음.	원격성의 윤리: 행위 결과는 즉시적 경험으로부터는 알 수 없음
도덕 판단 발견의 맥락	과거: 전통적 관습과 가치체계가 현재의 필요조건에 비추어 해석됨	미래: 현재의 자원이나 계획들은 미래지향적 사고에 의해 예상적 욕구과 위험들을 고려하는 가운데 해석됨
정당화의 맥락	의지의 윤리(volitional ethics) : 선의지	인지주의 윤리(cognitivist ethics): 이해
적용맥락: 도덕 판단의 범위	제한된 체계 윤리:경계 판단이 주어져 있거나 쉽게 결정될 수 있으며, 도덕적 논의에 있어 이미 설정되어 있는 것으로 간주됨.	전체 체계 윤리: 경계 판단은 미리 주어져 있는 것이 아니거나, 결정하기가 어려운 것으로 여겨지며 도덕적 논의의 한 부분이 됨.
도덕적 판단의 인지적 필요조건	최소한의 필요:사적 개인들인 보통 사람들에게 알맞은 정도로 필요함	최대한의 필요:지식, 반성적 숙고, 공적의지 형성의 집합적 투입을 요할 정도로 필요함
결과에 대한 책임성의 개념	개인주의적 윤리: 개인의 자가성찰	협종적 윤리:자기 성찰과 변증법적 갈등 해결과정

환경 · 생명사상의
조류와 가치론적 과제

I 환경 · 생명문제에 대한 다양한 접근

오늘날 자연과학적 지식과 기술의 발달은 인간에게 풍족하고 편리한 삶을 누리게 하였다. 그러나 과학 기술의 발전을 통하여 인간 삶과 인간 사회가 끊임없이 발전하고 번영할 수 있으리라는 생각은 하나의 신화에 불과하다는 사실이 점점 밝혀지고 있다. 자연에 대한 조작 기술의 수준이 향상됨에 따라 인간은 새로운 욕구를 계속 불러일으켰으며, 또한 새로운 욕구 충족은 새로운 욕구 창출의 계기를 만들어 줌으로써 욕구 충족과 욕구 창출 사이에는 끊임없는 상승작용이 일어나고 있다. 인간은 이렇게 증폭된 욕구를 충족시키기 위해 자연에 대한 일방적 착취를 강화하고 있으며 이로 인해 지구는 큰 위기를 맞고 있다. 이러한 지구의 위기는 1988년 Time誌가 '그해의 인물'로 사람 대신 지구라는 혹성을 선정함으로써 극적으로 표현되었다.

환경 · 생명문제에 대한 접근은 크게 세 가지로 분류할 수 있겠다.

첫째, 과학 기술적 접근이다. 환경 · 생명 위기에 대한 과학 기술적 접근은 과학 기술 낙관론에 바탕을 두고 있다. 이를 주장하는 사람들은 지난 1세기 동안 과학 기술 발전이 가져온 성과를 강조하면서 과학 기술의 발전이 자원의 부족, 환경문제 등 인류가 직면해 있는 문제점들을 해결해 줄 수 있다는 믿음을 가지고 있다. 이들이 환경문제의 중요성을 경시하는 것은 아니다. 그들 주장의 요지는 과학 기술의 발달이 현재의 환경 위기를 낳았다 하더라도, 이는 과학의 포기에 의해서가 아니라 과학 기술의 발전에 의해 극복할 수 있다는 것이다.

칸(H. Kahn)은 이러한 견해의 대표자로서, 제한받지 않는 성장만이 사회적 진보를 가져온다고 전제하고, 제한받지 않는 경제 성장에 가장 중요하고, 사회적 진보에 필수적인 것이 과학 기술의 진보라고 주장한다.[1]

이러한 과학 기술적 입장은 환경문제를 근본적으로 경제적인 문제로 보고 있다. 따라서 경제적인 법칙과 상응하는 자연과학의 법칙을 동원한 객관적 분석에 의해 환경문제를 풀어나가고자 하는 '환경관리주의'의 능력과 효율성을 신봉한다.

이러한 과학 기술주의는 어디까지나 자연 환경의 효과적인 통제와 관리에만 관심을 가지고 있기 때문에 생태적 위기로 심화된 환경 위기에 대한 근원적인 해결책이 되지 못한다는 비판을 받고 있다. 또한 지나치게 분석적 · 합리적 사고를 강조한 나머지 반생태적 성격을 가지고 있으며, 환경문제 해결을 위한 의사결정 과정에 대중의 참여를 전적으로 부정하고 과학 · 경제전문가의 권위있는 의견만이 존중된다는 비판을 받고 있다.

둘째, 사회 · 경제적 접근이다. 환경문제는 단지 과학 기술만의 문제가 아니라 과학 기술 외적인 많은 사회 · 경제 · 정치적 요인들과 관계가 얽혀있다. 과학 기술의 수준과 산업화 단계의 유사성에도 불구하고 환경오염의 수준은 매우 상이하게 나타나는가 하면 선진국과 후진국 사이에는 지구촌의 환경문제를 두고 서로 다른 입장을 취하기도 한다. 이러한 요인들은 경제 구조, 정치 구조, 환경정책 및 제도들이 상이한 데서 연유한다.

결국 환경문제는 과학 기술적 측면뿐만 아니라, 사회 · 경제 · 정치적 제 측면들이 총체적으로 검토되고 변화되지 않으면 안 된다. 즉 산업 구조의 개편, 경제체제의 개선 이외에도 생산 규모, 생산방식, 지역적 배치 등도 환경적 측면과 관련시켜 검토되어야 하며, 아울러 민주적인 정치 권력의 확립, 정치 엘리트의 의지, 실효성있는 환경정책의 수립 등이 요구된다 하겠다.

셋째, 가치론적 접근이다. 가치론적 접근은 오늘날의 환경문제는 단순히 과학 기술적 접근이나 사회 · 경제 · 정치체제의 개선만으로는 불가능하다는 입장에서 출발한다. 과학 기술적 대책 또는 사회 제도적 대책은 표피적인 궁여지책에 지나지 않으며 이러한 문제들을 야기시키는 구조적 요인을 파악하고 그에 대한 원천적인 대응 방안을 모색하기 위해서는 가치론적 접근을 해야 한다는 것이다.

여기서 생태학적 윤리학(ecological ethics) 또는 환경윤리학(environmental ethics)의 문제가 등장된다. 이 새로운 윤리학은 1968년 빈(Wein)에서 개최된 제10차 국제철학대회가 개최될 때 환경윤리분과가 창설되면서 관심의 대상이 되었다. 이 환경윤리학은 인간의 자연에 대한 도덕적인 가치 판단을 탐구하는 학문이다. 인간의 자연에 대한 도덕적인 가치 판단의 기준은 견해에 따라 차이가 있지만 보통 '생태학적 양식(ecological consience)'에 따라 선과 악으로 판별된다.

환경에 대한 윤리학 가치 판단은 생태학에 관한 지식에 근거하게 된다. 예를 들면 생태계의 보전 및 다양성에 대한 지식, 인간과 자연과의 관계,

지구 자원의 문제와 생명과의 관계 등 생태학에 대한 지식없이는 환경문 제에 대한 윤리적 접근을 할 수 없다.

이 글에서는 가치론적인 접근에서 환경 · 생명사상의 제 특징을 보고자 한다.

Ⅱ 환경 · 생명문제의 가치론적 기초

1. 탈인간중심 가치관 정립

서구의 전통적 윤리관은 인간중심적인 것이었다. 즉 인간만이 윤리공동 체 구성원으로서 자격이 있고, 인간만이 윤리적 고찰이 된다는 것이다. 이 것은 인간만이 우주 내의 어떤 것들과도 뚜렷이 구분되는 유일한 존재이 며, 따라서 인간만이 내재적 가치를 지니고 있고, 그 밖의 모든 존재들은 오로지 내재적 가치를 지닌 인간을 위한 도구적 가치만을 갖고 있다는 견해로 이어진다. 이러한 인간중심적 인간관은 칸트나 밀을 비롯한 서양 윤리학의 기본적인 전제이지만, 이것이 가장 두드러지게 나타난 것은 유 대교에서부터 기독교로 이어지는 전통과의 관련성에서라고 할 수 있다.

패스모어(John Passmore)는 자연에 대한 위탁자로서의 임무를 신이 인간에게 부여했다는 전제 아래서 인간의 자연에 대한 책임을 강조하고 있다.[2] 인간과 자연과의 관계에 대한 서구 윤리의 여러 논의들은 이러한 패스모어의 입장에 바탕을 두고 있다. 자연에 대한 인간의 책임을 강조 하는 입장은 결국 인간이 자연을 어떻게 관리, 사용할 것인가에 귀결된 다. 이것은 근원적으로 인간의 이익과 관심에 따라 자연이 관리, 사용된다는 의미를 남겨두고 있다. 이러한 자연관은 인간에 대한 자연의 종속을 초래하였다. 이는 인간과 자연을 분리시키는 데서 당연히 나타나는 결과이다. 인간과 자연을 분리시켰을 경우 자연은 정복되거나 길들여져서 인간의 문명을 이루는 터밭이 된다. 자연은 인간의 생존을 위해 사용되는 자원일 뿐이다. 어떤 특정 자원이 고갈될 때 인간의 상상과 기술은 새로운 자원을 발견하고 그것을 활용할 신기술을 발명할 것이다.

이러한 자연관은 인간의 문화와 문명을 자연보다 상위에 올려 놓을 뿐 아니라 자연을 대치하고 있는 것으로 인식하고 있다. 이러한 태도는 적어도 19세기까지는 일시적인 효과가 있을지 모르지만, 인간의 문화와 문명이란 자연체계에 의존하고 있는 것이므로 자연에 대한 '개척적인 윤리관'은 자연체계가 무한히 지속될 때에야 비로소 가능한 것이다.

인간중심적 윤리관의 또 다른 근거는 인간 이성에 관한 논의에서 출발한다. 즉 인간의 존엄성과 유일성은 그가 내재적으로 지니고 있는 유일한 능력, 즉 이성에 근거하고 있다는 것이다. 인간을 이성적으로 보는 이유는 환경에 적응하는 양식이 다른 생물체와는 근본적으로 다르다는 점에서 비롯된다. 일반 생물체는 환경에 대한 본능적 적응력이 대단히 발달되어 있는 반면 인간은 그처럼 강한 적응력을 가진 본능을 갖추고 있지 못하다. 그래서 본능의 힘이 미약한 인간은 새로운 환경의 도전에 맞서 환경 자체를 바꾸거나 자신의 행동을 조정함으로써 문제를 해결하였다. 즉 자신의 부족함을 생각하는 힘으로 메웠다는 것이다. 이 생각하는 능력, 사고력과 판단력으로써의 이성을 가졌다는 사실이 인간을 다른 생물과 구분짓는 근본적인 특색이라는 것이다. 흔히 인간의 특성들로써 인간이 도구를 사용한다는 사실, 언어를 사용한다는 사실, 사회를 형성한다는 사실 등이 지적되기도 하는데 이것은 결국 인간이 이성적 특성에서 나온 결과라는 것이다.

인간이 이성적이기 때문에 인간만이 윤리공동체의 회원이 될 수 있다는 주장에는 이 외에도 인간만이 불멸하는 영혼을 가지고 있다든가, 인간은 자연에 대한 위탁을 신으로부터 부여받았다든가 하는 근거가 제시되기도 한다. 그러나 이런 근거들은 종교적 형이상학적인 신념의 토대와 관계를 갖는다. 인간의 유일성과 특수성은 이떤 절대적 인격자에 의해 창조된 것이거나 그렇지 않으면 더 이상 설명할 수 없는 어떤 영원한 우주적 질서로써 풀이되고 있다.

싱어(Peter Singer)는 인간만이 특유한 가치를 지닌다는 사고를 종우월주의(speciesism)에 불과하다고 주장한다. 종우월주의는 어떤 종에 속하는 성원이 본래적으로 도덕적 대우를 받을 수 있는 자격이 있다는 근거로는 전혀 적합하지 않다. 싱어는 이 종우월주의를 인종우월주의(racism)나 성차별주의(sexism)와 같은 종류로 보면서 모든 종류의 동물 해방을 주장하고 있다.[3]

이러한 싱어의 논지는 우리가 지금까지 지녀온 편견과 선입관에 새로운 자극을 주고 있다. 그러나 보다 급진적인 생태론적인 입장에 서 있는 사람은 싱어의 논지를 동물중심주의(animocentrism)라고 비판한다. 즉 싱어의 윤리학에서 볼 때 윤리적 고려 대상, 즉 윤리적 객체는 모든 생물을 포함하지 않고 동물이라는 범주에 속하는 것 뿐이라는 것이다. 오늘의 현대 과학 이론에서 나타난 동물과 식물 간의 궁극적 상관성, 생물과 무기물 간의 궁극적 관계를 고려할 때 동물중심주의적 윤리관은 아직도 폐쇄적이고 따라서 극복되어야 할 과제라 하겠다.

동물중심적 윤리관은 모든 생물을 윤리적 배려의 대상으로 포함시키는 생물중심적 윤리학(ethics of biocentrism)으로 한 발 더 나아가야 할 것이다. 그러나 생물중심 윤리학도 인간중심 윤리학이나 동물중심 윤리학과 마찬가지로 어떤 양식의 존재들 사이의 단절성을 전제로 하고 있다. 즉 서로 다른 존재들 간에는 서로 환원할 수 없는 절대적 구별이 있다는 것이다. 생물중심 윤리학은 인간과 동물, 동물과 식물 사이의 절대적 단절을 인정하지 않고 어떤 연속성이 인정되고 있지만, 생물계와 무생물 간의 절대적 단절을 전제로 한다.

존재들을 질적으로 구별하는 것은 대개 서양철학의 큰 흐름 가운데에서 발견할 수 있다. 절대적 인격자로서의 신과 인간 그리고 그 밖의 존재들 간의 구별, 플라톤의 이데아와 현상계의 구분, 데카르트의 이원론적 세계관, 칸트의 본체(noumenon)와 현상(phenomenon)의 구별들이 그러하다. 그러나 동양적 세계관은 다르다. 힌두교, 불교, 노장사상 등에 나타난 세계관의 기본적인 특징은 모든 존재의 단일성, 전일성이다. 동양적 세계관에서 볼 때 인간과 동물, 동물과 생물, 생물과 물질, 물질과 정신 사이에는 존재학적으로 근원적인 차이가 없고 서로 연결되어 하나를 이루고 있다.

이러한 동양의 세계관, 자연관은 직관에 바탕을 두고 있을 뿐 과학적 근거가 없는 것으로 비판받아 왔다. 그러나 현대 물리학은 동양적 자연관이 옳았음을 증명해 주고 있다.[4] 여기서 생태론적 윤리관은 기계론적 자연관에 의해 경시되어 왔던 동양의 세계관, 자연관에 대한 재조명을 불러 일으키고 있다.

2. 전일적(全一的) 우주관의 정립

자연을 인간의 조작 또는 가공의 대상으로 보는 관점은 서양의 오랜 지성사적 뿌리에 바탕에 두고 있다. 기원전부터 서양인들의 사유 틀에는 자연을 인간의 주관으로부터 분리시켜 관찰의 대상으로 삼았던 흔적이 많이 있다. 즉 관찰의 주체는 객체를 있는 그대로 알기 위해서 주체와 객체가 감성적·지적으로 격리되어야 한다는 것이다.

여기에서 관찰의 주체는 인간으로서 인간중심적 사고의 틀이다. 자연에 대한 인간의 관찰 결과가 바로 과학이며 이것은 진보라는 개념으로 연결된다. 즉, 자연을 인간의 손길을 통해 인간에게 가치 있는 것으로 만드는 방법이 과학이며 이를 진보와 동일시하는 것이다. 이러한 사유 틀은 기계론적 자연관에 기인하는 것이다.

기계론적 자연관은 정신과 물질과는 근본적으로 다른 것이라면 물심이원론과 실체와 현상을 원자화하는 분석적 사고에 기반을 둔다. 근대 인식학의 대부들인 라이프니쯔(Leibniz), 스피노자(Spinoza), 데카르트(Descartes) 등이 관찰 도구, 즉 렌즈, 사람 눈의 원리, 광학 같은 것에 깊은 관심을 가지고 있었던 것은 우연이 아닐 것이다. 이들의 관찰 도구에 대한 관심을 가지고 있었던 것은 우연이 아닐 것이다. 이들의 관찰 도구에 대한 관심은 관찰의 주체와 그 대상 객체 사이에 어떠한 관련이 있을 수 있는가를 좀 더 '객관적'이고 정확하게 규명해 보려는 데서 나온 것이라 하겠다. 이와 같은 탐구는 그 대상을 분석적으로 알고자 하는 방법이다. 즉 대상을 미세한 부분으로 분해하면 할수록 그 원자적 속성에 접근할 수 있고, 그 원자적 속성이 그 대상 전체의 본질을 결정하는 요체라는 것이다. 대상의 속성 또는 법칙성이 발견되면 인간은 그 대상을 관리, 조정, 제어할 수 있는 능력을 갖게 된다. 바로 이것이 과학의 사명이고 진보인 것이다. 이런 기계론적 자연관은 생활의 모든 질을 양의 개념으로 환원함으로써 생명이 없는 우주관을 형성하였고 물질지상주의의 시대를 초월하는 데 큰 역할을 하였다.[5]

현대의 지배적 사상의 기초 역할을 해 온 기계론적 자연관은 금세기 초부터 근원적으로 흔들리기 시작하였다. 상대성 이론과 양자 이론을 가져온 물리학의 발전은 데카르트적 세계관과 뉴턴 역학의 모든 개념들을 부수어 버렸다. 절대 공간과 절대 시간이란 기본 개념, 기본적 고체입자, 기본 물질, 물리적 현상의 엄격한 인과성, 그리고 객관적 기술들은 현대 물리학이 추구하는 새로운 영역에는 적용될 수 없음이 확인되고 있다.[6]

이러한 현대 물리학은 지금까지의 데카르트―뉴턴적인 자연관과 세계관을 붕괴시키고, 새로운 자연관과 세계관을 탄생시키게 된다. 바로 전일적 우주관, 유기체적 세계관으로써 자연과학 및 사회과학의 제 영역에 영향을 주기 시작하였다.

고전 물리학이 그 사변적인 방법으로 일(一)에서 다(多)를 보려하고 물질을 3차원 공간에 현존하는 것으로 보는 패러다임이 붕괴된 후부터 동양사상에 관한 관심이 높아져 가고 있다. 동양사상은 일체를 시공 4차원적인 변화의 견지에서 보고 있기 때문에 3차원적인 논리로서는 설명될 수 없다. 이에 카프라는 힌두교, 불교, 도교, 역(易)사상 등 동양사상을 신비주의라고 부른다.[7] 여기서의 신비주의는 결코 기적을 행하거나 마술을 하는 그런 신비주의가 아니라 모든 존재 자체를 신비한 것으로 보는 의미에서 신비주의인 것이다.

동양사상은 우주의 궁극적 실재를 초월적인 신으로 보지 않고 나타났다 사라지는 과정 속에서 자신을 과정 속에서 자신을 다양하게 변화시키는 보편적 일자(普遍的 一者)로 보고 있다. 힌두교의 최고 신을 지칭하는 브라만(Brahman)이라는 용어는 생명, 운동, 성장, 진행을 의미한다. 힌두교는 우주를 유기적으로 성장하며 율동적으로 움직이는 것으로 보고, 고정된 것들은 일시적 환상에 지나지 않는 것이라고 보고 있다. 따라서 인간은 자신을 포함한 모든 것이 브라만이라는 것을 체험할 때 환상의 구속에서 해방될 수 있다고 가르친다. 즉 브라만은 우주적 호흡이며 이 브라만은 인간개체의 호흡을 의미하는 아트만(Atman)의 합일에서 "범아일여(凡我一如)"의 경지에 이를 수 있다.

역동적이고 전일적인 세계관은 불교에서도 근본사상의 하나로써 나타난다. 불교는 모든 실상이 무상하다는 깨달음에서 출발된다. 삼라만상은 생겼다가 사라지며 유전하고 변화하는 것이 우주와 생명의 근원적인 모습이다. 그러므로 인간의 번뇌는 움직이고 변하는 세계를 그대로 받아들이지 않고 고정된 현상과 관념에 집착하는 데서 생기는 것으로 본다. 불교가 주객을 분리하여 생각하는 것을 분별지(分別知)라 하여 이것을 배척하고 비유비무(非有非無)의 중도의 논리를 내세워 주객의 통일의 경지를 나타내는 무분별지(無分別知)를 주장하는 것도 이런 연유에서이다.

중국의 역사상과 노장사상도 모든 실재를 유동하고 변화하는 과정으로 보았고 그 궁극의 원리를 도로 표현한다. 도의 참모습은 대립하면서도 상보관계에 있는 음과 양의 우주의 궁극적인 생명인 태극의 양극이다. 이렇게 모든 변화는 음과 양의 순환적 파동으로써 끊임없이 점진적으로 진행된다. 이러한 변화는 어떤 외적인 힘에 의해 일어나는 것이 아니라 모든 사물에 두루 내재해 있는 자연적 경향이고, 음과 양의 균형이 바로 사물의 질서라는 것이다.

이러한 전일적 세계관, 우주론적 자연관이 인간중심 윤리학의 패러다임을 거부하는 것은 자연스러운 것이다. 근래에 서구에서도 이러한 자각이 일어나고 있다. 레오폴드(Aldo Leopold)는 윤리의 범위가 확대되는 '대지윤리(Land Ethics)'를 주장한다. 그는 이것을 '도덕 공동체의 확장'으로 해석하면서 대지 윤리의 공동체의 범위를 땅, 물, 돌, 식물, 동물 등으로 확대시킨다. 이러한 레오폴드의 의견은 여러 윤리학적 사변을 불러일으키고 있다. 이 글에서는 이러한 논쟁들을 소개할 지면은 없지만 계속 강조하고자 하는 것은 기계론적 자연관 및 인간중심적 사고 틀로써 현대 문명의 위기를 극복하는 것은 비트겐쉬타인의 표현대로 "찢어진 거미줄을 사람의 손가락으로 수리하려 하는 것"[8]과 같다는 점이다.

3. 진보에 대한 윤리적 고찰

현대 문명의 근본적인 문제가 기계적인 자연관과 밀접한 관련이 있다

함은 표현을 달리하여 계속 논의되어 왔다. 이와 관련시켜 다시 생각해볼 문제가 진보의 문제이다. 유한한 자원을 보존하고 지구의 파멸을 방지하기 위해서는 우리가 지금까지 신화로써 믿어온 진보의 개념에 대해 깊은 성찰이 필요하다.

진보에 대한 낙관적인 신념은 과학이 발달되고 소위 합리적이고 휴머니스틱한 세계관이 정립되고 종교적·정치적인 자유를 얻게 된 이후에 형성된 것이라 하겠다. 여기서 유의할 점은 무엇이 진보냐 하는 문제이다. 진보의 개념이 특정한 목표나 어떤 방향을 향해 나가는 뜻을 내포한다면 이것은 여러 가지 다른 가치체계에 따라 무엇이 진보냐 하는 판정이 달라질 수 있다.

이와 함께 진보를 말할 때 하나의 고려할 문제는 우리의 삶을 추구하는데 있어 얼마만큼 진전을 보았느냐 하는 물음은 진보해 나아갈 이상적인 목표와 구별해야 한다는 점이다. 또한 진보를 일반적인 불가피한 법칙으로써 어느 목표를 향해 나아가는 것으로 보는 생각도 문제로 삼아야 한다. 기실 근대 서구의 많은 사색가들은 인류의 보편적인 역사가 있을 수 있다고 생각하고, 사회 발전 또는 진화의 법칙을 제시하고자 하였다.

오늘의 생태학적 위기는 과학 기술이 우리에게 준 혜택에 비해 인류가 너무나 큰 대가를 치루었다는 반성과 함께, 진보에 대한 윤리적 성찰을 요구하게 된다. 우리의 도덕적 이상과 정의의 개념은 시대적인 상황에 따라 변하기 마련이다. 지금까지 인류가 믿어온 진보의 신화에 대해 전일적인 세계관에 입각하여 새로운 가치관의 정립이 필요하다. 이제 진보의 개념은 모든 존재들이 함께 호혜적인 관계를 맺으면서 어깨동무하는 틀에서 찾아져야 할 것이다. 지금까지의 진보는 자연을 대상으로 하는 결과였지만 앞으로의 진보는 자연과 함께 하는 데서 나와야 할 것이다.

이러한 진보관은 '원시주의적 오류'로써 비판되어질 수 있을는지 모른다. 그러나 자연과 함께 하는 진보관은 잡초가 정원을 뒤덮듯이 하는 그런 종류는 아니다. 이에 대해서는 더 많은 논의를 필요로 한다고 생각한다.

*

　환경 · 생명문제에 대한 윤리적 과제는 근원적으로 인간의 환경에 대한 잘못된 인식과 그 잘못된 인식에서 나온 발상에서 비롯되었다는 전제에서 출발한다.

　환경 · 생명문제의 해결을 위한 첫 번째 단계는 환경문제의 중요성에 대한 자각이다. 먼저 인간이라는 존재의 자연생태계의 일부분이라는 사실을 깨닫고, 생태계는 인간이라는 단일성의 전횡을 결코 허락하지 않는 것을 알아야 할 것이다. 또한 생명 · 환경문제는 단순히 환경오염의 문제가 아니라 생명과 직결되어 있는 문제로써 생명운동, 인간성 회복운동의 차원에서 고려되어야 할 것이다.

　이러한 생태론적 인식을 바탕으로 하여 환경생태론적 삶의 방향과 그 구체적 방안이 모색되고 실천되어져야 할 것이다. 이러한 생태론적 삶은 단순히 개인적인 의식차원이 아니라, 사회 경제 구조적인 차원과 국가적인 차원에서도 고려되어져야 함은 당연하다.

　현재와 같은 추세로 환경오염과 생태계 파괴가 진행된다면 다음 세기에는 돌이킬 수 없는 상태가 될 것이고 인류는 또 다른 공룡의 운명을 맞이하게 될 것이다. 건강한 자연과 자기 위치를 찾는 생태적 인간의 공동체적 삶만이 인류를 이 지구상에서 존재하게 할 수 있을 것이다.

공동체의
본질과 실현

　오늘날 공동체에 대한 관심이 여러 분야에서 다양한 시각으로 일어나고 있다. 얼마 전까지 공동체는 과거의 생활을 그리워하는 향수의 대상이 되었다. 마치 고향을 떠난 나그네가 고향을 그리워하듯 공동체를 그리워하고 있었다. 근대화, 도시화가 진행되면서 공동체의 붕괴는 어쩔 수 없는 자연스러운 사회 변화과정으로 인식되었으며, 공동체의 부활은 비현실적인 이상주의자의 꿈으로 생각되었다. 그러나 지난 한 세기 동안 사라져가던 공동체가 21세기의 문턱에서 되살아나고 있으며, 향수와 이상의 대상이 아니라 현실적인 희망으로 등장하고 있다. 이것은 근대화, 산업화의 틀 속에서 조건 지워진 현대인의 삶의 양식이 많은 문제점을 지니고 있다는 것을 의미한다.

　공동체에 대한 관심의 등장과 함께 공동체라는 말도 매우 다양한 의미로 사용되고 있다. 사회와 공동체라는 용어가 혼용되어 사용되기도 하여 공동체의 정체성이 과연 무엇인지 많은 혼란을 느끼는 것이 현실이다.

이웃, 마을, 읍, 시, 민족, 국가, 인종 집단 등에 공동체라는 용어가 통용
되며, 은둔적인 공동체들, 유토피아적 공동체들, 그리고 어떤 구체적 의
도를 가진 공동체들도 다양하게 많다. 유럽 경제공동체를 비롯해 지구적
차원의 공동체 사용도 이제 흔해 졌다.

오늘날 공동체는 열린 개념이자 복합 개념으로 사용되고 있는 것 같다.
공동체는 구체적인 지역 단위를 지칭하는 경우가 있는가 하면, 뜻을 함
께하는 집단 이데올로기나 구성원이 공유한 특성을 의미하는 경우도 있
다. 또한 공동체는 특정 현상을 지칭하는 명사적 의미보다는 집단 속성
의 한 측면을 나타내는 형용사적 의미로 사용되는 경우도 많다. 이러한
공동체의 다양한 의미는 사회적 상황 변화와 밀접하게 관련되어 있다고
볼 수 있다. 이는 공동체가 인간의 생존방식이며 삶의 표현방식이기 때
문이다. 이 글은 공동체의 본질과 특성을 살펴보고 공동체 구현을 위한
실천 방안을 모색하는데 있다.

Ⅰ. 공동체의 본질과 특성

1. 공동체 연구에 대한 다양성

공동체라는 단어는 일상적으로 제일 많이 사용되는 용어의 하나로 등
장하고 있지만 이 용어만큼 비일관성과 모호성으로 시달리는 경우도 드
물다. 공동체는 매우 다양하게 어디에나 두루 통하는 용어로 묘사되고
있다. 사회학자들은 200여 년 이상에 걸쳐서 공동체라는 개념에 대해서
관심을 가져 왔지만 오늘날에 이르기까지 만족할 만한 정의를 못 찾고

있는 것으로 보인다.

이러한 어려움은 공동체라는 용어 안에는 사실과 가치가 함께 포함되어 있기 때문일 것이다. 공동체는 어떠한 것인가 하는 경험적 진술과 공동체는 이러한 것이어야 한다는 규범적 진술 사이에서 혼란을 일으키기 때문이다. 또한 특정한 가치의 기준에서 공동체가 지니는 사실적 측면이 선택적으로 강조되기도 한다. 이렇게 공동체라는 말에는 항상 사실과 가치라는 두 차원이 불가분하게 얽혀 있기 때문에 사실적 측면은 복합적으로 다양하게 나타난다.

그리고 공동체라는 용어는 역사적 성격을 지니고 있다. 사회변동과 더불어 공동체를 보는 시각도 매우 다르다. 이러한 공동체에 대한 혼란으로 인해 공동체의 정의는 파국의 상태에 빠진 것처럼 보이기도 한다. 그럼에도 불구하고 공동체라는 용어를 포기하지 않고 있다. 그것은 공동체라는 용어 속에서 인간의 이상을 그려 낼 수 있다는 희망을 가지고 있기 때문일 것이다. 그래서 많은 사람들은 자신의 용어로 공동체를 정의하면서 그 희망을 찾는 것인지도 모른다.

사회학자들에게 하나의 딜레마로 군림하고 있는 공동체에 관한 연구는 그만큼 매우 다양한 방법으로 접근하고 있다. 공동체에 대한 다양한 연구는 거의 미국의 사회학자에 의해 주도되고 있다. 이것은 미국 건국의 역사적 배경과 밀접한 관계를 가지고 있다. 유럽에서는 전통적인 공동체를 복원한다는 것은 곧 과거로 퇴행하는 것으로 간주하였다. 그러나 미국에서는 지금은 사라져 버린 유럽의 각 지역 공동체들로부터 이주해 온 이민자들이 그들의 새로운 지역 공동체를 만들어 신대륙에 정착하였다. 그러나 미국에서의 새로운 공동체들이 시간이 지나면서 점차 약화되었고, 공동체의 약화와 붕괴에 대한 아쉬움과 한탄을 하면서 공동체 연구에 많은 관심을 가지게 된다. 미국 사회학자에 시도된 이론을 중심으로 공동체에 대한 다양한 접근법을 먼저 살펴보자.[1]

사회체계론적 접근법

사회체계론적 접근은 공동체의 '지역적 적합성'과 '사회적 기능'들의 결합의 특징을 집중적으로 분석하고 있다. 이 접근법의 대표적 학자인 웨렌(R.L. Warren)은 공동체를 '지역적 적합성을 지니며 주요한 사회 기능들을 수행하는 사회 단위들과 체계들의 결합'이라고 정의하고 있다. 공동체는 보다 작은 하위체계들로 구성된 전체체계로 보고 있다. 하위체계들은 사회화나 사회 통제, 사회적 참여, 상부상조, 생산, 분배, 소비 등의 지역 적합적(locality-relevant) 기능을 수행한다. 이 접근법은 사회집단론적 접근을 세련되게 발전시킨 것으로 볼 수 있다. 사회체계는 사회 집단과 마찬가지로 구성원의 결집체를 지니고 있으며, 규범적 구조와 성원이 되기 위한 자격 요건을 갖추고 있다.

이 접근 방법으로 인해 사회 조직체의 단위로써 공동체의 중요성이 명확하게 부각되었다고 하겠다. 사회 조직의 모든 위계 속에서 공동체는 인간의 신체적, 심리적, 그리고 사회적인 욕구들을 잠재적으로 충족시킬 수 있는 첫 번째 하위체계로 나타난다.

상호작용론적 접근

상호작용론적 접근은 상징적 상호작용론으로부터 출발하였다. 상호작용론을 공동체 이론에 제일 먼저 접목한 사람은 카우프만(H. Kaufman)이다. 그는 공동체를 사회적인 장(social field)으로 보면서, 공동체를 구조화된 조직 단위로 보기보다는 상호작용이 이루어지는 사회적 영역으로 보았다. 이러한 관점은 기능론자나 갈등론자들이 공동체를 거시적인 차원에서 하나의 사회 단위로 보는데 반해 개인의 행위와 개인 간의 상호관계라는 미시적 관점에서 접근하고 있다. 따라서 카우프만은 공동체의 구조적 특성보다는 인간들이 상호작용하는 과정을 중시한다. 공동체는 궁극적으로 질적인 삶의 장을 위한 발전을 목표로 한다고 한다.

카우프만의 상호작용론적 접근은 그의 제자인 윌킨스(Wilkinson)에 의해 더욱 정교화되었다. 그는 사회적 상호작용이 어떻게 사회적 연대와 지역적 조직을 이루는가를 광범위한 사회학적 이론을 배경으로 설명하고 있다. 특히 윌킨스는 상호작용의 기반으로써 지역성 또는 영역성의 개념을 매우 상세하게 소개하고 있다. 또한 그는 공동체 연구의 궁극적 목표로 공동체의 발전을 강조하면서 공동체의 발전에 참여하는 행위자에 대하여 특별한 관심을 가지고 있었다. 즉 공동체 발전에서 인간의 역할을 개인적 수준과 집합적 수준으로 나누고 이들 개인과 집단이 공동체 발전에 참여하는 조건에 대하여 연구하고 있다.

문화심리학적 접근법

문화심리학적 접근은 공동체 구성원 사이에서 나타나고 있는 공동의 유대나 연대에 관심을 가지고 있다. 공동의 연대나 유대가 심리적인 것인지 문화적인 것인지에 대해서는 다양한 의견이 제시되고 있다. 심리적 관점에 의하면 사람들은 그들이 속해 있는 공동체와 자신들을 동일시하기 때문에 일종의 안정감를 얻는다고 한다. 반면에 문화적 시각을 옹호하는 사람은 공동체 성원들이 공동의 가치와 규범 및 목표를 공유하기 때문에 이러한 동일체감이 생겨났다고 주장한다. 이러한 공동적 연대나 유대는 생활 방식을 공유하는 것에 대한 자각으로써 공동체 감정(community sentiment)이라는 개념으로 포괄할 수 있을 것이다.

심리적 개념으로써의 공동체 감정은 '우리임(we-ness)'의 느낌을 포함하여 많은 사물을 포함한다. 공동체 성원들은 각각을 '우리'로서, 다른 사람들은 '그들'로서 생각한다. 또한 개개인이 누리는 어떠한 심리적 안정감도 공동체의 성원이 됨으로써 가능하다고 본다. 문화적 변수로써의 공동체 감정은 먼저 공동의 가치와 신념 및 목표들을 공유하는 것을 말한다. 이러한 것들은 주로 공동체가 성장한 역사적 환경으로 온 것이다.

또한 문화적 변수로써의 공동체 감정은 규범들을 수반한다.

인간생태학적 접근

인간생태학(human ecology)이라는 용어는 1921년 파크(Park)와 버제스(Burgess)의 '사회학 입문'에서 처음으로 쓰여 졌으며, 이를 계기로 생물학적 유추를 강조하고 생물학적 술어들을 사용하는 것이 생태론자의 주요한 경향으로 되었다. 이 접근 방법에서는 공동체의 환경 및 공동적 거주와, 그 결과로서의 연대성과 이해관계의 공유를 집중적으로 분석한다.

인간생태학은 동식물의 세계에서 서로 다른 종들 간의 생존경쟁의 원리를 인간의 주거지 정착과 근린 집단의 생활에 적용하였다. 초기의 생태학적 유추는 인간을 동식물의 차원에서 설명하는 것에 대한 반감으로 많은 비판을 받았다. 또한 인간생태학적 접근은 공동체가 전적으로 공간적 현상으로 접근하기 때문에 사회, 문화적 활동을 무시하는 경향이 있다고 지적받고 있다. 그러나 인간생태학적 접근은 1950년에 접어들면서 아모스 홀리(A. Hawley)에 의해 새로운 발전의 계기를 마련하였다. 홀리는 지나친 생물학적 유추를 지양하기 위하여 인간생태학의 중심 개념인 '경쟁' 대신 '상호의존'의 개념을 생태학적 접근의 출발점으로 삼았다. 홀리의 뒤를 이어 많은 학자들이 상호의존 개념에 기초해 공동체의 여러 측면을 연구하여 1960년대에는 전성기를 맞이 하였다. 이 접근법이 장기간 폭넓게 활용되어 온 배경에는 인간이 생존하기 위해서는 환경에 적응해야 한다는 가장 현실적인 문제를 내포하고 있기 때문이다. 이 접근은 인간이 생존하는데 기초가 되어온 공간적 조직화와 생계 활동에 따른 사회적 결합의 원리가 공동체의 이해에 많은 시사점을 주고 있다.

유형론적 접근법

이 접근법에서는 농촌─도시의 연속선상에 있는 공동체의 유형과 그 특징을 발견하고, 그것을 도시 또는 산업화의 그것과 비교하는 연구에 관심을 가진다. 공동체를 유형으로 파악하는 것은 퇴니스의 고전적 전통에 가까운 접근법이다. 공동체의 유형론을 논하는 경우에는 농촌—도시의 연속선을 중심적으로 다루는데, 이것은 사회변동론의 측면에서 공동체의 유형을 나누는 것이기도 하다. 유형론의 목적은 각종 공동체를 분류할 뿐만 아니라, 사회적 과정들의 성격과 방향에 관하여 탐구하는 것이다.

지금까지 다섯 가지의 접근법을 개관해 보았다. 그러나 이 외에도 다양한 접근법이 공동체 연구에 적용되고 있다. 이러한 공동체에 대한 다양한 접근법은 자로 재듯 분류할 수 있는 것은 결코 아니다. 서로의 접근법이 중첩되어 있는 경우도 많으며, 유사한 개념들이 다른 용어를 빌려 사용되기도 하여 혼란을 주기도 한다. 그러나 상기한 공동체 연구의 다양한 접근법은 힐러리(G. Hillery)가 정리한 바와 같이 크게 세 범주로 정리할 수 있다.

즉 물리적 공간을 의미하는 지리적 영역(geographic area), 사회관계를 나타내는 사회적 상호작용(social interaction), 그리고 집단의식을 나타내는 공통의 연대(common ties)로 요약할 수 있다. 힐러리의 이러한 범주 분류는 오늘날 사회적 상황 변화에 따라 다양하게 나타난 공동체의 형태와 속성을 평가하는 준거 틀로 사용될 수 있을 것이다.

2. 공동체의 이념과 특징

공동체의 이념적 기초

공동체의 이념적 기초를 찾아보는 것은 공동체를 가치론적 측면에서 살펴보는 것이다. 공동체의 개념은 동일한 지적 전통 내에서도 가치지향이나 이데올로기에 따라서 암묵적으로 정의되는 경향이 있다. 공동체의 의미가 단순히 감각을 통해서 받아들인 사실에 관한 것이라기보다는, 근본적으로는 인간이 살아나갈 사회의 구성에 관한 논쟁이라고 볼 때 이러한 점은 충분히 수긍이 가는 것이다.

그러면 공동체에 나타난 공통적인 이념은 무엇인가, 공동체의 이념에 관한 서구의 사회사상과 사회적 경험의 역사를 통해 공동체적 삶의 공통적 이상이라고 생각되는 요소들을 도출해 보면 크게 셋으로 요약할 수 있겠다. 첫째 완전성과 전인사상이요, 둘째 평등주의사상이요, 셋째 박애정신 또는 형제애이다.

먼저 완전성과 전인사상을 살펴보자. 공동체 이념에 나타난 인간은 부분적이거나 단절적인 방식이 아닌 사회적 역할의 총체성 속에서 다른 사람과 만나게 되며, 공동체 내에서의 모든 상호작용은 포괄적인 유대를 통해서 이루어진다. 그러나 점진적인 노동의 분업과 대중적인 도시 사회의 발전에 의해 이러한 전인격적 개념은 파괴되었다. 그 결과 개개인은 개별적이고 이기적인 이해관계의 특수성에 사로잡히게 되었고 사회적 삶은 계약적이고 일면적인 성격을 띠게 되었다. 이러한 배경 하에서 박애와 공동의 정신을 구체적으로 실현하기 위한 사회 조직의 공동적 형식과 인간의 총체성이 공동체의 이념을 형성하는 데 주요한 역할을 하게 되었다.

공동체주의자들은 긴장과 갈등과 부조화는 인간 내부의 문제들에서 야기되는 것이 아니라 환경으로부터, 즉 개인의 외부에 있는 사회적 조건들에서 비롯되는 것이라고 믿는다. 인간이 아니라 사회가 바로 문제의 원인이라는 것이다. 그들에 의하면 인간은 근본적으로 선한데 사회에 의해 타락했다. 내적 갈등이란 오직 환경에서 오는 긴장들의 반영에 불과한 것이다. 만일에 움직이는 자연법칙이 발견되고 이러한 자연법칙과 조화되며 자연적 원리들을 따르는 사회를 건설한다면 유토피아론적 입장에서 볼 때 완전성이 가능하게 된다. 현 사회는 긴장과 자연 질서와의 갈등 안에 존재하는 것으로 암암리에 여겨지며 이 때문에 불화를 조장해 내는 것으로 여겨진다. 많은 공동체들이 땅으로 돌아가고자 하는 욕구를 지닌 것은 자연 생활로 돌아가려는 소망의 표현인 것이다.

다음으로 공동체 사상에 나타난 공통적인 특징 중의 하나가 평등주의적 요소이다.

역사적으로 볼 때 공동의 가치와 이해관계를 지닌 동질적인 공동체 내부에서 사회적인 노동의 분업이 발생하게 되면 개개인의 인격은 분절화될 뿐만 아니라, 점진적인 기능의 분화에 의해서 기능적인 이해에 기초한 사회적 분업이 나타나게 된다. 이 결과 사회적 계급이 출현하게 되는 것이다. 이와 같이 공동체 내에서 사회 계급과 이익 집단들이 발전하게 되면 공동체적인 평등관계의 유지는 어렵게 된다고 보고 있다. 노동 분업의 결과에 따른 분파적 이해관계의 발전에 의해서 동질적인 공동체의 발전이 치명적인 영향을 받게 된다는 것이다. 많은 공동체주의자들은 자본주의가 발전함에 따라서 개인과 사회는 분절화되었으며 이전의 공동체의 가치들인 박애와 평등 및 공동정신은 갈등과 경쟁에 의해 대체되어 버렸다고 보았다. 자본주의는 곧 고립화와 분리화의 과정으로 이해되며 화폐와 경쟁이 지배적으로 나타나게 되는 것이다. 따라서 공동체 사회가 이루어지면 경제적 지배와 함께 사회 계급은 사라질 것이며 또한 전문화된 기능에 얽매이는 것도 없게 될 것이라고 보았다.

이와 같은 평등의 추구에 의해 공동체는 집단으로써의 독자성과 응집성을 얻게 된다. 즉 공동체의 성원들은 자신을 하나의 공동체로써 인식하게 되며 역사에서의 자신들의 역할을 크게 의식하게 되는 것이다. 무수한 공동체들의 경우 다양한 여러 공동체적 테마들은 땅으로의 복귀라고 하는 한 가지 이상으로 집약된다. 제일 자연적인 대상인 땅에 농사를 지음으로써 그들은 공동체로 향한 허다한 충동들을 충족시킨다. 그들은 농사를 통해 자연 및 자연 질서와 더 가까이 접하게 되며, 존재의 근원과 더욱 깊은 관계를 맺는 보다 단순한 생활로 돌아가는 것이다. 땅을 상대로 해서 하는 일들은 흔히 어떠한 특별한 기술을 필요로 하지도 않으며 누구나가 평등하게 일할 수 있는 기회를 갖게 된다. 이와 같은 평등관계에 의해 공동체의 응집력은 더욱 강화되는 것이다.

세 번째가 박애정신 또는 형제애이다. 사회가 우주의 자연법칙과 조화를 이루어 나갈 수 있듯이 인간들도 서로 조화를 이룰 수 있다는 것이 공동체 사상에 나타나 있다. 공동체주의자들은 재산의 공유, 일의 공유, 사랑의 공유, 가족의 공유로 개인적 소유를 대신함으로써 인간과 인간 사이의 인위적 장벽들을 허물어뜨리고자 힘쓴다. 이와 동시에 공동체들은 전문가를 거부하는 경향이 있다. 공동체의 의사조차도 급사 일에, 신문 편집장도 설거지에 얼마간의 시간을 할애해야만 할 것이다. 게다가 특별한 기술을 가진 사람은 마땅히 그것을 함께 나누고 남에게 가르쳐 주어야지 그것을 지위의 기반으로 삼으려 해서는 안 된다고 여긴다.

일의 공유가 목적하는 바는 인간들 사이에 지워질 수 있는 구별들, 곧 인간을 따로 분리시키는 것들을 없애버리고 그 대신 인간으로 하여금 공동의 노력을 기울이게 하려는 것이다. 따라서 추수를 한다거나 새 집을 짓는 일, 청소하는 일처럼 많은 작업들이 공동체 전체에 의해 행해짐으로써 박애와 공동의 정신을 더욱 다질 수 있게 되는 것이다.

형제애와 조화에 대한 강조는 또한 공동체의 내적관계에 강한 초점을 맞추도록 함으로써 친밀한 관계가 생활의 일상사가 된다. 외부 사회에 나타나는 고독 · 소외 · 분열과는 대조적으로 공동체들은 친숙한 관계와 집단에의 전적인 관여를 증진시키고자 힘쓴다. 또한 이러한 관여는 종종 공동 노력에 쏟는 열성을 상징적으로 확인하는 의식들을 통해 전달된다. 이 의식들은 공동으로 품고 있는 가치관을 표현하고 강화해주며 하나의 공동체로 뭉치는 방법과 서로를 더욱 가깝게 느끼는 방법들을 제시한다.

이런 이유 때문에 집단적 의식은 흔히 성원들에게 있어 공동 생활의 가장 의미 깊고 중요한 면인데 그것은 바로 이를 통해서 공동체 생활의 보다 차원 높고 초월적인 의미가 확인되기 때문이다.

상기한 세 가지 공동체의 이념들은 매우 고전적인 내용들이다. 따라서 현대 사회의 공동체 이념들로 거론하기에는 부적절한 측면도 있을 수 있 겠으나 기본 뼈대로서의 속성은 가지고 있다고 본다. 1980년대에 자유 주의 사상을 비판하고 등장한 공동체주의자들의 지향가치들은 고전적인 공동체의 기본이념들을 재구성한 것으로 볼 수 있다. 공공선의 우선, 덕 윤리의 함양, 사회적 책임과 의무의 강조, 질서와 자율과의 조화, 공동체 의 부의 분배, 사랑의 실천과 참여 등 현대 공동체주의자들이 제시하는 덕목들은 고전적 공동체의 이념들을 구체화한 것으로 볼 수 있다.

공동체의 구조적 특징

공동체라는 단어는 매우 다양한 것들과 연결되어 사용되고 있다. 공동 체는 지역적인 차원, 사회적 사회 작용의 차원, 공동의 연대 또는 유대의 차원 등 다양한 차원들과 연결되어 사용되고 있다. 공동체의 개념을 정 확하게 사용하기 위한 필요충분조건들을 열거한다는 것은 거의 불가능 하다고 볼 수도 있다. 그만큼 공동체는 '열린 개념'이라고 할 수 있다. 그 럼에도 불구하고 어느 정도 공동체의 속성이나 특성을 그려낼 수 있을 것이다. 그것은 '공유된 가치와 신념', '직접적이며 다면적인 관계' 그리 고 '호혜성의 실천'을 들 수 있을 것이다.

공동체의 핵심적 특징 중에서 제일 기본적인 것은 공동체의 구성원이 공유된 가치와 신념을 가진다는 것이다. 물론 공동체는 공유한 가치와 신념의 범위와 강도에 따라 다양하게 달라질 것이다. 예를 들면 19세기 에 흥했던 은둔적이고 유토피아적인 공동체에는 넓은 범위의 신념과 가 치에 대해 거의 완전한 합의가 이루어졌으며, 이러한 신념과 가치는 종교적 이데올로기로 표현되고 다듬어 지기도 하였다. 그러나 현대의 많은 공동체에는 일반적으로 좁은 범위에서 신념과 가치에 대해 합의하고 있으며, 또한 어떤 이데올로기에 맞춰 공유된 헌신적 행동을 요구하는데에 대한 저항을 나타내기도 한다. 즉 공동체의 구성원들이 신념이나 가치를 공유하고 있지만 이를 이데올로기, 신화 혹은 종교적 차원으로 고양시키지 않는 집단이 많다는 것이다. 현대의 공동체는 19세기의 공동체와는 달리 많은 개방성을 띠고 있으며 다원적 공동체의 성격이 강하다.

공동체의 두 번째 특징은 구성원들 사이의 관계가 직접적이어야 하고, 이 관계들은 다면적이어야 한다는 것이다. 구성원들의 관계는 국가, 지도자, 관료, 제도, 규약 등 추상화되고 구체화된 매개에 의해서 중재되지 않을수록 직접적이다. 관계의 직접성은 공동체의 특성을 밝히는데 매우 중요한 요소이다. 개인들이 어떤 공유된 가치와 신념을 공유한다고 하더라도 개인들은 고립된 채 살고 있기 때문에 그들은 직접적인 거래를 하기 어려워 국가 등과 같은 어떤 대행자를 통하거나, 공동체 자체의 형식적 규약, 이데올로기, 혹은 추상적 개념에 호소함으로써 공동의 목표를 추구하는 경우가 많다. 개인들의 관계가 간접적인 경우는 상대적으로 직접적인 경우보다 공동체성이 약한 것이라 하겠다.

또한 다면적인 관계를 가진 개인들의 집단일수록 관계가 전문화되고 하나의 영역으로 협소하게 한정된 집단보다 공동체의 성격이 강하다고 할 수 있다. 예를 들면 '학문 공동체'를 볼 수 있다. 학문 공동체는 그 구성원들이 공통의 신념과 가치를 공유하며, 제한적이지만 서로 협동도 하기 때문에 하나의 공동체로 볼 수 있다. 하지만 그 구성원의 관계는 제한적, 전문적이며 다면적인 성격이 약하다. 따라서 학문 공동체는 자신들의 여러 상황들을 통해 구성원들이 서로 관련되어 있는 원시 사회나 현대의 코뮌보다 공동체의 성격이 약하다고 할 수 있다. 이렇게 공동체 구성원들의 관계가 얼마나 직접적이고 다면적인가에 따라 공동체의 성격과 강도가 달라진다.

공동체의 세 번째 특성은 호혜성(reciprocity)이다. 이 호혜성은 공동체의 특성 중 제일 중요한 것이다. 호혜성은 상호부조, 협동과 분담의 조정, 관계 및 교환의 범주를 포괄하는 용어이다. 호혜성의 체계 내에서 각 개인의 행동은 대개 단기적인 이타주의와 장기적인 자기 이익으로 부를 수 있는 것의 결합으로 특징지어진다. 호혜성은 단기적으로는 이타적인 것이지만 그것들이 모두 합쳐지면 일반적으로 모든 참여자를 더 나아지게 하는 일련의 행동으로 이루어져 있다. 공동체가 지니고 호혜성의 구조와 유형을 파악함으로써 우리는 그 공동체의 특징을 파악할 수가 있다.

호혜성의 구조가 변하면 공동체도 변화며, 공동체의 변화는 사회의 변화를 의미한다. 시공을 초월하여 언제나 같은 형태로 존재하는 공동체는 존재할 수 없다. 그러나 공동체가 시대적 상황과 사회제도의 특성에 따라 다양한 특성을 지녀왔음에도 불구하고 인간들이 추구하는 기본적인 기능, 즉 생존을 위한 욕구충족과 자아를 실현하려는 개인들의 노력은 지속되어 왔다. 이러한 공동체 출현의 기본 동기는 퇴니스의 '본연의지(Wissenwille)' 개념에서도 찾아볼 수 있다. 인간은 홀로 살지 않고 왜 더불어 살아가야 하는가에 대한 질문에 퇴니스는 그것이 타고난 성향, 즉 본연의지라고 답하고 있다. 인간은 호혜성의 과정에서 생존문제를 해결한다. 호혜성을 통한 사회적 결합은 계산된 것이 아니라 본능적인 것이며 이것은 자신의 존재가치를 추구하려는 인간의 의지이다.

이러한 논의는 공동체를 인간들의 의지를 실현하려는 활동 무대, 즉 타인과 더불어 살아가는 '삶의 장(life field)'이라 말할 수 있다. 삶의 장이란 인간의 육체적 생존과 이상 추구를 위해 타인과 상호작용하는 물리적 사회문화적 범주를 말한다. 삶의 장을 구성하는 가장 중요한 요소가 바로 호혜성이다.

지금까지 공동체의 세 가지 특성으로 가치와 신념, 직접적이며 다면적인 관계, 호혜성을 들었다. 그렇다면 공동체는 상대적으로 작고 안정적이어야 한다. 거대하고 변화하는 다수의 사람들 속에서 개인 간의 관계가 직접적이거나 다면적일 수 없으며 호혜성은 큰 규모로 번성할 수 없을 것이다. 현대 사회에서 공동체의 위기와 새로운 공동체를 탐색하고자 하는 과제로써 '작은 것'에 대한 소중함이 거론되는 것은 이에 기인하는 것이다.

Ⅱ. 공동체 실현의 과제

1. 미래 기획으로서 공동체 구현

　공동체 문제는 전근대, 근대, 탈근대라는 역사성 위에서 접근할 때 논의가 보다 분명한 윤곽을 그릴 수 있을 것이다. 우리는 근대를 '전통적 공동체'의 해체과정으로 이해하면서, 동시에 근대의 태생적 문제를 극복하기 위한 미래 기획으로써 다시금 '공동체' 문제를 거론하고 있는 것이다. 우리는 과거의 공동체로 돌아 갈 수는 없다. 그것이 고향을 그리는 향수 같은 역할을 할 수 있는지는 모르지만 결코 돌아갈 수 없는 고향이다. 우리가 사는 사회의 정신적 물질적 기반이 전통적 공동체로 돌아가지 못하게 만든다. 근대화는 이미 우리 사회의 각 분야에 뿌리를 내렸으며, 동시에 이의 부작용도 외면할 수 없는 상황이다. 인간의 소외와 원자화, 분절화 등이 대표적으로 거론되고 있다.

　따라서 미래 기획으로서의 공동체 구현은 근대의 극복으로써 탈근대적 지향성을 갖게 된다. 이러한 기획은 일찍이 맑스(K. Mark)와 듀이(J.

Dewey)에 의해 시도된바 있다. 이들은 근대의 자유주의와 그것의 사회적 토대로써 자본주의적 경제 질서의 문제점을 비판하고 그 한계의 극복을 새로운 '미래 공동체' 형성이라는 주제에서 사유한다는 점에서 논점을 공유하고 있다. 맑스가 미래 공동체의 경제적 조건만 추적하고 그 한계 내에서 사고하고 있는 반면, 듀이는 민주주의가 공동체 생활의 핵심이라는 테제에서 미래 공동체 실현의 의사소통적 조건을 부각시키고 있다. 1980년대에 영미에서 등장한 공동체주의도 근대적 가치 질서와 사회체제의 문제점을 거론하고 미래 기획으로써의 공동체 구현을 위해 제시되었던 것이다.

공동체 형성의 요인은 개인적인 요인, 사회환경적인 요인, 제도적인 요인 등 복합적인 요인들의 상호작용적 산물이라고 볼 수 있다. 공동체 실현의 과제는 개인윤리적 차원과 사회윤리적 차원의 통합을 통해 이루어져야 할 것이다.

개인윤리적 차원은 사회문제의 해결을 개인 의지의 자유와 결단에서 다룬다. 이 경우 의지의 자유란 의지의 자율을 말하며, 결단이란 자율적 의지의 선택적 결단을 말한다. 대표적인 것이 칸트의 윤리관이다. 개인윤리는 도덕이 가지고 있는 현실적 결과와 사회적 측면을 고려하지 못한다는 점에서 문제점을 가지고 있으나 여전히 중요하다고 하겠다. 제도적 장치를 통해 사회 정의를 제대로 실현하느냐의 문제는 바로 그 제도를 운영하고 그 제도 아래서 삶을 영위하는 사회 구성원의 도덕 수준에 좌우된다. 사회 구성원의 도덕 수준이 미흡하면 제도적 장치의 발전과 충실화가 가능하지 않을 것이다.

사회윤리적 차원은 사회 구조의 도덕성에 관심을 두고 있다. 사회윤리에 관심이 증대하게 된 이유는 사회 변화의 속도가 급속하고 사회 구조의 복잡성이 개인의 삶과 사회와의 유기적 관계를 증대시켰다는 사실에서 찾을 수 있을 것이다. 사회윤리는 그 접근방법에서 몇 가지 특성을 지니고 있다. 먼저 사회적 결과를 현실적으로 문제삼고 추구한다. 개인윤리는 현실적인 사회의 구체적 결과와는 관계없이 개인의 순수한 내적 동기에 많은 관심을 기울인다. 이에 반해 사회윤리는 개인 행위의 원인이나 사회적 문제의 원인을 규명하고 해결함에 있어서 일차적 관심을 사회적 원인에 둔다. 다음으로 이러한 사회적 원인의 해결이나 제거를 사회적 정책이나 제도 또는 체제의 차원에서 추구한다. 이에 윤리적 문제를 정치적 차원으로 다루게 된다. 또한 사회윤리는 사회적 규범과의 관련성에서 윤리적 문제를 다룬다. 개인윤리의 도덕적 규범과는 달리 사회윤리가 다루는 사회적 규범은 사회적 과정의 산물이며, 사회를 통합하고 질서를 유지하는 기능을 한다. 따라서 사회윤리는 사회적 과정 속에서 사회적 규범이 형성되는 과정과 그 메커니즘을 분석하고 밝히는데 관심을 둔다. 또한 사회의 통합과 질서 유지를 위해서 사회적 규범이 가지는 기능을 규명해야 할 것이다.

미래 기획으로써의 공동체 구현은 개인윤리적 차원과 사회윤리적 차원의 과제들을 도출하고, 이를 통합적, 조화적으로 실천하느냐에 있다고 하겠다.

2. 공동체 구현의 실천 과제

상생적 윤리관의 정립

공동체에 있어서 제일 중요한 키워드는 '상생'이라고 할 수 있을 것이다. 상생의 형태나 방식은 다양할지라도 상생적 삶의 양식은 공동체의 근원이라고 할 수 있다. 공동체의 특징으로 호혜성이나 상호부조를 제일 중요한 요소로 거론하는 것도 이에 기인하는 것이다. 여기에 공동체 실현의 첫 과제로 등장하는 것이 바로 상생적 윤리관의 정립이다. 모든 윤리관은 어느 정도 상생적 규범을 가지고 있다. 그러나 그 강조점에 따라 다양하게 나타난다. 또한 상생적 윤리관은 동양 윤리관의 기본 틀이라고 볼 수 있을 것이다. 여기서는 동양 윤리학과 공동체 구현과의 상관성을 강조하는 수준에서 머물고, 상생적 윤리관의 정립에 큰 다리를 놓아 줄 수 있는 서양의 윤리이론으로 공동체주의적 윤리와 배려의 윤리를 거론하고자 한다.

1980년대에 자유주의와의 논쟁 속에서 등장한 현대 공동체주의자들은 기존의 자유주의자들이 주장한 정치이론, 도덕이론, 심리학이론 등을 비판하면서, 덕과 인격의 함양, 전통과 역사의 중요성, 공동체의 복원 등과 같은 매우 유용한 도덕 교육적 개념들을 포괄적으로 제공하고 있다. 공동체주의자들은 자유주의적 윤리이론이 다른 사람들과의 관련성으로 괴리되어 있는 추상화된 자율적 개인이라는 용어들에 집착함으로써 관계적 존재(the relational being)로써의 인간의 본질을 왜곡하고 있다고 보면서, 도덕 생활의 영역을 이성, 권리, 의지 등과 같은 추상적 개념으로 환원시키는 잘못을 범해 왔다고 비판한다. 이들은 공동체를 수단으로 보지 않고 공동체 그 자체를 소중히 여기면서 공동체를 하나의 도덕 생활의 목적 및 이상으로 여겨야 한다고 주장한다. 또한 도덕 생활의 목적 및 이상으로써의 공동체는 자기 갱생을 위한 내적 일관성과 조건들, 상이한 삶의 방식을 수용할 수 있는 신념과 가치들을 충족시킬 수 있는 열린 공동체이다.

여기에 왜 공동체를 도덕 생활의 목적 및 이상으로 여겨야만 하는가의 문제가 제기된다. 이에는 여러 가지 논의가 가능할 수 있겠으나 제일 중요한 것은 덕의 함양과 공동체와의 관계이다. 공동체주의자들은 덕을 사회적 산물이지 개인의 이성이나 숙고로부터 나오는 것이 아니라고 보고 있다. 또한 공동체는 덕의 모체이며 덕이 학습될 수 있는 구체적인 방법과 방법을 제공해 주는 장소이다. 그리고 덕의 함양은 공동체의 지속 및 갱생을 가능케 한다. 공동체 자체의 지속 및 갱생은 구성원들의 인격의 탁월함에 달려있기 때문이다. 또한 공동체는 추상적인 도덕원리들을 살아 있는 도덕으로 바꾸어 줌으로써 그 구성원들에게 상세한 처방을 제시해 주기도 한다. 우리의 도덕적 정체성 또한 공동체에 의해 부여된다. 이렇게 덕의 함양과 공동체의 관계는 매우 밀접하다.

공동체주의 윤리관과 함께 상생적 윤리관을 정립하는데 매우 유용한 이론이 '배려윤리(ethics of care)'라 할 수 있다. 배려윤리학은 오늘날 도덕 교육의 새로운 접근법으로 등장하고 있다. 이 흐름을 주도하는 대표적인 학자가 길리건(Carol Gilligan)과 나딩스(N. Nodding)이다. 나딩스는 전통적인 윤리학의 문제점을 비판하면서 배려윤리는 실용주의적 자연주의와 페미니즘에 이론적 근거를 두고 있다고 밝히고 있다. 자연주의는 자연적 감정과 욕망에 의해서 윤리학을 설명한다. 도덕 규범의 다양성은 서로 다른 사회적 조건에 기인하며, 반면 이들 도덕 규범의 근본적인 일치는 모든 인간이 동일한 기본적인 심리적 성향을 소유하고 있는 데서 기인한다고 본다. 또한 배려의 윤리는 실제적인 인간의 상호작용에 기초해 있다. 즉 배려윤리는 신이나 영원한 실체, 본질적인 인간 본성, 추측에 의해 설정된 인간 본성의 기저 구조 등에 의존하지 않는다. 그리고 배려윤리는 페미니즘에 근거를 두고 있다. 윤리학에 대한 페미니즘적인 접근은 전통적인 윤리학과는 달리 관계를 중시하고 있다. 이에 양육, 동정심, 공감, 배려와 같은 여성적 특성과 경험을 강조한다.

이렇게 배려윤리는 추상적 원리와 정당화를 거부하며, 관계적 윤리를 주창하고 있는바, 이러한 윤리관은 공동체 형성의 심적 기초로써 그 기능을 할 수 있을 것이다. 물론 배려윤리에 대한 비판도 있다. 그럼에도 불구하고 관계를 중시하고 부드러움을 강조하고 있는 배려윤리는 공동체 구현의 윤리적 정초로써 많은 역할을 할 것이다.

자기 조직화와 자발적 질서 구현

공동체 구현에 있어서 제일 중요한 것은 한 사회 조직체가 자기 조직화를 하며 이를 통해 자발적 질서 구조를 만들어 내는 것이다. 자기 조직화 이론은 이미 노벨화학상을 수상한 프리고진(Iliya Prigogine)이 비평형 계열 역학에서 제시된 이론이다. 프리고진은 그의 저서『있음에서 됨으로(From Being to Becoming)』에서 그의 사상에 대한 핵심적인 논의를 제시하고 있다. 그에 의하면 '있음의 세계'는 기계론적이고 결정론적이며, 뉴턴이 발전시킨 고전 역학적인 세계관이다. 이에 반해 '됨의 세계'는 진화론적, 유기체적, 비결정론적이며, 이 영역에서는 열역학과 엔트로피 법칙이 적용된다. 엔트로피 법칙은 원래 자연은 질서로부터 무질서로 향하는 경향이 있다는 것이다. 프리고진은 이 엔트로피 법칙을 비평형통계역학 속에서 새롭게 발전시켜 질서에서 무질서가 나타나는 것보다 무질서에서 질서가 나타나는 것이 보다 일반적인 자연현상이라고 주장하고 있다.

프리고진이 창안해낸 비평형통계역학의 핵심적인 내용은 '소산구조(Dissipative Structure)'와 '자기 조직화(Self-Organization)'에 대한 이론이다. 그에 의하면 평형으로부터 멀리 떨어진 불안정한 비평형 상태에서 미시적인 '요동(Fluctuation)'의 효과로 거시적인 안정적 구조가 나타날 수 있는데, 이때 나타나는 안정적 구조를 소산구조라 하고, 이런 과정을 자기 조직화라고 불렀다. 프리고진은 자신의 비결정론적, 유기체적, 생태론적 세계관이 동양사상과 유사하다는 점을 자신의 책에서 인정하고 있다.

자기 조직화가 자발적, 자율적, 자연 발생적 질서 형성이라는 것은 쉽게 상상할 수 있다. 자기 조직화는 외부의 명령이나 법칙에 의한 것이 아니라, 내부 규칙의 생성에 따른 자유롭고 자율적인 구조 형성이라고 볼 수 있다. 개체의 자발성이 전체의 질서를 자연히 만들어낸다는 창발적인 특징이 바로 자기 조직화의 프로세스다. 이러한 자기 조직화의 프로세스에서는 설계와 제어의 기능을 무시한다. 설계와 제어는 기계론적 패러다임에서 나온 것이다. 자기 조직화를 촉진하기 위해서는 두 가지 요소가 중요하다. 하나는 '미래 비전'의 창출이다. 자기 조직화의 프로세스에는 미래는 결코 결정된 어떤 구체적인 모형이 아니다. 미래를 결정하는 것은 무엇보다도 상상력과 창조력을 구사해서 그려보는 미래에 대한 비전이다. 또 하나는 '요동'의 의식적인 도움과 활용이다. 요동은 자기 조직화를 위한 분기점이다. 어떤 형태의 요동이 세계의 진화에 필요한 것인가를 판단하는 것은 통찰력과 직관력이다.

세계를 바람직한 상태로 변화시키기 위해서는 생명적 프로세스가 지닌 자기 조직화의 다이나믹스, 특히 자기 조직화와 진화의 미래는 개방계라는 것을 이해해야 할 것이다. 그리고 상상력과 창조력을 전면 동원하여 풍부한 미래 비전을 그림과 동시에 현재의 세계에서 '요동'을 의식적으로 증대시켜 자기 조직화를 촉진시켜야 할 것이다.

이러한 자기 조직화를 통해 자발적 질서가 구축된다. 자발적 질서는 미래 공동체의 핵심 키 워드라고 할 수 있다. 사회 각 영역에 어떻게 자발적 질서를 구축하는 문제는 바로 공동체의 확산 과제와 직접 연결된다. 자기 조직화를 통해 형성된 자발적 질서는 외부로부터 부과되는 권위가 제공하는 질서에 비해서 견고할 뿐만 아니라, 사람들의 필요와 더욱 밀접한 관계를 가지고 있다. 따라서 공동체적 삶의 지향의 문제는 자치사회와 자주관리(Self Management)라는 것을 주요 관심사로 등장하게 만든다. 자치사회와 자주관리를 통해 진정한 공동체가 실현될 수 있다는 것이다. 이것은 공동체와 강제적이고 권위적 성격을 지닌 국가와의 관계에서 많은 논쟁을 불러일으킨다. 공동체 지향성이 강한 아나키스트들의 국가에 대한 집요한 공격과 권위주의적 사회주의에 대한 혐오감도 이와 맥락을 같이 한다.[2]

자치와 자주관리에 대한 관심은 조직 속에서 인간의 탄력성을 어떻게 유지하느냐 하는 과제와 연결된다. 미국의 미래학자 네이스비트(John Naisbitt)는 그의 저서 '대조류(Megatrends)'에서 현대 사회의 10대 조류 중 지방분권사회, 자조사회, 수평적인 네트 등을 거론하고 있다. 드러커(Peter F. Drucker)도 『새로운 현실(The New Realities)』에서 새로운 다원 사회의 출현을 예언하면서 조직과 인간의 문제를 다루고 있다.

공동체를 구현하기 위한 자기 조직화와 자발적 질서 이론은 참여 민주주의와 시민사회운동과 연결되어 논의되고 있다. 시민의 자기 조직화로서 NGO 운동, 각종 자치운동의 확산, 자주적 소집단의 활성화, 수평적 조직의 확대 등이 공동체 실현의 주요 과제로 등장하고 있다.

사회화 과정의 공동체화

공동체 실현의 기본 단위로써 우리는 가족, 직장, 근린 및 지역 공동체를 먼저 생각할 수 있다. 그리고 신념과 가치를 공유하는 다양한 자치 조직과 단체도 공동체 실현의 중요한 기본 단위이다. 국가와 민족도 공동체의 단위로써 거론되기도 하지만 이것의 적실성 여부는 많은 논란을 가지고 있다. 여하튼 상기한 기본 단위들은 바람직한 공동체 추구를 위한 전략적 사회 조직이다. 공동체 의식이 구성원의 사고와 행위를 통해서 자연스럽게 표출되기 위해서는 구성원이 그렇게 사회화되어야 할 것이다. 모든 공동체는 공동체를 지향하도록 사회화된 개인 간의 상호작용을 통해서 공동체 의식이 형성되는 것이다. 개인은 사회적 존재이고 모든 사람은 사회적 결사를 통하여 자신의 욕구를 충족시킨다. 공동체의 유지와 강화는 거시적 공동체 수준의 노력보다는 가족, 직장, 각종 소집단 같은 중범위 집단을 통한 사회화의 과정에 개입하는 것이 훨씬 효과적일 것이다.

공동체 추구를 위한 사회적 단위도 개인과 마찬가지로 사회적 공백 가운데서 존재할 수 없다. 사회적 단위는 내적으로 이질적인 구성원과 행위 규범, 타 단위들과의 관계, 나아가 복잡한 사회적 환경요인들로부터 영향을 받지 않을 수 없다. 오늘날 많은 사회적 단위들이 외부적인 사회 변화에 의해 그 공동체성을 훼손당하고 있다. 먼저 가정을 예를 들어 보자. 가정은 사회제도의 대표적인 일차 집단이며, 사회 통제의 가장 효과적인 매개체이다. 가정은 애정의 체험, 협동체의 체험, 그리고 인간관계의 원초적 체험을 하는 곳이다. 그러나 사회 구조의 변화에 따라 가정은 그 기능이 협소해지고 약화되었다. 핵가족화는 가정의 교육적 기능을 왜소화 시키고 있으며, 친족 간의 유대 약화, 소외, 정서적 안정 상실이라는 문제를 야기시키고 있다. 그렇다고 우리는 대가족제도로 돌아갈 수 없다. 문제는 가정의 교육적 기능을 제고시키면서 이 교육적 기능을 가족이라는 집단에서 사회 공동체 집단으로 어떻게 확대, 연결시키느냐하는 것이다. 또한 전통적 규범의 현대적 적용과 현대 가족제도에 걸맞는 새로운 규범 창출과 운동이 있어야 할 것이다.

가정 다음으로 우리 삶의 주된 장이되는 곳이 바로 직장이다. 직장은 대개가 분업적 상호 협동관계에서 업무를 수행한다. 직장에서의 개인 행동은 많은 상황적 제약 속에서 행해지기 때문에 개인의 욕구충족을 위한 내적 갈등과 긴장이 많은 곳이다. 자아 실현의 장으로써 직장은 다양한 공동체 문화가 창출하는 곳이다. 직장을 공동체화하는 작업은 사회의 공동체화에 초석이 된다. 직장의 조직 구조와 형태, 구성원 간의 상호작용의 메카니즘, 구성원의 자긍심이 직장 공동체의 성격을 규정짓는다. 어떻게 직장을 공동체화하느냐에 대한 깊은 연구와 실천이 있어야 할 것이다.

다음으로 근린과 지역 사회를 살펴보자. 최근까지 공동체의 가장 전형적인 형태는 근린과 지역 사회로 인식되어 왔다. 그러나 오늘날 근린과 지역 사회는 지리적 경계의 불투명으로 공동체의 정체성이 크게 약화되었다. 또한 사이버 공간의 상호접촉이 증가하면서 지역 공동체의 기능은 더욱 약화되고 있다. 근린은 주거지의 이웃 관계를 의미하는 것으로 가장 중요한 공동체의 사교장으로서 상부상조가 이루어지고, 일상생활에서 타인을 대하는 태도의 준거집단이다. 그러나 오늘날 산업화, 도시화의 과정을 겪으면서 근린의 공동체적 기능은 매우 약화되었고, 근린 간의 상호접촉이 매우 한정되었다. 농촌 역시 도시화의 영향으로 촌락 간의 경계가 불분명해질 뿐만 아니라 사회관계 또한 개방화되어 도시와 유사한 양태를 보인다.

근린과 지역 사회를 공동체화시키기 위해서는 이곳에 자치적이고 자기 조직화된 소집단들의 등장을 어떻게 이끌어 내고 이를 어떻게 활성화시키느냐하는 과제와 연결된다. 오늘날 공동체에 대한 관심이 증대되면서 공동체에 대한 의식적 추구를 위한 여러 노력들이 나타나고 있다. 미래의 사회를 어떠한 삶의 장으로 발전시킬 것인가는 그 시대를 살아가는 사람들의 비전에 있는 것이다. 지역 공동체의 약화현상을 사회 변화에 따른 필연적인 현상으로 당연시하지 말고 새로운 공동체 건설을 위한 집합의식이 필요하다. 여기에 공동체 운동과 공동체 추구를 위한 지도력이 매우 중요하다고 하겠다.

지금까지 가족, 직장, 근린 및 사회 집단을 통해 공동체의 실현 과제를 그려 보았다. 공동체 사회의 건설은 사회적 연대를 이루면서 따스한 사회를 어떻게 구축하느냐에 있다. 공동체의 회복을 위해서는 인위적이고, 획일화된 공동체 의식을 부르짖는 것으로 되는 것이 아니다. 공동체 구성원의 자각과 자발적인 공동체 운동이 병행되어야 하며 정의로운 사회의 건설이 전제되어야 한다. 우리는 지금 도덕적 혼란 상태에서 살고 있다. 도덕적 혼란 상태에서 공동체는 구현될 수 없다. 이에 공동체의 도덕적 하부구조로서 도덕 교육의 중요성이 함께 제기된다.

이와 함께 공동체주의자들이 주장하는 도덕 교육의 이론은 우리에게 많은 시사점을 주고 있다. 공동체주의자들은 도덕 생활의 목적 및 이상으로서의 공동체 개념을 중시하고 있다. 이에 공동체적 자아 혹은 관계적 존재로서의 인간 본성에 대한 올바른 이해의 필요성을 제기해 주고 있다. 공동체에 기반을 두고 있는 도덕 교육은 구체적으로는 인격 함양 및 덕의 계발에 초점을 맞추고 있으며, 역사와 문화적 전통을 소중히 여기고 있다. 또한 구체적 실천을 중요시하고 도덕적 정서의 계발을 강조하면서 개인과 공동체가 함께하는 도덕 교육의 방향을 제시하고 있다.

그렇다고 자유주의적 관점의 도덕 교육이론을 부정하자는 것은 아니다. 기존의 자유주의적 도덕 교육이론이 지나치게 자율성, 합리성 등과 같은 개인의 존엄성 측면에 지나치게 집착하여 나타난 문제점을 공동체주의 도덕 교육이론을 통해 보완해 보자는 것이다. 자유주의 도덕 교육이론과 공동체주의 도덕 교육이론은 서로 배타적인 것이 아니라 상호 보완관계가 있는 것이다. 열린 도덕 공동체 속에서 공동체 의식과 합리적 자율을 겸비한 인간을 어떻게 만들어 가느냐가 중요한 과제이다.

*

지금까지 공동체의 본질을 살펴보고 공동체의 실천 과제를 탐색해 보았다. 공동체는 인간 이상의 추구 대상이면서 동시에 사회 조직의 한 형태이다. 근대 산업 사회에서 인간들은 게마인샤프트 소멸의 결과를 뼈저리게 경험하였다. 이제 현대인들에게 있어 공동체는 자연현상이 아니라 지혜로운 노력에 의해 창출해야 할 대상이다. 오늘날 세계 각지에서 다양한 공동체를 시험하고 있고, 성공한 사례는 세계인의 깊은 관심이 되고 있다. 또한 근대화 과정 속에서도 공동체를 유지하고 있는 집단에 대한 관심과 연구도 다양하게 진행되고 있다. 이제 공동체의 구현은 인류 미래 프로젝트로서 등장하고 있는 것이다.

공동체의 구현은 개인윤리적 차원과 사회윤리적 차원의 과제가 통합적으로 이루어질 때 가능할 것이다. 개인윤리적 차원으로는 상생적 윤리관을 정립하고 공동체적 도덕 교육을 통해 사회화 과정의 공동체화를 이루고 나아가 구성원이 공동체적 자아를 형성케 하는 것이다. 이에는 가정 교육, 학교 교육, 종교 교육, 각종 사회 교육 등이 공동체적 교육의 망을 이루고 있어야 할 것이다. 사회윤리적 차원은 사회의 구조와 제도를 통해 공동체를 구현하는 것이다. 여기서 제일 중요한 것은 자기 조직화이다. 자기 조직화는 자율적, 자발적이고 또한 협동적인 조직을 의미한다. 공동체는 작은 조직에서 수월하다. 오늘날과 같은 거대 조직 사회에서 자기 조직화된 그룹을 어떻게 창출하느냐 하는 것이 매우 중요한 과제이다. 각 개인들의 생활 영역에서 자기 조직화를 이루고 나아가 공적 영역에서도 자기 조직화를 구현하는 것은 바로 모든 영역에서 자발적 질서를 창출하는 것이다. 각종 자치운동과 자주관리가 바로 이에 해당된다. 대조직 속에서 인간의 탄력성을 유지하는 것이 바로 자기 조직화를 통한 자발적 질서의 실현이다.

현대 사회는 너무 게젤샤프트적이며, 우리들의 삶의 양식은 너무 광범하고 복잡하여 개인이 통제할 수 없는 영역이 너무나 많다. 그러나 공동체는 결코 이루어 질 수 없는 유토피아는 아니다. 공동체에 대한 인류의 열망과 공동체 실현을 꿈꾸는 시도는 지금도 끊임없이 시도되고 있다.

불평등과
정의

불평등은 인간 삶과 사회적 문제의 가장 중요한 주제 중의 하나이다. 어떤 면에서 우리는 불평등의 굴레를 쓰고 태어나 그 굴레 속에서 일생을 살아가고 있는 것이기도 하다. 문제는 그 불평등을 어떻게 인식하고 받아들이고 있느냐 하는 것이다. 이렇게 불평등의 문제는 인간에게 가장 친숙한 현상이다. 그러나 이러한 친숙한 현상이 가장 이해하기가 어렵다는 것은 참으로 역설적이다. 보통사람들이 직관적으로 받아들이고 있는 불평등의 현상은 많은 학자들은 곤혹케 하는 매우 복잡한 주제이다.

한국 사회가 안고 있는 제일 큰 문제로 거론되고 있는 주제가 바로 불평등의 문제이다. 우리 사회의 근대화 과정의 급속성과 파행성은 많은 부작용을 야기시켜 왔다. 동시에 우리 사회에 내재되고 있는 가치관과 의미의 혼란을 가져 왔다.

민주주의에 대한 이해의 혼란성, 자유와 평등, 평등과 형평에 대한 자의적 해석, 사회 정의에 대한 나름대로의 해석과 적용 등이 그 대표적인 예라 하겠다. 이러한 현상들은 직접 간접으로 불평등의 문제와 연결되어 있다.

이러한 불평등 문제의 연구는 구미 각국에서는 그 역사가 길고 사회과학 전분야에서 광범위하게 전개되어 왔으나 우리나라에서는 그 연구가 미흡하다고 할 수 있다. 당위적 차원에서 평등과 사회 정의의 중요성은 많이 강조되어 왔으나 실증적 차원에서의 분석과 평가는 미흡한 것으로 볼 수 있을 것이다. 이것은 이념적 틀에서 자유롭지 못했던 사회환경과도 밀접한 관련을 맺고 있다.

불평등 문제는 윤리적인 측면에서도 중요한 과제이다. 사회윤리의 중요성이 거론되면서 사회 정의의 문제는 윤리학의 중요한 주제로 등장하고 있다. 이 글에서는 불평등의 문제를 윤리적 측면에서 살펴 보고자 한다.

Ⅰ. 불평등 이론의 유형과 영역

1. 불평등 이론의 유형들

맑스적 불평등 이론

맑스적 불평등 이론은 크게 두 유형으로 나눌 수 있다. 하나는 맑스 자신이 주장한 불평등 이론과 또 하나는 맑스의 이론에 바탕을 두면서 나름대로의 변형을 가한 이론들로서 소위 네오 맑스주의자로 불리는 학자들의 이론들이다.

맑스는 일반적인 사회 불평등 현상을 연구한 이론가는 아니다. 그러나 맑스 연구의 여러 측면들은 사회 불평등 현상의 분석을 위한 중요한 토대를 제공해 주었다고 볼 수 있다. 맑스는 어느 사상가보다도 계급의 개념을 사회 분석의 도구로 가져온 사람이다. 지금까지의 사회 불평등 연구의 대부분은 계급 개념의 다양한 사용과 그것의 빈번한 오용이라고 해도 지나친 말이 아닐 것이다. 이렇게 계급과 계급 구조에 대한 맑스의 접근은 사회 불평등 연구의 중요한 출발점이 된다.

"지금까지 존재해 온 모든 사회의 역사는 계급 투쟁의 역사이다"라고 〈공산당 선언〉 서두에 나오는 간명한 이 진술은 맑스 사상의 핵심을 이루고 있다. 맑스는 경제 조직의 체계 혹은 생산 양식에 따라 시대를 구분짓는다. 맑스에 의하면 계급 즉 생산체계에서 서로 다른 역할을 수행하는 인간 집단들 간의 기본적 차이에 의해 그 시대의 특징이 부여된다. 맑스의 계급 모델은 이원적 계급 모델이다. 즉, 모든 사회가 두 개의 중요한 경제 계급 간의 투쟁으로 사회변동이 일어난다. 맑스는 지금까지의 모든 사회를 '유산자'와 '무산자' 그리고 '압제자'와 '피압제자' 사이의 투쟁으로 묘사하면서 계급 투쟁이 사회변동과 불평등의 일관된 토대로 보고 있다. 그는 이러한 계급이론을 바탕으로 자본주의 사회에서의 왜곡된 노동의 성격을 다루고 또한 자본주의의 변형을 촉진시키는 여러 요인들을 분석하고 자본주의 사회의 종식과 공산 사회의 도래를 예고하고 있다.

이러한 맑스의 계급이론은 무수한 비판에도 불구하고 생산 영역에서 계급관계의 기원을 밝히고 자본주의의 내적인 운영과 모순들을 인식했다는 점에서 현대사상에 큰 영향을 미쳤다고 할 수 있다. 맑스의 사망 이후 맑스의 저작들 속에 함축되어 있는 사상을 재조명하고 재확립시키려는 시도들이 맑스주의 학자들에 의해 끊임없이 진행되어 왔다. 이들은 흔히 신맑스주의자로 불리기도 한다. 이들은 열거하지 못할 정도로 많으며 유형도 매우 다양하다. 이중 대표적인 학자가 폴란차스(Nicos Poulanzas)와 라이트(Erik Olin Wright)이다. 네오 맑스주의 학자들은 기본적으로 맑스의 계급이론에 바탕을 두고 이 틀을 가지고 현대 자본주의의 여러 계급의 문제, 자본주의 국가의 성격, 사회주의 전망 등을 다양하게 다루고 있다.

베버적 불평등 이론

막스 베버는 맑스와 함께 불평등 이론의 중요한 고전적 이론가이다. 베버의 이론은 맑스 이론과의 유사점에도 불구하고 맑스의 계급이론에 대한 대안인 동시에 이탈로 간주되기도 한다. 베버의 불평등 이론은 맑스 이론에 대한 '긍정적 비판' 즉 '사적 유물론과의 유익한 싸움'에서 잉태되었다고 주장되기도 한다.

베버의 이론은 맑스와 맑스주의자들이 주장하는 불평등 이론보다 훨씬 다양하고 복합적인 가변성을 지니고 있다는 점이다. 이것은 베버가 사회현상을 연구하는데 있어 인과적 다원주의(causal pluralism)와 개연성(probabilistic)의 중요성을 중시하는데서 나온 것이다. 그는 관념과 물질적 현실 사이에서 또는 사회 생활의 주관적 측면과 객관적 측면 사이에는 복잡한 상호관계가 있다고 보고 있다. 이에 베버의 자본주의 사회의 계급 구조에 대한 접근도 매우 다차원적인 것이다. 베버는 사회 구조의 서열체계와 집단형성의 여러 토대들에 깊은 관심을 가지면서 권력과 지배의 유형들이 불평등의 문제와 어떻게 관계되는지를 분석하고 있다.

맑스주의자들은 불평등의 근본적 토대가 경제적인 것이라는 데서 출발한다. 그러나 베버는 비경제적인 사회력이 불평등에 미치는 영향을 중시한다. 비경제적인 사회력이 경제적인 토대에 의해 종속되거나 그에 의해 결정된다는 이론에 강한 의문을 제기한다. 맑스는 정치적인 것을 이차적이고 파생적인 것으로 간주하면서 경제적 관계의 주요성을 지나치게 강조하였다는 것이다. 또한 집단형성의 기초로서 신분 집단들이 계급관계에 직접 예속되지 않는 과정을 통해 일정한 역할을 수행했다는 사실을 맑스는 간과했다는 것이다. 베버는 비경제적 요인들, 즉 정치, 종교 및 여타의 제도적 구조들로부터 생성되는 여러 관념과 이해관계들은 많은 경우에 경제적인 것으로부터 어느 정도 자율성을 가지는 것으로 보고 있다. 오히려 이러한 것들은 경제적인 요인에 의해 영향을 받는 것 못지 않게 경제 구조 및 경제 행위에 영향을 준다고 보고 있다.

이러한 베버의 이론은 오늘날 신베버주의자(neo Weberians)라 불리는 학자들에 의해 다양하게 전개되고 있다. 대표적인 학자로는 파킨(Frank Parkin)과 기든스(Anthony Giddens) 등이 거론되고 있다. 그러나 맑스주의자들은 이러한 다차원적인 베버의 이론을 사회 생활의 근본인 물질적 토대를 희석시키고 은폐시키는 것으로 비난하고 있다.

구조기능주의적 불평등 이론

구조기능주의 이론의 뿌리는 한 사상가를 원천으로 하지 않는다. 구조기능주의 이론은 단일 이론이라기 보다는 사상의 한 학파이기 때문에 그 원리를 모든 사람이 수긍할 수 있을 정도로 정리하기는 매우 어렵다 하겠다. 현대 구조기능주의의 형성에 제일 큰 영향을 미친 사람은 뒤르껭(E. Durkheim)이라고 볼 수 있다. 현대 구조기능주의자의 대표적 학자인 파슨즈는 뒤르껭에 대한 재해석을 통해 자기 이론의 한 토대로 사용하고 있다. 그러나 구조기능주의적 입장에 서 있는 학자들 사이에서도 구조와 기능의 개념적 정의와 이론적 강조점에 많은 차이가 있다. 그럼에도 불구하고 구조기능주의는 특유한 탐구방법을 공유하고 있다. 즉 사회는 여러 구조를 형성하는 상호 연관된 부분들의 체계이며, 또한 각 구성 부분이 전체체계를 위해 어떤 기능을 수행하는 것으로 간주하고 이를 분석하고자 한다.

구조기능주의적 측면에서 나온 불평등 이론의 특징은 거칠게 나마 단순화시켜 보면 다음과 같이 도출해 볼 수 있을 것이다.

첫째 불평등 문제를 계급의 문제로 보는 것이 아니라는 점이다. 구조기능주의자들은 불평등 문제를 개인의 계층 위계의 문제로 보는 경향이 매우 강하며, 그들의 계급 개념도 고전적인 용법과 매우 다른 의미로 사용하고 있다. 따라서 그들의 불평등 연구는 계층적 전망에 따라 전개된다.

두 번째로 그들은 갈등보다는 합의에 많은 관심을 보이고 있다는 점이다. 즉 불평등을 야기시키는 여러 과정들에서 갈등의 측면보다는 합의의 측면에 많은 비중을 두고 있다. 사회가 기본적으로 구성원들 간의 갈등과 투쟁에 의해 특징되느냐 아니면 협의와 동의에 의해 특징되느냐의 논쟁에서 볼 때 맑스주의자와 구조기능주의자는 양극단에서 마주 보고 있는 셈이라 하겠다.

세 번째로 불평등의 토대로서 다른 영향력에 비해 강제력의 중요성을 과소 평가한다는 점이다. 이것은 구조기능주의의 권력 개념과 사회 질서에 대한 입장에서 나온 것이다. 사회 질서는 대체로 정당하면서도 일반적으로 수락된 사회 통제의 토대로부터 비롯된다는 것이다. 즉 사회화 과정을 통해 대부분의 사람들은 규칙적이고 상호 간의 유익한 사회적 상호작용을 가능하게 해 주는 일련의 규정된 규칙과 학습을 받아들이면서 사회 질서를 유지시킨다는 것이다.

이러한 구조기능주의자의 불평등 이론은 계급과 권력의 역할, 인간 상호작용에 있어 갈등의 긍정적 역할, 그리고 사회 변화에 있어 갈등이 주는 의미에 대해 간과하였다는 비판을 받고 있다. 그러나 구조기능주의에 대한 비판은 구조기능주의자의 다양성을 간과하고 너무 단순화한데서 나왔다는 반격도 받고 있다. 사회 불평등의 문제를 개념화하려는 다양한 최근의 시도 중에서 구조기능주의적 관점이 계속 주목받고 있다는 사실을 우리는 간과할 수 없을 것이다.

심리학적 형평이론

불평등 문제가 인류 보편의 현상이라고 본다면 이러한 불평등한 문제가 그 사회 구성원 간에 어느 정도 정당한 것으로 받아들여지고 있느냐 하는 것은 매우 중요한 쟁점이 아닐 수 없다. 이는 사회 질서의 유지와 체제유지의 문제와 밀접한 관계를 맺고 있다. 형평이론(Equity Theory)은 심리학적 차원에서 사회 정의의 문제를 다루고 있다. 평등(equality)과 형평의 개념은 때에 따라 혼용되기도 하지만 본질적으로 상이한 함의를 내포하고 있다. 평등은 기본적으로 사실 차원의 논의이고 형평은 개개인의 주관적 평가에 따른 윤리적, 심리적 차원의 논의이다. 따라서 평등한 배분이 형평한 배분의 바탕이 될 수는 있어도 평등한 배분이 곧 형평 배분을 의미하는 것은 아니다.

형평이론의 중요 관심 주제는 '상대적 박탈감', '지위 불일치' 또는 '계급 결정화', '배분적 정의' 등이다. 이러한 주제들은 불평등 현상 자체에 대한 연구보다는 불평등 현상을 야기케 하는 주관적 심리적 문제를 다루고 있다. 상대적 박탈감, 지위 불일치, 배분적 부정의 등은 사회 심리적, 개인 심리적 긴장상태를 의미하며, 개개인은 이러한 긴장상태를 완화 소멸시키기 위해 다양한 형태로 대응한다. 이것은 다양한 집합 행위나 사회운동으로 나타나기도 하고 또한 이념적 정향으로 표현되기도 한다.

상대적 박탈감(relative deprivation)은 준거집단과 비교하여 느끼는 상대적 열등감, 불쾌감이라고 정의할 수 있다. 상대적 박탈감의 강도가 정치 사회적 성향에 큰 영향을 미친다는 사실은 여러 연구 결과를 통해 주장되어 왔다. 지위 불일치(status inconsistency)는 지위 결정화의 정도가 낮은 상태를 말한다. 지위 결정화의 정도에 따라 정치적 태도나 행동이 크게 달라진다는 것이다. 지위 불일치자는 사회운동에 적극적으로 참여함으로써 반체제적인 성격을 갖기 쉽고, 따라서 지위 불일치자가 많을수록 사회는 불안정하고 사회변동의 가능성도 높은 것이다. 배분적 정의(distributive justice)의 문제를 심리학적 측면에서 최초로 거론한 사람은 호만즈(Homans)이다. 그는 배분적 정의를 투입과 산출 간의 균형으로 보았다. 따라서 한 개인이 그가 투입한 것에 대한 산출이 타인과 비교하여 기대했던 것보다 적을 때 배분적 부정의를 느끼게 된다는 것이다. 투입과 산출은 경제적인 것만을 의미하는 것은 결코 아니며, 포괄적인 자원을 의미한다. 즉 투입이란 연령, 교육 정도와 같은 물리적, 사회적 조건을 뜻하며, 산출 역시 이러한 조건으로부터 나오는 사회적, 물리적 보상이라고 볼 수 있다.

상기한 상대적 박탈감, 지위 불일치, 배분적 정의의 문제들은 독립된 주제라기 보다는 상호 영향을 주면서 복합적으로 얽혀있는 것이라 하겠다. 이 주제는 한국 사회의 불평등의 문제를 윤리학적 측면에서 분석하고 진단하는데 매우 유용한 개념적 틀로 적용할 수 있을 것이다.

2. 불평등의 공간과 영역

불평등에 관한 다양한 이론을 종합하여 사회 불평등의 원인과 영역에 대한 일반적 개념 틀을 만들기에는 많은 어려움이 있을 것이다. 여러 이론들의 다양한 견해를 한 틀에 엮는 것은 불가능할 뿐만 아니라 바람직한 일이 아닐지도 모른다. 그럼에도 불구하고 많은 이론가들이 공유하고 있는 관점이 꽤 있다는 점을 간과할 수는 없을 것이다. 불평등에 관한 많은 이론과 전망들 가운데서 발견되는 광범위한 유사점들은 어떤 공통된 어휘들을 엮어 불평등에 관한 일반적 개념 틀을 만들 수 있을 것이다. 또한 사회 불평등에 관한 윤리적 과제를 구체적으로 도출하기 위해서는 이러한 작업이 우선되어야 할 것이다.

이 글에서는 그랩(Edward G. Grabb)이 제시한 불평등 이론의 종합 도식을 소개하고 이를 바탕으로 불평등의 공간과 영역을 살펴보고자 한다.[1]

〈불평등의 제공간과 영역〉

권력의 수단		물질적 자원, 생산에 대한 통제	인간자원, 사람에 대한 통제	관념, 지식에 대한 통제
지배 구조		경제 구조	정치 구조	이데올로기 구조
사회 불평등의 토대	계급과 관련된 토대	1. 소유권, 부, 수입 2. 교육 3. 직업		
	기타 토대	4. 성 6. 공간적 위치 8. 종교	5. 인종, 민족, 언어 7. 연령 9. 정당 가입	 10. 기타

위 도표는 사회환경 내에서의 권력관계들을 정립하기 위한 주요 수단들, 지배가 출현하고 재생산되는 과정의 결과로 나타나는 지배 구조들, 그리고 이러한 구조 속에서 또는 구조들의 교차 속에서 작용하는 사회 불평등의 주요 토대들에 대한 하나의 추상적 표현이라고 할 것이다.

위 도표에서 권력의 개념이 제일 중요한 핵심적 위치를 차지하고 있다. 여기서 권력이란 사회 행위자들 간에 지배와 복종의 구조화한 비대칭적 관계들을 야기하는 자원에 대한 차별적 통제력이라고 규정된다. 사회체계에서 권력이 정상적으로 생성되는데에는 세 가지 주요 수단이 있다. 물질적 자원에 대한 통제, 인간 자원에 대한 통제, 그리고 관념에 대한 통제가 바로 그것들이다. 이러한 권력의 세 가지 수단 아래에 이에 부수되는 세 가지 구조, 즉 경제, 정치 및 이데올로기 구조가 있다. 권력의 세 가지 수단과 이에 부수되는 세 가지 구조의 연결은 지나치게 1대1의 단순화한 도식으로 표현되어 있으나 현상적으로는 이들이 복합적으로 교차하면서 영향력을 미치고 있는 것이다.

상기한 권력의 세 가지 상이한 수단과 이에 상응하는 지배 구조의 틀 속에서 불평등의 사회적 토대를 목록화할 수 있을 것이다. 이러한 불평등의 사회적 토대들은 바로 불평등의 원인과 제 영역을 구체화시키는 출발점이 되는 것이라 하겠다. 불평등의 사회적 토대들은 크게 두 범주로 나누어진다. 첫째는 계급과 연관된 토대들이고 다른 하나는 비계급적인 토대들이다.

계급과 관련된 토대로서 소유권, 교육, 직업 등이 중요한 요소로 거론된다. 이러한 요소들은 지배의 모든 구조들에서 다른 요소들과 복합적으로 교차 작용하여 다양한 계급체계를 지향하게 되고 이에 따라 계급적 불평등 현상이 나타난다.

비계급적 토대들로서는 성, 인종, 민족성, 언어, 공간적 위치, 연령, 종교, 정당 가입 등이 거론되고 있다. 이것들은 계급 불평등과 상호 연관되어 있지만, 계급 형성에 영향을 미치는 고유한 요소가 아닌 불평등의 가변적 토대들이다. 이러한 불평등의 토대들이 나타나고 양상과 영향력의 틀은 사회마다 다양하게 나타난다.[2]

위 도표에서 열거된 불평등의 계급적, 비계급적 토대들은 사회 불평등의 원인과 영역들을 밝히는데 큰 틀을 제시해 주고 있다. 이러한 토대는 사회 변화와 문명의 틀 변화에 따라 다양하게 추가될 수 있을 것이다. 환경문제와 관련하여 인간과 자연의 불평등 문제가 바로 그 대표적 사례라 하겠다. 위에서 제시된 불평등의 원인과 공간, 영역의 문제는 불평등 문제를 구체적으로 접근하면서 그 구체적 과제를 모색하는데 안내 역할을 할 수 있을 것이다.

Ⅱ. 한국 사회의 불평등 문제의 특징

한국 사회의 불평등 문제의 특징을 도출하기 위해서는 크게 두 개의 범주로 나누어 논의할 수 있을 것이다. 첫째는 사회 구조적, 제도적 측면이고, 둘째는 불평등 현상을 규정하고 평가하는 인식과 태도의 측면이다. 그러나 사회 불평등 현상을 구체적으로 도출할 경우에 상기한 두 측면의 구분은 매우 애매하게 나타난다.

이러한 현상은 사회 정의에 대한 기준이 사회와 시대에 따라 달리 나타나기 때문이다. 즉 주어진 사회와 시대의 지배적인 사회이념과 가치관에 따라 사회 정의를 판단하는 기준이 달라질 수가 있다. 따라서 사회 정의의 문제는 특정한 사회의 이념과 지배적 가치관을 전제로 논의하는 것이 일반적이라 하겠다.

현재 한국 사회의 불평등 문제는 기본적으로 민주자본주의적 사회 질서 안에서의 구조적 제도적 불공정으로서 이를 사회 성원들이 어떻게 인식하고 있느냐하는 데에 초점이 있다고 하겠다. 한국 사회의 불평등 현실을 규명하는 것은 매우 어려운 과제이다. 그동안 여러 연구가 있었지만 연구의 방법과 그 결과의 신빙성에 많은 논의가 있어 왔다. 또한 급격하고 파행적인 한국 사회의 변화에 따라 과거의 연구 결과가 주는 현재적 의미가 약화되는 경우도 많다고 하겠다. 더구나 IMF 금융지원사태 이후의 우리 사회의 불평등 문제는 과거의 연구 결과를 백지화시킬 수 있는 가능성도 있다.

이 글에서는 과거의 많은 연구 결과와 현재 우리 사회가 겪고 있는 불평등의 현상을 직관적으로 종합하여 조감하면서 몇 가지 영역에서 그 특징을 제시해 보고자 한다.

1. 배분적 정의의 문제

한국 사회의 불평등 문제가 거론될 때마다 제일 먼저 거론되는 것이 배분적 정의의 문제이다. 배분적 정의는 공정한 분배를 의미한다고 할 수 있다. 사회 성원들이 공정하다고 인정할 수 있는 배분이 이루어진다면 곧 배분의 정의는 지켜지고 있다고 볼 수 있다. 배분의 정의를 평가하고 측정하는 기준을 설정하는 것은 거의 불가능하다고 할 수 있다. 이것은 매우 상대적이고 심리적인 것이다.

일반적으로 사회 구성원들이 배분적 정의가 이루어지지 않다고 느끼는 경우는 다음과 같은 사회적 경제적 조건에서 발생한다. 이 조건들은 바로 한국 사회의 불평등 문제를 조명하는데 많은 시사점을 주고 있다.

첫째로 계층 간의 소득 격차가 벌어지고 부의 집중율이 높아질 경우이다. 둘째로 부유층의 부의 축적과정이 비윤리적이거나 부조리하게 이루어졌다고 사회 구성원이 인식하고 있을 경우이다. 셋째로 부유층의 자기 과시적 소비 형태가 계층 간의 위화감을 확대시키는 경우이다. 부유층의 사치와 소비 지향의 풍조는 저소득층의 빈곤의식을 상대적으로 심화시키는 결과를 가져온다. 넷째로 생활 조건의 상승은 기대 상승을 촉발하며, 그 결과 기대와 현실 간의 격차가 벌어져 많은 사람들이 상대적 빈곤 의식을 느낄 경우이다.

상기의 조건들은 한국 사회의 배분적 정의의 문제점을 특징화시키는 조건이기도 하다. 오늘날 과거에 비해 절대적 수준에서의 생활 향상은 대다수 국민들에 의해 인정되고 있다. 그럼에도 불구하고 사회적 갈등은 지속되고 좌절감과 사회적 적대감은 상존하고 있다. 여기서 특기할 만한 점은 우리 사회가 자유경제체제를 고수하면서도 부 자체에 대해 사회적 비판이 강하다는 점이다. 이는 소위 '있는 자'들의 도덕성과 부의 축적과 정에 대한 불신 등이 중요한 원인이 되겠다. 또한 우리 민족의 전통적 사유와도 어느 정도 관련이 있지 않나 하는 생각도 든다. 전통적으로 상호 간의 유기적 연대에 바탕을 둔 촌락 공동체에 살았던 경험이 많은 곳에서는 자유보다는 평등에 대한 의식이 강하게 표출될 수 있는 가능성이 높을 수 있을 것이다. 한국인이 평등의식이 강하다는 평가도 받고 있는데 이와 관련이 있다고 추정할 수 있을 것이다. 이것은 부의 배분의 문제를 사회 구성원들의 도덕성에 지나치게 의존하는 경향을 나타내는데 영향을 미칠 수 있을 것으로 짐작된다.

2. 기회 구조의 불평등 문제

기회 구조의 불평등 문제는 가치의 분배 그 자체보다도 그 가치를 획득하는 수단에의 접근 가능성의 문제이다. 배분적 정의가 결과에 초점을 둔다면 기회 구조의 평등은 가능성에 초점을 맞추고 있다. 이것은 성공의 기회가 개인의 능력과 노력에 비례하여 이루어지느냐, 아니면 특정한 계층에게 유리하게 또는 불리하게 사회 구조에 의해 결정되는냐의 문제이다.

한국 사회에서의 기회 구조의 불평등 영역은 매우 다양하게 나타나고 있다. 즉, 근로자의 고용 기회와 고용 조건의 불평등, 성차별로 인한 불평등, 교육에서의 불평등, 학력으로 인한 불평등, 사회복지 서비스의 불평등, 법 집행의 불평등, 출신지역으로 인한 불평등 등이 대표적인 사례이다.

한국 사회에서 거론되고 있는 기회 구조의 불평등 문제는 일일이 근거 자료를 제시할 필요도 없이 매우 심각한 것으로 나타나고 있다. 그동안 교육에서의 불평등 문제는 그리 심각하게 제시되어 있지 않았으나 근래에 들어 우려할 만한 징후들이 나타나고 있다. 사교육비의 증가로 인한 경제적 부담, 취학지역에 따른 교육의 질 차이 등으로 인해 저소득층의 교육 기회가 좁아지고 있다. 명문대 입학생의 태반이 '가진 계층'의 자녀로 나타나고 있다. 종래에는 교육이 계층 상승을 하는 기제로서의 역할을 많이 하였으나, 지금은 계층 고착의 역할을 하고 있지 않나하는 우려감을 갖게 한다.

이러한 기회 구조의 불평등은 경제적 불평등보다 더 심각한 상대적 박탈감을 안겨준다. 개인의 능력과 노력의 차이에서 오는 불평등은 오히려 정당하게 받아들일 수 있는 가능성이 높은 반면 개인의 능력이나 노력에 관계없이 기회가 차별적으로 주어지는 사회 구조는 소외계층을 절망케 만들고 분노케 만든다. 나아가 우리 사회의 윤리의식을 저하시키고 사회정의의 인식을 말살시킨다.

3. 경쟁 규칙의 불평등

경쟁 규칙의 평등문제는 게임의 규칙이 지켜지느냐의 문제이다. 공정한 배분제도와 기회 구조가 마련되어 있다 하더라도 그 제도와 구조가 운영되는 규칙이 공정하지 못한다면 사회 구성원들은 심한 사회적 비정의감을 느낄 것이다. 성실하고 정직한 사람, 법규를 잘 지키는 사람이 오히려 무능한 사람으로 평가받고 있다면 그 사회는 분명 사회 정의가 정립되지 못한 사회이다.

한국 사회에 나타나고 있는 경쟁 규칙의 평등문제는 매우 부정적으로 나타나고 있다. 이에 대한 원인은 다양하게 도출할 수 있겠으나 제일 큰 원인으로 한국 사회의 연고정실주의를 들 수 있을 것이다. 개인의 사적인 삶에 있어서 '연고'와 '정'의식의 소중함은 아무리 강조해도 부족하다. 그러나 이 연고와 정이 개인적인 차원을 넘어 공적 차원으로 확장되어 나타나면 심각한 경쟁 규칙의 불평등 현상을 야기시킨다. 연고와 정의 관계가 공사 간을 막론하고 하나의 지배적인 의사 결정의 영향력으로 등장하게되면 연고정실주의가 성립되게 된다.

　우리의 전통적 사회 풍습은 가문과 이웃 등을 개인보다 먼저 생각하고 한 마을 단위로 협동하고 상부상조하는 이웃사촌적인 농촌 경제의 생활 양식을 가꾸어 왔다. 그러나 그 전통이 근대에 이르러 합리적인 인간관계로 발전하지 못하고 혈연, 지연, 학연, 각종 파벌에 이르기까지 연고정실주의적 사회관과 생활 태도가 유지되고 있다. 이러한 연고정실주의는 집단이기주의로 연결되기도 하며 편법주의적 풍조를 만연시킨다.

　한국인이 지닌 법 집행에 대한 불신은 공정한 게임 규칙이 잘 지켜지지 않는다고 인식하고 있기 때문이다. 또한 공정한 게임 규칙이 지켜지지 않을 때 사회 구성원들은 사회의 보상체계에 불만을 갖게 되고 이것은 사회 불안의 큰 요인으로 등장한다.

Ⅲ. 불평등 문제에 대한 윤리적 과제

1. 평등에 대한 윤리적 인식 ― 평등과 자유의 이분법적 틀을 넘어

　불평등의 기준을 설정하고 이를 측정한다는 것은 매우 어려운 작업일 것이다. 불평등 문제는 개개 구성원이 관계된 사회 구조와 문화에 따라 상이한 현상으로 나타나며, 사회 구성원의 심리적 상황과도 밀접한 연결고리를 가지고 있다. 불평등 문제에 대한 윤리적 과제를 모색하기 위해서는 먼저 평등에 대한 윤리학적인 인식에 대한 토대가 마련되어야 할 것이다. 평등에 대한 윤리적 분석에 대한 탁월한 견해를 제시한 아마티아 센(A.K. Sen)의 이론은 이 문제에 대해 우리에게 많은 시사점을 주고

있다.[3]

센은 "왜 평등인가"의 문제와 "무엇에 대한 평등인가"라는 문제를 평등에 대한 윤리적 분석의 가장 중요한 핵심 쟁점으로 제시하고 있다. 이 두 문제는 서로 구별되면서도 철저하게 상호의존적이라는 것이다. 무엇에 대한 평등인가에 대해 언급해야만 우리는 왜 평등인가에 대한 질문에 답할 수 있다는 것이다. 그러나 무엇에 대한 평등이냐의 질문 속에는 왜 평등인가라는 질문이 포함되기도 한다. 전통적으로 정치철학이나 사회철학 또는 경제 철학에서 제시하고 있는 평등론은 특정 영역에 연결되어 나타난다. 이에 특정 영역에서의 평등은 다른 영역에서의 불평등을 의미하기도 한다. 따라서 평등주의라는 용어는 제한된 범위에서 사용되어져야 한다. 특정 영역에서의 평등주의는 다른 영역에서는 반평등주의로 이어지기도 한다.

인간 개개인은 여러 방식에서 서로 다르다. 자연환경, 사회환경, 개인별 특성과 능력 등에서 차이가 난다. 이 차이는 불평등을 평가하는데 중요한 의미를 지닌다. 개인이 다른 사람과 비교해서 갖게 되는 비교 우위나 비교 열위는 소득, 부, 효용, 자원, 자유, 권리, 삶의 질 등 다양한 변수에 비추어 판단될 수 있다. 개인별 불평등을 평가할 수 있는 중심 변수들은 매우 다양하며, 이를 어떻게 선택하는냐의 '평가 영역의 선택' 문제는 매우 중요하면서 동시에 매우 어렵다 하겠다. 만약 인간이 다양하지 않고 정확히 똑같다면, 한 영역의 평등이 다른 영역에서의 평등과 일치할 수 있다. 한 영역의 평등이 다른 영역에서의 불평등과 양립하는 경향이 있는 것은 인간의 다양성에서 비롯된 것이다. 평등문제의 중요한 이슈는 평등을 요하는 올바른 영역은 과연 무엇인가의 문제이며, 이것은 바로 "무엇에 대한 평등인가"의 질문으로 이어진다 하겠다.

무엇에 대한 평등인가에 대한 질문은 평등과 자유의 갈등관계를 해소하는데 많은 도움을 줄 수 있을 것이다. 자유주의와 평등주의는 이념적으로 상반된 입장에 서 있는 것으로 간주하여 왔다. 이것은 이데올로기의 오류의 하나인 물화의 현상에서 나온 것이라 하겠다. 자유와 평등을 대립적 관계로 보는 시각은 자유와 평등 자체를 매우 애매하게 만들 가능성이 높다 하겠다. 무엇에 대한 평등인가의 질문에 대한 해답은 자유와 평등에 대한 양자택일에서 가능한 것이 아니다. 자유와 평등을 대립관계로 보고 사회문제를 제기하는 것은 어떤 면에서 범주상의 오류를 범하는 것이다. 자유는 평등의 가능한 적용 분야에 속하고, 평등은 자유의 가능한 분배 유형에 속한다고 볼 수 있을 것이다.

평등을 평가할 수 있는 다양한 영역을 인정하는 것은 정치적 이상으로서의 평등의 당위성을 훼손시킬 수 있지 않나 하는 의구심을 가질 수 있다. 그러나 평등주의가 가지고 있는 휴머니즘적인 현란한 수사에도 불구하고 무엇에 대한 평등인가를 말하지 않고 단순히 평등만을 요구한다면 이것은 그 어떤 실질적 내용도 갖지 않는 공허한 관념이 될 수 있는 위험성을 안게 된다. 그러나 평등주의가 지니고 있는 인간 삶에 있어서 특별히 중요하다고 생각되는 어떤 영역에서의 평등 강조는 기본적 평등의 성격이 강하고 이것은 결코 공허한 것이 아니라 실질적인 중요한 사회적 요구 조건으로 볼 수 있을 것이다.

평등론의 주요 쟁점은 영역과 공간에 따라 평등이 달라진다는 점에서 제기된다. 평등을 윤리적 틀에서 접근하기 위해서는 인간 삶의 영역과 공간들 사이의 관계에 영향을 미치는 우리 삶의 폭넓은 다양성에 깊은 관심을 가져야 할 것이다. 그래야만 우리는 형해화된 불평등 논쟁을 벗어나서 좀 더 실질적이고 인간학적인 접근을 할 수 있을 것이다.

2. 사회윤리와 사회 정의

오늘날 사회윤리의 개념은 크게 세 가지 유형으로 사용되고 있다. 첫째는 개인윤리의 대비 개념으로서 공직윤리 또는 공동체윤리의 의미로 쓰이는 경우다. 가족윤리, 직업윤리, 시민윤리 등이 이런 범주에 속하는 사회윤리다. 둘째는 사회적 문제에 대한 윤리적 태도, 또는 윤리적 접근을 통한 문제 해결이라는 의미로서 응용윤리, 실천윤리라는 이름으로 다루고 있는 범주이다. 임신중절, 안락사, 성 문제 형사정책 등이 이 범주에 해당된다. 세 번째 경우가 사회 구조의 도덕성, 즉 사회제도나 정책의 정의 문제를 다루는 경우로서 '사회의 윤리성'에 초점을 두는 것이다.

불평등 문제를 윤리적 측면에서 다루기 위해서는 '사회의 윤리성'으로서의 사회윤리에 관심을 가질 필요가 있다. 개인윤리적 접근은 도덕적 문제의 해결을 개인의 도덕성, 즉 개인 의지의 자유와 결단에서 다룬다. 따라서 도덕적인 사회적 문제의 해결은 개인이 지닌 도덕성의 사회적 영역에로의 연장에 의해 가능해 진다. 그러나 개인윤리는 도덕이 가지고 있는 현실적 결과와 사회적 측면을 고려하지 못하고 있다는 한계를 지적받고 있다.

사회 구조의 도덕성에 초점을 두고 있는 사회윤리에 대한 관심의 증대는 사회 변화의 속도가 급속하게 진행되고 사회 구조의 복잡성이 개인의 삶과 사회와의 유기적 관계를 증대시켰다는 데서 그 원인을 찾을 수 있을 것이다. 또한 윤리학이 도구로서 사용할 수 있는 사회과학의 발달에서도 그 원인이 있다. 즉 사회의 복잡성의 증대와 이에 대한 인간의 대처 능력 사이의 갭을 극복할 수 있는 학문이 발달했다는 것이다.

사회윤리는 그 접근에 있어 몇 가지 특성을 지니고 있다. 먼저 사회적 결과를 현실적으로 문제삼고 추구한다. 사회윤리는 개인 행위의 원인이나 사회적 문제의 원인을 규명하고 해결함에 있어서 일차적 관심을 사회적 차원에서 찾으면서, 사회정책이나 제도 또는 체제의 차원에서 문제를 해결하고자 한다. 또한 사회윤리는 사회적 규범과의 관련성에서 윤리적 문제를 다루고자 한다. 따라서 사회윤리학은 사회적 과정에서 사회적 규범이 형성되는 과정과 그 메커니즘을 분석하고 밝히고, 사회 통합과 질서 유지를 위해서 사회적 규범이 가지는 기능을 규명해야 할 과제에 관심을 두고 있다.

그러면 사회 구조의 도덕성 논의에 있어 구체적 대상은 무엇인가. 이것은 사회이념, 사회제도 및 정책이 도덕적 사회의 비전에 얼마만큼 적합한가 하는 정치철학적 과제이다. 사회 구조의 도덕성을 논의할 때, 사회 구조의 문제는 구체적으로 국가의 기본체제, 정책적 차원, 사회적 관행으로 세분할 수 있을 것이다. 또한 사회의 도덕성 문제는 규범 윤리학에서 지칭하는 행위 규범이 아닌 '제도적 규범'이라는 의미에서 사회 정의의 문제가 중요한 탐구 대상으로 등장하게 된다.

사회 정의의 문제는 어떤 사회가 정의 사회이며, 어떻게 정의로운 사회를 구현할 것인가 하는 구체적 과제가 등장한다. 사회 정의는 크게 두 가지로 나누어 볼 수 있다. 하나는 공동선과 관련된 집합적 측면으로서 구성원들의 협력적 상호작용에 의해 공동체 전체의 선을 창출하고 증진시키는 것이며, 다른 하나는 배분적 측면으로서 창출된 선을 공정하게 배분하는 것이다. 배분적 측면으로서의 사회 정의의 문제 중 제일 큰 영역이 바로 불평등의 영역이다. 그리고 이러한 불평등 문제는 도덕철학, 정치 사회철학, 정책철학 등의 통합적인 접근을 필요로 하는 사회윤리의 제일 큰 과제이다. 이 과제는 우선 정의의 원리와 그 실천 원리에 대한 철학적 탐구가 선행되어야 한다. 그리고 이러한 이상과 원리에 비추어 정치 경제 사회체제라는 국가의 기본적 시스템을 어떻게 조직하고 나아가 이를 사회제도 및 정책 등에 제도적인 규범으로서 어떻게 반영시키느냐 하는 탐구가 이루어져야 한다. 따라서 불평등에 대한 인식의 문제는 정치이념과 밀접한 관계를 갖게되며, 이러한 정치이념을 사회윤리적 측면에서 조감하고 분석하면서 인간 삶의 질을 향상시킬 수 있는 이념의 선택과 창출 능력을 요구받게 된다.

3. 사회 질서의 윤리적 원칙

불평등 문제는 사회 정의의 구현에 제일 큰 영역을 차지하고 있다. 따라서 불평등 문제를 윤리적 측면에서 그 과제를 도출하기 위해서는 우리는 사회 정의를 가능케 하는 사회의 질서 원리에 대한 탐구를 필요로 한다. 사회윤리적 접근에 기초한 사회 질서의 근본 원리는 크게 세 가지로 나누어 볼 수 있을 것이다. 즉, 연대성의 원리(principle of solidarity), 공동선의 원리(principle of common good), 보조성의 원리(principle of subsidiary)가 바로 그것이다.

연대성의 원리는 인간이 개별적인 인격성과 공동생활에 있어서의 사회성의 권리와 의무로 결합되어 있는 원리를 가리키는 것이다. 그러나 이때의 결합은 자연적, 본능적 힘에 의한 기계론적 결합이나 또는 이익이나 이해관계로 인한 계산적 결합이 아니라, 인간의 인격과 사회성이 동시에 인간 본성적으로 부여된 결합으로 간주된다.

연대성의 원리는 상호적인 의무에 바탕을 두고 거기서 발생하는 도덕적 책임을 부여하는 존재론적 윤리적 원리다. 인간은 본질적으로 인격성과 사회성을 동시에 가지고 있기 때문에, 사회의 구성 원리는 인간과 사회의 상호적인 권리와 의무의 근원적이고도 독특한 결합관계에 있으며, 또한 인간과 사회의 어느 한쪽으로만 환원하는 것을 경계한다. 인간 존재는 내적 가치 중심에서 전체와 결합되고 또 전체의 가치 충실은 구성원의 개인적 가치 충실과의 결합으로 인간과 사회가 존립하도록 되어 있는 것이다. 사회의 진정한 정의 실현은 이러한 연대성에 대한 자각과 이를 사회적 삶과 구조, 제도 차원에서 구현시켜 나갈 때 그 첫걸음을 시작하게 되는 것이다.

공동선의 원리는 사회 구성원들이 협동을 통하여 공동선을 실현할 것을 목적과 사명으로 할 것을 요구한다. 모든 사회 구성원들은 공동체와의 관계에서 권리와 의무를 지니고 있는 바, 그 권리와 의무의 주체는 사회 구성원들이 각 개인이고 그 객체는 사회의 공동선이다. 공동선은 구성원 개개인의 사적인 선의 단순한 합계도 아니고, 일방적으로 구성원에게 요구하는 전체의 고유한 선도 아니다. 그것은 사회 구성원 전체를 위한 공공복지를 의미하는 것으로서 지복한 생활과 유덕한 생활, 그리고 그러한 생활을 위한 외적, 물질적 확보를 내용으로 하는 것이다. 공동선은 인간의 실존적 제 목적의 달성을 위하여 사회가 협동함으로써 도달될 수 있는 선이다.

이때 개개인의 실존적 제 목적을 사회가 직접 달성할 수 있도록 하는 것이 아니라 구성원 각자로 하여금 실존적 제 목적을 달성할 수 있도록 필요한 조건들을 그 사회가 협동으로 실현해 나간다는 점이 중요하다. 따라서 개인선과 공동선은 서로 충돌과 모순의 관계에 있는 것이 아니라 본질적으로 상호 조화와 통일의 관계에 있다 할 것이다.

공동선을 발전시키고 분배하기 위해 사회가 사용하는 수단이 곧 제도이다. 일반적인 차원에서의 제도한 공동선을 창출하고 배분하기 위해 고안된 것이다. 제도가 얼마만큼 효율적이고 합리적이냐에 따라 공동선의 창출과 배분이 좌우된다고 하겠다.

보조성의 원리는 보다 큰 사회 구성체가 그보다 작은 사회 구성체를 보조하고 지원함으로써 그 작은 사회 구성체 자체의 힘만으로는 이룩하기 어려운 과제를 성취할 수 있도록 돕는 원리를 말한다. 이 보조성의 원리는 연대성과 공동선의 원리를 전제하는 원리다. 연대성이 사회 질서에 있어 상호 결합과 의무를 표방하는 존재의 원리고, 공동선이 사회 질서의 목적의 원리라면 보조성의 원리는 그 목적을 지향하는 결합된 존재의 역동적 기능의 원리라고 할 수 있다.[4]

보조성의 원리에 대한 고전적인 견해는 교황 비오(Pius) 11세의 회칙 꽈드라제시모 안노(Quadragesimo Anno)에서 잘 찾아볼 수 있다. 즉,

"구성원 개개인이 자발적으로 자력으로 성취할 수 있는 일을 박탈하여 사회 기능에 맡겨서는 안되며, 또한 하위 공동체가 능히 할 수 있는 일을 상위 공동체가 떠맡는 것도 정의에 위배된다. 이와 같은 일은 모든 사회 질서를 극도로 저해하고 혼란시키는 일이다. 모든 사회 기능은 본질적으로나 개념적으로나 보조적이다. 따라서 사회는 그 구성원을 지원해 주어야 하지만 이를 파괴하거나 흡수해버려서는 안 된다"는 것이다.[5]

결국 보조성의 원리는 개인이나 작은 생활 공동체는 그 과제 성취에 있어 실패할 우려가 있고, 또 그 과제가 큰 사회 구성체에 의해서만 해결될 수 있는 것이 있음을 고려하는 것이다. 즉 개인이나 작은 공동체의 의지와 개별적 생활을 큰 사회 구성체의 과도한 간섭으로부터 보호하는 동시에 그들의 자립을 존중하고 보조하고자 하는 것이다. 이는 결국 사회의 작은 공동체와 약자를 보호, 보조함으로써 모두가 자기 완성을 실현하는 정의로운 공동체를 지향해 나가고자 하는 것이다.

상기한 사회 질서의 윤리적 원칙들은 불평등한 사회의 문제를 개선하는데 큰 좌표로서 기능할 것이다.

*

인간은 지금까지 항상 보다 나은 평등한 사회를 추구해 왔다. 평등한 사회는 정치 사회철학의 제일 이상적인 덕목으로 자리해 왔다. 이것은 반대로 인간 삶과 사회는 항상 불평등하게 진행되어 왔다는 것을 의미하기도 한다. 그러면 불평등은 어디에서 비롯되는 것이고 또한 어떻게 극복될 수 있는 것인가? 그렇지 않으면 평등한 사회는 실현 불가능한 이상에 지나지 않는가? 만약 그것이 어느 정도 가능하다고 한다면 평등을 추구할 수 있는 가장 중요한 공간과 영역은 어디인가? 이러한 문제를 해결하기 위해 그동안 많은 사상과 이론이 제기되어 왔다. 더구나 20세기는 평등 사회를 위한 거대한 프로젝트를 실험하였고 결국은 실패로 끝나고 말았다. 그 실패의 원인은 무엇인가? 평등 사회를 위한 가설과 설계의 잘못인가, 아니면 수단의 잘못인가, 그도 저도 아니면 평등 사회 자체가 인간의 본성과 어긋나는 것인가, 인간의 정신적 수준이 평등 사회를 구현하기에는 아직도 미흡한 것인가.

　내가 불평등 문제에 대한 윤리적 접근에 관심을 가지는 것은 정치 이데올로기로서의 평등주의가 가진 한계점에 대한 인식 때문이다. 평등이라는 용어는 정치적 용어라기 보다는 윤리적인 덕의 용어(virtue word)라고 생각한다. 덕의 용어이기 때문에 단순하면서도 추상성이 강한 개념으로 볼 수 있다. 이렇게 추상성이 강한 평등이라는 개념을 구체화시키는 것은 여러 형태로 다양하게 표출될 수 있겠으나 윤리적 측면에서 접근하여 구체화시키고 그 과제를 모색하는 것이 사회적 비용도 덜 들고 지속성도 있으리라 생각한다. 이 글은 이러한 관심에서 출발한 첫걸음마에 지나지 않는다. 앞으로 불평등의 여러 공간과 영역에서 개인윤리적 차원과 사회윤리적 차원이 함께 어울려지면서 구체적인 윤리적 과제를 도출하고, 구체적 해법을 찾는 모색이 끊임없이 이루어져야 할 것이다. 이러한 작업의 결과가 미흡하고 실패한다하더라도.

사회생태주의와
자치 공동체

오늘날 지구촌이 겪고 있는 생태 위기에 관해 새삼 거론할 필요는 없을 것이다. 지구촌의 생태 위기의 도래와 함께 다양한 생태론의 담론이 제기되고 있다. 이 글에서는 머레이 북친을 중심으로 하여 제기된 사회생태주의의 특성과 그 윤리적 성격을 밝혀 보고자 한다.

내가 사회생태주의에 관심을 가지고 있는 것은 그것이 어느 생태 담론보다도 사회윤리적 성격이 강하다는데 있다. '사회의 윤리화'를 통해 생태문제를 해결하고자 하는 사회생태주의의 주장은 우리들에게 구체적인 과제를 제시해 주고 있다. 많은 생태론의 담론이 매우 추상적이고, 사변적인 성격이 강해 인간의 역할을 구체화하는데 혼란을 느끼는 경우가 많다고 생각한다.

이 글은 먼저 다양한 환경윤리의 특징을 개관하고, 사회생태주의의 등장 배경과 이념적 특징을 살펴본다. 그리고 사회생태주의의 사회윤리적 특징을 밝히고 그 실천과제를 찾아보고자 한다.

Ⅰ. 환경윤리의 여러 유형과 특징

프랑케냐(W.K. Frankena)는 서양의 환경윤리학의 유형을 크게 네 가지 입장, 즉 인간중심주의, 감각중심주의, 생명중심주의, 그리고 생태중심주의로 나누고 있다. 이러한 분류는 도덕적 주체의 문제, 자연계에 대한 도덕적 배려의 범위, 도덕적 의무가 없는 자연 존재에 대한 권리 부여의 문제 등을 척도로 하여 나누어진다.

1. 인간중심주의

인간중심주의적 환경윤리는 자연물이 도덕적으로 고려될 만한 가치가 있는 대상인가라는 물음에 대해 부정적인 입장을 나타낸다. 이 이론은 궁극적으로 그리고 오직 인간만이 도덕적 지위를 지닐 수 있다고 보는 것이다.

이러한 인간중심주의는 가치 문제에 대해 주관주의적 입장을 취한다. 말하자면 어떤 대상이 가치를 지니는 것은 그것이 자체로서 본질적 가치를 지니기 때문이 아니라 인간이 그것을 가치 있는 것으로 인식하고 경험하며 인정하기 때문이라고 보는 것이다.

자연은 인간의 이익과 욕구 충족에 기여하는 한에서만이 가치를 지닐 뿐이라는 도구주의적 가치관에 기초한 이러한 인간중심주의는 환경윤리를 직업윤리나 의료윤리와 같은 응용윤리의 하나로 이해한다. 말하자면 인간과 사회의 여러 가지 중요한 문제들에 대해 기존의 윤리적 이론과 원리를 적용해서 해결해 보려는 관점에서 접근하는 것이다. 또한 이 입장은 그 윤리학적 기본 노선을 공리주의의 결과주의적 관점에 정초시키고 있는데 이는 곧바로 환경정책을 수립할 때 그것이 인간에게 어떤 영향을 미치는가라는 점만을 고려하는 태도로 나타나게 된다. 이 같은 인간중심주의 환경윤리는 전통적인 서양 윤리학의 대체적인 흐름과 맥을 같이 한다. 아리스토텔레스와 아퀴나스, 데카르트, 칸트 등이 그러했고 오늘날에는 패스모어(J. Passmore), 맥클로스키(H. McCloskey), 블랙스톤(W.T. Blackstone) 등과 같은 학자들이 그 같은 관점의 연장선상에서 이론을 전개하고 있다.

이상 살펴본 인간중심주의 환경윤리의 문제는 기본적으로 그것이 인간의 이기성에 기반을 두는 윤리로서의 성격을 지니고 있다는 점이다. 물론 이때의 이기성이란 계몽된 자기 이익(enlightened self-interest)의 개념에 기반을 두는 것이다. 그리고 이러한 관점에서 인간중심주의자들은 장기적인 인간의 생존과 복리가 지구의 생태학적 지원체제의 건강성과 안정성에 달려있다는 점을 인정한다. 또한 생태학적 지원체제가 건강하고 유용한 상태 속에 있도록 하기 위한 책임을 우리 인간이 마땅히 다해야 한다고 주장한다. 그리고 환경 파괴를 극복할 수 있는 인간의 잠재력을 또한 믿는다. 그러나 인간중심주의가 기본적으로 인간의 이기성에 그 기초를 두는 한 오늘날의 환경문제를 극복하는 데에는 한계를 지니기 마련이다. 왜냐하면 인간의 이기적 욕망은 그 욕구 충족의 대상으로서의 자연에 대한 근본적인 관점의 변화가 없는 한 끝이 없으며 참된 자기 이익을 헤아리는 인간의 현명함도 제한적이기 때문이다.

2. 감각중심주의

감각중심적 윤리는 인간중심적 윤리와는 달리 자연적 존재의 비도구적 가치를 인정하는 탈인간 중심적 윤리이다. 이 탈인간 중심적 환경윤리는 인간중심적 환경윤리를 비판하면서 등장한 것으로서 다시 개체론과 전체론으로 구분된다. 개체론적 환경윤리는 자연을 구성하는 개별 유기체인 동물이나 식물 또는 생명체에 도덕적 지위나 자체적인 권리 또는 내재적 가치를 인정하는 입장이다. 이에 비해 전체론적 환경윤리는 종이나 생물공동체 그리고 공기·물·흙 등까지 모두 포괄하는 상위체계 전체로서의 자연에 고유한 가치 또는 내재적 가치가 있는 것으로 간주한다.

감각중심주의는 인간에게 한정되었던 도덕적 고려의 범위를 동물에게까지 확대함으로써 동물 학대를 방지하고 그들의 복지를 살펴야 할 생각해야 할 인간의 의무를 인식시켰다는 점에서는 인간중심주의보다 발전된 측면을 지니고 있다.

그러나 이 이론은 몇 가지 점에서 한계를 지닌다. 우선 공리주의적 입장에서 이론을 전개하고 있는 싱어(P. Singer)의 경우를 보자. 그가 주장하는 이익 관심의 동등한 고려의 원리를 적용하고자 할 때 인간과 동물 간의 그리고 동물과 동물 사이에 이익 관심이 충돌할 때 어느 쪽의 이익과 관심이 얼마나 더 고려되어야 하는지를 정확하게 판단하는 일은 쉽지 않다. 또한 도덕적 고려의 대상이 되는 동물의 범위가 지나치게 협소하지 않는가 하는 점이다. 즉, 싱어는 도덕적 고려의 기준으로서 고통을 느낄 수 있는 동물의 범위를 척추동물 정도로 국한하고 있다.[1] 레건(T. Regan)의 경우는 그 권리가 존중되어야 할 삶의 주체를 일 년 이상된 정신적으로 정상적인 포유류 정도로 한정하여 기준을 정함으로써, 이에 해당되지 않는 동물과 식물 및 생태계의 많은 구성원들을 배제하는 결과를 낳고 있는 것이다. 또한 지구 온난화나 오염 등과 같은 동물 이 외의 환경문제에 대해서는 거의 논의하지 못하고 있을 뿐만 아니라 특정 환경정책에 대해 비판만 가할 뿐 어떤 대안을 제시하는 데까지는 나아가지 못하고 있다.

3. 생명중심주의

생명중심주의 환경윤리는 모든 생명체가 내재적 가치를 가진다고 보는 관점에서 출발한다. 위에서 본 동물을 배려하고자 하는 환경윤리가 몇몇 동물에게만 내재적 가치를 부여한데 비해 생명중심주의 환경윤리는 모든 생명체에 대해 그 고유한 가치와 권리를 인정하고자 한다. 이러한 생명중심주의는 그 연원을 슈바이처(A. Schweitzer)의 생명경외사상에 둔다.

슈바이처의 사상은 자연과 인간의 윤리 그리고 자연의 선과 생명의 선이 별개의 것으로 분리되기보다는 서로 연결되고 하나로 고려되어야 한다는 관점에 기초하고 있다.

한편, 생명중심적 환경윤리학을 가장 적절하게 그리고 체계적으로 발전시킨 인물로서 테일러(P.W. Tylor)를 들 수 있다. 테일러는 슈바이처와 같은 관점에서 생명을 가진 모든 존재를 도덕적 고려의 범위에 포함시키고자 하는 입장을 취한다. 그러면 테일러는 왜 모든 생명이 존중되어야 한다고 보는가? 이에 대해 그는 아리스토텔레스가 말한 바 모든 생명체는 그 자체로서 어떤 목적을 향해 나아간다는 논지에 기초하여 모든 생명체는 그 자체로서 목적론적 삶의 중심체(teleological center of life)가 되기 때문이라고 대답한다. 이때 어떤 자연 존재가 목적론적 삶의 중심체가 된다 함은 그것이 내외적으로 목표 지향적이며 자신의 생존유지와 종의 재생산, 생명활동의 항상적인 경향성 등과 같은 자신의 목적으로서의 선을 일관성과 통일성을 가지고 추구한다는 것을 의미한다.[2]

생명중심주의는 생명 그 자체에 대해 도덕적 지위를 부여하고 인간이 고려해야 할 자연 대상을 모든 생명체로 확대하였다는 점에서 종래의 전통 윤리학적 관점과 사고의 범위를 획기적으로 넘어나가는 장점이 있다. 특히 이 이론은 인간 이 외의 생명체에 대해 목적적 가치를 부여함으로써 자연 환경에 대한 인간의 자세를 근본적으로 다시 생각해 보게 하고 있음은 물론 환경윤리에 관한 논의가 보다 포괄적인 관점에 기초하여 이루어질 수 있도록 그 발전의 길을 제공하고 있다는 점에서 그 기여하는 바가 크다 할 것이다. 그러나 이러한 생명중심주의 또한 나름대로의 문제를 지니고 있으니, 예컨대 슈바이처의 경우에는 그 이론에 따를 경우 구체적으로 무엇을 어떻게 해야 하는지 안내해 주는 바가 거의 없고 또 그 취하는 입장이 다소 낭만적이고 소박하다는 비판이 주어지기도 한다.

4. 생태중심주의

생태중심적 환경윤리는 감각중심주의와 생명중심주의가 개별 생명체만을 도덕적 고려의 범주에 포함시키는 개체주의적 관점에 입각함으로써 비롯되는 문제들을 극복하고자 시도한다. 이른바 전체론적(holistic) 관점에서 환경문제에 접근하는 것이 생태중심적 환경윤리가 그것이다. 이에 속하는 이론들은 탈인간중심적 윤리이면서 동시에 도덕적 고려의 대상을 동식물이나 생명을 가진 개별 존재 정도를 넘어 무생물, 종, 군집, 관계, 생태계 전체로 확대하고 그것들에 대해 도덕적 지위를 부여하고자 한다. 다른 한편으로 전체주의적 환경윤리(holistic environmental ethics)라고 불리는 이 이론들에 의하면 인간은 자연 생물 개체가 아니라 개체들의 집합 또는 관계에 대한 도덕적 책임이 있는 것으로 간주된다. 생태중심주의적 환경윤리의 체계적인 최초의 이론은 레오폴드(A. Leopold)의 대지의 윤리(land ethics)로부터 시작된다고 할 수 있다.

레오폴드의 관점은 전체적으로 볼 때 생태학과 윤리학을 통합하는 토대 위에서 전개된다. 생태학적 입장에서 볼 때 자연은 상호관계성과 상호작용성을 기초로 하여 작동하고 있으며, 지구는 생명을 가진 존재로 간주한다. 따라서 생태학적 의식(ecological conscience)의 관점에서 볼 때 지구의 자연은 도구적 가치라기보다는 내재적 가치를 지닌 존재로서 그에 합당한 도덕적 지위를 부여받지 않으면 안 된다. 레오폴드의 대지의 윤리 역시 이러한 관점에 기초하고 있다.

이러한 생태학적 통찰은 우리가 대지를 유기체 모델과 에너지 모델 그리고 공동체 모델로 파악해야 함을 말해준다. 대지의 윤리는 이러한 생명 에너지가 흐르는 유기체이며 공동체인 대지를 인간이 도덕적으로 대우해야 함을 강조하는 윤리라고 할 수 있다. 그것은 인간과 대지 및 대지에 의존하여 생활하는 동식물과의 관계에 대한 윤리적 관점이라 할 수 있는 것으로서, 대지로 표상되는 자연 그 속에 있는 모든 존재들을 살아 있는 생명으로 보고 그것에 도덕적 지위를 부여하고 내재적 가치를 인정하는 동시에 그것들에 대한 인간의 도덕적 의무와 책임을 강조하려는 것이다.

이러한 대지의 윤리는 환경문제에 임하는 우리 인간의 철학적 반성의 가능성을 보여주는 것으로서 그 최대의 공헌은 인간의 생태계와의 관계에 주목하여 생태적 전체가 진지한 도덕적 대우를 받을 가치가 있다는 점을 분명하게 보여주었다는 점이라고 할 수 있다. 또한 대지의 윤리는 철저하게 탈인간중심적인 경향을 보이는 바 따라서 이에 의하면 인간 역시 이러한 공동체의 한 구성원으로 간주될 뿐이다. 또한 대지의 윤리는 상당히 포괄적이어서 단순히 어떤 동물이나 식물을 보전하는 정도를 넘어 환경오염, 자연 보전, 에너지, 자원 고갈 등 다양한 환경관련 문제에 대해 체계적인 접근의 관점을 제공한다.

그러나 대지의 윤리에 대해서는 그것이 사실로부터 가치를 이끌어내는 이른바 자연주의적 오류를 범하고 있다는 비판이 가해진다. 말하자면 생명 공동체의 온전함과 안정 그리고 아름다움을 보전하는 것이 생태학적으로 중요하다고 해서 우리 인간이 반드시 그리해야만 한다는 당위와 가치 판단이 성립하는 것은 아닌데 대지의 윤리는 바로 이러한 점에서 문제를 보인다는 것이다. 또한 대지의 윤리가 전체주의적 특성을 띠는 점도 중요한 비판점이 된다. 대지의 윤리는 전체의 선을 위해 개체의 선을 희생시킬 수도 있다는 입장에 있고 인간도 그러한 생명 공동체의 한 구성원일 뿐인 존재로 보기 때문에 경우에 따라서는 전체 생태 공동체를 위해 인간을 희생시키는 일을 정당한 것으로 허용할 수밖에 없다는 비판을 받고 있다.

Ⅱ. 사회생태주의의 등장 배경과 이념적 특징

1. 등장 배경

사회생태주의는 북친(Murray Bookchin)에 의해 제기되었다. 머레이 북친은 1921년 뉴욕의 맨해튼에서 가난한 러시아계 이민자의 아들로 태어났다. 그는 10대부터 주물 공장과 자동차 제조 공장 등의 노동자로 일하면서 자연스럽게 노동운동과 사회주의운동에 가담했으나 1930년대 후반에 와서는 사회주의운동의 권위주의적 성격에 환멸을 느끼고, 1937년의 스페인 내전에 간접적으로 참여하면서 아나키즘으로 기울었다. 아나키즘에의 경향성은 그후 북친 사상 형성의 기본 틀로 작용하게 된다. 트로츠키(1879~1940)가 살아 있는 동안에는 〈미국 트로츠키주의 모임〉에서 열성적으로 활동했으나, 역시 전통적인 볼세비즘의 권위주의에 실망하여, 1940년대에는 아나키즘으로 기운 〈전국자동차노동조합 UAW〉 활동에 깊이 관여하였다.

그는 20대부터 생태문제에 깊은 관심을 기울였다. 1950년대 초엽부터 생태의 위기에 깊은 관심을 기울여 1952년 최초의 글인『음식물에 포함된 화학 첨가제의 문제점(The Problem of Chemical in Food)』을 발표한 이후 많은 저서를 발간한다.

그는 이론적인 작업에 그치지 않고 1956년, 영국의 핵폐기물 시설이 있는 윈저 스케일에서의 집단적인 암 발생과 기형가축사건에 참여한 것을 비롯하여 많은 실천 운동에 참가했으며 특히 독일 녹색당의 창립에 공헌했다. 독일만이 아니라 세계 여러 나라의 녹색운동은 그의 사상에 기초했다.

그는 1960년대 말부터 미국 최대의 자유 대학이었던 뉴욕의 Aftermative University에서 가르치기 시작했다(그 학교는 이후 뉴욕시립대학이 되었다). 1970년대에 와서 그의 사상은 학계의 주목을 받기 시작했다. 그는 1974년, 미국 버몬트 주 플레인필드의 고다드 대학에 공동으로 사회생태주의연구소를 설립하고 같은 해 뉴저지 주의 라마포 대학 환경학부에서 강의를 시작했으며 이후에 각각 명예소장과 명예교수가 되었다. 1974년에는『도시의 한계(The Limits of the City)』를 발간했다. 여기서 그의 사고는 도시문제로 더욱 확대되었다. 1977년에는『스페인 아나키스트(The Spanish Anarchist)』, 1981년에는『생태적 사회를 향하여(Toward an Ecological Society)』, 1982년에는『자유의 생태주의─계층의 발생과 소멸(The Ecology of Freedom : The Emergence and Dissolution of Hirarchy)』을 발간했다. 이 두 책은 그의 주저라고 할 수 있을 정도로 성숙된 모습을 보여주었다.

이어 1986년에『현대의 위기(The Modern Crisis)』, 1987년에는 시민적 자치와 연합주의를 역사적으로 규명한『도시의 발생과 시민정신의 몰락(The Rise of Urbanization and the Decline of Citizenship)』, 1989년에 사회의 재구성(Remaking Society), 1990년에『사회생태주

의의 철학 — 변증법적 자연주의 에세이(The Philosophy of Social Ecology : Essays on Dialectical Naturalism)』(2판은 1994년)을 발간하여 그 사상을 더욱 체계화했다.

이어 그의 고희를 기념하여 1991년에『지구의 수호 — 머레이 북친과 데이브 포어맨의 대화(Defending the Earth : A Dialogue between Murray Bookchin and Dave Foreman)』, 1992년에『도시 없는 도시화(Urbanization without Cities)』, 1994년에『생태운동은 어디로 가는가?(Which way for the Ecology Movement)』, 1996년에『인간의 재마술화(Reenchanting Humanity)』를 펴냈다. 그는 현재 팔순이 넘는 나이이나 사회생태주의연구소를 비롯하여 세계 각국에서 강연활동을 열성적으로 벌이고 있다.

그러면 북친의 사회생태주의 형성 배경은 무엇인가?

사회생태론자로서 그의 저술에 일관되게 나타나는 주제는 "생태문제는 곧 사회문제"라는 인식이다. "인간에 의한 자연 지배는 인간에 의한 인간 지배로부터 비롯된다"는 것과 "위계질서와 지배에 대한 비판과 해체가 현 생태 위기를 해결할 수 있는 유일한 길"이란 것이다. 1960년대 미국 사회는 반문화주의적인 히피이즘이 젊은층의 반향을 얻고 있었고, 베트남 전쟁으로 인해 반전문화가 형성되어 있었다. 동일한 시기의 유럽을 살펴보면, 1968년 전 유럽에서의 학생운동 고양을 가능케 한 이론은 신좌파들의 것이었다.

이를 배경으로 북친의 사회생태론은 일면 자연 지배에서 인간 지배가 출발하며 사회 비판을 위한 분석의 초점을 자본주의와 국가, 계급에 맞추어야 한다고 주장하는 신좌파와의 대결을 겪어내야만 했으며, 다른 한편에선 반문화운동과 반전운동에 뿌리를 두고 있던 카프라 등을 정점으로 하는 근본 생태론(생물중심주의), 가렛 하딘 · 파울 에러이히 등의 신맬더스주의, 그리고 허만 칸 등의 미래주의와의 대결을 치러야 했다.

이후 오늘에 이르기까지 이들과의 논쟁은 그의 사회생태론을 보다 치밀하게 만들어주고 있다. 1971년 발간된 『탈빈곤의 아나키즘』은 1964년 이후 발표해온 글들을 모은 것으로, 현 생태 위기의 연원을 역사적인 위계 조직의 등장과정으로부터 설명하고, 조화로운 생태사회를 만들어낼 수 있는 수단으로서의 이성과 감성, 실천을 명료히 하려는 시도들로 점철되어 있다.

　1970년대는 생태학의 시대라 불렸다. 이 시대의 명칭이 말하여주듯이, 이른바 환경관리주의적인 태도로부터 새로운 생태적 접근방식으로 전환하라는 요구가 팽배해지던 시기였다. 이러한 요구는 1973년, 노르웨이의 과학철학자 안 네스(Anne Naess)를 중심으로 한 근본 생태론의 주창으로 본격화되는데, 여기에서 근본 생태론적인 접근이란 생태철학, 생태윤리, 그리고 인간과 합일된 자연 이미지를 바탕으로 하여 지배적이고 위계적인 사회를 비위계적인 협력의 사회로 전환시키자는 시각을 의미한다. 근본 생태론과 사회생태론은 이러한 의미를 지닌 생태론적인 접근이란 틀 속에서 공존하고 있다.

　근본 생태론자들은 현 위기의 근원은 근대 문명의 실재론과 이에 기초한 가치관에 돌리고 있다. 이들은 근대의 실재론으로 인간과 자연을 분리시키는 이원론과 기계론, 인간중심주의로 기술하는데, 이러한 실재관은 데카르트와 뉴턴, 베이컨에게서 기원한다. 특히 이원적 실재론에서 "자연은 자원의 집합소"에 불과하며, 인간은 나머지 자연 개체들과는 분리되어 그것들 밖에 있거나 또는 초월하거나 또는 위에 있는 존재이다. 이로부터 인간중심주의가 자명하게 형성되고, 인간에 의해 자연은 조작 가능하도록 분할되고 기계처럼 조합되었다.

　이렇게 이원적이고 인간중심적인 실재관으로부터 등장한 위기를 어떻게 극복할 것인가? 그 대안은 생물중심적인 실재관으로 전환하는 것이다. 바로 이점이 북친에게는 처음부터 그리고 가장 못마땅한 부분이다.

근본 생태론자들은 생물중심주의로의 전환만이 현 사회체제에 질적 가치를 회복시켜주고, 나아가 규범성을 확립해줄 수 있다고 주장한다. 생물중심주의로의 전환은 곧 전일적이고 유기적인 새로운 패러다임으로 전환하는 것을 의미하는 것이다.

북친의 근본 생태론에 대한 비판은 한마디로 이들이 가지고 있는 생물중심주의와 반인본주의를 비판의 기본 축으로 삼는다. 북친이 가장 경계하는 것은 근본 생태론자들의 이성에 대한 전면적인 비판과 거부이다. 생물중심주의가 보여주는 반인본주의를 비판하면서 생물권 민주주의라는 것이 실제적으로 에코파시즘으로 전락했고, 영성적인 기계론으로 변화해버렸다고 비판하면서 사회생태주의를 제창한다.

2. 이념적 기반 : 아나키즘

머레이 북친의 사상 형성의 기본 틀은 아나키즘이다. 웅변조의 대중 연설에 현란한 수사를 사용하여 혼란스럽게도 보일 수 있는 북친의 사상을 큰 그림으로 이해하기 위해서는 아나키즘의 기본 사상을 이해하는 것이 필요하다. 아나키즘을 이해하면 북친을 에코 아나키스트(Eco-Anarchist)로 보는 것은 지극히 당연해 진다.

아나키즘의 본질을 규명하는 것은 마치 변신술에 능한 제우스의 경호신 프로테우스(Proteus)와 씨름하는 것과 비유할 수 있겠다. 왜냐하면 독선과 권위를 배제하고, 또한 완벽한 이론을 거부하면서 자유와 개인적 판단의 우위를 강조하는 아나키즘의 자유인적 태도의 성격은 각양각색의 견해가 발생할 가능성을 이미 열어 놓고 있기 때문이다.

프랑스 혁명과 볼셰비키 혁명 사이의 사상사적 불연속성의 시대에 구체화된 아나키즘은 다양한 모습과 이미지를 나타내고 있다. 고드윈(William

Godwin), 스티르너(Max Stirner), 프루동(Pierre Joseph Proudhon), 바쿠닌(Mikhail Bakunin), 크로포트킨(Peter Kropotkin) 등에 의해 아나키즘의 전통이 형성된 이래 아나키스트들은 '뒤죽박죽의 혼란된 설교자' 또는 '천진난만한 꿈의 옹호자'로 비춰지기도 하였다.[3] 반면에 이러한 아나키즘은 다양한 정치철학적 덕목들을 함께 연결시킬 수 있는 규범적 교의로서도 평가된다.

아나키즘은 바다로 향하여 흐르는 강줄기라기 보다는 오히려 지각의 여러 구멍을 통해 스며 나오는 물의 모습을 보여준다. 즉 땅 속을 흐르는 지하수의 흐름이 되기도 하고 때로는 물이 모여 연못을 이루기도 하고, 지면의 갈라진 틈새로 분출되기도 한다.[4] 이렇게 교의로써 또는 운동으로서의 아나키즘은 끊임없는 변동 속에서 생성되고 붕괴된다. 그러나 아나키즘은 사라지지 않고 잠복되어질 뿐이며, 계기적인 맥락에 따라 새로운 모습으로 다시 등장한다.

아나키즘은 이데올로기적 분광도(分光圖)에 다양하게 위치하고 있다. 이를 크게 나누어 보면 개인주의적 아나키즘, 상호주의적 아나키즘, 집산주의적 아나키즘으로 대별할 수 있다. 다양한 아나키스트 유파 간에는 많은 차이가 있는 것처럼 보일 수 있으나 이들이 같은 아나키스트로 불리울 수 있는 공통적 특징들이 있다. 이것은 아나키즘 정의론의 원천이라 할 수 있는 ①자연론적 사회관 ②자주인적 개인 ③공동체의 지향 ④권위에의 저항 등이다. 아나키스트들은 이를 바탕으로 현실을 인식하고 미래를 설계한다.

자연론적 사회관은 다양한 아나키스트를 하나로 묶는 제일 강한 끈으로 작용하고 있다. 아나키스트들은 자연론적 사회관을 바탕으로 하여 인간이 자유와 사회적 조화 속에서 살 수 있기 위한 모든 자질을 본래부터 자기 속에 지니고 있다는 사실을 믿고 있다. 아나키즘의 교의, 즉 권위의 거부, 국가에 대한 혐오, 상호부조, 권력 분산, 정치에의 직접 참여 등은 자연론적 사회관에서 파생된 것이다. 자연론적 사회관은 '자연과의 합치'를 강조한 우주론적, 자연론적 정의관과 인간 이성에 대한 믿음에 바탕을 둔 자연권 사상의 전통과 밀접한 관계를 가지고 있다고 하겠다.

'개인과 자율' 또는 '자주인으로서의 개인'의 문제는 아나키즘의 정의관 형성의 가장 중요한 원천이다. 개인의 자주성과 자율성에 대한 강조는 아나키스트와 사회주의와의 관계를 흔들어 놓고 있다. 자주인적 개인을 강조하는 아나키즘이 미르크스주의와 갈등하는 것은 자연스러운 현상이라 하겠다.

아나키즘의 사회인식 체계의 밑바탕에는 '공동체'라는 주제가 깊게 깔려 있다. 공동체적 삶의 지향 문제는 '자주관리'라는 것을 아나키스트의 중요한 관심사로 등장케 한다. 아나키스트의 집요한 국가에 대한 공격과 권위주의적 사회주의에 대한 혐오감도 이와 관계가 깊다. 오늘날 '자주적 소집단'의 중요성을 강조해 온 아나키스트의 주장은 매우 예언적 성격을 띤 것으로 평가되고 있다.

아나키즘은 어떤 사상보다도 저항적인 기질 때문에 많은 관심을 받아 왔다. 아나키스트들의 사회인식 체계의 밑 바닥에는 본능적인 저항감이 깔려 있다. 그들은 우선 반항자로 규정되고 있다. 이 저항의 태도는 개인의 자유와 관련된 것이다. 자유를 증대하고 전인적인 개성의 함양은 먼저 기존의 권위에 대한 저항과 밀접한 관계를 갖는 것이다.

알란 리터(Alan Ritter)는 아나키즘의 목표를 '공동체적 개체성(Commual Individuality)'으로 단일 명제화하고 이를 추구하려는 아나키스트들의 계획들을 분석하면서 자유주의와 사회주의와는 다른 아나키즘 나름의 정체성을 밝히고 있다.[5] 자주적 개인과 공동체를 결합시키는 구도는 그것이 실천 프로그램화 할 때 다양한 모습으로 나타낼 수밖에 없을 것이다. 아나키스트들은 자본주의의 문제점을 비난하면서 자유주의로 남아있길 원하고, 마르크스주의를 거부하면서 사회주의자로 남아

있길 원한다. 그래서 아나키즘 속에서 환상이 가득찬 사회 인식의 풍요한 영역을 발견할 수 있다는 지적이 나오는 것이리라.

3. 철학적 기초 : 변증법적 자연주의

사회생태론의 핵심 메시지는 "현 시대의 생태문제가 사회문제로부터 야기되었다"는 것이다. 북친은 이 메시지에 대한 근본 물음, 즉 "생태문제 틀과 사회 구조 그리고 사회 이론을 어떻게 유기적으로 결합시켜 사유할 것인가"라는 물음을 다루고 있다. 이에 대한 북친의 답은 변증법적 자연주의 또는 생태적 변증법이다. 즉, 사회생태론의 철학적 기초는 변증법적 자연주의이다.

북친은『사회생태론의 철학』의「서문:철학적 자연주의」에서 변증법적 자연주의를 집중적으로 다루고 있다. 북친에게 있어 생태문제 틀은 인간과 자연관계에 대한 물음에서 시작된다. 그러나 이 물음은 자연이 무엇인가? 물질인가 아니면 정신인가와 같은 종류의 물음이 아니라, "어떻게 자연과 인간 사회가 조화를 이루어야 하는가"에 관한 것이다. 그래서 그에게 중요한 것은 인간의 자연에 대한 해석이고, 사회 생태학의 자연관은 자연에 대한 해석이 인간 사회와 가지고 있는 관련성에 관한 물음으로부터 출발하고자 한다. 사회생태론의 자연에 관한 물음은 자연을 해석하는 과정에 관여하는 인간의 인식 능력이 무엇인가에 대한 물음과 맞물릴 수밖에 없다. 곧 자연에 대한 정의는 이면에 인간에 대한 정의를 함께 가지고 있는 것이다.

이렇게 정의된 자연은 특히『생태적으로 사고하자』에서 집중적으로 논의되고 있다. 여기서 북친은 자연을 "참여적 진화로서의 자연"이라고 칭한다. 그에게 자연은 종들의 자유로운 자기 선택에 의한 진화과정 그 자체이며, 진화과정은 유기체적이고 발전적이고 변증법적이다. 진화과정 자체가 발전적 또는 진보적이라 함은 시간의 흐름과 진화의 과정을 통해 자연이 "보다 많은 자유, 자아 의식, 협력의 방향으로 분화되어 가는 것"을 말한다. 생명을 스스로 조직하는 능력이라 칭했을 때, 자연은 자기 조직화의 능력이 보다 커짐을 의미한다고 할 수 있을 것이다. 그래서 자연은 시간의 탄생과 더불어 단순한 것에서 복잡한 것으로, 추상적이고 동질적인 것에서 특수하고 분화된, 궁극적으론 보다 큰 개체성과 자유로운 자아의 형성으로 움직이는 과정 자체이다.

참여적 진화과정으로서의 자연은 크게 일차 자연, 이차 자연 그리고 자유 자연으로 나누고 세 개의 자연은 별개로 구분되고 단절된 것이 아니다. 세 자연은 과정적인 연속체로 개별화되어 있는 동시에 공존한다. 즉 이들 간의 관계는 누적적이면서 동시에 각각 자기 자신의 독자적인 권리와 영역을 가지는 관계이고 나아가 자신의 영역을 창조해 가는 존재들 간의 관계이다. 일차 자연은 내적인 동력에 의해 진화하고, 이 과정을 통해 이차 자연이 등장하는데, 북친이 의미하는 이차 자연이란 독특하게 발달된 인간 문화 전반, 즉 "다양하게 제도화된 인간 공동체 유형들, 예를 들면 효율적인 인간 기술, 풍부한 상징 언어 그리고 주의 깊은 식품 관리 등"을 이르는 개념이다. 세 번째의 자유 자연은 아직 실현되지 않은 것으로, 대안사회인 생태사회에서 이차 자연의 고통을 극복한 상황에서 도달된 자연관이다.

그러므로 참여적 진화과정으로서의 자연은 다산성/다양성의 증대, 생물종들 간의 상보성,그리고 생활 형태를 분화시키는 끊임없는 능력을 특징으로 한다. 이렇게 참여적 진화과정으로서의 자연 속에서 생물 종들의 미래는 외삽적인 방향에서 결정되는 그런 목적론적인 자연관과는 다르다.

참여적인 진화관에서 자연의 세계는 강자에 의한 약육강식이 지배하는 그런 필연의 세계도 아니다. 자연은 자유로운 생물 종들의 공동체가 주체로 모여 사는 시공간 구조 자체이다. 특히 공간적인 측면에서 생물 종들은 모두 동등한 참여자로서 자신의 위치를 가지고 서로에게 영향력을 행사하기도 하고 의존하기도 하는 공생의 삶을 살아간다는 것이다. 이러한 자연관은 현대의 생태환경론자에게 제일 많은 영감을 주고 영향을 미친 고전적 아나키스트인 크로포트킨(Kropotkin)의 사상과 맥을 같이 한다. 또한『월든(Walden)』이란 소설로 우리에게 잘 알려진 아나키스트인 헨리 소로우(Henry Thoreau)의 체취도 뭉클난다.

사회생태론이 인간을 재발견하는 과정은 상기한 자연 진화의 창조과정과 연결되어 있다. 그래서 이러한 진화과정에 대한 이해 없이 인간에 대한 이해가 올바를 수 없으며, 또한 인간이 지닌 독특성을 발견해낼 수 없다는 것이다. 이렇게 진화의 과정 가운데에서 재발견된 인간은 잠재화된 자유와 주관성의 영역이고, 자연 진화의 가장 자의식적이고 자기 성찰적인 표현이다.

그러므로 인간과 자연 간의 관계에서 인간의 주된 특징은 이성을 지닌다는 것이다. 그런데 바로 이 점에 근본 생태론과 북친의 사회생태론의 분할 축이 있다. 북친은 인간이 지닌 이성을 끝까지 포기하지 않는다. 그러나 근대 탄생 이후 각종 해악을 저지른 이성과는 선을 긋는다. 북친은 해악을 저지른 이성을 도구/관습 이성이라 부르는 한편, 자신이 인간에게서 보는 대안으로서의, 추론적 인식 능력으로서의 이성은 변증법적 이성이라 부른다.

이성이란 포괄적으로 말하자면 논리적인 추론을 끌어낼 수 있는 능력을 말한다. 도구 이성이 이 추론과정을 파편화되고 분리된 고정된 세계를 전제로 하여 경험된 것들에 국한시킨다면, 변증법적인 이성은 "현재 있는 것"과 "있어야만 하는 것"을 대비시켜 사고하는 능력을 의미한다. 그래서 변증법적 이성은 고정된 세계를 설명하기보다는 과정의 성질을 설명하는데 적합하다. 사실 북친의 눈에 도구 이성이 야기한 폐해는 진화·발전하는 현실 세계의 흐름을 포착하지 못하였다는 것과 나아가 이 과정이 야기하는 질적인 차이들을 양적인 것으로 치환시켜 균등화시켰다는 것에 놓여 있다. 이러한 폐해에도 불구하고 그의 변증법적인 이성은 관습/도구 이성을 부인하지 않고 자신의 한 부분으로 갖는다. 왜냐하면 생태문제가 바로 관습/도구 이성에 의해 야기된 것이라 할지라도, 역사를 통해 이 이성이 행한 긍정적인 일 모두를 부인할 수 없기 때문이다. 이러한 이성은 여전히 다리를 놓는다거나 공학적이고 수학적인 계산 등을 할 때 자신의 자리를 주장할 수 있다.

인간과 인간 이성에 대한 북친의 논의는 역사, 문명 그리고 진보에 대한 논의와 깊은 관련성을 가진다. 이러한 내용은『사회생태론의 철학』의 '역사와 문명, 진보' 장과 1995년에 출간된『재주술화된 인간 (Reenchanting)』에 집약되어 나타나고 있다.

Ⅲ. 사회생태주의의 사회윤리적 과제

1. 참여자치의 공동체 구현

참여자치의 공동체 또는 리버테리언적 지역자치주의(Libertarian municipalism)의 구현은 사회생태론이 지향하는 사회의 중요한 핵심이다. 이것은 현대의 많은 아나키스트들이 많은 관심을 두고 전개하는 자주 공동체 운동과 맥을 같이 한다. 그 공동체 운동은 수평적 조직을 바탕으로 한 소규모적이고 자치적인 성격을 띠고 있다.

북친은 사회생태론의 철학적 기초인 변증법적 자연주의에서 참여자치제의 이론을 도출하고 있다. 변증법적 자연주의에서는 역사 자체를 해방적 잠재력을 실천하기 위해 발전하고 있다고 본다. 그리고 자유 자체가 해방적인 의미를 갖는 것으로서, 이에 걸맞는 정치체제는 참여의 원리에 근거를 둘 수밖에 없다는 것이다. 자유 자체로서의 생태윤리와 참여의 원리는 기존 사회에 관통하고 있는 지배와 위계질서를 철저히 부정한다.

생태문제는 사회문제이며, 그 원인은 위계구조와 지배에 있다는 사회생태론의 이론은 사회의 모든 영역으로 확장된다. 정치제도뿐만 아니라 우리의 의식, 경제제도, 생활 양식, 그리고 삶의 의미에 대한 해석 등에 확산적으로 적용된다.『자유의 생태학』과『근대 도시의 등장과 시민권의 몰락』,『사회의 재구성』에서 그는 특히 가족, 정치 그리고 국가의 등장을 역사적으로 탐구하고 이를 통해 현재와 같은 통치가들의 게임으로 전락한 정치의 왜곡화 현상을 분석하고 있다.

참여의 정치는 국가의 힘에 초점을 두는 것이 아니라 일반 민중들 자신의 힘을 기르는 데 역점을 둔다. 그러므로 참여의 정치는 민중화된 정치이고 생태 공동체를 기반으로 한다.생태 공동체는 단순히 공적인 합의를 제공하는 것으로 국한된 것이 아니라 자유로운 사람들을 산출하는 사회. 정치적인 실천의 산실이 되어야 한다. 이러한 생태 공동체를 단위로 하는 참여정치는 궁극적으로 지역적 소규모적 정치제도를 지향하는 것이다. 그 이유는 시민들이 지역 사회를 통제할 수 있는 힘을 갖도록 하기 위함에 있다. 이를 위해 사회생태론의 정치 논의는 기존 정치에 대한 비판, 대안의 모색, 정치 공동체의 성격 논의, 그리고 이에 도달하기 위한 전략. 전술로 구성되어 있다.

대안 공동체로 사회생태론은 주권의 위임이 아닌 양도 형식의 참여 민주주의적 대의원제도와 연방제 구조를 가진 소규모의 직접 정치를 지향하고 있다. 이러한 정치 공동체의 원리는 자연 공동체에서 나오는 것인데, 자연 공동체는 자연 자체의 기반하는 것이고, 자연은 자유로운 생물 종들의 공동체들이 진화하고 모여 사는 곳이다. 자연적 시간 속에서 생물 종들의 미래는 자신에 의해 스스로 결정되는 것이고 그런 의미에서 이들은 자유롭다. 자연의 공간에서 생물 종들은 모두 동등한 참여자로 자신의 위치를 가지고 있으며, 서로에게 영향력을 행사하기도 하고 의존하기도 하며, 네가 없으면 내가 있을 수 없고 내가 없으면 네가 있을 수 없는 공생의 삶을 살아간다. 이러한 사상은 아나키즘 정의론의 핵심인 자연론적 사회관에서 생성된 것으로 볼 수 있다.

참여와 공생의 자연관은 새로운 사회 구성 원리, 즉 다름이 동등함의 근거가 되는 원리 그리고 모든 구성원의 참여가 정당하게 인정되는 원리를 제공해준다. 또한 이 원리는 기존 사회에 관통되어 있던 지배와 위계 질서를 비판하고 변경할 수 있는 패턴을 제공해주고, 기존 위계질서와 권위를 부정토록 해준다.

2. 생태친화적 도덕 경제의 실천

북친을 비롯한 사회생태론자들의 일관된 논지는 자연 환경과의 지속적 균형을 보장해주는 인간 공동체의 창출 없이 인간과 자연의 조화는 불가능하다는 것이다. 이들에 의하면 환경오염과 자원 부족이라는 지구의 한계는 기존 시장 경제의 비도덕성과 기술의 반문화성에 있다. 따라서 앞으로 대안 경제는 시장 경제의 비도덕성을 극복할 수 있는 것이 되어야 한다. 이것은 생산자와 소비자 사이의 익명성을 극복하고, 인간 개개인이 작용하는 수요와 소비 개념을 재정립하여야 한다. 이것은 생태 정합적 과학과 기술을 만들어내는 것과 밀접한 관계를 맺고 있다. 따라서 사회생태론자들의 시각에서 보면 생태친화적 경제는 시장 경제 사회에서 실천 불가능한 것이다.

 1984년에 쓴 『시장 경제인가 아니면 도덕 경제인가』를 통해 북친은 시장 경제의 비도덕성을 신랄하게 비판한다. 그에 따르면, 시장 경제가 도덕성을 잃어버리게 되는 주된 동기는 시장의 익명성에서 비롯된다. 익명성 아래서 상품의 본래 의미인 사용자에 대한 본래적 성격의 상실은, 나아가 생산의 목적과 이념도 사라지게 했다는 것이다. 익명성의 등장과 본래적 성격의 상실은 시장 경제가 도덕, 윤리와 스스로를 분리시키면서 시작되고, 사회가 시장 경제의 손익 계산 방식에 의해서 지배되면서 시장 사회로 변화되고 만다는 것이다. 그리고 이와 같은 상황은 점점 악화된다. 북친에 의하면, 경제적인 교환현상은 자연적인 것이고, 그래서 인간 본성의 한 부분을 구성하고 있다.

 현 생태 위기를 소비주의의 근절에서 찾고자 한다면, 사회생태론은 현존하고 있는 소비 개념을 다시 정의하여야 한다고 말한다. 왜냐하면 일상적으로 사용하는 소비 개념은 생산과정의 최종 단계로서의 상품 소비에 한정되기 때문이다. 자연과 인간을 하나의 유기적 통합체로 설정하는 한, 생산물의 최종 단계로서의 소비 개념은 너무 협소한 것이다. 대안으로서의 소비 개념은 생산 사이클의 전 영역으로 확장되어 정의된 것이어야 하고, 그 주된 소비의 모습은 자연에서 원료를 가져오는 곳에서 발견되어야 한다. 이렇게 될 때, 사회생태론의 소비주의 비판은 자연에 인간 행위가 가해지는 생산과정(노동과정)까지도 소비의 영역에 포함시켜 비판하는 것으로 확대된다. 소비주의에 대한 통제는 최종 생산물의 소비와 자연 폐기에 대한 통제뿐만 아니라 생산 단계에서의 생산품 종류와 수량, 그리고 단위 생산물당 투입 원료 양에 대한 통제를 포함하고 있다. 사회생태론은 소비주의와 비도덕성을 만연시키는 자본주의적 산업주의를 해체할 것을 요구한다. 그리고 생산물의 종류와 재생산의 개선을 역설한다.

 이러한 사회생태론자들의 논의들은 슈마허(E.F. Schumacher)의 사상과 상통한다. 슈마허는 『작은 것이 아름답다』의 저자로 우리에게 잘 알려져 있다. 슈마허는 미얀마에 재정 고문으로 파견되면서 동양의 영적 세계에 눈을 뜨게 되었으며, 물질주의 사상에 찌든 서양 문명이 처한 위기를 인식하게 되었다.

슈마허는 저발전국 경제 발전 계획이 현대 서양의 첨단 기술 체계와 도시화 문명을 그대로 도입해서는 안 된다고 역설한다. 그는 20세기 서양 사회의 종교가 되어 버린 경제학이 현대 사회의 문제들을 해결해주는 것이 아니라 도리어 잘못된 방향으로 유도하고 있다고 주장한다. 그는 경제 논리에 지배받지 않은 영원의 가치 차원이 존재한다는 것을 발견함으로써 거대 자본의 효율성 논리에 억눌린 인간다움을 다시 살려내자는 신념을 강하게 나타내고 있다. 사람과 사람 간의 친밀성과 서로에 대한 진정한 봉사정신이 숨쉴 수 있는 토양을 만들어야 한다는 즉, 도덕 경제체제를 구현하자는 것이다.

북친이 근본생태주의를 비판하면서 근본생태주의에 있어 큰 줄기 역할을 하고 있는 동양사상에 대해 불편한 심기를 드러내고 있는 것을 감안한다면, 그와 슈마허를 같은 항목에 묶는 것이 어색할 수도 있을 것이다. 슈마허는 『불교 경제학(Buddist Economics)』라는 논문을 쓸 정도로 동양의 정신에 매료된 사람이기 때문이다. 그럼에도 불구하고 북친의 경제적 대안은 슈마허와 그 궤도를 같이 한다고 본다. 소비주의와 비도덕성을 만연시키는 자본주의적 산업화의 위험성에 대해 그들은 같은 생각을 하고 있기 때문이다.

*

지금까지 사회생태주의 형성 배경과 그 이념적 특징을 살피고 윤리적 성격을 살펴 보았다. 아나키즘을 이념적 배경으로 하고 변증법적 자연주의를 철학적 기초로 하여 이론을 정립시키고, 이를 바탕으로 윤리적 과제를 제시하고 있다.

사회생태주의는 근본생태주의가 가지고 있는 추상성을 극복하고, 생태문제를 사회적인 문제로 보고자 하는데서 출발하였다. 즉, 자연과 인간을 지배하고 억압하고 착취하는 구체적인 사회제도와 관행을 변혁해야만 지구촌의 환경 위기를 극복할 수 있다는 것이다. 환경문제를 사회문제와 분리하여 접근하는 것은 환경 위기의 원인을 왜곡시킬 뿐이며, 인간에 의한 인간의 지배에서 환경문제가 야기된다고 주장한다. 즉 사회에 존재하는 계층화, 계급화와 위계구조 그리고 이들 사이의 지배—피지배라는 사회적 환경이 환경 위기를 초래했다고 본다.

북친은 오늘의 환경 위기를 극복하기 위해서는 자연과 인간 사회 모두에게 최대의 자유영역을 보장해 주는 것이다. 북친이 추구하는 생태윤리는 바로 에코 아나키즘의 사회를 이룩하는 것이다. 이러한 사회는 인간에 의한 인간의 지배의 제거를 통해 인간의 자연에 대한 지배를 종식시킴으로써 이루어 진다. 그 결과는 진정한 의미의 자유 확보와 인간과 자연의 하나됨이다. 이것은 이 글에서 상술한 아나키즘의 이론이 사회생태론과 결합한 것이다.

에코—아나키즘 사회를 구현하기 위한 과정을 설명하기 위해 변증법적 자연론이 사회생태론의 철학적 기초로서 등장하게 된다. 자연은 생태계의 법칙에 따라 변화성, 복합성, 상보성, 자발성을 향해 변증법적으로 발전해 가는 것으로 간주한다. 그리고 이러한 자연과정에는 참여와 진화라는 기본 원리가 작용한다. 이러한 기본 원리에 의해 참여자치의 공동체와 생태친화적 도덕 경제의 실천 문제가 나온다.

그러나 사회생태주의에도 여러 가지 비판이 가해진다. 먼저 인간의 능력에 대해 너무 낙관적이라는 것이다. 즉 인간을 너무 계몽된 존재로 인식하고 있다는 것이다. 또한 그들이 제시하는 생태 공동체가 지나치게 이상적이지 않나 하는 비판이 가해진다. 그럼에도 불구하고 환경문제를 해결하기 위하여 사회의 윤리화를 주장한 것은 매우 의미 있는 것이라 생각된다. 또한 유토피아적 이상은 희망과 함께 예언력을 가지고 있다는 점을 우리는 인정해야 할 것이다.

PART 03

한국인의 가치관과 미래

한국인의 사유원형과
민족맥류의 회복

구한말의 역사학자 박은식 선생은 "나라는 형체이고 역사는 정신이다. 지금 한국의 형체는 허물어졌으나 정신이 멸하지 않고 존속하면 그 형체는 부활할 때가 있을 것이다"라고 하여 우리 민족의 건전한 정신사를 강조했고, 이러한 의미에서 신채호 선생의 역사관도 예외는 아니었다. 이들은 민족정신 내지 민족의식의 탐구를 역사 연구의 주요 과제로 삼으려 했던 사람들이다. 또한 이들은 나라를 잃게 된 처지를 한탄하면서도 우리 민족의 역사를 정신사로 파악하여 희망을 잃지 않고, 그 정신의 발굴과 계승을 위해 생을 바쳐 노력한 사람들이다.

이 글에서는 정신문화적 요소의 씨앗인 한민족의 사유원형의 근간과 이를 바탕으로 형성된 한국인의 얼을 도출해 보고, 나아가 문화대국에로의 지향을 위한 과제를 그려보기로 한다.

Ⅰ. 한민족 기층문화와 사유원형의 특징은 무엇인가?

1. 원형이론과 기층문화

이제까지 민족 문화에 깊은 관심을 가진 많은 학자들은 민족 고유의 사고가 표면적인 의식보다도 훨씬 뿌리 깊게 각 민족의 문화 현상을 지배하여 왔음을 지적하고 있다. 즉 각 민족 또는 문화권에는 저마다 완결된 고유의 가치체계가 있음을 한결같이 지적하고 있는바, 이것은 '민족원형(民族原型)' 또는 간단하게 '원형(原型)'이라 불리워진다.

'원형'이란 말을 처음 사용한 사람은 융(C.G. Jung)이었다. 융은 심리학의 차원에서 인류의 원형을 생각하였다. 그는 태고 때부터의 조상들의 체험이 오늘까지 계속 전달되어 있고, 그것이 오늘날 인간의 성격을 지배하고 있음을 지적한다. 융은 '집단은 무의식 깊은 곳에서 생명력이 있는 집합적인 내용을 가지고 있다'는 가설을 설정하여 그것을 '집합적 무의식'이라고도 불렀다.

인류의 원형에 관한 생각은 범위를 좁혀 민족 단위에도 적용시킬 수 있다. 여기서 각 민족 조상의 공통적인 체험이 오늘의 민족 구성원의 의식을 결정하고 있다는 명제를 얻는다. 우리는 조상으로부터 이어받은 유전적인 무의식의 광대한 기반 위에 있으며, 개인의 마음은 집합적인 심성과 깊은 연관이 있다는 것이다.

민족의 형성 단계에서 있었던 초기의 체험이 민족원형을 만들어낸다. 민족 이동에 따른 원주민과의 사이에 빚어진 갈등, 협조, 좌절 등의 흔적들도 민족의 무의식 속에 잠재되어 있다. 이 점에서 민족은 개성을 지닌 큰 생명체로 간주된다. 마치 한 사람의 몸에 수십만 개의 세포가 늘 생과 사를 되풀이하고 생명을 유지하는 것과 같이, 인간은 매일 태어나고 죽으면서 민족이라는 거대한 생명체를 유지하고 있다. 그리고 그 생명체에는 명확하고 독자적인 민족의 심성이 있다. 그것이 민족원형이다. 각 민족은 저마다 그 원형의 기반 위에서 고유의 문화를 창조한다.

그러면 우리 한민족의 문화가 삶의 양식의 바탕이 되면서 먼 옛날부터 오늘에 이르기까지 한민족의 생명력을 유지시켜온 민족원형은 무엇인가.

이것은 간단히 대답할 수 있는 용이한 문제가 아니다. 일제치하 식민 정책을 쓰던 일본인들은 한민족의 역사와 얼을 송두리째 없애 버리려는 의도에서 한국 사상 부재론(不在論)을 주장한 바 있다. 이들에 의하면 한국 사상이란 결국 한국 사람에 의해 만들어진 것이 아닌 유(儒) · 불(佛) · 도(道) 등 외래 사상밖에 없다는 것이다. 이와 반대로 한국에는 고유한 종교 · 신앙이 있고, 고유한 풍속 · 관습 · 생활양식 · 사고방식이 있으며, 따라서 유 · 불 · 도 등의 외래 사상보다는 이 고유한 것을 찾고, 키우고, 발전시켜야 한다는 입장이 있다. 이것을 한국 사상 고유론(固有論)이라 한다. 그렇다면 유 · 불 · 도는 한국 사상의 범주에서 제외시켜야 하는가. 그리고 현재의 기독교 사상은 한국 사상과 전혀 관계가 없는가. 그러나 조금만 생각해 보면 고유한 한국 사상이 있다, 없다는 논쟁은 무의미하다는 것을 알 수 있게 된다. 이것을 식물에 비유하여 밝혀 보자.

무릇 식물이란 원래 어떤 씨앗이 있어 그 씨앗이 땅에 뿌려져서 뿌리를 내리게 됨으로써 자라게 된다. 그러나 처음부터 씨앗을 뿌려 자란 식물에 다른 식물의 줄기를 접목시켜 처음의 식물에 뿌리를 내리고 그 식물의 꽃으로서 피고 그 식물의 열매로서 더욱 알찬 열매를 맺는 경우도 많다. 즉 역사적으로는 남의 것이라 하더라도 문화적으로는 우리의 것으로 만들었을 때 그것은 우리의 뿌리를 더욱 강하고 풍부하게 만드는 것이다. 이렇게 보면 우리 조상들이 주체적으로 수용, 섭취하여 우리 한국인의 민족 문화에 접목시켜 뿌리를 내린 유 · 불 · 도 등 외래 문화도 우리 한국인의 고유한 민족 문화라고 보지 않을 수 없다. 한 민족의 민족 문화

를 가늠하는 데 있어서는 본래의 씨앗으로서 뿌리를 내린 민족 문화뿐만
아니라 비록 외래 문화라 하더라도 그것이 접목과정을 통하여 과연 그
민족의 문화 발전에 기여할 수 있는 생명력을 가진 뿌리를 내리고 있는
가가 중요한 문제라 하겠다. 그러면 이러한 문화적 현상, 즉 본래의 씨앗
으로서의 민족 문화에 외래 문화가 접목하는 형태로 뿌리를 내리는 문화
적 현상을 어떻게 이해하면 좋을까. 생각해 보면 어느 나라 어느 민족 문
화의 경우에도 여러 층으로 형성되는 문화의 성층(成層) 현상이 있는 것
이라 생각된다. 즉, 어느 민족 문화의 경우에도 본래의 씨앗으로서의 민
족 문화에 외래 문화를 수용, 섭취하여 자기 민족 문화로서 정착시키게
됨으로써 그 민족 문화를 기층(基層) 문화라 하고, 외부로부터 수용, 섭취
하여 자기의 민족 문화로서 정착시킨 외래 문화는 표층(表層) 문화라고
표현된다. 물론 본래의 씨앗으로서의 민족 문화, 즉 기층문화만을 바탕
으로 하여 기층문화의 강한 생명력에 의해서 표층문화를 형성하게 되는
경우를 생각할 수 있다.

기층문화와 표층문화와의 관계를 보면, 거기에는 항상 상호작용이 있
기 마련이다. 말하자면 외래 문화가 수용, 섭취되어 그 민족의 표층문화로
서 뿌리를 내리기까지는 본래의 씨앗으로서의 기층문화가 어떠한 성격
을 가지고 있느냐, 또는 어떠한 생명력을 가지고 있느냐에 따라서 외래
문화가 표층문화로서 뿌리를 내리는 양식이 달라진다고 할 수 있다.

이와 같이 해서 본래의 씨앗으로서의 기층문화 위에 외래 문화가 표층
문화로서 뿌리를 내리게 되면 기층문화는 그 민족 문화의 성층 밑부분에
자리잡고 있기 때문에 용이하게 볼 수 있는 것이 못된다. 이와 같은 이유
때문에 어느 민족 문화의 경우에 있어서도 그 민족 문화의 뿌리의 정체
를 보기란 매우 힘든 작업이 되지 않을 수 없다. 또한 표층문화의 경우에
있어서도 오랜 역사적 기간을 통해서 점차 기층문화가 되어 버리는 경향
이 있다. 이 위에 다시금 새로운 외래 문화가 섭취되어 뿌리를 내리면 또

다른 표층문화가 형성되게 된다. 이러한 과정이 계속되면서 여러 겹의 성층을 이루게 된다. 이것이 문화의 일반적 속성이다. 이러한 문화의 성층화 현상에 대한 고려가 없이 한민족 삶의 양식의 뿌리를 찾는다면 그것은 매우 단편적이고 평면적인 모습으로 나타날 것이다.

그렇다면 우리 한민족에 있어 기층문화의 씨앗은 무엇이며, 유·불·도 등 외래 문화를 받아들이는 과정에서 기층문화의 씨앗은 어떤 생명력을 가지고 이들을 주체적으로 수용했는가. 그리고 표층문화로서 접목된 유·불·도 등이 지금은 어떠한 문화적 성층 속에서 어떤 기능을 하고 있는가 하는 문제는 매우 중요한 과제이다.

2. 한국인의 사유원형

개인이나 집단의 삶의 양식과 사유 형식은 이것을 낳게 한 자연적 모태와 사회적 환경에 의해 많은 영향을 받는다. 따라서 한국인의 삶의 양식의 뿌리는 우리의 자연적 환경과 이로 인해 형성된 우리 민족의 생리적 습성을 토대로 하여 시작되었을 것이다.

산악이 많고 풍부한 물과 맑은 하늘을 안고, 사계절이 뚜렷한 온대지방, 이곳에서 마을을 이루어 오손도손 논과 밭을 갈면서 살아 온 우리 조상들의 삶의 양식은 어떠했을까? 중국의 옛 책들에 기록된 것을 보면 '금수강산'에 사는 사람들의 모습이 잘 그려져 있다.

「사기(史記)」의 조선전(朝鮮傳)이나 「한서(漢書)」의 지리지(地理志) 등에 기록된 것을 보면 우리 민족이 온유하고 양보를 좋아하고 다투기를 싫어하며 천성이 선량하였고 평화를 사랑하였다 한다. 그러나 일단 불의를 당했을 때에는 생명을 아끼지 않는 용맹한 성품을 지녔다는 것이다.

그러나 우리의 금수강산은 그 지정학적 위치로 말미암아 수많은 이민족의 침략을 받아왔고 또한 여러 외래 문화가 흘러 들어왔다. 이러한 격랑의 외중에서 수많은 민족적 위기를 극복하면서 지금까지 우리 땅을 지켜오고 독창적인 문화를 창조하여 왔다. 세계의 저명한 역사가들이 한민족의 역사를 '경탄과 기적의 역사'로 표현할 것은 결코 지나친 것이 아니리라.

그러면 이렇게 독창적인 문화를 만들면서 오늘이 있게 한 한민족 생명력의 근원은 무엇인가. 즉, 앞서 표현된 대로 우리 민족의 기층문화의 씨앗은 무엇인가.

이것은 원시신앙과 고대의 신화 속에서 그 알맹이를 찾을 수 있겠다. 현대 민속 인류학에 가장 탁월한 공헌을 한 레비 스트로스(Levi-Strauss)는 "원시신앙과 신화는 한 민족의 무의식적 집단사고를 표현해주는 민족 논리라고 본다"고 했다.

우리는 한때 우리의 원시신앙을 단순한 미신으로 생각하였고 신화도 황당무계한 옛 이야기로만 인식하였다. 그러나 이들은 사라지지 않는다. 사라질 수도 없다. 다만 잠길 뿐이다. 물 밑에 가라앉듯이 지층 깊이 뿌리를 내리듯 잠길 뿐이다. 그리하여 강바닥에 가라앉은 흐름이 대하의 물줄기를 지탱하듯이, 지층에 박힌 뿌리가 나무를 떠받들 듯이 우리 문화를 지탱하고 떠받들어 나간다.

그러면 먼저 우리의 원시신앙의 현재적 의미는 무엇인가. 오늘의 시선에서 우리 원시신앙의 단점이 많다 하여 그 현존성을 부인하거나 거절할 수는 없다. 그것은 우리의 일부분이기 때문이다. 오히려 그것을 어떻게 창조적으로 받아들일 수 있을 것인가 하는 과제가 중요한 것이다. 이러한 입장에서 민속·원시신앙의 귀중한 두 맥류를 짚어 보자.

첫째는 인본주의적 현실주의다. 보통 종교적 가치는 이승이 아닌 저승의 희구, 혹은 현실 도피적인 은둔에서 이루어진다. 또한 초월적 대상에게 인간을 희생시킴으로써 인간성 자체를 상실시키는 경우도 있다. 그러나 우리의 민속과 원시신앙은 하늘과 신을 숭배하면서도 인간을 중히 여기고 현실을 중시한다.

두 번째는 조화론적인 우주관을 들 수 있다. 무당의 망아적(忘我的) 경험이 대립과 갈등의 합일의 경지를 상징하듯, 민속 · 원시신앙에서는 화와 복, 생과 사, 이승과 저승이 하나의 단일한 우주로 경험된다. 따라서 민속 · 원시신앙은 인본주의적 현실주의에 도움이 되는 것이면 어떠한 가치도 무리없이 수용할 수 있는 포용성이 있다. 보다 세련된 외래 종교의 영향에서도 오히려 그 외래 종교를 변질시키기도 하고 또한 그 외래 종교를 흡수하여 스스로를 유지시킬 수 있었던 것도 또한 그 외래 종교를 흡수하여 스스로를 유지시킬 수 있었던 것도 바로 이러한 특징 때문이라고 볼 수 있다. 이러한 민속 · 원시신앙의 두 맥류는 단군신화를 통해 더욱 체계화되고 승화되어 나타나고 한국 사상의 원류로서 작용한다.

단군신화에 나타난 사상은 민속 · 원시신앙의 한계를 극복하면서 우리 민족의 근원적인 이념을 체계화시켜 놓은 것으로 볼 수 있다. 그러면 단군신화에 나타난 한민족의 이념적 근원은 무엇인가. 단군신화에서는 우리 민족의 뿌리와 국가의 존재 근거가 신성하고 초월적인 절대자로부터 비롯된다고 보는 생각이 잘 나타나 있다. 즉 우리 민족은 하늘의 자손이라는 긍지로운 존재로 나타난 것이다. 그러나 한민족은 하늘의 초월자에 의해 유래됐으면서도 그 과정에서 인간의 권리와 의무가 스스로의 자율성을 훼손치 않고 이루어진다. 즉 웅녀는 쑥과 마늘을 가지고 굴 속에서 오랫동안 햇빛을 보지 못하는 고난의 과정을 겪어 사람이 되었고 그 후 환웅과 통혼의 절차를 통해 단군을 낳게 된다. 이렇게 한민족은 천상적 존재와 지상적 존재의 결합으로서 스스로가 주인이기를 포기할 수 없는 자율적 존재이다. 이러한 천상적 존재와 지상적 존재의 결합 양식을 대전적(大全的) 세계관 또는 전일적(全一的) 세계관으로 표현하되고 있다. 천상의 세계와 지상의 세계가 분할되어 있지 않고, 물질의 세계와 신령스러운 세계가 나누어 있지 않고 하나가 되는 세계관이라는 것이다.

이러한 세계관은 '한'으로도 표현하고 있는데, 단군신화에 나타난 '한'은 시공을 초월한 존재로서 4차원적 세계관이라는 것이다. 그리고 '한'의 묘합(妙合) 원리를 설명하여 모든 모순과 갈등은 '한'의 현묘지도(玄妙之道)로 합일에의 조화를 이룬다는 것이다. 여기서 우리는 최치원의 글을 기억할 필요가 있다. "나라에 현묘한 도가 있으니 그것은 풍류라 불리운다(國有玄妙之道 曰風流)" 여기서 현묘지도는 바로 '한'의 묘합의 원리를 의미하는 것으로, 이름하여 풍류도라 했다. 이러한 현묘지도로서의 풍류도는 화랑도 정신으로 이어진다. 단군신화 속에 응집된 '한'사상은 한민족의 정신과 혈류 속에서 한 줄기의 원류를 형성하여 오늘에 이르고 있다.

이러한 '한'의 묘합 원리가 외래 문화 속에 침윤된 대표적인 것이 한국 불교이다. 원효는 '한'의 묘리(妙理)로 원융회통(圓融會通)의 화쟁(和諍) 논리를 전개한다. '원융'이란 원만하여 막힘이 없는 것이며, '회통'이란 대립과 갈등이 높은 차원에서 해소된 하나의 만남이다. 따라서 원융회통은 어설픈 절충이 아니라 '하나'인 세계의 조화이며 종합이다. 이렇게 원효는 원융회통을 통하여 각기 다른 쟁론을 화회(和會)하고 대립된 견해를 하나로 귀일시켰다. 그에게 화쟁국사라는 시호가 내려진 것도 바로 이런 연유이다. 이러한 원융회통사상은 원측(圓測)과 의상(義湘)에서도 뚜렷이 나타나고 있다. 이러한 '한'에의 지향성은 고려에 이르러서도 대각국사 의천과 보조국사 지눌에 의하여 계승되어 교선일여(敎禪一如)인 조계종의 기초를 확립하게 되고 이것은 조선조에로 꾸준히 연결된다.

이러한 사상사적 흐름 속에서 수입된 주자학도 기고봉(奇高峯)·이율곡(李栗谷)·이동무(李東武)를 주축으로 '한'의 묘리가 이어진다. 율곡의 이기론에서 "둘은 하나이고 하나는 둘이 된다"는 자각은 '한'의 묘리에 대한 자각이 아닐 수 없다. 또한 이러한 '한'의 묘리는 동학(東學)에 의하여 '사람이 하늘이다'라는 묘리로 표출된다.

이렇게 우리의 민속·원시신앙과 단군신화에서 출발된 '한'의 묘리는 화랑도를 거치고 유불(儒佛)을 묘합하여 그의 명맥을 유지하여 왔다고 하는 사실은 참으로 경이로운 일이다.

Ⅱ. 한민족의 사유원형이 가꾸어 온 얼들은 무엇인가

'한'의 묘합 원리를 한국 기층문화의 씨앗으로 한 우리의 정신문화의 뿌리는 불교 · 유교 등의 외래 문화를 주체적으로 수용하면서 우리의 민족 문화로서 꽃피고 열매를 맺게 하였다. 이러한 정신사적 흐름 속에서 우리가 가꾸어 온 삶의 양식의 맥은 무엇인가. 이것은 섣불리 대답할 수 없는, 우리 모두가 계속 깊이 생각할 문제이다. 여기서는 이를 연구하는 학자들이 거의 동의하는 내용들을 밝혀 보도록 한다.

첫째, 사람을 중히 여기는 생각이다. 이것은 무속 · 원시신앙이나 단군신화에서도 잘 표현하고 있음을 우리는 알고 있다. 이것은 서양 정신사에 있어서 신(神)에 대항하는 인간 중심적인 휴머니즘과는 매우 다르다. 우리는 신 중심도 아니고 인간 중심도 아닌 하늘과 땅이 결합된 존재로서의 인간의 귀중함이다. 이것이 바로 단군이고 그 후손이 바로 우리 민족이다. 얼마나 넓고 크게 인간을 중히 여기는가, 이러한 사상은 도도히 흘러 동학사상에서는 인내천(人乃天), 천심즉인심(天心卽人心)과 같은 명제가 도출된다.

둘째, 풍류와 신바람 기질이다. 우리 고대의 제천의식은 모두 이 풍류와 신바람과 관계가 있는 나라 행사였다. 아마도 풍류와 신바람은 우리 민족의 성격 구조에 뿌리 깊이 박힌 체질일 것이다. 풍류를 통해 신(神)을 만나고 신(神)바람을 어깨에 일구면서 덩실덩실 춤을 춘다. 이것은 세속의 먼지를 훌훌 털어 버리는 춤이다. 이것은 '멋의 문화'를 만든다. 이

풍류가 제일 멋지게 구현된 것이 화랑도이다. 세계의 무사단 중에서 우리의 화랑도처럼 자연을 즐기고 춤과 노래를 사랑한 예는 없는 것 같다. 그러나 이러한 풍류와 신바람은 절제되지 않을 때 무궤도한 '놀이'로 변질되고 정도를 벗어날 때 비뚤어진다. 우리 사회의 여러 향락적인 병폐가 이와 무관하지 않으리라.

셋째, 지금 우리가 사는 현세(現世)와 땅을 중히 여기는 생각이다. 무속 · 원시신앙에 나타난 여러 의식들은 먼 저승을 위한 것이 아니라 지금을 생각한 것이다. "이승의 개팔자가 저승의 정승팔자보다 낫다"는 속담은 이를 잘 표현해 주고 있다. 이러한 생각은 다시 이 땅을 보호하고 이 땅에 지상 낙원을 만들겠다는 염원으로 나타난다. 신라의 화랑들이 죽어서 미래불인 미륵부처가 되어 서방정토에 가지 않고 신라에 화랑 미륵불로 태어나겠다고 소망하고 있다. 이것은 신라불국정토사상(新羅佛國淨土思想)을 낳게 하고, 불교를 호국적 성격으로 변하게 한다. 배달 겨레의 '밝' 사상, 즉 광명사상도 이 땅을 밝히자는 것이다. 이상향이 다른 곳에 있지 않고 지금 우리가 사는 여기에 있다. 따라서 기독교적 세계관처럼 구원을 기대하지 않으며, 여기에 인간들이 이상향을 만들고자 한다. 그러나 이것이 극단적인 현실주의와 악수하게 될 때 속물주의로 타락할 염려가 있다. 또한 역사의식의 결여, 형이상학적 가치의식의 결여, 실용적인 목적 제일주의적 삶의 형식으로 변질될 위험이 있다. 이것은 오늘의 우리 사회를 진단하는 데 많은 시사점을 주고 있다.

넷째, 문화 존중의 마음이다. 우리의 원(原) 한국인은 고대 중국 문화를 이룩한 동이(東夷)족이고, 일본의 문화는 한민족의 이민들이 이루어 놓았음은 주지의 사실이다. 우리 민족은 수많은 외래 문화의 홍수 속에서도 '한'의 묘합 원리로 이들을 우리 줄기에 접목시켰다. 불교가 그렇고, 유교가 그렇고, 또한 기독교도 그러할 것이다. 한때 중국 대륙을 지배했던 만주족이 지금은 소멸되고 만 역사적 사실이 입증되고 있듯이,

문화력을 갖지 못한 민족은 오래 지속하지 못한다. 참으로 한민족의 문화력은 온갖 외래 문화를 수용할 수 있을 정도로 넓고 깊었으며 한민족을 영생(永生)하게 하는 원동력이 되고 있는 것이다.

이렇게 문화를 존중하는 마음은 평화를 아끼는 마음으로 연결된다. 우리 민족이 외족과 싸운 것은 남을 침략하기 위한 것이 아니고 우리를 보호하려는 데서 나온 것이다. 우리 민족은 결코 창과 칼로써 무장한 힘에 대해서는 존경을 하지 않고 이들에게 끝까지 맞선다. 우리 조상의 자랑스러움은 결코 힘으로 남의 땅을 정복해서 만족되어지는 것이 아니고 문화를 통해서 충족되어진다. 조선시대에 나타난 일부 모화(慕華)적인 생각은 결코 사대 근성에서 나온 것이 아니라 문화에 대한 존경의 표현으로 보아야 할 것이다.

다섯째, 선민(選民) 의식과 나라 사랑하는 마음이다. 우리가 사는 이 금수강산은 하늘의 뜻을 펴기에 가장 알맞는 신성한 강토임을 밝히고 있다. 여기서 우리 민족은 천손(天孫)으로서 선택되었다. 따라서 이 강토는 인류의 기원과 이상이 펼치는 자리이고 자손대대로 의미있고 가치 있는 삶을 살아야 하는 거룩한 영역인 것이다. 여기서 현실 정토(淨土) 사상이 나오고, 인도에서 석가가 불교를 창시하기 전에 이미 신라에 불교가 있었다는 전불(前佛) 사상을 가지게 된다. 이 땅을 보호하기 위하여 고대 사회에서부터 대한제국에 이르기까지 이 땅의 정신문화를 창조해 온 인물들은 국난을 당하여 한결같이 호국정신으로 싸웠다. 불교의 승려들이 그러하였고 유교의 선비들이 그러하였다. 무사도 군인도 아닌 승려 · 선비들이 창과 칼을 들고 국난 극복에 앞장선 것은 세계 여러 나라와 비교해 볼 때 매우 특이한 것이다. 근래에 많은 신흥 민족 종교들이 세계의 운세를 가늠하면서 후천 개벽(後天開闢) 시대에는 한민족이 이 땅에서 세계를 이끌어 간다고 주장하고 있음은 은연 중에 선민사상과 나라 사랑하는 마음을 반영하고 있다고 볼 수 있다.

여섯째, 가족 간의 연대의식과 공동체의식이다. 그리스도교에서 하느님은 믿음이교, 소망이요, 사랑이다. 그러나 한국의 부모는 아마도 자식들이 믿음이요, 소망이요, 사랑일 것이다. 한국인의 가족 연대의식은 상고 사회에서 지금까지 변치않고 내려오는 정신일 것이다. 우리의 문화 유적에 여기저기 지석묘가 많이 보인다. 조상 숭배의 짙은 풍습이 수천 년의 풍상 속에서도 변치않고 내려오는 거석처럼 우리의 의식에도 남아 있다. 이러한 가족 연대의식은 유교를 통해 더욱 체계화되고 견고해졌다고 할 수 있겠다. 가정은 하나의 정신 무대이다. 가정은 체험된 정신적 가치의 공간이지 편의의 장소가 아니다. 한국인의 삶의 양식에 나타난 가족문화는 개인주의 대 전체주의의 갈등을 초월하고 있다. 가정 속에서는 개체도 부인되지 않고 전체도 부인되지 않는다. 따라서 가족문화는 전체와 개체가 만날 수 있는 지평을 열어준다. 여기서 진정한 공동체의식이 형성된다. 가족 연대의식이 미흡할 때 진정한 민족 공동체는 형성되기 어렵다. 이러한 의미에서 우리의 가족문화는 참으로 중요한 가치이다. 그러나 이 가족문화가 개방성을 띠지 못하고 폐쇄성으로 치달을 때 족벌주의·문벌주의로 나타나 공동체의 통로를 막는 장애가 될 수 있다. 오늘의 삶의 양식의 중요한 과제는 우리의 가족문화를 보존하면서 열린 자세로 공동체에 어떻게 연결시키느냐 하는 것이다.

Ⅲ. 한국인의 사유원형은 어떻게 왜곡되어 왔는가

1. 파행적 근대화와 문화 혼돈

지난 1세기 동안에 한국 사회에서 일어난 구조적 변동은 한마디로 근대화라는 말로 표현할 수 있을 것이다. 어느 나라에서나 '근대화의 고뇌'라고 불리우는 근대화의 부작용이 있다. 더구나 한국 사회가 겪은 압축적이고 충격적인 사회 변동과 문화 변동은 그 계기면에서 부자연스러운 우여곡절을 거쳐 이루어진 것이기 때문에 그만큼 남과 다른 많은 문제점을 가지고 있다.

지난 한 세기 동안 진행된 사회 변동과정 속에 나타난 문화적 문제점을 적합성, 정체성, 통합성의 차원에서 다음과 같이 제시할 수 있겠다.

첫째가 적합성의 위기(relevancy crisis)이다. 문화의 적합성은 문화 유형이 특정 사회 구조에 대한 일치 여부의 문제이다. 한국의 근대화는 그 출발에서부터 외세의 강압에 의한 개국이라는 타율적 조건하에서 갑작스럽게 이루어졌고, 그후 계속된 파행적인 문화 접변의 과정에서 적합성의 위기를 드러나게 된다.

두 번째가 정체성의 위기를 들 수 있다. 문화의 정체성은 역사와 환경 속에서 축적된 생활양식의 총체로서 문화적 전통을 의미한다. 문화적 정체성이 위협을 받게 되는 것은 문화적 전통의 단절이 일어날 때이다. 개항과 더불어 수용되기 시작한 '근대적 차용문화'가 제대로 소화되기 이전에 일제의 식민지 체제로 이어지게 되었고, 또한 해방 이후에 서구 문화를 주체적으로 받아들일 수 있는 비판적 능력이 미약했다. 더구나 6 · 25라는 충격이 준 문화적 영향은 막대하였다. 이에 전통문화에 대한 재구성의 계기를 갖지 못하고 기존의 전통문화 위에 그대로 외래 문화를 덮어씌우는 복합 구조를 만들고 말았다.

세 번째로 통합성의 위기이다. 문화의 통합성은 문화유형들 간에 일정한 정도의 일관성이 있어야 한다는 조건과, 하위 문화들 간의 차이가 전체 문화의 통합된 체계를 지나치게 위협하지 않는 조건을 뜻한다. 이와 같은 조건은 급격하고 파행적인 문화 변동의 사회적 상황에서는 이루어지기 어렵다. 우리는 문화의 이원화 현상, 문화적 지체 현상, 그리고 노사갈등 · 지역갈등 · 계층갈등 등 하위 문화들 간의 충돌 현상이 크다 하겠다.

이렇게 한국 사회가 경험한 파행적인 근대화 과정은 문화 구조에 다양한 위기적 양상을 초래케 하였다. 전통적 요소와 근대적 요소, 보편주의와 특수주의 등 계통과 연원을 달리하는 갖가지의 상반된 요소가 어설프게 공존하는 비동시적인 것의 동시적 존재 양상을 보여 주고 있다.

지금 우리는 지금 또 다른 엄청난 변혁기에 서 있다. 근대화의 패러다임이 제대로 뿌리가 내리지 않은 상태에서 새로운 패러다임의 문명이 밀려오고 있다. 19세기를 전후하여 밀어 닥친 근대화의 물결에 좌초하여 나라를 잃는 비극을 겪으면서 우리 민족은 험난한 한 세기를 걸어 왔다. 이제 우리는 새로운 문명의 파고를 맞고 있다. 한국의 사회 · 문화 변동 구조에 엄청난 변화가 예고되고 있다.

2. 한국 사회의 가치관 형성의 문제점

한국의 사회 · 문화 변동 구조의 특성 속에서 한국인의 가치관 갈등과 혼란의 원인에 대한 밑그림을 그릴 수 있을 것이다. 전통적 가치와 근대적 외래적 가치의 혼재와 갈등, 세대 간. 계층 간. 지역 간의 가치관의 차이, 그리고 가치체계와 사회체계 간의 부조화 현상이 심각하게 제기되고 있다. 이러한 가치관의 아노미 속에서 현재도 사회 구조의 변화와 가치관은 계속 변하고 있으며, 각 개인들은 다양한 적응기제에 의해 잠정적인 가치체계와 행위의 유형을 구성하고 있다고 할 수 있겠다.

가치의 개념을 어떻게 정의하던 가치의 문제는 개인의 삶의 정향뿐만 아니라, 사회체계의 정향과 밀접한 관계를 가지고 있음은 새삼 강조할 필요가 없을 것이다. 베버와 뒤르껭은 사회체계를 가치론의 입장에서 이해하고 있으며, 특히 파슨즈(T. Parsons)는 사회체계를 '도덕 공동체'로 표현하고 있다. 이는 사회체계가 가치관 내지 가치이념에 의해서 유지되고, 이것을 매개로 해서 행동하고 주어진 역할을 수행한다는 것을 의미한다. 따라서 바람직한 사회를 구현하기 위해서는 바람직한 가치체계를 정립해야 한다는 과제가 제시된다.

이를 위해 먼저 한국인의 부정적 가치관을 도출해 보고 이를 진단해 보는 작업이 필요할 것이다. 그러나 이러한 작업은 참으로 난감한 작업이다. 사회 구조와 가치관의 연관성, 과학 기술의 발달과 가치 변화의 상호성에 대한 연구의 수준은 아직까지도 일반적인 상식과 직관적인 수준에 있는 것으로 보여 진다.

그럼에도 불구하고 우리는 가치와 가치 변화를 객관적으로 연구하고자 하면서, 가치체계들의 본질에 관한 가정들을 제안하고 검증하는 노력을 계속해야 할 것이다. 즉 사회적 행동과 가치들의 관계에 대해 학문적으로 검증된 일반화에 도달하는 것이 가능하다는 것을 전제로 하고, 이를 위한 학문적 술어들과 이론적 틀을 마련하여야 할 것이다.

한국 사회의 윤리적 현실에 대한 논의는 이중적으로 나타나고 있다. 계몽적, 규범적 성격이 강한 문헌에서는 매우 부정적으로 표현되고 있는 반면에 실증적인 연구에서는 상대적으로 도덕감이 높은 것으로 나타난다. 이러한 이중적인 분석의 원인은 다양한 측면에서 찾을 수 있을 것이다.

현존 한국인의 가치관을 논함에 있어 가장 큰 혼란을 일으키는 부분이 조선조의 유교적 가치관과의 관계성이다. 유교적 가치관은 현존 한국인의 가치관에 가장 많은 영향을 미치고 있는 반면에 동시에 유교적 가치관이 붕괴되는 것으로 나타난다. 따라서 논자에 따라 한국인의 부정적 가치관이 유교적 가치관에 초점을 맞추어 논의되는가 하면, 유교적 가치관에 도전하는 산업 사회적 가치관에 초점을 두어 논의되기도 한다. 이럴 경우 유교적 가치관은 자연스럽게 긍정적 가치로 등장하기도 한다. 이러한 일련의 논의과정 속에서 항상 혼란스러운 것은 우리의 전통적 가치관으로 도출된 내용들이 과연 타당성이 있느냐 하는 문제이다. 또한 유교적 가치관이 한국인의 전통적 가치관을 과연 대표하느냐의 문제이다.

이 문제는 결국 한국인의 기층문화가 무엇이며, 한국인의 "사유원형질"이 무엇인가의 논의와 연결된다. 그리고 이러한 논의는 해석학적인 연구의 경향을 가지게 될 것이다. 민속학, 문화인류학 등 관련 인문학과 사회과학의 연구 결과를 종합 분석하여, 전통적 가치관에 관한 어느 정도의 합의를 도출하는 것이 요구된다 하겠다.

Ⅳ. 민족맥류의 회복과 문화대국을 꿈꾸며

1. 문명의 전환과 가치관

우리 민족은 19세기 말 밀어닥친 근대화의 거센 물결을 기점으로 오욕과 환희 그리고 비탄과 희망이 교차되는 격동의 한 세기를 경험하였다. 이제 한 세기를 마감하고 21세기의 새 지평을 열어야 할 막중한 과제가 우리 앞에 놓여 있다. 이와 함께 미래 사회의 구조, 지향가치, 부정적 요소 등에 대한 분석을 하고 이에 대비한 능력을 길러야 할 것이다. 있음직한 구조적 미래에 적응하지 못할 때 우리는 바람직한 미래 창조의 기회도 갖지 못한다.

분명한 것은 새로운 문화 충격과 가치갈등을 우리는 또다시 경험하게 될 것이라는 점이다. 근대적 가치관과 전통적 가치관의 혼재 속에서 우리는 또 다른 가치를 만나고 있는 것이다. 사회 구조의 변화는 가치체계의 변화를 유발하고, 또한 가치체계의 변화는 사회 구조의 변화를 유발한다.

사회 구조와 가치체계 사이에는 어느 정도의 상관성과 적합성이 있어야 한다. 그렇지 못하면 가치체계와 사회 구조 간에 긴장이 일어나고 문화적 정체성의 위기와 통합성의 위기를 초래할 가능성이 생긴다. 이것은 우리가 지난 한 세기 동안 경험한 것이기도 하다. 문제는 새로운 사회 변동과 새로운 사회 구조에 적합한 가치관이 무엇이며, 이 가치관의 부정적인 측면이 무엇인가를 밝히는 작업이다.

이것은 규범적인 문제이면서 동시에 사실적인 문제이다. 가치 또는 가치체계란 무엇인가. 가치들은 서로 어떻게 연결되고 어떻게 변하는가. 한 사회 속에서 이루어지는 가치체계들의 상호작용은 무엇인가. 사회 구조와 가치체계는 어떻게 상호작용하는가. 이러한 질문들에 대한 대답은 아직도 명확치 않다. 사실상 가치들은 우리의 언어, 사상, 그리고 생활양식들과 너무나도 미묘하게 뒤엉켜 있는 까닭에 지난 오랜 기간 동안 철학자 윤리학자 교육학자들을 매료시켜 왔다. 그러나 인간의 동기와 행위에 미친 영향이 결정적임에도 불구하고, 그 가치들이 외관상 너무나도 변덕스럽고 또한 복잡해 보이며, 우리는 아직 그것들을 지배하는 법칙들에 대해 절망적으로 무지하다 하겠다.

그러나 우리들은 새로운 문명, 새로운 사회에 완전히 수용되기 전에 새로운 문명, 새로운 사회의 가치 함축들을 시험해 보아야 할 것이다. 이러한 실험들은 미래 사회에 대한 전망과 함께 연구되어 왔다. 1970년대 미국에서는 베이어(Kurt Baier)와 레스처(Nicholas Rescher)가 산업 사회의 상승적 가치관과 하강적 가치관을 제시하고 후기 산업 사회 또는 정보화 사회의 가치들을 규명하려고 하였다. 또한 트리스트(Eric Trist) 등은 문화적 가치, 조직 철학 및 사회생태학적 측면에서 산업 사회와 후기 산업 사회의 가치관을 비교하고 있다. 최근에 많이 거론되는 요나스(H. Jonas)의 윤리이론, 울리히(W. Ulrich)의 비판적 체계윤리도 새로운 윤리적 대안을 위한 모색이다.

다음으로 우리 민족의 전통 및 한국 사회의 특수성과 연결시켜 새로운 사회 변동에 적응할 수 있는 가치관을 정립하는 문제이다.

오늘날 우리는 미래 사회 변동에 대한 담론들의 홍수 속에서 살고 있다. 그러나 우리는 이러한 미래에 대한 담론 속에서 길을 잃어서는 안 된다. 더블린(Max Dublin)은 그의 저서 『왜곡되는 미래(Futurehype)』에서 미래 예측 담론의 문제점을 거론하면서 이데올로기화를 경계하고 있다. 그는 여러 분야에서 이루어지고 있는 온갖 종류의 예언들이 사실은 인간의 삶을 단조롭고 숨막히게 하며, 궁극적으로는 우리의 자유로운 선택을 제한하여 우리의 다양한 삶의 방식을 박탈할 위험성이 있다는 것을 강조하고 있다. 여기서 우리는 미래의 예언에 최면당하지 말고 바람직한 우리의 미래를 만들어 갈 수 있는 선택의 가능성에 능동적으로 대응하여야 할 것이다. 이것이 바로 미래를 창조하는 책임의 윤리이다.

미래 사회의 특징과 함께 항상 거론되는 것이 세계화, 지구촌화이다. 특히 우리는 IMF의 체제 이후 '경제의 세계화'를 체감하고 있다. 마르틴과 슈만(Hans-Peter Martin and Harald Schumman)은 그들의 저서 『세계화의 덫』에서 지구촌을 하나의 시장으로 통합시키고 민주주의나 사회복지는 설자리를 잃게 만든다고 '세계화의 이중성'을 고발하고 있다. 즉 경쟁과 효율이란 이름으로 용인하기엔 너무나도 비인간적인 시장의 법칙을 강도 높게 비판하고 있다. 150달러짜리 나이키 운동화를 만드는 인도네시아 노동자의 임금은 3달러이고, 세계인의 13억 인구가 하루에 1달러 미만의 생계비를 사용하는 반면, 지구상에 있는 부자 358명의 재산은 지구촌 25억 인구의 전 재산을 합친 액수와 비슷하다는 것이다.

후쿠야마(F. Fukuyama)는 그의 저서 『TRUST』에서 경제적 번영에는 문화적 배경이 중요하다고 강조하면서, 공동체적 연대와 결속은 경제적 도약의 기초라고 주장하고 있다. 그에 의하면 시장에서 합리적이고 이기적인 인간의 행동만이 경제를 발전시킨다는 이전의 경제학은 일부만 옳다는 것이다. 이제 중요한 것은 관습, 도덕, 협동심 같은 '사회적 자본'이다. 인간이 공통의 규범을 바탕으로 서로 믿고 존중하며 자발적으로 협력하게 만드는 신뢰 사회를 구축하는 것이 제일 중요하다. 그 자발적 사회성이야말로 자유민주주의 시장경제체제를 살리는 길이라고 주장한다.

한국 사회가 맞이하고 있는 새로운 사회 변동의 양상과 그 문제는 바람직한 미래와 신뢰 사회를 창조하는데 많은 과제를 안겨 주고 있다.

2. 한국 문화 창조와 문화대국의 길

많은 미래학자들은 다가오는 21세기를 '문화의 세기'로 예견하고 있다. 세계적인 논쟁을 야기시켰던 사무엘 헌팅톤(Sammuel Huntington)의 『문명의 충돌(The Clash of Civilization)』도 21세기를 문화—문명의 패러다임으로 전환한다는 가정에서 쓰여진 것이다. 헌팅톤은 새로운 시대의 분쟁이 지금까지의 원인이 되었던 정치적 이데올로기나 경제적 이익의 대립에서 오는 것이 아니라, 문화적 요소에서 올 것이라고 예견하고 있다.

이러한 헌팅톤의 주장은 그 타당성 여부를 떠나 우리에게 시사해 주는 바가 있다. 18세기 이후 근대화의 주역 역할을 한 구라파는 서구 문명을 보편적 이념으로 확산시켜 왔었고, 지역과 종족, 민족과 관련된 문화적 논의는 신비주의나 에피소드적 취급을 당하거나, 세계 시스템에 역행하는 즉, 서구 문명의 보편주의에서 이탈하는 반 근대적 언설로 간주되었다. 헌팅톤의 이론이 서구와 비서구의 양극화된 냉전적 문화충돌론을 내세우는 한계를 지니고 있지만, 문화적 아이덴티티가 정치 이데올로기나 경제적 이익보다 중요시되는 사회가 도래된다는 점에서 주목되는 이론이라고 볼 수 있다.

지금까지의 정치—경제 패러다임하에서는 정치—경제체제가 동질적인 문화를 분리시키기도 했고, 반대로 이질적인 문화를 강제적 장치로 통합시키기도 하였다. 우리 민족의 근·현대사가 이러한 비극을 가장 극명하게 보여 준 예라 하겠다. 우리나라 문화체계의 특이한 점은 외부로부터의 문화 충격 때문에 가치 창조의 작업이 자율성에 입각한 자연발생적인 과정을 거치지 못함으로써 그 정체성과 통합성에 심각한 문제를 노정시키고 있다.

이제 문화의 세기를 맞이하여, 백범 김구 선생이 갈망한 세계로부터 존경받는 문화대국이 되기 위해서는 먼저 우리가 어떠한 가치 양식으로 어떠한 가치를 지향하며 살고 있는가에 대한 진단을 해야 할 것이다. 이를 위해 우리는 동서양의 가치를 비교하는 작업이 선행되어야 할 것이다. 왜냐하면 우리의 가치체계는 동서양의 가치가 뒤범벅이 된 것으로 보기 때문이다. 또한 동서양 가치의 뒤범벅은 동서양 가치의 조화와 융합에의 지혜도 줄 수 있을 것이다.

오늘 세계화 지구촌화하는 흐름 속에서 서로 다른 보편성의 경쟁이 이루어 질 것이다. 이 보편성의 경쟁은 여러 형태로 전개될 것이다. 공존 또는 흡수의 형태를 띨 수도 있고, 어지러운 난투장의 모습으로 전개될 수도 있으며, 융합과 조화의 형태로 나타날 수도 있을 것이다.

이 중에서 융합과 조화가 제일 바람직한 것임은 말할 것도 없다. 우리 민족이 문화 만족으로 대우받을 수 있었던 것은 문화 창조력뿐만 아니라, 외부 문화에 대한 융합과 조화의 능력에서 나온 것이라 하겠다. 어느 문화의 경우에도 본래의 씨앗으로서의 고유 문화에 외래 문화를 수용·섭취하여 자기의 문화로서 정착시킴으로써 문화가 성층처럼 축적되고 발전한다. 본래의 씨앗으로서의 고유 문화를 기층문화라 하고 외부로부터 수용·섭취하여 자기 문화로서 정착시킨 외래 문화를 표층문화라고 표현한다. 어느 민족의 경우를 보더라도 기층문화만을 바탕으로 하여 표층문화를 형성해 온 민족 문화란 거의 생각할 수 없다. 오히려 기층문화의 바탕 위에서 외래 문화를 융합 조화시켜 민족 문화로서 뿌리를 내려 더욱 다채롭고 풍요한 민족 문화의 발전을 이룩해 온 것이라고 볼 수 있다. 이러한 능력은 일찍이 최치원의 현묘지도, 원효의 원융회통사상 등에 잘 나타나 있다.

그러면 동서양의 가치관을 융합시키기 위해 우리는 어떻게 해야 하는가? 먼저 자신의 문화적 주체성을 확인하는 작업이 선행되어야 한다고 생각한다. 동양과 서양의 만남은 단순히 서양화된 동양, 동양화된 서양을 의미하는 것이 아니라, 각 문화가 상대방에 직면하여 무의식적이든 의식적이든 자신의 주체성을 발견하고 확인하는 과정이기도 하다.

다음으로는 문화적 상대성을 바탕으로 하여 세계적 시각에서의 공유성 창출이다. 어떤 사람에게도 통용되는 보편적인 문명이 존재한다는 생각 자체가 이미 문화 제국주의적 사고에 지나지 않는다. 우리들은 다른 문명의 종교 및 철학적 기층 부분, 나아가 그들이 어떻게 스스로의 관심을 결정하고 해결해 가는 가를 깊이 이해해야 할 것이다. 또한 세계는 다양한 문명에 의해 형성되어 가며, 따라서 우리들은 세계인과 공존하는 방법을 함께 배워야 한다.

여기에 문화 비교의 필요성이 제기된다. 비교한다는 것은 유사성의 탐구이기도 하고 이질성의 탐구이기도 하다. 유사한 점을 비교하고 차이 또는 대비를 탐구함으로써 새로운 원리를 발견할 수 있을 것이며, 이것을 통해 우리는 보편성을 더듬을 수 있겠다.

이제 세계화, 지구촌화 시대를 맞아 물리적 국경은 무너져 가고 문화적 국경이 그 자리를 대신하고 있다. 이제 일본 문화의 공식적인 유입도 허용되기 시작하였다. 그러나 우리의 문화적 국경은 과연 있는 것인가. 분명 있다면 그것은 과연 무엇인가. 그리고 그것은 그 기능을 제대로 하는

가. 이에 대해 우리는 자신있게 대답하지 못한다.

문화는 개인적 차원에서는 상황을 정의하고, 태도 · 가치 · 목표를 정의하고 나아가 행동지침을 제공한다. 사회적 차원에서는 문화는 유형화된 행동양식을 제공함으로써 사회의 질서와 안정을 유지한다. 또한 연대의식과 소속감을 갖게 하고 사회 통합을 증대시킨다. 이것은 한국인의 사유원형을 현재적 의미에서 재조명하고 이를 민족맥류의 회복 차원에서 어떻게 연결시키느냐의 과제가 등장한다.

글의 마무리를 백범 김구 선생의 글로 대신하고자 한다.

나는 우리나라가 세계에서 가장 아름다운 나라가 되기를 원한다. 가장 막강한 나라가 되기를 원하는 것은 아니다. 내가 남의 침략에 가슴이 아팠으니 내 나라가 남을 침략하는 것을 원하지 아니한다. 우리의 부력(富力)은 우리의 생활을 풍족히 할 만하고 우리의 강력(强力)은 남의 침략을 막을 만하면 족하다. 오직 한없이 가지고 싶은 것은 높은 문화의 힘이다. 문화의 힘은 우리 자신을 행복되게 하고 나아가서 남에게 행복을 주겠기 때문이다. …… 인류가 현재에 불행한 근본 이유는 인의가 부족하고 자비가 부족하고 사랑이 부족한 때문이다. 이 마음만 발달이 되면 현재의 물질력으로 전 인류가 편안히 살아갈 수 있을 것이다. 인류의 이 정신을 배양하는 것은 오직 문화다. 나는 우리나라가 남의 것을 모방하는 나라가 되지 말고 이러한 높고 새로운 문화의 근원이 되고 목표가 되고 모범이 되기를 원한다. 그래서 진정한 세계의 평화가 우리나라에서, 우리나라로 말미암아서 실현되기를 원한다. 홍익인간(弘益人間)이라는 우리 국조 단군의 이상이 이것이라고 믿는 것이다.

의병정신의 특성과
현대적 의의

　필자는 역사학자도 아니고 한국의 의병에 대해 깊은 공부를 할 기회도
가지지 못했다. 따라서 의병정신에 대해 글을 쓴다는 것에 대해 매우 송
구스런 마음을 금할 수 없다. 그럼에도 불구하고 이렇게 글을 쓰게 된 동
기가 있다. 필자는 의병에 관한 글을 읽을 때마다 한국근현대사에 의병
운동이 없었다면 우리 역사가 얼마나 공허했을까하는 느낌을 항상 받아
왔다. 어느덧 일제의 강제병합이라는 국치 백 년이 넘었다. 강제병합의
과정 중에서 만약 의병운동이 없었다면 우리는 얼마나 부끄러운 민족이
되었을까? 그래도 의병운동이 있었기에 국치의 부끄러움을 어느 정도 위
안 받지 않았을까하는 느낌이다. 또한 그 의병정신이 독립운동의 뿌리가
되고 대한민국 건국의 정신사적 초석으로 자리매김한 것이라고 볼 수 있
다.

　의병은 국가가 외침으로 의기를 당하였을 때 민간인이 스스로 군대를
조직하여 나라를 지키려는 운동이다. 우리 역사에는 삼국시대, 고려시

대, 조선시대에 걸쳐 긴 의병항쟁의 뿌리깊은 전통이 있다. 한말 의병운동은 이러한 의병항쟁정신의 맥락을 이어온 것으로서, 순국의병이 15만에 이르는 숭고한 운동이다.

그럼에도 불구하고 오늘날 '무명의병위령탑'도 없는 현실이며, 나아가 의병운동과 의병정신은 화석화되어 박물관의 낡은 골동품 취급을 받고 있는 것이 아닌가 하는 걱정이 든다. 필자는 박물관의 골동품 취급을 당하는 의병을 시장에 내 놓고 그 가치의 중요성을 강조하고, 의병정신이 오늘날 어떤 의미를 지니고 있으며 우리 공동체에 어떠한 역할을 할 것인가에 대해 탐구해 보고자 한다. 이러한 글쓰기의 목적은 의병운동을 가치론적인 측면에서 그 의미를 찾아보는 것이다.

필자는 그동안의 의병운동에 대한 다양한 기존의 연구를 바탕으로 하여 의병운동의 가치론적 특징을 도출해 보고자 하는 것이지, 의병운동에 대한 역사적 사실을 기술하고자 하는 것이 아니다. 따라서 이 글은 흔히 말하는 '학술적 논문 형식'에서 벗어나서 자유로운 글쓰기로 필자의 생각을 전하고자 노력할 것이다. 학술적 논문 형식은 의병운동을 시장에 내 놓는 포장으로는 적절치 못하다는 생각이 들기 때문이다.

글쓰기의 순서는 의병운동과 정신을 낡은 것으로 보는 것에 대한 반론부터 시작하고자 한다. 이것은 의병을 박물관의 진열대에서 빼내오기 위해서 해야 할 첫 작업이라고 생각하기 때문이다. 다음으로 의병운동에 나타난 가치론적 특징을 탐구해보고자 한다. 이를 바탕으로 시민사회와 세계화 시대의 와중에 있는 우리 한국 사회에서 의병정신이 의미하는 바와 그 역할을 탐색하고 재조명하고자 한다.

Ⅰ. 한말 의병정신을 왜 낡은 사상으로 보는가?

의병운동에 큰 애정을 가지고 그 정신을 기리기 위해 설립된 '의병정신선양회'의 회장을 맡고 있는 윤우 선생과 대화할 기회를 가진 적이 있었다. 그때 윤우 선생은 '의병정신을 낡은 사상'으로 보는 젊은이의 시각에 대해 걱정을 하였다. 그때 필자 자신도 의병정신을 낡은 사상으로 보고 있는 면이 있지 않았나 하는 느낌이 들었다. 그러면서 의병운동의 현대적 조명을 하기 위해서는 제일 먼저 의병정신을 낡은 사상으로 보는 시각에 대한 반론부터 제기해야 하겠다고 생각하였다.

그러던 중 눈에 번쩍 뜨이는 기사를 발견하였다. '조선왕실의궤' 반환운동을 주도해온 혜문 스님은 2010년 8월 10일 나오토 일본 총리의 반환 약속을 하는 담화를 하자 이를 '의병의 승리'라 표현하였다. 여기에 혜문 스님의 인터뷰 내용을 소개해 보고자 한다(한국일보, 2010. 8. 16).

― 이번 반환운동을 의병운동에 비유하신 적이 있는데 ―

"우리나라를 의병의 나라라고 하잖아요. 이번에도 정부는 끝까지 의궤 반환을 공식 요청하지 않았어요. 정부가 포기한 실록과 의궤를 국민들이 의병을 조직해서 일본 정부와 협상을 해서 가져오는 것이니까 의병의 전통에 속하는 것이죠."

이외에도 '인문학의 의병운동'이라는 기사도 보았다. 이것은 대학사회에서 고사해 가고 있는 인문학을 대학 밖의 여러 모임을 통해 인문학적 소양을 기르고 서로 공유하려는 자발적 운동을 스스로 인문학의 의병운동으로 표현하고 있는 것이다.

이러한 기사를 기분 좋게, 감명 깊게 읽으면서 의병을 새롭게 조명하는 것이 매우 뜻 깊은 일이라 다시 확인하게 되었다. 그러면 왜 의병을 낡은 사상으로 보게 되는 경향은 왜 생겼을까? 이를 세 가지 측면에서 분석해 보고자 한다.

1. 복고적이고 반개혁적 사상이다

의병정신에 대한 곡해 중 제일 큰 것이 복고적이고, 반개혁적이라는 것이다. 의병운동은 시대의 흐름을 보지 못한 완고한 사상이라는 것이다. 이것은 식민사관에 젖은 오랫동안의 우리 역사교육의 흔적이라고 볼 수 있고, 한편으로는 근대화의 이념을 선으로 보고 의병을 평가하기 때문일 것이다.

모든 사상과 이론 등 인간정신의 전개 속에서 나타났던 모든 현상과 국면들은 크게 두 가지 방법으로 연구될 수 있다. 즉 내부 관찰법과 외부 관찰법이다. 내부 관찰법에 있어 연구자의 관심은 해당 사상이나 이론 자체의 내용이다. 이에 비해 외부 관찰법에 있어 연구자의 관심의 초점은 사상이나 이론의 내용이 아니라, 그러한 사상이나 이론이 배태되고 인식되어진 폭넓은 배경들과 그 관계에 있다.

즉 내부 관찰법은 사상과 이론을 전적으로 그 형식과 내용의 의미 자체 속에서만 분석하는 것이고, 외부 관찰법은 사상과 이론이 지닌 형식과 내용을 넘어 다양한 사회적 맥락에 위치시킴으로서 주위 배경의 결정력에 영향 받는 방식으로 그것을 상대화 시키는 것이다.

필자는 의병을 반개혁적이라고 보는 시각의 발단은 지금의 시각에서 내부 관찰법으로 평가하기 때문이라고 본다. 제 1차 의병운동을 제일 큰 원인이 된 단발령을 예로 들어 보자. '단발의 문제'는 선악의 문제가 아니고 문화의 문제이다. 해방 이후 30여 년 동안 우리의 중고등 남학생은 거의 '까까머리'였다. 지금 그들을 까까머리로 만든다면 엄청난 저항을 받을 수 있을 것이다. 한말에 강제적인 단발령에 저항한 것은 단순히 상투 없어지는 것에 대한 저항이 아니라 침략국 일본에 대한 저항이고 민족정체성, 문화 정체성에 대한 애정의 표현으로 볼 수 있다. 이러한 예는 수없이 찾을 수 있다.

또한 우리는 개항 이후 오늘날까지 근대화라는 이념의 틀을 선의 가치로 무의식중에 받아들이고 있다. 그래서 개화사상은 근대, 위정척사사상은 반근대라는 이분법적 사유로 가늠하는 것에 익숙하여 졌고 또한 그렇게 교육을 받아 왔다. 근대와 반근대화의 문제는 책 한 권을 써도 모자랄 많은 논쟁이 있는 주제이다. 그럼에도 불구하고 우리는 이를 단순화시키고 의병운동을 복고적으로 보는 것이다. 또한 의병운동의 후기에는 의정척사론에서 점점 자유스로워지는 경향도 나타났으나 이는 무시하고 있다.

여기서 구한말의 유명한 의병장 허위에 대한 언급을 하고자 한다. 허위는 위정척사 계통의 유생으로 알려져 있지만 1904년에 국왕에게 제출한 10개 조목의 개혁안은 어떤 개혁파보다 못지않은 사회개혁 의식을 가지고 있었던 것이다.[1] 그는 1908년 12월에 일본의 회유를 물리치고 교수대에 올라 순국하였다. 지면 관계상 허위의 10개 개혁안을 소개하지 못한다.

2. 조선왕조의 수호에 집중했다

필자는 구한말의 역사를 읽으면 침통하고 짜증스러움을 느낀다. 이때 새로운 기운을 뿜는 개국이 있었으면 생각도 하게 된다. 필자뿐만 아니라 많은 사람들도 그러하리라 생각된다. 19세기 중엽 이후 겪은 우리 민족의 시련은 19세기 이전에 겪었던 외세와는 전혀 성격이 다른 것이었다. 즉, 우리 선조들이 이제까지 직면했던 외세와는 성격이 다른 근대화된 외세 세력들과의 만남에서 나오는 시련이었다. 결국 그 시련을 극복하지 못하고 나라를 빼앗기고 만다.

한말에서 국치에 이르기까지의 과정을 보면 참으로 한심스럽다는 생각이 든다. 정치 지도층은 외세의 농간에 따라 이합집산을 거듭하고, 국정의 문란은 극심하고 특히 지방의 폐정은 날이 갈수록 심각하고, 동학을 비롯한 각종 저항운동이 일어난다. 이와 함께 왕권에 대한 민족적, 사회적 기반도 거의 상실된 상태였다.

의병운동은 이러한 한심한 왕조의 수호에 가담했다는 오해를 받을 가능성이 있다. 특히 민주주의 사상에 익숙한 오늘의 시각에서 보면 더욱 그러하다. 이것은 위정척사론을 내부 관찰법으로만 보고 이를 의병운동과 연결시킬 때 이러한 오해는 언뜻 설득력이 있어 보인다. 그러나 이러한 오해는 의병으로서는 매우 억울한 것이라 생각한다. 지식사회학에서 강조하듯 모든 사유는 존재의 구속성에서 자유롭지 못하다. 한말의 개화사상이든 위정척사사상이든 그것은 결코 서구적 의미에서의 시민사회운동이 아니었다. 그것은 근대화된 외부 세력에 대한 나름대로의 반응이었다. 개화사상이 조선왕조와 왕권을 부인한 적은 결코 없었다. 조선왕조를 부인하고 새로운 나라를 건립하고자 하는 의식은 그 어느 집단도 가지고 있지 않았다. 농민이 중심이 된 동학운동도 조선왕조의 수호를 포기하지 않는다.

당시의 조선왕조는 싫든 좋든 '우리의 나라'일 뿐이다. 개화파는 그 나라를 근대화시키는데 많은 관심을 두었고 위정척사파와 의병운동은 나라를 지키는데 많은 관심을 가지고 있었다. 그리고 민주적 시민문화가 형성되지 못한 상태에서 당시의 조선왕조를 제외하고 그 어떤 나라를 상상한다는 것은 매우 어려운 일이다. 나라를 일본으로 바꾸는 일 외에. 그러나 불행히도 그 나라가 일본이 되는 치욕을 당하고 만다.

3. 양반 유림계층이 주도했다

의병운동을 낡은 사상으로 보는 시각에서 많은 부분은 양반 유림계층이 주도했다는 것에서 비롯된 것은 아닌가 하는 생각을 하게 된다. 더구나 민중적 시각에서 볼 때 더욱 그러하다. 그리고 오늘날 일반이 가지고 있는 유림에 대한 인상은 매우 완고한 상으로 그리고 있고, 조선조 양반에 대한 시선 또한 결코 곱지 않다. 자기 스스로를 양반계급의 후예라고 자처하는 사람이 엄청 많음에도 불구하고.

의병운동의 초기에는 분명 양반 유림계층이 주도했다. 그러나 양반 유림계층이 의병운동의 출발점에 서 있지 않았다면 필자는 매우 절망적인 기분을 느꼈을 것이다. 누란의 위기에 처한 국가에서 엘리트 계층인 양반 유림계층이 모두 침묵을 지키고 있었다면 얼마나 허무할 것인가. 또한 나라를 팔아먹은 주인공이 양반계층의 일부임을 감안한다면 더욱 그러하다.

국가나 사회의 운영에 있어 엘리트의 역할과 그 비중의 막대함에 많은 지면을 할애할 필요가 없을 정도로 모두가 인정하고 있다. 세계의 사회운동사를 보면 민중 지향적 성격을 지닌 운동도 거의 그 시대의 엘리트 계층에 의해 주도되고 있는 경우가 태반이다. 맑스나 인도의 간디도 그 시대의 엘리트 계층이다. 민중이 실체냐 상징체계냐 하는 논쟁은 많다. 필자는 민중은 실체라기보다는 어떤 지향성 같은 상징체계로 보고자한다. 필자는 민중을 상징체계로 보면서 의병운동은 민중에 바탕을 둔 구국의 의용병이라고 생각한다.

그리고 중기, 후기 의병운동으로 진행되면서 의병의 참여자도 매우 다양해지고 의병의 지도자도 다양한 계층에서 나온다.[2] 의병운동이 양반 유림계층에서 주도되었다는 것은 사회운동사의 측면에서 지극히 자연스러운 일이며, 의병운동이 진행되면서 다양한 계층이 참여하고 또한 주도되었다는 사실을 감안한다면 의병운동은 결코 낡은 사상이 아니다.

Ⅱ. 의병정신의 가치론적 특징은 무엇인가?

의병정신의 가치론적 특성은 논자에 따라 다양하게 논의될 것이다. 의병정신을 외연으로 너무 확대하면 이것저것 좋은 덕목을 다 끌어 모아 덕목의 진열장이 될 가능성이 클 것이다. 이것은 오히려 의병정신의 정체성을 훼손할 위험성이 크다고 할 수 있다. 여기서는 이러한 위험에 유위하면서 그 가치론적 특성을 세 측면에서 찾아보고자 한다.

1. 부정의에 대한 저항

의병정신의 제일 큰 가치론적 특징은 '부정의에 대한 저항'으로 보고자 한다. 이를 위해 먼저 정의가 무엇인지를 가늠해 보아야 할 것이다. 정의라는 용어는 인간의 행동원리에서부터 정치적 사회 질서에 이르기까지 매우 포괄적이고 다양하게 사용되고 있다. 또한 정의에 대한 개념도 사상가에 따라 다양하고, 또한 동서양에 따라 다른 모습을 보이고 있다. 여기서는 이를 다룰 지면도 없고, 아마도 필자의 능력으로는 불가능할 것으로 보인다. 개개의 정의관이 지니는 다양성과 합의 불가능성 때문에 어윈(R. Erwin)같은 학자는 정의를 곧 정의의 부재를 보는 편이 낫다고 보고, 모든 부정의의 상태를 제거하는 것이 곧 정의에 이르게 될 것이라고 말한다.[3]

한문으로 된 많은 고전 가운데 정의라는 단어는 많지 않다고 한다. 그러나 몇몇 문헌에 나타난 용례로 볼 때 크게 세 가지 의미로 쓰이고 있다.[4]

첫째, '올바른 의미(correct meaning)'로서의 정의
둘째, '행위의 정당성(legitimacy or rightfulness)'으로서의 정의
셋째, '곧고 의로운 인격(straightforwardness or righteousness)'으로서의 정의

위의 세 가지 내용을 통합해 보면 '옳고 바른 사유와 행동의 총체'로서 정의를 보는 것이 무리하지는 않을 것이다. 의병운동의 정의관은 '배분적 정의'니 '절차적 정의'니 하는 서양의 정의관이 아니라 옳고 바른 사유와 행동의 총체로서의 정의관이다.

이러한 정의에 어긋나는 것이 부정의이다. 의병정신의 핵심은 이러한 부정의에 대한 저항에 있다. 이것이 한국 성리학의 의리정신에서 나온 것인지, 아니면 한국인이 지닌 여러 사유의 맥락에서 나온 것인지는 필자의 능력으로는 가늠할 수 없다. 확실한 것은 의병운동에 나타난 부정의에 대한 저항이 세계 사회운동사에 예를 찾아보기 힘들 만큼 치열한 것이었다는 점이다. 의병운동은 '실패가 예고된 운동'이라고 볼 수 있다. 그럼에도 열악한 환경 속에서 실패가 예고된 저항을 계속한다는 것은 참으로 경이롭다 하겠다. 그래서 의병정신은 독립운동의 초석으로 연결되는 것이 아닌가. 일제치하에서 민족의 자주와 나라의 독립을 위한 투쟁은 바로 의병의 부정의에 대한 불굴의 저항정신에서 나온 것이다.

여기에 경북 동대산에서 의병활동을 한 정환직이 일본군에 의해 처형당할 때 남긴 유시를 소개하고자 한다.

몸은 죽을망정 마음마저 변할소냐?

의는 무겁고 죽음은 오히려 가볍도다.

뒷일을 부탁하여 누구에게 맡길꼬?

생각하고 생각하니 5경이 되었구나.

2. 민족 정체성, 문화 정체성의 정립

위정척사사상이나 의병운동에서 일관되게 나타나는 것이 민족 정체성의 훼손과 문화 정체성의 붕괴에 대한 위기감이다. 이것은 일일이 문헌적 자료로 여기서 인용할 필요가 없을 정도로 밝혀진 사실이다. 필자는 먼저 한말 시대에 일본이 우리나라를 어떻게 보고 있는가를 살펴보고자 한다.

근대 이전 한국인은 일본에 대해 문화적 우월감을 가지고 있었고, 근대 이후 일본은 근대문명의 선진국을 자부하며 한국인에 대한 우월감을 지속적으로 고착시켜 나갔다. 그 대표적인 사례를 후쿠자와 유기치가 1875년 신문에 기고한 내용을 인용해 본다.[5]

"도대체가 이 나라가 어떠한가를 묻는다면 아시아주의 소야만국으로 그 문명의 정도는 우리 일본에 까마득히 미치지 못한다고 볼 수 있다. 이 나라와 무역하고 통신하여 얻을 수 있는 이익은 전혀 없다. 그 학문이 취할 만한 것이 없고, 그 병력 또한 두려워 할 것이 없다. 조선이 스스로 우리의 속국이 된다 하더라도 기뻐할 만한 것이 못된다."

위와 같은 사례는 수 없이 많다. 한국인을 도박, 술타령, 게으름, 거짓말, 기만, 음모, 술책, 사대주의 등 온갖 악덕을 소유한 사람으로 묘사한 문헌들이 매우 많다. 한국에 대한 이러한 '야만국' 인식은 18세기 말부터 각 관공서, 교육기관, 언론, 각종 출판물을 통하여 무제한적으로 선전

되었고, 이것은 구체적으로 구한말에 대한 정책으로 반영되었다. 위정척
사론은 이러한 맥락과 관련하여 평가하여야 할 것이다.

이러한 일본 민족의 우월감에 입각한 한국관은 일제 강점시에는 동화
정책과 '내지연장주의'를 식민지 지배정책으로 채택하게 된다. 그 구체
적인 지배이데올로기가 소위 '황민화'와 '내선일체'이다.[6] 이러한 한국
인을 야만으로 보는 일본인의 인식과 정책에 굴복하여 우리 한민족의 정
체성과 문화 정체성을 상실한 부끄러운 사례가 얼마나 많았던가.

우리의 의병운동은 이러한 일본인의 한국 인식과 논리에 대한 첫 무력
저항운동이다. 우리의 얼과 혼을 빼앗는 일제의 침략에 처절하게 저항한
것이다. 이러한 의병정신은 독립운동으로 이어지고 있다. 신채호는 일본
제국을 '강도국가'라고 보고 민중혁명에 의한 전면적 투쟁을 주장한 것
은 의병정신의 계승이다.

3. 엘리트 계층의 책무정신

의병운동을 박사학위 논문으로 연구한 김호성 교수는 의병운동의 정치
적 가치정향을 '사림 정치문화'와 '위정척사사상' 및 '한국 근대 민족주
의적 요소'로 구성되었다고 한다.[7] 여기서 필자가 관심을 두는 것이 '사
림 정치문화'이다.

사림파는 정몽주, 길재에서 출발하여 김자연, 김종직, 김굉필, 조광조
등으로 이어지는 도학의 학통이다. 도학은 탐욕적 욕망을 극복하고 의리
가 확고한 인간과 정의가 주도하는 사회를 이상으로 추구하고 있다. 사
림파는 도학적 정통성에 대한 강한 신념을 갖고 학문과 도덕적 규범의
실천에 철저한 학풍을 지니고 있었다. 사림파의 대표자라 할 수 있는 정
암 조광조는 기묘사화가 일어나자 감옥에 갇혀서 "나라가 병드는 것은

이익을 탐내는 욕망에 있다고 헤아리고, 나라의 맥을 무궁하게 새롭게 하고자 하였을 뿐이다."라고 주장하였다.

사림은 전통적 신분질서에서 그들의 우월한 사회적 가치를 확보하려는 한계 상황에서 출발한 것이 아니라, 통치조직 내부로부터 침식당하는 국가를 유지 회복함으로써 적어도 민중과의 제휴를 전제로 하는 동질적 민족의식을 기반으로 하고 있었다.[8] 의병운동은 이러한 도학의 전통에 바탕을 둔 사림의 정신을 국난의 상황에서 구체적 저항운동으로 나타난 것이라 본다. 여기서 필자는 사림의 문화에서 지도층, 엘리트 계층의 엄중한 책무정신을 보게 된다. 이것이 바로 선비정신의 구현이다. 의병정신의 핵심 중의 하나는 바로 지도층, 엘리트 계층의 역할과 의무에 대한 큰 길잡이가 되고 있다.

Ⅲ. 시민사회, 세계화 시대에 있어 의병정신의 재창조

오늘의 한국 사회가 처한 상황을 진단하는 용어로 '시민사회'와 '세계화'라는 단어가 많이 거론되고 있다. 시민사회에서 시민은 사회의 주인이며 개인적 행복 실현과 사회 발전을 인도할 가치의 창조자이다. 시민의 개념은 동양에서는 거의 발견되지 않은 서양의 사회 변화과정에서 등장된 개념이다. 한국에서의 시민사회에 대한 관심은 민주화 과정에서 등장한 것이다. 시민사회는 다양성과 창의성을 존중하는 자율적인 사회로서, 협의와 협동을 중시하고 다수와 소수를 다 같이 존중하면서 공공의 복지를 지향하는 사회이다. 이와 함께 바람직한 시민사회를 구현하기 위한 시민윤리의 중요성에 대한 관심도 높아지고 있다.

세계화는 다문화란 용어와 함께 오늘날 중요한 화두로 등장하고 있다. 2007년 교과부에서 편찬한 교과과정에서도 세계화, 다문화 시대에 부응하고자 내용이 중요한 영역으로 등장하고 있다. 이러한 시민사회, 세계화 시대에 있어 의병정신은 어떠한 의미를 가지고 있으며, 어떤 방향으로 재창조되어야 하느냐에 관심을 내용을 전개하고자 한다.

1. 정의로운 공동체 구현과 엘리트의 자세

필자는 의병정신의 첫 번째 특징으로 '부정의에 대한 저항'을 들었다. 이러한 부정의에 대한 저항정신은 이제 정의로운 공동체를 구현하는 정신적 길잡이로서 의병정신이 그 역할을 해야 할 것이다. 정의 사회란 어떠한 사회인가를 두고 동서양을 막론하고 정의의 개념만큼이나 다양한 의견이 제시되어 왔다. 유교의 '대동사회', 도가의 '소국과민', 플라톤의 '이상국가론', 맑스의 '공산사회' 등 헤아릴 수 없을 만큼 많고, 그 실현에 대한 방법도 그러하다.

정의와 정의 사회에 대한 개념을 규정하고, 그 원칙을 도출하는데 많은 미해결의 상태에 있다. 그렇다고 해서 정의의 실천을 위한 노력이 유보된다는 것은 인간 사회의 현실이 용납하지 않고 있다. 그러기에는 인간이 직관적으로 정의와 부정의에 대해 이미 알고 있고, 그동안 많은 사람들이 부정의로 인한 많은 고통을 받아 왔고, 정의의 실천에 관한 현실적 삶의 절실한 요구를 체감하고 있다.

필자는 정의로운 사회를 '옳고 바른 공정한 사회'로 일단 정의하고자 한다. 아마도 이것은 대다수의 보통사람들이 직관적으로 합의할 수 있는 것이라고 생각한다. 오늘날 우리 사회는 옳지 못하고, 바르지 못하고, 공정치 못한 경우가 너무도 많다. 정치, 경제, 사회 등 다양한 제도적 영역에서부터 물질만능주의, 생명경시풍조, 연고정실주의, 학벌주의, 지역주의 등 우리의 정신적 창고에도 정의롭지 못한 요소가 도사리고 있다.

또한 정의로운 사회는 공동체적 사회와 함께 한다. 근래에 서점가에 화제가 되고 있는 마이클 샌델(Michael J. Sandel)도 '정의란 무엇인가'도 정의는 바람직한 공동체 구현을 위한 요소로 보는 것이다. 근대화와 더불어 자유주의와 개인주의가 팽배하면서 경쟁에서의 승리가 중요한 삶의 덕목으로 등장하면서 공동체적 삶이 훼손되고 있다. 오늘 한국 사회가 겪고 있는 양극화 문제도 이러한 맥락과 함께하고 있다.

정의로운 공동체를 구현하는데서 가장 요구되는 것이 지도층과 엘리트 계층의 도덕심이다. 노블리스 오블리주(noblesse oblige)는 고귀한 신분에 따른 윤리적 의무이다. 그러나 우리 한국 사회의 현실은 어떠한가? 우리의 많은 노블리스들은 국민들에게 '죄송'한 대상이 되고 있다. 오죽했으면 우리의 사회 지도층은 사회를 지도하는 것이 아니라 사회로부터 지도받아야 할 사람이라는 애기도 나오고 있다. 의병정신에 나타난 보국정신과 자기 희생정신은 한국 사회에 노블리주 오블리주 정신을 구현하는데 큰 길잡이 역할을 하는 등대이다. 이제 그 등대의 빛이 정의로운 공동체를 구현하는 견인의 역할을 할 수 있도록 의병정신을 되살려야 할 것이다.

2. 공생적 민족 정체성과 문화 정체성의 정립

의병정신에 일관되어 나타난 특징이 민족 정체성, 문화 정체성에 대한 지향이다. 정체성 개념은 '변화 속의 영속성'과 '다양성 속의 단일성'이라는 두 요소를 지니고 있다. 정체성의 출발점은 자아 중심성에 있다. 이 자아 중심성의 강도에 따라 다양한 형태의 정체성이 나타난다. 그리고 자아 중심성은 타자와의 만남에 어떻게 반응하느냐에 여러 형태로 나타나게 된다. 한말 의병운동은 일본의 침략에 대한 저항에서 나온 정체성 정립 운동이다.

오늘은 세계화 다문화 사회로서 타자와의 만남의 광장이 확장되고 있는 사회이다. 그러면 한말 의병정신에 나타난 정체성 정립 과제가 세계화, 다문화 사회에서 어떤 의미가 있는 것이며, 어떻게 이어 가야 하는가? 세계화는 다양화와 획일화라는 두 측면을 동시에 가지고 있다. 따라서 세계화 사회의 이면에는 문화제국주의적 요소도 많이 있다. 우리는 일찍이 19세기 제국주의적 세계화의 물결 속에서 나라를 빼앗긴 아픔을 가지고 있다. 오늘날 대부분의 한국인은 미국과 서구를 통해 습득된 가치관과 생활방식으로 살고 있다. 이미 서구의 것이 나의 것이 되었고 전통적인 것이 타자가 되었다. 이제 세계화, 다문화의 속도는 더욱 빨라지고 이러한 현상은 더욱 심화될 것이다. 이와 함께 민족 정체성과 문화 정체성의 정립이 우리의 중요한 과제가 되고 있다.

민족, 문화 정체성의 확립은 자기에 대한 자긍심에서 출발한다. 자긍심이 없으면 스스로를 천덕꾸러기로 만든다. 자긍심은 자만심과 다르다. 자만심은 상대방을 낮게 보면서 자기를 높이는 유아적이고 폐쇄적인 자세인 반면, 자긍심은 타인과 함께 공생하면서 자신이 설 수 있는 터전을 마련하는 정체성 확립의 바탕이 되는 것이다. 민족의 자긍심은 그 민족이 지닌 문화적 전통에 대한 인식이 없으면 일어나지 않는다. 그동안 우리는 우리의 문화적 전통을 마치 박물관의 골동품을 보는 것처럼 해오지 않았나 하는 느낌도 든다. 현재는 과거라는 터전을 통해 마련되는 것이고, 전통문화는 지난 시대의 유물이 아니라 오늘의 일상생활에 깊숙이 자리잡고 있는 것이다.

세계화, 다문화 사회에서 성장시킬 자아의식은 자기에 대한 자긍심을 가지면서 동시에 타자와 공생할 수 있는 정신적 여백을 내장하고 있어야 할 것이다. 이러한 자아의식을 필자는 '공생적 정체성'이라고 표현하고자 한다. 문제는 정체성이 미미하거나 나약할 경우이다. 이럴 경우 우리는 타자에 의해 점령당하는 문화 식민지가 되고 말 것이다. 민족과 문화에 대한 공생적 정체성을 정립하기 위해서 우리 문화의 전통 속에서 내세울 만한 긍정적인 요소를 끊임없이 탐구하면서, 열린 태도를 가지면서 문화적 다양성을 인내하는 자세에서 나온다. 이것이 의병정신을 오늘에 되살리는 길이다.

3. 시민민족주의와 평화주의의 구현

의병운동이 한국 근대민족주의의 형성에 있어 제일 큰 뿌리임은 새삼 강조할 필요가 없을 것이다. 문제는 세계화, 다문화 시대에서 의병정신이 가지고 있는 민족주의의 가치를 어떻게 실현시키느냐에 있다. 오늘날 세계화의 물결 속에서도 지구촌은 민족주의의 성향이 식지 않고 다양한 형태로 분출되고 있다.

민족주의는 유형상으로 크게 세 가지 형태로 분류해 볼 수 있다. 즉, '인종적 민족주의'와 '국민적 민족주의', 그리고 시민적 민족주의로 구분해 볼 수 있을 것이다. 인종적 민족주의는 혈연적 단일성과 민속적 공통성에 바탕을 둔 것이다. 국민적 민족주의는 인종적 민족주의에 공화주의가 결합되고, 또한 공화주의가 인종보다 우월적 지위를 가지고 있는 민족주의이다. 국민적 민족주의는 혈통과 민속을 초월하여 동일 거주지에 살면서 누구나 같은 공동체의 구성원으로서 대접을 받으면서 평등한 법적 지위를 기반으로 하여 민족이 구성된다.

오늘날 국가가 세계화의 관계망 속에 편입되면서 민족국가의 성격도 변해가고 있다. 국가 권력은 국내, 국제적 차원의 다양한 주체에 의해 분할되고 있다. 그렇다고 해서 기존의 민족국가가 가지고 있는 기존의 존재의미가 사라지는 것은 결코 아니다. 민족국가는 국내 정치와 국민의 기본권을 보장하는 단위로서 필요하며, 또한 세계화 과정을 정치적으로 규제하는 주체가 된다. 여기서 '시민민족주의'의 필요성을 제기하고자 한다.

근대 민족국가체제에서 자아 정체성의 기초가 되었던 민족 정체성은 이제 더 이상 단일한 형태로 운명적으로 주어지는 것이 아니라, 보다 개방적이고 성찰적으로 구성된다. 즉, 국가 구성원이 세계 시민성을 가지는 것이다. 시민민족주의의 구성원은 자신의 지방성과 세계 시민성을 동등하게 겸비한 자아를 가진 자이다. 이러한 시민적 민족주의는 다양성 속의 통일이라는 다원주의와 자기 존재감을 가지면서 민족 간의 공존을 지향하는 국제평화주의로 나아간다. 의군참모중장 출신인 안중근 의사가 '동양평화론」을 주장한 사실은 우리에게 많은 시사점을 주고 있다. 의병운동에 나타난 민족주의적 가치가 세계화, 다문화 시대에서 나나가야 할 방향은 시민적 민족주의의 초석이 되는 길이다.

IV. 시민운동의 좌표로서의 의병정신의 구현

지금까지 의병운동이 가지고 있는 가치론적 특성이 무엇이고, 이러한 의병정신이 시민사회, 세계화 시대를 맞아 그 현대적 의미가 무엇인지 살펴보았다. 이를 위해 의병정신을 낡고 복고적인 사상으로 보는 일부 시각에 대한 오해를 불식하고자 하였으며, 의병운동의 정신을 세 가지 측면, 즉 부정의에 대한 저항, 민족 정체성, 문화 정체성의 정립, 엘리트 계층의 책무정신에 초점을 맞추어 논의하였다. 그리고 오늘날 의병정신의 재창조 방향을 정의로운 공동체 구현, 공생적 민족 정체성과 문화 정체성, 시민민족주의와 평화주의의 구현으로 살펴보았다.

한말 의병운동의 초기 연구가인 박은식은 "의병이란 민군이다. 이들은 국가가 위급할 때 조정의 징발명령을 기다리지 않고 즉시 의롭게 종군하는 적개심에 불타는 사람들"로 정의하고 있다.[9] 의병을 진압하려는 조정 스스로가 의병을 민병으로 불렀다. 한국의 의병에 깊은 관심과 경외심을 가졌던 맥켄지(F.A. Mckenzie)는 의병을 나라가 위태로울 때 이를 구하기 위해 공동체 구성원이 스스로 일어난 'Righteous Army'로 보고 있다.[10] 한마디로 의병은 국가가 못한 일, 하지 못할 일을 민간인이 자발적으로 하는 일종의 공동체 운동이다.

오늘날을 흔히 시민사회로 묘사하기도 한다. 민주주의가 발전되면서 시민은 공동체의 주요 주체로서 등장한 개념이다. 시민은 국가 공동체의 구성 요소이면서 동시에 시민사회의 주인이다. 시민은 국가의 구성원으로서의 책무를 하면서도 국가가 잘못할 경우 이를 견제하기도 하고, 국가의 부정의한 행동에 저항하기도 한다. 오늘날 한국에서도 다양한 시민운동이 전개되고 있다. 그리고 시민운동에 대한 평가도 다양하다. 민주사회에서 시민운동의 당위성은 충분히 이해하면서도 그 현실에 대해서는 부정적인 평가도 적지 않다. 토대가 없는 위로부터의 시민운동, 집단이기주의의 변형, 선정주의적 운동, 정부의 보조금에 의지하는 의타성, 시민운동의 폐쇄성 등이 대표적인 것이다. 민주시민사회에서 시민운동은 정의로운 공동체를 구현하는데 매우 큰 역할을 한다. 시민운동이 정의롭지 못할 때 그 사회는 병들고 혼란스러워진다.

정의로운 공동체를 구현하기 위해 의병정신을 갖춘 시민운동이 일어나야 한다고 생각한다. 일제 강점기에 반출된 조선왕실의궤의 반환에 성공한 혜문 스님(문화재제자리찾기 사무총장)은 반환운동을 의병운동으로 규정하고 있다. 필자는 시민운동과 의병운동은 매우 밀접한 관계가 있다고 본다. 의병운동에 나타난 정신이 오늘날의 시민운동에 정신적 토대와 자양분으로 그 큰 길잡이 역할을 할 수 있을 것이다.

6 · 25 한국전쟁이
가치관 형성에 미친 영향

　해방은 우리 민족으로 하여금 오랜 일제 식민지 통치하에서 벗어나 통일된 자주독립국가를 형성할 수 있는 계기를 주었으나 한반도의 상황은 그러한 민족적 기대와는 달리 전개되었다. 해방 직후부터 분단이 현실화되어 갔고 채 해방의 감격이 가시기도 전에, 그리고 일제의 태평양전쟁 수행에 수반되었던 민족의 고통과 아픔이 채 아물기도 전에, 다시금 참담한 전쟁, 그것도 이민족과의 전쟁이 아닌 동족 간의 전쟁이라는 비극적 사태에 직면하였다. 하나의 민족에게 있어서 어떠한 역사적 위기라는 것은 그것을 지혜롭고 현명하게 이용할 때는 오히려 민족의 역사적 발전과정을 단축시키거나 민족의 번영으로 전환시킬 수 있는 계기도 될 수 있지만, 우리 민족에게 있어서 6 · 25라는 체험이 주는 바는 이러한 바람직한 계기는 결코 될 수 없었다. 6 · 25는 그동안 지속해 왔던 의식공동체 · 체험공동체로서의 민족의 동질성을 총체적으로 분열시켰으며, 나아가 일제 식민지하에서 억눌려 수축해 있던 자존의식을 그 기저로부터 철저히 붕괴시킨 민족사의 커다란 왜곡적 요소로서 자리하였던 것이다. 6·25가 국내·국제 정치적 역학관계, 군사적 상황, 경제과정 등에 많은 영향을 미쳤음은 새삼스러이 기론할 필요도 없이 명백한 것이거니와, 그것은 또한 한국인의 가치관에 대해서도 엄청난 변화와 왜곡을 요구하였다.

이 글은 6·25라는 극한적 한계 상황을 체험하는 과정을 통해서 한국인의 가치관이 어떤 모습으로 변화되었는지 그 부정적인 파급효과에 대해 촛점이 주어지고 있다. 왜냐하면 동족상잔의 엄청난 비극 속에서 한국인들이 직면한 불안과 동요, 그리고 불확실성은 분명 긍정적인 측면에 비할 바 없는 전반적으로 부정적인 가치관을 형성하는 중요한 요인으로 작용하였다고 본다.

I. 6·25 한국전쟁의 역사적·구조적 성격

하나의 사건이 가지는 위치나 그것이 그 이후의 과정과의 관계에 있어서 갖는 인과성을 인식하기 위해서는 그 사건이 함축하고 있는 특징이나 성격을 명확히 해야 할 필요가 있다. 6·25 전쟁이 한국인의 가치관에 미친 영향을 논의하는 데 있어서도 마찬가지로 6·25가 갖는 의미를 명백히 규정한 연후에야 가능할 것이다. 그럼 6·25 전쟁의 역사적·구조적 특징은 무엇인가?

6·25가 갖는 특징은 우선 그것이 이민족과의 전쟁이 아닌 동족 간의 전쟁이었다는 점이다. 이 점은 흔히 6·25를 상기할 때 가장 먼저 떠오르는 특징적 모습이고 또한 한민족이 가장 참혹하게 느끼는 부분일 것이

다. 고려시대 이후로 같은 민족이 칼 끝을 마주하고 대치한다는 것은 민족의 의식 속에는 전혀 그려질 수 없는 모습이었으며 기나긴 식민통치 하에서 어떤 형태로든지 고통과 억압을 함께 공유하였던, 그리하여 해방의 기쁨에 다같이 감격하였던 한국인들에게 있어서는 너무도 뼈아픈 경험이었다. 이러한 비극적 경험은 한국인에게 피해의식 내지 패배의식을 조장시켰고 끝내는 민족의 분단의식의 고착화로 이어지게 되었다.

또한 6 · 25는 외세가 개입한 전쟁이라는 특징을 갖는다. 그것은 한국의 전쟁이 아니라, 2차 세계대전이 낳은 세계사의 악의 마무리를 한 축소된 세계 전쟁이었다고 할 수도 있는 것이다. 2차 대전 후 한반도에 '해방군'으로서 등장하였던 미국과 소련이 각각 남북한 배후에서 이 전쟁을 수행하였던 것이다. 해방이 외세에 의하여 부여되었고, 전쟁이 외세에 의하여 수행됨으로써 한국인은 해방 후 또다시 외세의 힘을 의식하지 않을 수 없었다. 외세 개입전이라는 이러한 성격에 관련된 것으로서 6 · 25는 또한 이데올로기 전쟁이었다는 특징을 갖는다. 즉 자유주의와 공산주의, 자본주의와 사회주의라는 이데올로기적 대립에 그 외면적 명분을 가진 것이었다. 이데올로기란 인간의 의식 및 신념과 관계되는 것이기 때문에 그러한 이념적 절대성에 입각한 전쟁은 정의로운 전쟁이라는 믿음하에서 마치 중세의 종교전쟁들이 보여 주듯이 치열한 것일 수밖에 없었다. 물론 그러한 이데올로기 대립이 한국인들에게 내재화되어 있었던 것은 아니었지만, 이러한 치열한 전쟁을 통해 그러한 이데올로기는 내면화되지 않을 수 없었던 것이다.

시기적으로 볼 때 6 · 25는 식민지에서 해방된 직후, 그리고 정치제도가 제도화되지 못한 상태에서 발생한 전쟁이었다. 즉 식민지하의 억압과 수탈, 그리고 전쟁이 가져다 주는 불안과 동요가 거의 동시 병행적으로 진행되었고, 또한 정치체제는 국민에게 상징적이고 구심적인 역할구조를 확고히 하지 못하고 있음으로써 한국인의 가치관은 방향을 잃고 극도의 혼란과 분열을 경험하게 되었다. 더구나 사회·경제적 구조가 아직 근대화되지 않은 단계였음에도 불구하고, 전쟁 수행과정과 전후 복구과정에서 경제외적·강제적으로 진행되게 된 도시에의 인구 집중과 전쟁 물자·구호물자의 유입은 외면적이고 피상적 모습만의 허구적 향락문화 범람을 야기하여 심대한 가치관의 폐해를 가져왔다.

끝으로 한국전쟁은 그 규모에 있어서도 엄청난 참화였다. 남한측의 인구 피해만 보더라도 민간인 139만, 군인 99만, 경찰 1만 7천[1]이었다고 하니 이러한 통계 숫자의 이면에 숨겨진 엄청난 비극과 사연들을 단순한 계량적 방법으로는 측정될 수 없는 가혹한 아픔이었다고 할 수 있을 것이다. 이러한 민족 역사상 최대의 참극 속에서 국민의 가치관이 비참하게 일그러지지 않는다면 오히려 그것이 이상하다 할 것이다.

Ⅱ. 6·25 한국전쟁과 한국인의 가치관 변질 양상

6·25에 따른 한국인의 가치관의 변질 양상을 편의상 정치적 측면, 경제적 측면, 사회적 측면, 심리적 측면, 그리고 문화적 측면으로 구분하여 살펴보고자 한다. 이러한 여러 측면들은 상호 복합적으로 연계되어 있음은 말할 나위가 없다.

1. 정치적 측면

6·25가 우리의 가치관에 끼쳤던 영향 중 가장 심각하고 비극적인 것

은 그것이 분단체제를 내면화하고 분단의식의 심화를 촉진했다는 점이다. 즉 6·25가 표현하고 있었던 이데올로기적 대결이 정신의 확대를 막고 사상을 고착화시켰다는 것이다. 6·25 이전에는 미국의 후원하에 성립된 대한민국 정권이나 소련의 후원하에 성립된 북한 정권이 내부적인 역학관계의 재편 속에서 출현한 것이 아니기 때문에 내부적으로는 아직까지 다양한 세력 집단이 존재하며 내적 변동 가능성이 상존하고 있었다. 즉 분단적 현실에 대한 내부 저항 논리와 세력이 존재하고 있었다는 것이다. 그러나 6·25는 남북한 각 내부 세력들로 하여금 극단화된 정치적 태도의 표명을 불가피하게 만들었다. 즉 양자택일이 불가피해지고, 그래서 남한의 국민은 모두 자기가 남한의 국민임을 자인하는 동시에 공산주의를 '무섭고 나쁜 사상'으로 규정하는데 동의하기에 이르렀던 것이다. 이처럼 6·25동란이라는 민족적 시련은 한국인이 가졌던 막연한 정치의식에 뚜렷한 골격을 부여하였는 바, 체험의 뒷받침이 없어 모호한 관념론의 색채를 띠고 있었던 한국인의 정치의식 내지 정치이념에 하나의 심각한 체험으로서 작용하였다. 이러한 상황에서 남북한 사이에는 적대감 및 불신감이 조성되었고 남한 내부에도 흑백 논리가 지배하게 되어 중도 노선 내지는 협상 노선에 대하여는 의혹과 불신을 표명하게 되었다. 결국 6·25를 통해 남한 세력 내부의 극단화된 분화가 일어나고, 또 정치적 입장의 극단화된 분화가 일어남으로써 중도적인 입장의 민족 내적 근거가 파괴되고 외적인 냉전 논리가 대중의 의식 속에 일정한 기반을 갖게 되었다. 말하자면 냉전 논리와 분단체제의 정당화, 그것이 의식적 일상화가 기정사실화 되는 것인데, 이러한 현상은 곧 냉전 논리의 민족내화, 분단의식의 내면화였던 것이다. 여기서 반공을 제1의 국시로 삼고 그 일환책으로 개인주의·다원주의 등 자유민주주의 가치관 못지않게 강력한 국가관 등 집단 위주의 가치관을 심어 주는 데 역점을 두어야만 했으며 이에 따라 분단은 이제 강요된 내재적인 현실이 아니라 일정하게 내면화된 현실이 되었다는 점이다.

또한 6·25는 새로운 사대심리 또는 외세의존심리를 형성시켰다. 한국의 해방은 2차 대전의 연합국에 의해서 부여되었고, 해방 이후 국토의 분단은 미국과 소련이 38선을 경계로 진주하기로 합의함으로써 발단되었으며, 6·25 전쟁 때는 미국의 군대가 남을 위한 주전병력이었고 북을 위해서는 중국의 보병과 소련의 장비가 주축을 이루었다. 또한 전쟁 종식 후 전후 복구 시기를 통하여 한국은 미국의 원조에 의해 재건을 했고 북쪽은 주로 소련의 원조에 의해 그것이 가능했다. 이처럼 한국인의 운명에 가장 결정적인 영향을 미친 해방, 분단, 전쟁, 재건이라는 현대사의 대사건들이 모조리 외세에 의해 좌우된 사실은 우리 국민에게 좌절된 무력감을 경험시켰고 그 결과 새로운 형태의 사대심리 또는 외세의존심리를 형성시켰던 것이다. 우리의 운명이 우리의 손에 의해 개척되거나 결정되기 보다는 외세에 의해 결정된다는 심리작용 때문에 외세와는 상관없이 우리 손에 맡겨진 문제에 대해서도, 혹은 의존할 외세가 없는 문제에 대해서도 문제의 해결을 외세에서 찾으려 하는 의식 구조를 은연중에 정형화시켰던 것이다. 한편 역설적으로 최근 주로 청년층들에 의해 대변되는 외세배격심리도 이러한 외세의존심리의 이면적 심리로 파악될 수 있는 바, 그것은 외세를 어떤 형태로든지 의식하지 않을 수 없다고 하는 가치관이 한국인의 뇌리에 정착되어 있음을 말해준다고 하겠다.

2. 경제적 측면

6·25는 한국인의 가치관에 있어서 물질만능주의와 소비풍조를 강화 내지 조장하였다. 6·25 직전까지 한국은 상당한 물질적 빈곤을 겪고 있었다. 더구나 전쟁이 시작되자 그나마 미미한 물질과 생산시설까지 파

괴·상실되었지만 전쟁 도중에 우리는 막대한 물자를 도입해 왔고 전쟁을 수행하기 위한 물자의 낭비와 소비도 대단한 것이었다. 그리고 전쟁이 끝난 뒤부터 계속적으로 우리는 많은 물자를 미국으로부터 대여 받았다. 얻어 오거나 빌려 쓰는 물자는 점점 줄어들기 시작했지만 우리들의 소비와 생활의 물질적 범람은 가속도적으로 팽창해 갔다. 6·25는 실로 물량적인 팽창을 가져온 계기와 전환점이 되었던 것이다. 물론 이것이 한국의 경제적 발전과 병행하는 것이 아니라는 점에서 그 파행성·말초성은 분명한 것이었거니와, 확실히 6·25를 계기로 한국에 소비물자가 범람하여 이것이 전쟁의 혼란과 무질서 속에서 나날을 영위하고 있던 사람들의 찰나적 생활 태도와 결합되어 한국인의 소비풍조를 조장하였다. 또한 여기서 돈만이 제일이고 물질만이 제일이라고 생각하는 나머지 인간이 살아감에 있어서 필요한 도덕이나 윤리나 질서나 제도를 경시하거나, 아니면 목적을 당성키 위해서는 수단과 방법을 가리지 않아도 좋다는 식의 무규범적인 사고, 즉 물질만능주의가 생기게 된 것이다. 권위적 상징과 규범들이 붕괴한 한계 상황 속에서 스스로를 보호하는 길은 '화폐를 소유하는 길밖에 없었다' 라고 볼 수 있다. 물론 이러한 물질만능주의는 세습적인 빈곤으로부터 탈피하려는 강한 집념에 의해 표출된 성취동기가 유도한 측면도 있었던 것이다.

　이러한 물질만능주의는 자기 자신의 경제적 이익의 확보를 위한 지나친 생존경쟁의 경향을 야기시켰다. 즉 전쟁으로 인해 하루아침에 미망인이 되고 고아가 되고 가족이 이산된 상태에서 하루하루를 살아가기 위해서는 수단과 방법을 가리지 않는 심한 생존경쟁에 빠질 수밖에 없었다. 요컨대 일제 식민통치의 부정적 잔재를 청산하고 새로운 규범 질서를 확립할 만한 정신적 또는 시간적 여유를 갖지 못한 상태에서 남북 분단과 정치적·사회적 혼란, 6·25 전쟁, 극심한 경제력 빈곤 등 연속적인 한계 상황 속에서는 자기 생존이 최우선적인 가치 기준으로 상정될 수밖에 없었고, 부산 '국제시장'의 또순이처럼 억센 삶의 투쟁으로 나타난다. 여기서 사람들은 자신의 직업이 갖는 사회적 책임과 직업윤리를 망각하고 무분별한 치부의식에 빠져 경제적 윤리의식을 결여하였다. 한편으로는 이러한 생존 경쟁의식은 국민들의 높은 교육열을 자극하여 기대 상승의 혁명을 일으키게 하는 동인이 되었는 바, 자녀들을 위한 교육을 위해서는 어떠한 희생과 대가도 감수하려고 하였으며, 자녀들 스스로도 교육과 기술을 통해 스스로의 사회적 지위를 높이고 이상을 실현시키려는 욕망의 충일을 가져왔다. 이러한 경향은 계속되어 1964년도 중학 입학시험 때 세칭 '무우즙파동'을 일으킨데 이어 '치맛바람'이 교정을 휩쓰는 가운데 '과외망국론'이 대두되기까지 한다. 이러한 생존 경쟁지향적 가치관은 이후의 한국의 근대화 과정에서 긍정적인 성취 동기로 작용하기도 하였지만 그것이 극단화되어 나타나는 폐해도 수반하지 않을 수 없었다.

3. 사회적 측면

일반적으로 급격한 사회 변동이 진행되는 시기에 흔히 나타나는 하나의 현상은 사회성원 간의 연대의식이 약화된다는 점이다. 6·25가 한국인의 의식 구조에 미친 영향도 예의가 아니거니와 그것은 한국인들로 하여금 귀속감을 상실케 하였다. 성원 간의 연대의식이란 그 사회에 통용되는 사회 규범에의 동조적 행위를 전제로 하며 또한 성원 상호 간의 행위에 대한 예측성을 전제로 하는 바, 전쟁은 통용적 사회 규범을 파괴하고 다른 사람들의 행위에 대한 예측을 불가능하게 하였고, 따라서 원만한 인간관계나 연대의식은 붕괴되었던 것이다. 이전에는 그런대로 가족주의라는 것이 존재하여 비록 사회적으로는 허약했으나 개인적으로는 귀속감정이 성립될 수 있었지만, 6·25는 수많은 인명·재산 피해로 인

해 가족의 안정적 구조를 붕괴시켰고 또한 극심한 인구 이동을 초래하였
다. 전장의 이동에 따라 피난민은 주로 도시로 몰려들었고, 당시 임시 수
도였던 부산을 비롯하여 대전·대구·광주·이리·제주·경주·강릉·
진해·충무 등지는 인구가 거의 배로 증가하였다. 물론 이러한 도시에의
인구 집중이 전쟁으로 인한 비정상적인 현상이었고 따라서 도시 성장 자
체도 불안정한 것이었지만 1955년의 도시 인구는 530만으로 25% 가까
운 도시 비율에 이르렀다. 이것은 전쟁 중 피난 등을 통하여 도시로 강제
적으로 집중되었던 인구 중 많은 부분이 전쟁 후에도 그대로 잔류하여
비정상적·경제외적 도시화가 진행되었음을 의미하는 것이다. 대부분이
농촌 출신인 이러한 도시 인구는 산업 단계의 미숙성과 그에 따른 도시
인구의 수용력 부족으로 인해 도시에 견고하게 정착하지 못하고 뿌리 없
는 부초마냥 정신적 방랑을 거듭하지 않을 수 없었으니 이는 그들의 귀
속감 상실을 더욱 가속화시켰던 것이다.

　6·25는 또한 성 윤리의 문란을 초래했다. 즉 동란 중에 약 59만 명의
미망인이 생겨났고 그들은 평균 2명 이상의 부양 자녀를 갖고 있었지만
이들을 돌보는 보호시설의 수용 한계는 약 5~6천 명 정도밖에 되지 않
아 나머지 대부분의 모자 가정은 생활대책이 절박한 상태였고 따라서 이
들을 포함한 수많은 부녀자들이 생활난으로 매춘 행위자로 전락하여 전
국적으로 사창이 확대되어 가고 있었다. 1957년 통계는 전국적으로 이
들의 수는 4만 명으로 추계하고 있다. 이미 '인신매매금지법'과 '공창폐
지령'이 입법화된 상태이지만 외국군 주둔과 동란으로 인한 생활난은 여
성으로 하여금 몸을 팔아서 자신과 가족의 생존을 유지하게끔 강요하였
다. 민족의 분단과 전쟁은 가족들을 해체하고 생존을 위협하며 여성들에
게 이러한 희생을 강요한 것이다. 젊은 부녀자들 사이에서는 공공연히
매춘을 생계대책으로 삼는 한편, 다방업·양재업·미장원·요리점 등에
종사하거나 가족의 부양 책임자로서 자영하는 수가 부쩍 증가해 갔다.

이들 중에서 남편없는 여자들은 이성관계에 자유로울 수 있었으며 특히 자유로운 사생활을 즐기려는 여성들의 풍조가 양풍을 모방하고 허영과 향락에 치우치게 했다. 이 경향이 결혼생활을 하는 가정주부들에게도 영향을 미쳐 자녀와 가정생활에 무책임한 소위 '자유부인'형의 여자상이 대두되어 사회적 비난의 대상이 되었다. 이들은 분단과 전쟁으로 인한 혼란기의 피해자들이었다. 이러한 시기를 통하여 성 해방은 왜곡된 형태로 폭발되었으며 이러한 성 도덕의 전환과 무책임성은 전통적인 현모양처의 지위와 가정의 안정에 대한 엄청난 도전이었다. 세칭 '박인수 사건' 이 이를 상징하고 있다.

6·25 전쟁으로 말미암아 우리는 자연생장적 도덕 질서에 대한 교란과 파괴를 경험하게 되었고 여기서 사회성·공덕심 혹은 정의감이 혼탁해졌다는 또 하나의 폐해를 발견할 수 있게 된다. 전쟁이 주는 불안과 동요와 불확실 상태의 연속에서 한국인은 심각한 자기 소외의 공덕심 상실, 그리고 인격적 붕괴를 면치 못하였던 것이다. 이러한 사회성 내지 공덕심의 상실은 한국인의 가치관에 있어 불신풍조와 이기주의를 만연시키기도 하였다. 집이 부서지고 재물이 불타고 가족이 이산되고 인명이 초개처럼 살상되는 과정에서 한국인들은 공포와 함께 허무도 느끼게 되었다. 그 나머지 내일이 없는 인생이 되었고, 어느 누구도 내일의 생명을 보장해주리라는 약속이 없는 속에 그들은 어느 사이엔가 찰나주의자가 되었으며, 국가도 정부도 사회도 개인의 생활은 안전하게 보장해주지 못한다는 현실에서 각자는 개인주의자가 되었고 이기주의자가 되었다. 여기서 공동체는 사라지고 분열된 개인만 산재하는 사회가 되고 말았다. 전통사회가 갖는 질서나 제도나 인간관계는 깨어지고 생동적인 충격이나 욕구에 의해서 행동하는 인간군상만이 남게 되었던 것이다. 여기서 한국인은 성실하고 정직하게 신의를 지키면서 살아가는 생활의 마음가짐과 자세를 잃게 되었다. 이러한 가치관의 동요와 혼탁은 극한적인 한

계 상황이 지속되는 상황에서의 보편적 현상의 하나로서 인식될 수 있는 바, 오랜 기간에 걸친 타민족의 억압과 착취, 해방 이후의 분단과 전쟁 등의 극단적 상황에서 많은 사람들은 그들이 직면한 불안요소와 가난을 어떤 수단을 동원해서라도 벗어나려고 발버둥칠 수밖에 없었다. 나와 내 가족이 살아남고 먹고 입는 것과 같은 기본적인 것을 해결하기 위하여 극단적인 이기심이 작용하고 예의 염치도 잊어버리고 법과 질서를 등한 시하는 결과를 초래했다고 볼 수 있는 것이다. 한편 개인들 간의 이러한 이기주의와 불신뿐만 아니라 사회 전체적으로 볼 때는 향락 풍조의 만연 이라는 상황이 휩쓸게 되었다. 희망을 잃은 사람들과 일일이 약속되어 있지 않은 사람들이 선택할 수 있는 것은 온갖 이기심과 물질주의적인 향락심과 나만 즐기고 행복하면 된다는 생각뿐이었다. 인생의 목적은 인 생을 즐기자는 것밖에 없는, 한 마디로 말하면 무질서 속의 향락주의 경 향이었다.

4. 심리적 측면

전쟁이 준 상처는 비단 인명이나 물질 등 물량적인 손실뿐 아니라 심리 적으로나 정신적으로 준 충격은 너무나 크다고 하겠다. 전쟁은 한국인에 게 피해망상뿐 아니라 패배의식을 남겨 주었다. 수도를 남겨두고 또한 자신들의 고향을 남겨두고 피난길을 향해야 했던 경험은 그들의 의식 속 에 패배감을 안겨 주었던 것이다. 더구나 오랜 식민통치하에서 위축되어 왔던 민족의 자존심이나 긍지가 또다시 원하지도 않은 전쟁, 그것도 외 세가 광범위하게 개입되어 수행하고 있는 전쟁에 의해서 다시금 상처받 게 되자 한국인의 자아의식, 주체의식은 더욱 손상되고 깊은 열등감과 패배의식만이 그들의 가치관을 지배하게 되었던 것이다. 여기서 모든 것은 운명에 의해 맡겨진다는 한국인 본유의 숙명론이 더욱 강화되게 되고 또한 될 대로 되라는 식의 체념의식이 뿌리를 내리게 되었다.

6·25는 또한 유교 문화의 영향하에서 한국인들에게 깊이 내재하고 있었던 체면의식을 결정적으로 붕괴시켰다. 기존질서가 무너지고 마음의 의지가 상실한 가운데 살아남기 위한 막바지 몸부림에 접어들 수밖에 없었던 한국인들에게 있어서 체면이나 염치, 예의 등은 오히려 거추장스러운 굴레로 인식되게 되었다. 오직 생존해야겠다는 목적을 위해 수단방법을 가리지 않는 관행만이 정착되어 갔던 것이다.

한편 6·25는 한국인들의 의식 속에 심리적 불안정을 항구화·고착화시켰다. 예기치도 못한 상황에서 급작스럽게 닥쳐온 엄청난 살상과 폭력의 충격 앞에서 한국인들은 자기 자신의 내적 의지나 생활에의 성실·순종과는 관계없이 언제 어디서 피해를 당할지도 모른다는 심적 압박과 공포를 느꼈고, 역설적으로 안정되고 평안한 상태에서 오히려 더 긴장감을 느끼게 되는 심리의 전도현상에 지배되는 슬픈 운명에 처하게 된 것이다. 이를테면 끊임없이 막연한 불안감이나 초조감을 고통스럽게 안고 있을 수밖에 없었다. 그런데 전란 중의 이러한 끊임없는 불안·초조의식은 한국인들로 하여금 매우 역설적이지만 관념 속에서나마 안정된 이상향을 추구하게 하였다. '남쪽나라 십자성은 어머님 얼굴……'로 시작되는 '남쪽나라 십자성'이나 '찔레꽃 붉게 피는 남쪽나라 내 고향……'으로 시작되는 '찔레꽃' 등이 1950년 당시에 가장 유행했던 대중가요였다는 점에서 '남쪽나라'로 대변되는 막연한 이상향을 추구하는 국민들의 심리상태를 얼마간 유추할 수 있을 것이다. 그것은 실재하지 않는 상상적 낙원일 수도 있으며, 뒤에 두고 떠나온 고향일 수도 있으며, 이산되거나 사별한 가족일 수도 있었다. 어쨌든 이러한 이상향은 끊임없는 불안과 공포, 일상의 말초적 생활 속에서 위안받을 수 있었던 유일한 안식처였을 것이다.

5. 문화적 측면

6 · 25는 한국인들의 가치관 속에 전통문화를 부정하고 외래 문화를 지향하는 문화적 모방심리를 심어 놓았다. 즉 전쟁을 통해 누적되어진 패배의식이나 열등감은 우리의 과거의 문화나 역사나 전통을 가치없는 것으로 부정하게 하고 외래 문화를 맹목적으로 동경하게 하였다. 사실 해방에서 전쟁을 겪는 동안 한국인은 소화할 수 없을 정도의 많은 것을 섭취하였다. 오히려 섭취를 강요당했다는 표현이 더 적절할 정도였다. 북은 북대로 자신들도 원하지 않는 공산주의를 강요당했고, 남은 남대로 비판도 없이 모든 것을 받아들였다. 둑이 무너진 논과 밭으로 강물이 쏟아져들어 오듯이 외래풍조는 짧은 시일 내에 한국인의 생활 풍조와 의식 구조를 뒤흔들어 놓고야 말았다. 그러므로 한국인의 정신적 자세와 내용도 곧 서구적인 것으로 휩쓸려 들어갔다. 그들이 만든 기계의 혜택을 받듯이 그들의 사상과 정신을 모방했으며, 그들이 옮겨다 주는 제도를 모방했듯이 한국인의 가치관은 그들의 뒤를 따르는 설정을 초래하고야 말았다. 더구나 6 · 25의 전쟁, 그리고 전후의 복구 등이 외국의 원조와 차관에 의해서 추진되어진 과정에서 한국인들은 알게 모르게 외부에 대한 은혜의식이나 의존성을 간직하게 되었고, 그것이 부지불식간에 사대주의적인 의식 구조를 응축시켰다. 이러한 심층의 의식 구조가 한국인들로 하여금 전래의 문화 · 역사 · 전통을 긍정적으로 발전시키지 못하게 하고 외래의 문물을 수용케 하였던 것이다. 한국의 전통적인 문화 일반을 거의 의미 없는 것으로 부정을 해놓고 그 위에다 구미적인 문화 일반을 제대로 소화하여 정착시키지 못한 상태, 즉 일종의 문화적 공백을 만들어 내었다는 사실을 부정할 수는 없다.

*

6·25는 한국이 해방되어 새로운 역사를 창조해 나간다는 시급한 과제를 해결해야 할 시기에 발생한 역사 발전에 역행한 사건이었다. 그것은 정치·경제·사회 등 제 부문에 대해서 심대한 해독을 남겼거니와, 한국인의 의식 양태에 대해서도 엄청난 부정적 영향을 미쳤다. 물론 사회 변동 과정에서 6·25가 미친 긍정적 측면도 얼마간 도출할 수 있으나 이 글은 부정적 측면에 촛점을 맞춘 것이다.

한국인들은 6·25라는 충격적이고 비극적인 경험을 통해 분단의식의 내면화, 외세의존적 심리, 물질만능주의와 소비풍조, 지나친 생존 경쟁의식, 귀속감의 상실, 성 윤리의 문란, 사회성·공덕심·정의감의 상실, 불신풍조 및 이기주의 팽배, 향락주의 경향, 피해망상증과 패배의식, 체념의식, 체면의식의 붕괴, 심리적 불안감의 고착화, 관념적 이상향의 추구, 전통문화의 부정과 문화적 모방심리의 증대 등을 의식 속에 내면화시켰음을 살펴 보았다. 말하자면 6·25는 이러한 부정적 가치관 형성의 결정적 계기가 되었던 것이다.

이 글은 매우 많은 한계를 지니고 있다. 6·25가 미친 제 영향들이 실증적이고 구체화되지 못하고 다분히 관념적이고 유추적인, 그리고 주관적이며 자의적인 설명에 의해 제시되고 있다는 점이다. 그럼에도 불구하고 6·25가 한국인의 가치관에 미친 영향에 대한 연구가 크게 눈에 띄지 않는 설정에서 이러한 불충분한 작업이나마 그것이 문제제기적인 역할을 할 수 있다는 측면에서는 의의가 있을 것이라는 생각이다.

통일 한국의
미래와 가치

남북통일 문제는 이제 당위의 차원에서 구체적인 현실의 문제로 우리에게 다가 오고 있다. 이제 통일은 하나의 사건으로 등장하고 있다. 한국인 모두는 자신의 의지와는 관계없이 통일이라는 사건에 얽혀 있다. 통일이라는 사건은 몇 가지의 특징을 가지고 있다.

첫째로 서로가 상이한 이념과 생활양식을 가진 사람들의 집단이 갑자기 뒤섞이는 과정이다. 이 과정 속에서 어떤 사람들은 지금까지 믿어 온 신념의 기반이 붕괴되는 경험을 하게 되고, 생활양식이 서로 다른 사람들이 함께 생활을 강요당하는 상황이다.

두 번째로 통일은 경제체계의 융합으로 구성원의 경제적 기반이 재편성되는 과정이다. 이에 많은 사람들의 경제적 이익이 서로 충돌되어 손해를 보기도 하고 실직도 경험하게 될 것이다. 또한 경제적 생활이 향상되었음에도 불구하고 심한 상대적 박탈감을 느낄 것이다.

세 번째로 통일은 정치 세력의 통합과정이다. 이 과정 속에서 어떤 사람들은 정치·사회적으로 유리한 위치를 차지하게 되고 반면에 어떤 사람들은 이전에 비해 불리한 상황에 떨어지게 될 것이다. 권력의 속성상 어느 영역보다도 많은 긴장이 예상된다.

이렇게 통일이라는 사건은 한반도의 민족에게 많은 갈등 상황과 긴장을 야기시킬 것이다. 남북통일 문제에 있어 가치론적의 접근의 필요성은 예상되는 갈등과 긴장 상황을 약화시키면서 남북통일을 연착륙시키는데 있다고 하겠다. 가치론적인 입장에서 통일문제를 다루기 위해서는 통일을 정태적 개념이 아닌 계기적 맥락의 동태적 개념으로 보아야 할 것이다. 즉 통일은 물리적 고정태가 아니라 통합의 과정이라는 역동적인 체계로 볼 때 가치 문제와 남북통일의 문제는 깊은 관련성을 갖게 되는 것이다.

가치 논쟁의 영역은 매우 넓고 다양하며, 많은 영역이 미해결의 논쟁상태에 있다. 그 중요한 예를 들면, 가치는 문화인류학자들이 주장하는 대로 행위자의 대상의 속성으로서 보아야 하는가, 혹은 심리학자들이 보는 것처럼 주체자의 의식 구조인가의 논쟁이다. 또한 가치가 인간의 욕구, 소망, 정의(情意)와 관계하는 것인가, 혹은 규범적인 기준에 관계하는 것인가도 미해결의 논쟁으로 남아 있다. 이것은 가치가 그러한 특징을 모두 공유하는 포괄적인 개념이기 때문일 것이다.

가치론적인 입장에서 볼 때 통일이라는 사건은 시작과 종결의 시간 경계가 흐릿한 사건으로 볼 수 있겠다. 따라서 통일의 가치론적 논의는 '앞으로 올 어떤 그날'을 기준으로 '그날 이전'의 문제와 '그날 이후'의 문제로 나누어 보아야 할 것이다. 남·북한 사회의 구조와 가치관의 특징이 무엇이며, 이것이 '그날 이후'의 문제와 어떤 관련성이 있으며 바람직한 방향은 무엇이며, 그 실천 방안은 무엇인가를 탐구해야 할 것이다. 이 작업을 위해 통일과 관련된 가치관 목록을 제시하고 이를 바탕으로 남·북한 주민들의 가치관을 도출하고 비교하여야 할 것이다. 이 작업은 광범위하고 어려운 작업이다. 아마도 가치 논쟁에 나타나는 다양한 쟁점들이

다시 재연될 수도 있을 것이다.

이 글에서는 논의의 초점을 분명히 하고 단순화시키기 위하여 세 영역을 선택하여 글을 펴 나가고자 한다. 첫 영역은 통일 당위론의 가치론적 접근이고, 다음으로 개인윤리적 차원의 접근이고, 마지막으로 통일이념에 대한 가치론적 접근이다.

I. 통일 당위론의 가치론적 논의

왜 통일을 해야 하나 하는 당위의 문제는 통일 문제의 가치론적 접근에 있어 가장 근원적인 주제라 하겠다. 통일당위론의 갈래는 남·북한 주민이 현 분단 상황을 어떻게 인식하고 있으며, 통일의 미래상에 대해 어떤 그림을 그리고 있느냐에 따라 달라질 것이다. 또한 분단과 통일에 대한 인식은 남·북한 주민의 상호인식상의 친화력 문제와 밀접한 관련이 있다 하겠다.

남·북한 주민들이 상대의 체제를 어떻게 인식하느냐를 정확하게 규명하기는 어렵다. 남한에서 조사한 각종 통계 자료에서도 설문 내용에 따라 다양하게 나타나 있고 시기마다 편차가 매우 심하다. 현재의 대북한 인식은 '가난하고, 위험하고, 이상한 나라' 쯤으로 인식하고 있지 않나 짐작된다. 종래에도 이런 인식을 하는 사람들은 많았으나 그 성격은 매우 다르다 하겠다. 과거에는 정치사회화 과정 속에서 주어진 생각이지만 지금은 스스로가 체감하고 있다고 느끼는 것이다. 이에 덧붙여 북한을 '언젠가는 붕괴될 나라'로 생각하고 있다.

북한 주민이 남한을 어떻게 인식하느냐를 가늠하기는 매우 난감한 일이다. 북한의 엘리트 계층까지 귀순해 오는 상황을 감안할 때 북한 주민의 남한 인식은 종래의 인식 틀에 혼란이 오기 시작한 것은 사실인 것 같다.

  문제는 남·북한 주민들이 상대의 체제를 서로 부정적으로 본다는 점이다. 제이콥(Philp E. Jacob)은 정치 통합의 선결 조건의 하나로서 인식상의 친화(cognitive proximity)를 들고 있다.[1] 남북통일 과정에 있어 상대 체제에 대한 부정적인 인식 상태는 큰 역기능으로 작용할 것이다. 이러한 역기능은 남·북한 주민 간의 친화력으로 상당 부분 극복될 수 있을 것이다. 그렇다면 남·북한 주민 간에 상호 친화력이 얼마나 있는가하는 문제가 제기된다. 남·북한 주민의 상호 친화력의 강도가 얼마만큼이냐는 쉽게 단정하기가 어렵다. 그러나 친화력의 강도가 특별한 계기가 없는 한 점점 약화될 것이라는 것은 분명하다. 이산가족이 살아 있고 소박한 민족적 정서가 기능할 때에는 서로를 '남'으로 인식하지는 않을 것이다. 그러나 세월이 가면서 이산가족은 사라지고 분단 이후의 출생 인구가 대부분을 차지하게 된다면 상호 친화력은 크게 감소할 것이다. 북한 주민에 대한 친화력의 감소는 여러 통계 조사에서 나타나고 있다. 앞으로 분단 자체를 불편하게 느끼지 않을 세대가 증가하지 않을까 하는 생각이 든다. 이제 남·북한 주민의 상호 친화력은 민족적 정서에의 호소에 의해 유지되거나 회복될 수 있는 상황은 아니라고 보여 진다.

  이러한 문제는 남북통일의 당위성 논의와 연결된다. 지금까지의 남쪽의 통일 당위론은 민족주의와 인도주의적 차원에서 거론되었고 북쪽은 민족주의와 해방론에 근거하고 있다. 서로를 '남'으로 인식하는 경향은 계속 증가하는데, 나오는 구호들은 형제를 그리워하고 사랑하는 것들이다. 이러한 비현실적인 통일 당위론은 우리 민족 스스로를 죄인시하는 부작용을 낳을 우려가 많을 것이다.

  이러한 예를 우리는 독일 통일의 경험에서 보았다. 베를린 장벽을 허물고 함께 어깨동무하고 춤추던 민족적 정서는 오래 가지 못했다. 구 동독인이 가지고 있는 민족적 정서의 찌꺼기는 통일 독일의 문제 해결에 장애가 되기도 하다는 평가를 받기도 한다. 우리는 중국의 조선족 동포에 대해 비슷한 경험을 하였다. 처음에는 그렇게도 민족적 정서로 대했던 조선족 동포에 대해 지금은 어떠한가. 참으로 쑥스럽고 계면쩍은 일이 아닐 수 없다.

순수한 개인이 서로 다른 체제의 사람과 어울려 산다는 의미에서의 통일은 민족의 당위성(sollen)가치 실현이라기보다는, 직접적이고 구체적이고 매우 현실적인 개인 존재(sein)의 문제이다. 그렇다고 민족적 정서나 민족적 염원을 경시하는 것은 아니다. 그러나 대개의 사람들은 잘사는 것, 편안한 것, 안전한 것에 대한 의지가 민족의식보다 강하다는 사실을 잊지 말자는 것이다. 또한 민족적 정서는 남·북한 주민의 감정 교류를 통해서 생성되고 유지될 수 있는바, 이 감정 교류의 방안을 찾아야 할 것이다.

여기서 우리는 종래의 통일 당위론에 대한 진지한 검토가 필요하다 하겠다. 계속 민족주의와 인도적 구호로 통일의 당위성이 강조된다면 남·북 민족공동체에 대한 무관심과 심리적인 잠재적 저항이 일어날 가능성이 있다. 이러한 현상은 이미 우리 주변에 있는지도 모른다. 이러한 무관심 또는 잠재적 저항심은 통일에 대해 명분으로는 찬성하나 실현에는 의문을 표하는 양가적 감정과 언젠가는 통일이 될 것이니 지금은 관심이 없다는 식의 반 자아몰입(反 自我沒入)의 성격으로 집약될 수 있다. 이러한 상충적 양가 감정과 반 자아몰입적 현상은 심리학에서 말하는 '접근 회피의 갈등'과 '학습된 무력감'으로 설명될 수 있는 심리현상이다. 즉, 통일은 바람직한 목표이지만 이에 따르는 부담이 예상되기 때문에 회피 대상이 된다는 것이다.

그동안 우리는 분단 이후 반세기 동안 민족 스스로의 자기 통제감을 체감하지 못했기 때문에 통일을 위한 자발적. 창조적 에너지의 창출 능력이 약화되지 않았나 하는 느낌이 든다. 접근 회피 갈등의 입장에 있는 사람들은 실질적인 과제와 주제로부터 이탈하여 피상적 화제에 집착하고 또한 심정적 의사소통보다는 개념적 의사소통에 안주하는 경향을 보인다.

그러나 이러한 심리적 교착 상태는 새로운 변화를 예고하는 신호가 될 수 있다는 점에서 희망을 가져 본다. 그 어떤 변증법적인 진동을 잉태하고 있다는 희망이다. 그 신호와 진동을 통일의 창조적 에너지로 어떻게 점화시키느냐가 큰 과제라 하겠다. 통일에 있어 가치론의 주요 논의 주제의 하나가 이 문제가 아닌가 싶다.

Ⅱ. 남 · 북한 생활양식과 가치관

1. 남한 : 도덕적 카오스와 경쟁 윤리의 타락

한국에서의 통일 논의는 그것이 흡수 통일론적 성격을 가지든 융합형의 통일론적인 성격을 가지든 간에 남쪽 주도하의 통일론이 거의 전부를 차지하고 있다. 이것은 남 · 북한의 각종 국력지표를 통해 볼 때 당연하게 받아들여 지고 있다. 그럼에도 불구하고 가끔 의문이 가는 것은 남한이 북한을 융해하고 이끌어 갈 수 있는 정신적 자산이 과연 있는가 하는 문제이다. 규범론적인 가치관의 입장에서 볼 때 한국 사회의 제 양상을 과연 어떻게 진단해야 할지 망연해 진다. 한국 사회의 도덕적 현실에 대한 논의는 이중적으로 나타나고 있다. 계몽적, 규범적 성격이 강한 문헌에서는 매우 부정적으로 표현되고 있는 반면에 통계적인 조사 연구에서는 상대적으로 도덕감이 높은 것으로 나타나기도 한다. 이러한 이중적인 분석의 원인은 여러 측면에서 찾을 수 있을 것이다.

한국인의 윤리적 현실을 진단하기 위해서는 쉘러(Max Scheller)와 하르트만(Nicoai Hartmann)의 이론을 종합하여 이를 세 가지 측면 즉, 인간 존재의 측면, 인간관계적 포괄성의 측면, 시공간적 포괄성의 측면으로 나누어 한국인의 특징적인 가치관을 도출할 수 있을 것이다.

인간 존재의 측면에서 본 한국인의 의식은 대체로 부정적으로 평가된다. 즉, 정신적 가치의 물화현상, 배금주의, 물질만능주의 팽배, 현세적 쾌락주의 만연 등이 대표적으로 거론된다. 프롬(Erich Fromm)은 인간의 욕구를 생존적 욕구(survival needs)와 초생존적 욕구(trans-survival needs)로 나누고 있다. 이 분류에 따르면 남한 주민의 삶의 양식이 생존적 욕구에 지나치게 매달려 있음을 부인하기가 어렵다. 물론 이러한 부정적인 것들이 남한 주민의 특징적인 가치관이냐 하는 문제는 많은 논쟁점을 가지고 있다. 이것은 계몽적 입장에서 과장된 것이 아니냐 하는 반론도 있을 수 있겠고, 또한 현대 산업 사회에서 나온 일반적인 병리현상으로 볼 수도 있을 것이다. 그러나 현실은 안타깝게 보인다.

인간관계적 포괄성의 측면에서 나타난 한국인의 의식형태는 어떠한가? 인간관계적 포괄성의 측면에서 보는 가치관은 개인이 타인 및 공동체 집단과의 관계와 관련된 것들이다. 이에 대한 부정적 의식형태는 연고정실주의, 가족주의, 지역감정, 공사구분의 불분명 등이 거론된다. 이러한 것들은 한국인의 특성을 분석하는데 있어 거의 일치하는 부분이다. 흔히 칭하는 '한국병'이 차지하는 영역 중 제일 많은 비중을 차지하고 있다.

다음은 시간 · 공간적 포괄성의 측면에서 보는 것이다. 이것은 개인이 지니고 있는 가치관의 내용이 시간적 공간적인 측면에서 얼마간의 영역을 확장시키고 있는가를 평가하는 것이다. 이에 관한 한국인의 의식은 매우 부정적인 것으로 보이고 있다. 대표적인 것으로 '미래의 가치보다 현재의 가치관 집착', '전체의 가치보다 부분의 가치에 경도', '찰나주의 및 미시주의 성향', '종합적 사고력의 미흡' 등이 거론되고 있다.

상기와 같은 부정적인 의식형태가 남한 주민만이 가지고 있는 특유한 것은 물론 아닐 것이다. 그럼에도 불구하고 매우 걱정스러운 것은 이것이 통일이라는 사건에 역기능으로 작용할 가능성이 높다는 데에 있다는 것이다.

남한 주민의 부정적 의식형태는 아마도 조선조 시대에서부터 형성되어 온 것들과 산업 사회의 병리적 현상들과 관련되어 형성된 것들의 복합체일 것이다. 이 중에서 북한 주민과 직접 관련시켜 볼 수 있는 것들이 천민 자본주의적 가치관과 성숙되지 못한 개인주의적 가치관의 문제이다.

북한 주민의 의식형태를 정확히 알 수는 없지만 어느 정도 그려 볼 수 있을 것이다. 북한체제에서 강조되는 덕목은 여러 자료를 종합해 보면 전체(국가와 사회), 노동, 평등, 협동, 헌신, 이타심, 검약과 절제 등이 대표적인 것들일 것으로 추정된다. 이러한 덕목들이 얼마만큼 내면화되었는가를 측정할 수는 없지만, 북한의 정치사회화 과정의 특성을 고려해 볼 때 북한의 보통 주민에게는 내면화의 심도가 매우 높을 것으로 짐작된다. 북한 귀순자들의 각종 대담 내용이나 귀순자들을 대상으로 한 여러 연구에서도 이러한 경향을 나타내고 있다. 북한의 사람들은 남한 사람들의 향락주의, 배금주의적 생활양식에 대해 이해하지 못할 뿐만 아니라 혐오감을 표시하고 있다. 또한 귀순자들은 남한의 사치풍조, 향락주의, 배금주의 등이 개인주의와 결합되어 있기 때문에 통일할 준비가 되어있지 않은 나라로 보이게 한다는 것이다. 남한의 향락주의에 대해 예를 든 것으로 사랑 중심으로 나태한 감정을 일게 하는 대중가요, 가는 곳마다 밤늦게 여는 술집, 현란한 네온사인, TV광고 등이었다. 이런 것들은 '비건설적이고 퇴폐적인 인상'을 준다고 하였다. 향락주의, 퇴폐주의 병폐는 상업주의와도 연결되어 도저히 그 정도를 이해하고 받아들일 수 없는 지나친 것도 많다고 했는데, 그중의 하나가 남한 내에서 잘 살며 지도급 인사에 속하는 사람이 통일이 되면 평양에 가서 룸살롱을 차리겠다는 말을 듣고 그 사람이 제정신이 아닌 미친 사람으로 여겨졌다는 귀순자의 고백도 있었다. 상기와 같은 유사한 예는 많이 찾아 볼 수도 있을 것이다. 통일이 되면 북한 사람들이 남한 사람들에게 제일 거부감을 가질 부분이 천민자본주의, 미성숙의 개인주의에서 나온 병리적인 소비 윤리·경쟁 윤리의 생활양식일 것이다.

2. 북한 : 자아 정체성의 결핍과 유아화 현상

그러면 북한 주민의 병리적 의식형태는 무엇인가? 이것은 아마도 자아 정체성의 결핍에서 나온 병리현상이 많은 부분을 차지하지 않을까 생각된다. 북한이 폐쇄적, 억압적 전체주의 사회라는 점을 인정한다면 자아 정체성의 결핍은 자연스러운 결과일 것이다.

이 문제는 동독의 경험을 북한과 비유할 수 있겠다. 동독의 정신과 의사인 한스 요하임 마즈의 「사이코의 섬」에서 동독인들의 심리상태를 단적으로 표현해 주고 있다. 즉, 동독인들은 전체주의 치하에서 탁아소부터 시작하여 가정과 학교에서 자기의 희로애락의 감정 표시를 억제당하면서 철저한 감시체제하에 살아오는 동안에 감정적으로나 정신적으로 병들어 있을 뿐만 아니라, 사랑과 물질의 결핍증으로 인하여 극심한 박탈감에 사로잡힌 환자가 되어 버렸다고 말한다.[2] 또한 불신, 의구심, 두려움, 분노, 불안, 긴장, 초조, 의존심, 열등감, 무력감 등 온갖 정신병적 증후군에 시달리고 있으며, 이러한 정신병적 증후군이 통일 이후에 확연히 나타나게 되어 동·서독인들 간의 통합에 막대한 지장을 초래하고 있다는 것이다. 이는 정상적 상황에서 가치관이나 사고방식의 차이라는 문제보다 훨씬 크고 심각한 차이가 아닐 수 없다는 것이다.

독일은 1968년 브란트의 동방정책이 시작된 이후 여러 영역에서 교류가 확대되어 온 점을 고려할 때, 북한의 상황은 동독에 비해 훨씬 열악한 상황에 있다. 레스터 써로우 교수는 통일 이후에 독일이 직면하고 있는 가장 심각하고 어려운 문제가 동·서독 국민들의 인간적 통합의 문제라고 보면서, 전체주의 치하의 동독에서 반세기 동안 살아온 동독 인민들과 나치 치하에서 벗어나 자유민주주의 체제하에서 살아온 서독인들의 차이는 엄청난 것이어서 통합이 제대로 이루어지려면 한 세대가 바뀌어야 할 것으로 보고 있다.[3]

동독인들의 심리적 상황이 너무 과장된 것이 아닌가 하는 의문도 있지만 그래도 이를 북한에 대입해 보는 것은 두렵기만 하다. TV에 나오는 북한의 각종 대중 집회 장면에서 자아 정체성의 결핍으로 나타나는 유아화(幼兒化) 현상을 많이 볼 수 있다.

절대적 권력에 적응하는 기제로서 나타나는 유아화 현상의 대표적인 사례 연구로는 미국의 노예와 나치 수용소의 수감자들에 대한 연구가 있다. 엘킨스(Stanley M. Elkins)는 폐쇄적인 미국의 대농장체계의 노예들이 퇴행된 인성(regressed personality)으로서의 유아화(infantilism) 현상이 어떻게 형성되고 유지되고 있는가를 분석하고 있다. 또한 흑인 노예들의 유아화 현상은 서구의 문명화된 사회의 백인들도 유사한 과정에 의하여 유아화된다는 사실을 나치 수용소의 연구를 통해 설명하고 있다.[4] 철저한 폐쇄체계의 무서운 감시와 폭력의 지배하에서 사람들은 오로지 절대권자의 자비로움으로 자신의 생존을 유지할 수 있다는 신념을 가지게 되고 종래의 자아를 버리고 급격히 유아의 상태로 퇴행하는 인간성의 역동성에 놀라지 않을 수 없다.

이러한 유아화 현상을 북한에 적용하는 가설을 우리는 쉽게 부정하기가 어렵다. 북한의 교육체계는 집단주의적 정치 교화의 성격이 강하다. 또한 북한의 문화정책은 사회교육정책의 일환으로 추진되는 측면이 강하다. 전체주의적인 이념이 주도적인 사회 통합의 기능을 하고 있는 폐쇄적인 북한체제에서 오랫동안 정치 사회화된 주민들의 병리적 의식 형태의 특징을 우리는 충분히 가늠할 수 있다.

이에 북한 주민을 민주적 시민으로 변화시키는 장기적인 계획과 투자가 절실히 필요하다. 나치를 경험한 구 서독이 정치 교육의 필요성을 절감하고 이를 위한 정책적 지원과 막대한 투자를 했었고, 통일 후에는 더욱 정치 교육을 강화하고 있는 현실은 우리에게 많은 시사점을 주고 있다.

북한 주민을 그야말로 주체적이고, 창조적이고 자율적인 시민으로 형성시키는 문제는 통일시대에 있어 제일 기초적인 과제라고 볼 수 있다. 이러한 기초적인 과제를 성취하기 위한 조건이 남한 주민의 민주적 자질의 함양에 있음은 말할 것도 없다. 이런 생각 저런 생각을 하면 갈 길이 멀어 아득하기도 하지만 그래도 길은 떠나야 하겠다.

Ⅲ. 통일 한국의 이념과 미래상

1. 당파적 이념 논의의 현실

통일 문제의 가치론적 접근에 있어 통일 국가의 이념은 매우 중요한 영역이다. 인간은 사회라는 제2의 모태 안에서 가치체계를 세워 나간다. 인간에게는 사회 안에서 그의 삶을 방향 지어 주고, 그의 역할을 제시해주고, 그의 행동을 조종해주는 가치들과 규범들의 체계가 주어진다. 이러한 가치 규범 체계가 넓은 의미에서의 이데올로기이다. 여기에 정치적 함의가 내포되었을 때 우리는 정치 이데올로기 또는 협의의 의미에서 이데올로기라 부른다.

이러한 이데올로기는 사람들이 세계를 이해하고 해석케 하는 관념 체계를 제공하고, 개인 및 집단에게 행동과 판단의 처방을 해준다. 이를 통해 사회를 통합시키고 그 구성원을 동원하고, 또한 사회 질서유지 또는 변화 촉진의 기능을 한다.

이데올로기는 인간과 세계의 상황에 대한 표상과 앞날에 대한 전망과 이상을 제시하고, 이에 따르는 실천 방안들을 논리적으로 체계화한 것이라 할 수 있다. 그러나 상황에 대한 인간 표상이 일방적이고 적절하지 못하거나, 앞날에 대한 전망이 잘못되고 이상이 거짓되었다든지, 또한 실천 방안이 적절치 못할 때 그 이데올로기는 허위가 되고 기만이 된다.

인간의 상황에 대한 표상은 그 상황이 유동적이고 다면적이고, 또한 인간에게는 항상 표상을 위한 여러 가능성이 주어지기 때문에, 그 적실성을 유지하기가 그만큼 어렵다. 앞날에 대한 전망도 그것이 도식화되면 미래의 개방성을 배제하게 되고 반대로 도식화되지 않으면 미래에 대한 통찰이 흐리게 되기 때문에 잘못될 가능성이 있게 된다. 따라서 이러한 전망에 대한 이상이 환상일 수 있다. 이렇게 이데올로기가 상황적, 실천적 진리를 지향하고 또한 요청하지만 항상 비진리를 내포할 가능성이 있다.[5]

여기에 이데올로기를 인간학적 측면에서 성찰할 필요가 제기된다. 우리는 이데올로기가 가지고 있는 양가적인 성격을 파악하고 그 역기능을 극복할 수 있는 인식 능력을 요구받고 있다. 또한 인간 삶의 질을 향상시킬 수 있는 이데올로기를 선택하고 창출할 수 있는 자질도 요구받고 있다. 개인이나 집단 구성원들이 어떤 하나의 절대화된 이데올로기를 맹목적으로 따르도록 세뇌되거나 조종되었을 경우, 절대적 자기 정당화의 도그마에 빠지게 되고 또한 다른 이데올로기 신봉자에 대한 배타적 적대감을 갖게 되고, 나아가 파괴적인 과격 행동조차 서슴치 않게 되는 공격성을 지니게 된다. 인간의 속성은 사회 현실과 인간 미래를 전체적으로 파악하고자 하는 욕망을 갖게 마련이고, 이데올로기는 이러한 인간의 욕망에 영합하고자 한다. 여기에 이데올로기의 함정이 있다. 이러한 함정에 빠질 때 그 역기능이 생긴다. 이 함정의 대표적인 것으로 물화의 오류, 논리의 오류, 역사의 오류, 가치를 사실로 정의하는 오류, 과학적, 도덕적 확실성에 관한 오류 등이 거론된다.[6]

한국에서의 이념 논의는 일종의 사회정신병리학적이라 할 만큼 우리의 사고지평을 위축시켜 왔고, 그만큼 파행적이었다. 이러한 원인은 이데올로기의 도입과정에서부터 이미 잉태된 후 이데올로기로 분단되고, 이데올로기로 전쟁을 치렀고, 그후 한국인의 정치적 삶의 양식은 직접·간접적으로 이데올로기와 연결되었기 때문이다.

특히 6·25가 우리의 정치의식 구조에 끼쳤던 영향 중 가장 심각하고 비극적인 것은 그것이 분단체제를 내면화하고 분단의식의 심화를 촉진했다는 점이다. 즉 6·25가 표현하고 있었던 이데올로기적 대결이 정신의 확대를 막고 사고를 고착화시켰다는 것이다. 6·25 이전에는 미국의 후원하에 성립된 대한민국 정권이나 소련의 후원하에 성립된 북한 정권이 내부적인 역학관계의 재편 속에서 출현한 것이 아니기 때문에, 내부적으로는 다양한 세력 집단이 존재하며 내적 변동 가능성이 상존하고 있었던 것이다. 그러나 6·25는 남·북한 각 내부 세력들로 하여금 극단화된 정치적 태도의 표명을 불가피하게 만들었다. 양자택일이 불가피해지고 그래서 남한의 국민임을 자인하는 동시에 공산주의를 '무섭고 나쁜 사상'으로 규정하는데 동의하기에 이르렀던 것이다. 이처럼 6·25라는 민족적 시련은 한국인이 가졌던 막연한 정치의식에 뚜렷한 골격을 부여하였다. 체험의 뒷받침이 없이 모호한 관념론의 색채를 띠고 있었던 한국인의 정치의식 내지 정치이념에 6·25는 하나의 심각한 체험으로 작용하였다.

이러한 상황에서 남·북한 사이에는 적대감 및 불신감이 고조되었고 남한 내부에도 흑백 논리가 지배하게 되어 중도노선 내지는 협상노선에 대하여는 의혹과 불신을 표명하게 되었다. 그 결과 반공이 국시라고 하는 절대적인 명제가 지배하는 정치 풍토가 조성되고 모든 사상과 이념을 자유롭게 연구하고 주장하는 것도 불가능해졌으며 정치사상의 빈곤을 초래하게 되었다.

결국 6 · 25를 통해 남한 세력 내부의 극단화된 분화가 일어나고 또 정치적 입장의 극단화된 분화가 일어남으로써 중도적인 입장의 민족 내적 근거가 파괴되고 외적인 냉전 논리가 대중의 의식 속에서 일정한 기반을 갖게 되었다. 말하자면 냉전 논리와 분단체제의 정당화, 그것의 의식적 일상화가 기정사실화 되는 것인데, 이러한 현상은 곧 냉전 논리의 민족화, 분단의식이 내면화였던 것이다. 여기서 남한 내부에서는 반공을 제1의 국시로 삼고 그 일환으로 개인주의와 다원주의 등의 자유민주주의 가치관보다는 강력한 국가관 위주의 가치관을 심어주는 데 역점을 두어야 했다. 이에 따라 분단은 이제 강요된 외재적인 현실이 아니라 일정하게 내면화된 현실로 다가왔다.

이러한 이데올로기적 분단이라는 역사적 상황의 긴박성의 흑백 논리와 이분법적 사고방식을 사태판단의 기준과 척도로 삼게 만들었다. 흑백 논리와 이분법적 사고를 비판하는 사람도 결국 흑백 논리로 돌아가지 않을 수 없는 것이 현실이었다. 이데올로기적 언어와 현실 자체를 동일시하는 물화의 오류에 빠져 이데올로기의 역기능이 팽배해 왔다고 볼 수 있다. 이러한 와중에서 한국의 지성은 어쩔 수 없이 당파적 성격을 띨 수밖에 없었다. 한국 지성의 이데올로기적 당파성은 새로운 이념을 창출할 수 있는 여백을 가질 수 없게 했으며, 반대하고 비판하는 수준에 머물게 하였거나 어정쩡한 입장을 취하게 만들었다.

언뜻 생각컨대, 우리의 이념적 논쟁은 자본주의와 사회주의라는 두 개의 화두에서 벗어나지 못한 채 미로를 헤매는 느낌이다. 상기와 같은 한국 지성의 이데올로기적 고뇌와 그 파행성은 자본주의와 사회주의라는 용어의 틀 속에서 벗어나지 못함으로써 야기된 듯하다. 이데올로기는 지식사회학적 입장에서 볼 때 하나의 용어로 대변될 수 없음에도 불구하고, 이 용어에 우리는 너무 집착하는 것 같다. 현실을 추상화시킨 것이 용어인데, 이 용어의 안경을 통해 현실을 파악하는 오류를 범하고 있지 않나 하는 생각이 든다.

석가모니가 열반에 드실 때 "나는 아무 말도 하지 않았다."라고 하신 말씀이나 연꽃의 의미를 가섭이 미소로서 화답한 '염화시중'을 상기하면서 우리가 자본주의니 사회주의니 하는 용어에서 해탈할 때가 되지 않았나 하는 생각이 든다. 결코 무슨 주의니 하는 용어로 현실을 진단할 수 없고 인간과 사회의 미래를 처방할 수 없음에도 불구하고 우리는 그동안 이러한 용어들에 속박되어 오지 않았나 생각된다. 또한 정치적 영역의 함의와 경제적 영역의 함의가 서로 얽혀 사용되어 많은 혼란을 주기도 하였다.

더구나 자유민주주의나 공산주의는 남·북한이 제대로 실천도 하지 못하면서 내건 정치적 명분의 성격이 강했기에 용어의 논쟁에 더욱 혼란과 공허감을 가중시켰다 하겠다. 이제 이러한 이분법적 용어에서 해탈해야만 통일 한국의 이념적 좌표 설정에 가닥이 잡히지 않나 생각된다. 인간은 함께 사는 존재이고, 함께 살려면 어느 정도 함께 하는 가치들이 있어야 한다면, 인간은 어쩔 수 없이 이데올로기의 존재일 수밖에 없다. 이러한 이데올로기는 엘리트에 의해 산출된다. 이들이 중심 엘리트든 주변 엘리트든 간에 세계의 관념사는 이데올로기가 엘리트의 산물임을 증명해 준다.

여기에 한국 지성의 책임이 제기된다. 참다운 지성은 계급과 당파적 이념들을 뛰어넘어, 서로 배척하고 부정하는 것이 아닌 보다 큰 이념의 체계 안에서 포용하고 긍정할 수 있는 논리를 발견하고 창조해야 할 것이다. 북쪽에서의 이념적 논쟁의 조악성과 그 수준을 생각하면 한국 지성의 책무는 더욱 막중하다 하겠다.

2. 통일 한국의 이념적 미래상

이데올로기의 여러 기능 중 제일 중요한 것은 바람직한 미래 사회의 상과 이를 설계하는 틀을 제시하는 것이라 하겠다. 따라서 통일 국가의 상을 그려 보는 것은 통일 한국의 이념적 좌표를 설정하는데있어 나침반의 구실을 한다고 볼 수 있겠다.

필자는 통일 한국의 미래상으로 '다원공동체적 국가'를 제시한다. '다원'이라는 용어는 근대 이후의 인간의 존엄성과 개체의 중요성을 강조하면서 등장한 제 이념들의 덕목과 민주 사회의 특징을 나타내는 표상으로 사용하였다.

'다원'이라는 틀은 근대 서구의 정신사적 흐름의 주봉이라 할 수 있는 '철학적 자유주의'라는 능선에서 연유된 것이다. 그러나 이러한 철학적 자유주의는 기계론적, 원자론적인 근대 서구의 비관계적 사유체계에서 형성된 것으로서, 이를 바탕으로 한 사회는 공동체적 내실이 결핍될 가능성을 안고 있다. 즉, 철학적 자유주의는 분파적, 독립적 개인의 배타적인 욕구 충족을 위한 과정이나 장치로서의 정치관이라는 비판을 받고 있다. 철학적 자유주의는 현대 사회의 기본 이념의 초석으로서 많은 공헌을 하였으나 공동체적 삶의 원리로서는 많은 문제점을 노정시켜 왔다. 평등지향적인 일부 사상가들에 의해 자유주의가 계급적 이데올로기에 불과한 것으로 매도당한 것도 이에 원인되는 것이다. '다원'이라는 용어에 공동체를 붙인 것도 이러한 연유에서다.

서구사상사에서 '공동체'는 17세기에서 19세기에 걸친 전근대적 사회에서 근대 사회로의 이행이라는 역사적 경험에서 주목받게 될 용어이다.

공동체라는 주제는 19세기 사회사상에 있어 대표적인 주제들 가운데 하나가 되었다. 이성의 시대에 활약했던 철학자들은 계약의 사상을 사회관계에 정당성을 부여하기 위한 이론적인 근거로서 활용한 바 있다. 이때 계약은 이론 사회의 모델이었다. 그러나 19세기에 이르면 계약의 사상은 쇠퇴하고 그 자리에 재발견된 공동체 사상이 들어서게 된다. 공동체적 유대야말로 전통적이든, 창안적이든 좋은 사회의 이미지로 되었다. 이러한 공동체를 지향하는 태도는 개인이나 집단의 가치지향 및 이데올로기에 따라 다양하게 나타난다. 공동체에 나타난 공통적인 이념은 크게 셋으로 요약할 수 있겠다. 첫째 완전성과 전인사상이요, 둘째 평등주의사상이요, 셋째 박애정신 또는 형제애이다.

이 글에서는 공동체란 용어는 높은 정도의 인격적, 정서적 친밀, 도덕적 정신 및 사회적 응집, 시대적 연속성 등을 특징으로 하는 모든 사회관계를 포괄하는 용어로 썼다. 따라서 공동체가 기초로 하고 있는 인간 개념은 인간이 사회 질서 속에 위치되고 분리되어 있는 역할들에 의존하는 것이 아니라 인간의 전체성에 입각하고 있다는 점이다.

그러면 통일 한국의 미래상으로서 다원공동체 사회는 구체적으로 어떠한 사회인가, 이는 다원공동체를 정의하고 그려보는 것보다는 통일 한국의 미래상으로 이 용어를 선택한 이유를 설명하는 것이 다원공동체의 성격을 규명하는데 빠른 길이 될 것이다.

첫째, 후기 산업 사회 또는 정보화 시대로 불리우는 사회에서의 인간 삶의 양식과의 관련성에서 다원공동체를 생각해 보았다. 지금 밀려오는 것으로 추정되는 새로운 물결 속에서 인간 삶의 양식에 대한 논의는 앨빈 토플러(A. Toffler)나 네이스비트(J. Naisbitt) 등 일군의 미래학자로 불리우는 사람들에 의해 논의되고 있다. 이러저러한 미래학자들의 논의를 종합해 보면, 양자택일의 사회에서 다원선택사회로, 위계사회에서 네트워크 수평체제로, 중앙집권체제에서 지방분권체제로, 제도적 복지사회에서 자조사회로, 대의민주주의에서 참여민주주의로의 이행 등을 들고 있다.

후기 산업 사회(또는 정보화 사회)는 현대 산업 사회가 낳은 인간의 소외의식을 최소화시키고 인간 삶의 질을 높이는 과제를 안고 있다. 즉, 인간의 고민을 어떻게 사회가 흡수하여 주는가 하는 문제이다. 여기에 사회 재 조직화의 문제가 제기되고 있다. 미래학자들이 제시하는 미래 사회의 모형들이 그 한 예이다. 사회 재 조직화의 방향은 '자율성 있는 공동체'로 가닥을 잡고 있다. 자본주의 사회의 발전에서 얻은 경험, 즉 이익사회적 능률성을 살리되 여기에 공동체적인 정서를 투입시켜서 공동사회적 유대를 근거로 하는 사회를 어떻게 구현하는가 하는 작업이 모색되고 있다. 이와 함께 공동체적 사회가 개방성을 띠면서 그 영역을 확대하고 보다 넓은 사회의식 속에 위치시키는 일체감을 형성하는 노력이 필요하다 하겠다.

두 번째는 민주주의와 민족주의의 결합체로서의 다원공동체이다. 민주주의를 규범적으로 정의하든 경험적으로 정의하든 간에 민주주의가 표상하는 주도적 이념들인 자유, 평등, 권리, 자연관 등은 근대 서구의 개인주의적, 자유주의적 사유 전통의 산물이다. 이에 갈등하고 해체되기 쉬운 무관계의 개체·개인주의적 사유 틀을 연결시킬 수 있는 끈으로서 민족주의를 제기한다. 민족주의의 음양을 이야기하기 전에 민족주의가 지니고 있는 공동체적인 정서는 매우 큰 것으로 단일 민족으로서 분단된 우리에게는 큰 의의가 있는 것이라 하겠다.

셋째, 다원공동체와 우리는 전통사상의 연계에 대한 가능성의 고려이다. 한국 사상의 특징으로 부각되는 천지인의 합일성, 전체와 개체를 조화시키는 원융회통사상(圓融會通思想)과 중도사상, 상생(相生)의 대동사상, 공동체의식 등과의 연계 가능성이다.

우리 전통사상의 핵은 개체성과 전체성을 분리하는 것이 아니라, 다양한 개체의 특성을 전체에 결합함으로써 개전여일(個全如一)의 경지로 가는 것이다. 이러한 특징을 '한의 묘합원리(妙合原理)'로 표현되기도 한다.

넷째로 국가와 시민사회 관계의 틀에 관한 논의이다. 시민사회는 "국가의 직접적인 통제 바깥에서 개인들과 집단 간에 사적 또는 자발적 협정에 의해 조직되는 사회생활 영역"[7]이라 정의할 수 있을 것이다. 그리고 시민사회는 문화적 유대에 따라 조직되는 공동체(community)와 경제적 교환에 따라 조직되는 시장(market)으로 나누어진다. 국가와 시민사회(공동체와 시장)의 관계가 틀지어지는 유형에 따라 다양한 사회 질서의 조직 유형이 나타난다. 지금까지의 실험에서 완전한 시장과 완전한 국가는 존재하지 않았다. 선택은 항상 불완전한 시장과 불완전한 국가 또는 양자의 불완전한 결합으로 나타났다. 여기에 시장과 국가 외에 다른 대안적인 사회 질서는 없는가 하는 논의가 제기된다. 이러한 대안으로 결사체(association)모델이 제기된다.[8]

결사체 모델에 기초한 신조합주의(Neo-corporatism)와 협의주의(consociationalism)는 오늘날 여러 선진 산업 국가들의 경험에서 안정적 민주주의 체제를 마련하는데 있어 유용한 기제라는 것이 거론되고 있다. 이 결사체 모델은 다원공동체라는 큰 틀에서 그 방향을 가늠할 수 있으리라 생각된다.

다섯째, 이데올로기적인 흡수 통일을 전제하지 않았다는 점이다. 정치적으로 또는 경제적으로 흡수 통일적인 성격을 띠었다 하더라도 이념적으로는 새로운 좌표가 설정되어야 한다고 생각한다. 자본주의니 사회주의니 하는 것은 유럽 역사의 전개과정에서 나타난 투쟁의 산물이지만, 우리는 조화하고 상생하기 위해서 새로운 이념을 생각하고 있는 것이다.

통일의 미래상을 제시하고 이를 실천함에 있어 제일 유의할 점은 통일은 획일과 분명히 구분되어져야 한다는 것이다. 슈마허(E.F. Schumacher)는 『A Guide for Perplexed』라는 저서에서 통일(unit)과 획일(uniformity)

을 서로 반대축으로 설정하면서, 통일은 천당으로 가는 길이요 획일은 지옥으로 가는 길이라고 표현하고 있다. 통일성은 다양한 요소들의 조화로운 관계이고, 획일성은 다양한 요소들의 강제적 관계이다. 우리의 통일 국가가 획일성을 극복하고 통일성에로 지향하는 것은 인간주의적 이념 지평을 구현하는 길이다.

이러한 인간주의적 이념 지평은 전일적(全一的) 세계관에 바탕을 둔 우리의 전통사상의 기저이기도 하다. 천지인의 단일성과 조화성과 중도사상은 대동사회를 위한 한국인의 정신적 기반이었다. 남·북한의 통일이념은 중도의 철학에 기반을 두어야 할 것이다. 중도는 어느 한 편에 기울지 않고 양자를 포용할 때 존립한다. 중도는 중간이 아니다. 중도는 다양한 요소를 조화로운 전체에 융합, 통합함으로써 어느 요소의 희생도 동반하지 않으면서 모든 요소의 긍정적 가능성을 극대화하는 길이다. 서구 사회의 투쟁의 산물들인 현대의 이념들을 우리의 틀에서 융해하여야 할 것이다.

다음은 이념에 대한 인간학적 성찰 능력과 관련된 교육적 과제이다. 이념의 당파적 성격을 뛰어넘어 진정 인간을 위한 이념을 만드는 힘은 인간다운 인간의 인격의 힘에서 나온다. 이러한 인격의 힘은 밖으로부터 오는 것이 아니라 안으로부터 생성되는 것이다. 즉, 인간 내부의 자아 혁명에서 인격의 힘은 형성된다. 세계와 인간 삶을 어떻게 체험하고 해석하느냐 하는 것은 우리의 정신 속에 있는 개념의 질에 좌우된다. 그 관념이 빈약하고 피상적이면 그 사람의 삶도 비소하고 혼란스러울 것이고, 이 혼란의 공백은 당파적 이데올로기에 의해 메워질 것이다. 여기서 통일 교육의 기본 틀로서 가치 교육의 중요성이 제기된다.

*

가치체계의 측면에서 통일 문제를 접근하는 것의 효과는 통일 비용을 줄이면서 실질적인 남·북 통합을 모색할 수 있다는 점에 있다. 경제력의 비교 우위에 선 통일 논의는 통일 비용의 부담 논쟁을 야기시키고 공여자와 수혜자라는 심리적 균열을 불러일으킬 수 있는 가능성이 높다 하겠다. 경제력에 바탕을 둔 통일에의 접근은 남한의 변화를 전제하지 않은 일방적인 통일 논의이다. 이제 남한은 남·북한 주민의 심리적인 거리감을 해소시키고 서로의 심리적 수용도와 공감도를 높이는 작업에 선도적인 역할을 감당해야 할 것이다. 이 글의 논의와 관련시켜 세 가지 과제를 생각해 볼 수 있겠다.

그 첫 번째 과제가 통일 당위론의 체감 문제이다. 이제 민족적 정서나 인도주의적 구호의 통일 당위론은 그 체감도가 점점 약화될 전망이다. 따라서 이 체감도를 높일 수 있는 실질적인 정책이나 사회운동이 이루어져야 할 것이다. 이와 함께 남·북한 주민이 함께 공유하고 체감할 수 있는 통일 당위의 이론을 계속 모색해야 할 것이다.

두 번째 과제가 생활양식의 상이에 따른 가치관 갈등의 극복책과 가치관의 질을 높이는 작업이다. 이를 위해 개인주의와 집단주의의 사회심리학적인 고찰, 권위주의 성격과 자유주의의 성격 유형의 분석, 집단주의와 자아 정체성의 확립문제, 개인주의에 있어서 공동체성의 문제 등을 분단의 현실과 한민족의 사유원형질과 연결시켜 연구하고 그 실천 방안이 마련되어야 할 것이다.

세 번째 과제가 통일 국가의 미래상에 대한 문제이다. 미래를 친근한 것으로 만들고 바람직한 미래를 창출하기 위해서는 그 미래를 우리의 의식 속으로 끌어들이고, 모든 지력과 상상력을 구사하여 그 미래를 탐사해야 할 것이다. 미래지향성은 항상 희망과 당위가 교직된 것이지만 현재의 조건을 떠나 존재할 수 없는 것이다. 통일의 미래상은 통일이 성취된 다음의 국가에서만 적용되는 것이 아니라, 그 이전에 바람직한 통일이 이루어지도록 준비하고 계획하고 실천하는 설계도이다. 통일 한국의 미래상은 근대 이후의 인류사를 점철해 온 이념적 덕목들에 대한 지식사회학적 안목과 정치철학적 성찰을 바탕으로 하면서, 한민족의 발전적 지향과 세계사의 중심 조류가 일치되는 방향에서 탐색되어져야 할 것이다.

이제 남·북한 관계는 자기 폐쇄적이 아닌 이질성에의 개방적 수용을 바탕으로 통합을 위한 뿌리 작업을 시작해야 할 것이다. 그리고 이 뿌리 작업은 개인윤리적 차원, 사회윤리적 차원, 사회운동적 차원 등에서 통합적으로 이루어져야 하겠다.

우리는 과연 통일을 선도할 수 있는 정신적 자산이 과연 있는가? 그리고 이를 준비하고 있는가? 글을 마치면서 가슴에 못을 박는 아픔을 가지고 다시금 질문을 해 본다.

부록

PART 01 _ 인본교육과 가치

한국 사회 문제점과 도덕성 회복

각 주 ―――――――――――――

1) R.S. Dowinie, Roless and Values(London:Methuen & Co. Ltd., 1971), p.167.
2) Ronald. D. Milo, Immorality(N.Y:Princeton Univ. press, 1984), p.iv.
3) Ibid, pp.11-12.
4) Ibid., p.234.
5) C.E. Harris, Applying Moral Theory(California, Wadsworth Publishing Co., 1986), pp.33-38.
6) Ibid., pp.39-42.
7) 김안중, 방영준 외, 『한국인의 윤리인식 연구』, 한국정신문화원, 1992, CH.Ⅲ 참조.
8) 김경동, 『태도척도에 의한 유교 가치관의 측정』, 「한국 사회학」 1집, 1984, pp.3-24.
9) 고범서, 가치관 연구, 나남, 1992, 제1부 제3장 참조.
10) Erich Fromm, The Revolution of Hope, Bantam Books(N.Y.,Harper & Row, 1968), p.30.
11) W. Philips Davison 外 Mass Media, Systems & Effects(N.Y.;Molt,Rinehart and Winston.1976), pp.162-163.
12) 박종서, 「한국도덕교육에 미치는 종교적 변수」, 학교도덕교육의 역할 세미나, 한국교육개발원, 1992.9, pp.21-28.
13) 고범서, 사회윤리학, 나남, 1993, pp.43-54.
14) John Rawls, A Theory of Justice(Harvard Uni. Press, 1971) p.3.
15) 도성달, ibid., p.112.

참 고 문 헌 ―――――――――――――

■ 국내문헌

· 고범서,『가치관 연구』, 나남, 1992.

_____,『사회윤리학』, 나남, 1993.

· 김경동,『태도척도에 의한 유교가치관의 측정』, 한국 사회학 1집.

· 김안중 · 방영준 外,『한국인의 윤리의식 연구』, 한국정신문화연구원, 1992.

· 김태길,『한국윤리의 재정립』, 철학과 현실사, 1995.

· 도성달 · 방영준 外,『한국의 교육과 윤리』, 한국정신문화원, 1994.

· 박장호 역, Wilson, John,『도덕적으로 생각하기』, Moral Thinking, 하나미디어, 1993.

· 방영준,『시민사회와 사회운동』, 민주문화논총 29호, 민주문화아카데미, 1993.

_____,『의식개혁 실천방안』, 민주문화논총 30호, 민주문화아카데미, 1993.

_____,『현대산업 사회와 가치관 교육』, 교육연구 21, 성신여대 교육문제연구소, 1989.

· 안귀덕 · 도성달 · 방영준,『국민의 도덕성 함양 방안』, 교육정책자문회의, 1990.

■ 외국문헌

· Davison, W. Philips, Mass Media, Systems & Effects(N.Y.:Molt, Rinehart & Winston, 1976)

· Downie, R.S., Roles and Values – An Introduction to Social Ethics(London:Mcthuen & Co.Ltd., 1962)

· Fromm, Erich, The Revolution of Hope, Bantam Books(N.Y.:Harper & Row, 1968)

· Harris, C.E., Applying Moral Theory(California:Wadsworth Publishing Co., 1986)

· Inglehart, Ronald, The Silent Revolution(New Jersey:Princeton Univ. Press, 1977)

· Milo, Ronald D., Immorality(New Jersey:Princeton Univ. press, 1984)

· Niebuhr, R., Moral Man and Immoral Society(N.Y.:Charles Scribner's sons, 1962)

· Nolan, R.T., Living Issues in Ethics(Belmont:Wadsworth Publishing, 1982)

· Rawls, John, A Theory of Justice(Cambridge:Harvard Univ. Press, 1971)

· Rokeach, Milton, The Nature of Human Value(N.Y.:The Free Press, 1973)

· Perelman, Chain, The Idea of Justice and Problem of Argument (London:Routledge & Kegan, 1963)
· Winter(ed.), Gibson, Social Ethics(N.Y.:Harper & Raw Publisher, 1968)

세계화 · 다문화 시대의 쟁점과 가치관 정립

각주 ―――――――――――

1) 박종홍, 『평범한 생활 속에 현실을』, 박종홍 전집 6권, 철학적 수상, 민음사, 1998, p.287.
2) 양계민 외 2인, 『사회 통합을 위한 청소년 다문화 활성화 방안 연구』, 한국청소년정책연구원, 2008.
3) 로동신문, 2006년 4월 27일.
4) Jonathan Sacks, 서대경 역, 『사회의 재창조』, 말글빛냄, 2009.
5) R. Rotty, Rationality and Cultural Difference, in Truth and Progress(Cambridge University Press, 1998), pp.186-187.
6) Jonathan Sacks, 위의 책, p.175.
7) 위르겐 하머마스, 황태연 역, 『이질성의 포용:정치이론 연구』, 나남, 2000, p.149.

참고문헌 ―――――――――――

· 강원대학교 사회과학연구소 편, 『세계화와 사회 변동』, 강원대 출판부, 2002.
· 교육과학기술부, 『2007 개정 도덕과 교육과정 해설』.
· 김창민 외 편역, 『세계화 시대의 문화 논리』, 한울 아카데미, 2005.
· 리처드 로티, 김동식 외 역, 『우연성, 아이러니, 연대성』, 민음사, 1996.
· 박호성, 『공동체론』, 효형출판, 2009.
· 사회와 철학연구회 편, 『세계화와 자아 정체성』, 이학사, 2001.
· 에릭 홉스봄, 강주현 역, 『새로운 세기와의 대화』, 끌리오, 2000.
· 오경석 외, 『한국에서의 다문화주의』, 한울아카데미, 2007.
· 유네스코 아시아 태평양 국제이해교육원, 『다문화 사회의 이해』, 동녘, 2007.
· 조너던 색스, 서대경 역, 『사회의 재창조』, 말글빛냄, 2009.
· 존 톰린스 편, 김승현 외 역, 『문화의 세계화와 문화 제국주의』, 나남, 1998.
· 카츠 외 엮음, 윤현진 외 역, 『정의와 배려』, 인간사랑, 2007.

· 한스 피터 마르틴 외, 강수돌 역, 『세계화의 덫』, 영림카디널, 1998.
· Bennett, C.I., Comprehensive Multicultural Education(Boston, Pearson, 2007)
· Edyvanc, D., Community and Conflict(N.Y.,Palgrave Macmillan, 2007)
· Jenkins, R., Social Identity(London, Routledge, 2008)
· Nagel, T., The View From Nowhere(Oxford Univ. Press, 1986)
· Summer, L.W., Welfare, Happiness, and Ethics(Oxford:Clarendon Press, 1999)
· Tomlinson, J., Globalization and Culture(Polity Press, 1999)

행복과 윤리의 만남

각주 ───────────────

1) Rutt Veenhoven, Condition of Happiness(Dordecht:D.Reidel Publishing Co.,1984), p.18.
2) 도성달, 방영준 외 4인, 『웰빙문화시대의 행복론』, 경인문화사, 2008, pp.5-24.
3) 신득열, 『행복의 철학』, 학지사, 2007, pp.24-35.
4) E. Diener, Subjective well-being, Psychological Bulletin Vol 95, 1984, pp.542-575.
5) A. Campbell, The Sence of Well-being in America,(N.Y.:MaGraw-Hill,2001), pp.1-5.
6) 다니엘 네틀, 김상우 역, 『행복의 심리학』, 와이즈북, 2006, p.66.
7) 대니엘 네틀, 2006, pp.67-73.
8) Erich Fromm, The Revolution of Hope, Bantam Books(N.Y.:Harper & Row, 1968), p.70.
9) 데즈몬드 모리스, 김동광 역, 『행복론』, 까치, 2008.
10) 데즈몬드 모리스, 2008, pp.18-19.
11) Paul Tillich, The New Being(London:SCM Press,1964), p.149.
12) 데즈몬드 모리스, 2008, pp.15-16.
13) John Rawls, A Theory of Justice(Harvard Uni. Press, 1971), p.3.
14) 탈 벤-사하르, 노혜숙 역, 『하버드대 행복강의, 해피어』, 위즈덤하우스, 2007.
15) 리즈 호가드, 『영국 BBC 다큐멘터리 행복』, 예담, 2006.

참고문헌 ────────────

■ 국내문헌

· 고범서, 『가치관 연구』, 나남, 1992.
· 구재선, 김의철, 『한국인의 행복 경험에 대한 토착문화심리학적 접근』, 『사회문제』 12(2) 한국심리학회, 2006.
· 도성달, 방영준 외 4인, 『웰빙문화시대의 행복론』, 경인문화사, 2008.
· 대니얼 네틀Daniel Nettle, 김상우 역, 『행복의 심리학』, 와이즈북, 2006.
· 데즈몬드 모리스, 김동광 역, 『털없는 원숭이의 행복론』, 까치, 2008.
· 리즈 호가드Liz Hoggard, 이경아 역, 『영국 BBC 다큐멘터리 행복』, 예담, 2006.
· 로버트 라이트Rorbert Wright, 박영준 역. 『도덕적 동물』, 사이언스 북스, 2004.
· 리처드 스코시R. Schoch, 정경란 역, 『행복은 어디에 있는가』, 문예출판사, 2008.
· 미셸 포쉐Mlchel Faucheux, 조재룡 역, 『행복의 역사』, 열린터, 2007.
· 미첼 아길Michael Argyle, 김동기 외 역, 『행복심리학』, 학지사, 2006.
· 마틴 셀리그만Martin E.P. Seligman, 김인자 역, 『긍정 심리학』, 물푸레, 2006.
· 반덴 보슈Philppe van den Bosch, 김동윤 역, 『행복에 관한 10가지 철학적 성찰』, 자작나무, 1999.
· 신득렬, 『행복의 철학』, 학지사, 2008.
· 슈테판 폴게Stephan Volke, 심원진 역, 『행복지수를 높여라』, 도솔, 2006.
· 안내마리 피퍼Annemarie Pieper, 이재황 역, 『선과 악』, 이끌리오, 2007.
· 이훈구, 『행복의 심리학』, 법문사, 1998.
· 이남영 외, 『국민 행복 체감지표개발』, 국정홍보처 연구보고서, 2003.
· 이정선, 『우리는 행복한가』, 한길사, 2008.
· 제임스 레이첼스James Rachels, 노혜련 외 역, 『도덕철학의 기초』, 나눔의 집, 2006.
· 크리스토프 호른Christoph Horn, 최경은 외 역, 『삶의 길』, 생각의 나무, 2005.
· J. 헤센Hessen, 진교훈 역, 『가치론』, 서광사, 1992.
· 피터 싱어Peter Singer, 정연교 역, 『이렇게 살아가도 괜찮은가』, 세종서적, 1996.

■ 외국문헌

· A. Cambell, The Sence of Well-being in America(N.Y.:MaGraw-Hill, 2001)
· Erich Fromm, The Revolution of Hope(Bantam Books, N.Y.:Harper & Row, 1968)
· E. Diener, Subjective well-being, Psychological Bulletin Vol 95(1984).

· Fred Berger, Happiness, Justice and Freedom, Berkeiey(University of California Press, 1984)
· John Rawls, A Theory of Justice(Harvard Uni. Press, 1971)
· L.W. Sumner, Welfare, Happiness, and Ethics(Oxford:Clarendon Press, 1999)
· Paul Tillich, The New Being(London:SCM Press, 1964)
· Rutt Veenhoven, Condition of Happiness(Dordecht:D.Reidel Publishing Co., 1984)

한국 학력사회와 인본교육 붕괴

각주 ————————
1) 한준상,『한국교육개혁론』, 학지사, 1994, pp.70-72.
2) 김동훈,『한국의 학벌, 또 하나의 카스트인가』, 책세상, 2001, p.16.
3) 박득준,『조선근대교육사』, 한마당, 1989, pp.243-245.
4) 이규환 · 강순원 편,『자본주의사회의 교육』, 창작과 비평사, 1984, p.385.
5) 한준상,『한국교육의 민주화』, 연세대학교 출판부, 1992, p.19.
6) 김동훈, 앞의 책, pp.16-35 참조.
7) 한국교육개발원,『학교 교육 위기의 실태와 원인분석』, 연구보고 RR 2000-6.

참고문헌 ————————
· 강준만,『서울대의 나라』, 개마고원, 1996.
· 강태중 · 이종태 · 이명준,『새학교 구상:좋은 학교의 조건과 그 구현 방안 탐색』, 한국교육개발원, 1996.
· 교육개혁위원회,『21세기 한국교육의 비전』, 1997.
· 권이종 외,『청소년 교육론』, 양서원, 1998.
· 김 민,『학교붕괴 신화인가 현실인가?』, 한국교육인류학회, 〈교육인류학연구〉 제3권 2호, 2000.
· 김경근,『대학 서열깨기』, 개마고원, 1999.
· 김동춘,『학교해체 현상을 통해 본 한국의 국가, 계급 그리고 청소년』, 〈왜 지금 우리는 청소년을 이야기하는가? 청소년과 근대성〉, 연세대 청년문화센터, 1999.
· 김동춘,『한국의 지배질서와 학급붕괴』, 전국교직원 노동조합, 〈참교육토론회:학교를

어떻게 살릴 것인가?-학교붕괴의 원인과 진단〉, 1999.
· 김동훈, 『대학이 망해야 나라가 산다』, 바다출판사, 1999.
· 김동훈, 『한국의 학벌, 또 하나의 카스트인가』, 책세상, 2001.
· 김성재, 『교육개혁에 대한 발상의 대전환, 21세기 지식기반사회를 대비한 국가발전전략과 교육개혁』, 〈교육개혁 대토론회 자료집〉, 새교육공동체위원회, 1999.
· 김신일 외, 『청소년문화론』, 한국청소년연구원, 1992.
· 김영철 외, 『한국교육 비젼 2020』, 한국교육개발원, 1996.
· 김인회, 『새시대를 위한 교육의 이해』, 문음사, 1997.
· 돈 탭스콧 저, 허운나 · 유영만 역, 『N세대의 무서운 아이들』, 물푸레, 1998.
· 문용린 외, 『신세대의 이해-그들의 의식과 유형』, 삼성복지재단, 1996.
· 백필규, 『지식창조자 육성방안』, 삼성경제연구소, 1999.
· 백현기 외, 『21세기의 한국적 교육개혁의 방향』, 도서출판 하우, 1996.
· 백현기, 『한국교육의 미래와 도전』, 학지사, 1998.
· 실버만, 『교실의 위기(Ⅰ)(Ⅱ)』, 배영사, 1973.
· 애지 편집부, 『한국교육개혁의 올바른 길』, 〈애지〉, 2000~2001.
· 오욱환, 『한국 사회의 교육열:기원과 심화』, 교육과학사, 2001.
· 윤정일, 『학교교육 붕괴의 종합 진단과 대책』, 한국교원단체총연합회, 〈학교교육 붕괴, 이대로 방치할 것인가〉, 제33회 교육정책 토론회, 1999.
· 이 한, 『탈학교의 상상력』, 삼인, 2000.
· 이 한, 『학교를 넘어서』, 민들레, 1998.
· 이공훈 · 김두루한 공저, 『열린시대 교육개혁론』, 이서원, 1996.
· 이돈희, 『대전환기의 교육 패러다임』, 한국교육학회, 2000년도 춘계학술대회 기조강연문, 2000.
· 이영탁 · 정기오 · 정봉근, 『지식경제를 위한 교육혁명』, 삼성경제연구소, 1999.
· 이인규, 『무너지는 학교 흔들리는 교단』, 〈창작과 비평〉, 가을호, 1999.
· 이종태 외, 『학교 교육위기의 실태와 원인분석』, 한국교육개발원, 2000.
· 이종태, 『대안교육의 철학적 기초 탐색(1)-생태주의 교육 이념을 중심으로』, 〈한국교육〉 제 26권 제1호, 한국교육개발원, 1999.
· 정범모 외, 『21세기를 향한 교육개혁』, 민음사, 1999.
· 정범모, 『청소년 교육난국의 해부』, 나남, 1993.
· 참여연대, 『학벌사회, 서울대를 다시 생각한다』, 〈참여연대〉, 2001.
· 천보선 · 김학한, 『신자유주의와 한국교육의 진로』, 한울, 1998.

· 한국교육개발원, 『한국교육의 신세기적 구상:2000년대 한국교육의 방향과 과제』, 교육개발원 창립 25주년 기념 학술대회 추진팀, 1997.
· 한국교육개발원, 『한국교육비전 2020:교육전략』, RM 98-18.
· 한국교육개발원, 『학교교육 위기의 실태와 원인분석』, 연구보고 RR 2000-6.
· 한준상, 『한국교육개혁론』, 학지사, 1994.
· Drucker, Peter F., From Capitalism to Knowledge Society, in Neef, Dale, ed., The Knowledge Economy(Boston:Butterworth-Heinemann, 1998)
· Drucker, Peter F., Management Challenges for the 21st Century(New York:Harper Business, 1999)
· Illich, I., Deschooling Society(New York:Harper & Row, 1971)
· Schumacher, E.F., Small is Beautiful, 김진욱 역, 『작은 것이 아름답다』, 1995.

아나키즘과 자유교육

각주 ─────────────

1) George Woodcock, Anarchism(N.Y:Penguin Books,1962), p.17.
2) Irving L. Horowitz(ed.), The Anarchist(N.Y.:Dell, 1970), p.22.
3) William Godwin, Enquiry Concerning Political Justice(London:Penguin Books, 1976), pp.83-163.
4) Peter Kropotkin, Modern Science and Anarchism, in:Emile Capouya & Keith Tompkins(eds.), The Essential Kroptkin(N.Y.:Liverright, 1975), p.55.
5) Benjamin R. Barber, Superman and Commonmen(New York:Prager, 1971), p.18.
6) Wilson Carey McWilliams, The Idea of Fraternity in America(Berkely:Univ. of Calif. Press, 1973), p.290.
7) Irving L. Horowits, op. cit., p.22.
8) Peter Kropotkin, Modern Science and Anarchism, pp.57-93
9) Peter Kropotkin, Revolutionary Pamphlets(New York:Dover, 1970), p.53.
10) Colin Ward, 김정아 역, 『아나키즘, 대안의 상상력』, 돌베게, 2004, p.49.
11) Daniel Guérin, Anarchism(N.Y.:Monthly Review Press, 1970), pp.27-28.
12) Ibid., p.98.

13) David Miller, Anarchism(London:J.H. Dent & Sons Ltd., 1984), p.30.

14) R.P. Wolff, In Defense of Anarchism(N.Y.:Harper & Row, 1970), p.18.

15) Herman Krings, 진교훈 외 역, 『자유의 철학』, 경문사, 1987, p.158.

16) Ibid., p.159.

17) David E. Apter(ed.), Anarchism Today(London:Macmillan Press, 1971), pp.212-213.

18) George Woodcock, op. cit., p.11.

19) Max Stirner, The Ego and His Own, in George Woodcock(ed.), op. cit., p.167 참조.

20) Daniel Guérin, op. cit., p.14.

21) Paul Feyerabend, Against Method:Outline of an Anarchistic Theory of Knowledge(London:New Left Books, 1975) 참조.

22) Ibid., p.20

23) Ibid., p.299.

24) Ibid., p.307.

25) Daniel Guérin, op. cit., p.16

26) Colin Ward, op.cit., pp.134-135

27) Barry Chazan, Contemporary Approaches to Education(N.Y.:Teacher's College, Columbia University, 1985), 이구재 외 역, 현대도덕교육방법론, 법문사, 1990, pp.180-193 참조.

28) A.S.Neil, The Problem of Child(N.Y.:Robert McBride, 1972), p.17.

참 고 문 헌 ────────────

■ 국내문헌

· 고드윈William Godwin, 박승환 역, 『정치적 정의』, 형설출판사, 1983.

· 라이머E. Reimer, 김석원 역, 『학교는 죽었다』, 한마당, 1982.

· 박홍규, 『아나키즘 이야기』, 이학사, 2004.

· 박은정, 『자연법사상』, 민음사, 1987.

· 방영준, 『저항과 희망:아나키즘』, 이학사, 2006.

· 북친Murray Bookchin, 문순홍 역, 『사회생태론의 철학』, 솔 출판사, 2003.

· 소로Thoreau, H.D., 황문수 역, 『시민의 반항』, 법문사, 1982.

· 일리히Ivan Illich, 김남석 역, 『교육 사회에서의 탈출』, 범조사, 1979.

박일민 역, 『의식의 축제』, 새밭 출판사, 1981.
황성모 역, 『탈학교의 사회』, 삼성문화문고, 1968.
· 크로포트킨Peter Kropotkin, 하기락 역, 『근대 과학과 아나키즘』, 신명출판사, 1993.
· 프레이리Paulo Frcire, 성찬성 역, 『피압박자의 교육학』, 광주출판사, 1981.
· 프레포지에Jean Préposiet, 이소희 외 역, 『아나키즘의 역사』, 이룸출판사, 2003.

■ 외국문헌
· Apter, David E., Anarchism Today(London:Macmillan, 1971)
· Avrich, Paul, The Russian Anarchists(Princeton, N.J.:Princeton University Press, 1967)
· Bakunin, Michael, Bakunin's Writings, Guy Aldred(ed.)(N.Y.:Kraus Reprint Co., 1972)
_____, Michael Bakunin:Selected Writings, Arthur Lehning(ed.),(N.Y.:Grove Press, 1975)
· Baldelli, Giovanni, Social Anarchism(Chicago:Aldine-Atherton, 1971)
· Berkman, Alexander, ABC of Anarchism(London:Freedom Press, 1977)
· Bose, Atindranath, A History of Anarchism(Calucutta:World Press Private Ltd., 1967)
· Carr, E.H. Michael Bakunin(N.Y.:Octagon Books, 1975)
· Carter, April, The Political Theory of Anarchism(London:Routledge & Kegan paul, 1971)
· Chazan, Barry, Contemporary Approaches to Moral Eucation(N.Y.:Columbia Univ.Press, 1985)
· Clark, John P., William Godwin(New Jersey:Princeton Univ. Press, 1980)
· Engle, Shirley H. and Anna S. Ochoa, Education for Democratic Citizenship(N.Y.:Teacher's College, Columbia University, 1985)
· Frankel, Boris, Beyond the State(London:Macmillan, 1983)
· Godwin, William, Enquiry Concerning Political Justice, I. Cramnich, (ed.),(Harmondsworth:Penguin Books, 1976)
· Goldman, Emma, Anarchism and Other Essays(New York:Dover Publications, 1970)
· Goldman, Paul, Compulsory Mis-education, and the Community of

Scholars,(New York:Random House, 1962)

· Goodway, David(ed.), For Anarchism(N.Y.:Routledge, 1989)

· Guérin, Daniel, Anarchism from Theory to Practice(New York:Monthly Review Press, 1970)

· Harrison, J. Frank, The Modern State:An Anarchist Analysis(Montreal:Black Rose Books, 1983)

· Hoffman, Robert, Anarchism(N.Y.:Atherton Press, 1970)

· Illich, Ivan, Deschooling Society(New York:Harper & Row, 1971)

· Kropotkin, Peter, 『Anarchism』, Encyclopaedia Britannica, 11th Edition, 1910

_____, The Conquest of Bread, Edited and with an introduction by Paul Avrich(London:Penguin Press, 1972)

_____, The Essential Kropotkin, Emile Capouya and K. Tompkins(eds,)(N.Y.:Liveright, 1976)

· Massialas, B.E., Education and the Political System(Mass:Addison Wesley, 1989)

· Neil, A.S., The Problem Child(N.Y.:Robert McBride, 1972)

· Perlin, Terry M.(ed.), Contemporary Anarchism(New Jersey:Transaction Brooks, 1979)

· Pratte, Richard, Ideology and Education(New York:David McKay Co., Inc., 1977)

· Rawls, John, A Theory of Justice(Cambridge:Harvard University Press, 1971)

· Ritter, Alan, Anarchism(Cambridge:Cambridge Univ. Press, 1980)

· Saltman, Richard B., The Social and Political Thought of Michael Bakunin(Cambridge:Harvard University Press, 1983)

· Stafford, David, From Anarchism to Reformism(Toronto:University of Toronto Press, 1971)

· Stirner, Max, The Ego and His Own, J. Carroll(ed.),(N.Y.:Harper and Row, 1971)

· Taylor, Michael, Community, Anarchy and Liberty(Cambridge:Cambridge University Press, 1982)

· Thomas, Paul, Karl Marx and the Anarchists(London:Routledge & Kegan Paul, 1980)

· Walter, Nicolas, About Anarchism(London:Freedom Press, 1969)
· Ward, Colin, Anarchy in Action(London:Freedom Press, 1988)
· Weir, David., Anarchy and Culture(Amherst:Univ. of Massachusetts Press, 1997)

PART 02 _ 공동체와 환경 · 생명윤리

환경 · 생명사상의 조류와 가치론적 과제

각주 ─────────────

1) 칸의 주장은 H. Kahn & T. Ford, Optimist(Farmington, Conn., Embart Corp., 1980)에 잘 나타나 있다.

2) John Passmore, Man's Responsibilit.y for Nature(London:Puckworth, 1980), pp.28-32

3) Peter Singer,『동물해방』제임스 레이첼스 편,『사회윤리의 제문제』, 서광사, 1986, p.216.

4) 이것을 증명해주는 대표적인 저서로는 Firtjof Capra의『The Tao of Physics』가 있다.

5) 콘라드 H. 워딩톤, 이원식 역,『미래의 인류사회』, 한마음사, 1982, p.27.

6) Firtjof Capra, The Turning Point(N.Y.:Simon & Schuster, 1982), 이성범 역,『새로운 과학과 문명의 전환』, 범양사, 1988, p.70.

7) F. 카프라, 이성범 외 역,『현대물리학과 동양사상』, 범양사, 1979, 역자 서문에서 현대물리학의 특징을 잘 요약하고 있음.

8) Wittgenstein, Philosophical Investigations, G.E.M.Anscombe tr.(Oxford:Brasil Blackwell, 1953), p.46e.

· E.R. Dodds, Progress in Classical Antiquity, Dictionary of the History of Ideas(N.Y.:Scribner's 1978). Vol.3, pp.633-636.

참 고 문 헌 ─────────────

· 박이문, 『자비의 윤리학』, 철학과 현실사, 1990.
· 방영준, 『환경문제에 대한 가치론적 접근에 관한 연구』, 「교육연구」 제29집, 성신여대 교육문제연구소.
· 콘라드 H. 워딩톤, 이원식 역, 『미래의 인류사회』, 한마음사, 1982.
· F. 카프라, 이성범 외 역, 『현대물리학과 동양사상』, 범양사, 1979.
· E.R. Dodds, Progress in Classical Antiquity, Dictionary of the History of Ideas(N.Y.:Scribner's 1978). Vol. 3.
· Firtjof Capra, The Turning Point(N.Y.:Simon &Schuster, 1982), 이성범 역, 『새로운 과학과 문명의 전환』, 범양사, 1988.
· H. Kahn & T. Ford, Optimist(Farmington, Conn., Embart Corp., 1980)
· John Passmore, Man's Responsibilit.y for Nature(London:Puckworth, 1980)
· K.S. Sharader-Frechette, Environmental Ethics(Florida:The Boxwood Press, 1991)
· Peter Singer, 『동물해방』 제임스 레이첼스 편, 『사회 윤리의 제문제』, 서광사, 1986.
· Robin Attfield, The Ethics of Environmental Concern(Athen & Londin:University of Georgia Press, 1991)
· Wittgenstein, Philosophical Investigations, G.E.M.Anscombe tr.(Oxford:Brasil Blackwell, 1953)

공동체의 본질과 실현

각주 ─────────────

1) 공동체 연구 접근법은 Dennis E. Polin, Communites:A Survey of Theories & Methods of Research(N.Y; Macmillan Publishing Co. Inc.,1979)와 Colin Bell & Howard Newby, Community Study:An Introduction to the Sociology of the Local Community(N.Y.; Praeger Publishers,1972)에서 발췌 정리한 것임.
2) 방영준, 『저항과 희망, 아나키즘』, 이학사, 2006, p.53.

참 고 문 헌 ─────────────
■ 국내문헌
· 강대기, 『현대 사회에서 공동체는 가능한가』, 아카넷, 2001.

· 고범서, 『사회윤리학』, 나남, 1993.
· 김경동 외, 『정보사회의 이해』, 나남, 1998.
· 김수중 외, 『공동체란 무엇인가』, 이학사, 2002.
· 로자벳 캔터, 김윤 역, 『공동체란 무엇인가』, 심설당, 1984.
· 박호강, 『유토피아 사상과 사회 변동』, 대구대학출판부, 1998.
· 박호성, 『평등론』, 창작과 비평사, 1994.
· 방영준, 『저항과 희망, 아나키즘』, 이학사, 2006.
· 슈마허,E.F., 김진욱 역, 『작은 것이 아름답다』, 범우사, 1990.
　　　　　　., 이승무 역, 『내가 믿는 세상』, 문예출판사, 2003.
· 신용하 편, 『공동체 이론』, 문학과 지성사, 1985.
· 에리히 얀치, 홍동선 역, 『자기 조직화하는 우주』, 범양사, 1990.
· 올리버 포피노 외, 이천우 역, 『세계의 공동체 마을들』, 정신세계사, 1995.
· 이진우, 『자유의 한계 그리고 공동체주의』, 철학연구 제45집. 1999년 여름.
· 일리야 프리고진, 이철수 역, 『있음에서 됨으로』, 민음사, 1988.
· 제임스 레이첼스, 『도덕철학의 기초』, 나눔의 집, 2006.
· 추병완, 『도덕교육의 이해』, 백의, 2004.
· 피에르 클라스트로, 홍성흡 역, 『국가에 대항하는 사회』, 이학사, 2005.
· 피터 크로포트킨, 하기락 역, 『상호부조론』, 형설출판사. 1993.
· 황경식, 『시민동동체를 향하여』, 민음사, 1997.

■ 외국문헌
· Bell, Coin & Howard Newby, Community Study:An Introduction to the Sociology of the Local Communty(N.Y., Praeger Publishers, 1972)
· Bell, Daniel, Communitarianism and its Critics(Oxford; Clarendon Press, 1993)
· Cohen, A., The Symbolic Construction of Community(London; Tavistock, 1985)
· Davis,J.C., Utopia and The Ideal Society(Cambridge:Cambridge Univ. Press, 1981)
· Etzioni, A., The Spirit of Communty(N.Y.; Touchstone,1993)
· Frankel, Boris, Beyond the State(London; Macmillan, 1983)
· Kanter, R.M., Commitment and Communty:Communes and Utopian

Sociological Perspective(Cambidge; Harvard Univ. Press,1972)
· MacIntyre, A., After Virtue(Notre Dame, Notre Dame Univ. Press, 1984)
· Miller, David, Political Thought(Oxford; Basil Blackwell Publisher,1988)
· Nodding, N., Philosophy of Education(N.Y., Westview Press, 1995)
· Nodding, N., Educating moral peaple(N.Y.; Teachers College Press, 2002)
· Poplin, Denni E., Communities:A Survey of Theory & Method of Research(N.Y.; Macmillan Publishing Co., Inc.,1979)
· Rheingold, H., The Virtual Community(N.Y.; Addison-Wesley, 1993)
· Sandal, M.J.,Liberalism and the Limits of Justice(Cambridge Univ. Press, 1982)
· Selznick, P., The Moral Commonwealth(Berkeley; Univ. of California Press, 1988)
· Service, E.R., Origins of the State and Civilization(N.Y.; Norton, 1975)
· Tayor, Michael, Anarchy, Community & Liverty(Cambridge Univ. Press, 2000)

불평등과 정의

각주 ─────────────
1) E.G. Grabb, 양춘 역, 『사회불평등:이론과 전망』 나남, 1994, p.280.
2) Grabb(1994), pp.280-287.
3) Amartya sen, 이상호외 역, 『불평등의 재검토』, 한울아카데미, 1999, pp.34-40.
4) Harry C. Koenigced., Principles for Peace:Selection from Papal Documents Leo ⅩⅢ to Pius(Washington:National Catholic Welfare Conference, 1943), n.992, pp.442-423.
5) Joseph Höffer, Fundamentals of Christian Sociology, trans by Geoffrey Stevens(Westminster, Maryland:Newman Press, 1962), p.28.

참고문헌 ─────────────
· 고범서, 『사회윤리학』, 나남, 1993.
· 도성달, 유병열, 『사회윤리학이론과 도덕교육』, 한국정신문화원, 1994.

· 박호성, 『평등론』, 창작과 비평사, 1994.
· 석현호 편, 『한국 사회의 불평등과 공정성』, 나남, 1997.
· 한상진 편, 『계급이론과 계층이론』, 문학과 지성사, 1985.
· 황경식, 『사회정의의 철학적 기초』, 문학과 지성사, 1987.
　　　　, 『개방사회의 사회윤리』, 철학과 현실사, 1995.
· 황일청 편, 『한국 사회의 불평등과 형성』, 나남, 1992.
· Harry C. Koenigced, Principles for Peace:Selection from Papal Documents Leo
　ⅩⅢ to Pius(Washington:National Catholic Welfare Conference, 1943, n.992)
· Alasdair MacIntyre,. After Virtue(Indiana:University of Notre Dame Press.
　1984)
· Amartya sen, 이상호 외 역, 『불평등의 재검토』, 한울아카데미, 1999.
· Chazan, Barry, Contemporary Approaches to Moral Education(New
　York:Teachers College Press, Columbia University. 1985)
· E.G. Grabb, 양춘 역, 『사회불평등:이론과 전망』 나남, 1994.
· G.C. Homans, Social Behavior:Its Elementary Form(N.Y.:Harcourt
　Jovanovich, 1974)
· H. Gerth and Mills C.W.(eds.,), From Max Weber:Essay in Sociology(Oxford
　University Press, 1967)
· J. Messner, Social Ethic(London:B. Herder Book Co. 1957)
· Joseph H?ffner, Fundamentals of Christian Sociology, Trans. by Geoffrey
　Stevens(Westminster, Maryland:Newman Press, 1962)
· Lawrwnce Kohlberg, The Philosophy of Moral Develpoment(San
　Francisco:Harper & Row, Publishers. 1981)
· Rawls John, A Theory of Justice(Massachusetts:The Belknap Press of
　Harvard University Press. 1971)
· Reinhold Niebuhr, Moral Man and Immoral Societ(New York:Charles
　Scribner's son. 1932)
· Robert C. Tucker, "Marx and Distributive Justice." Marxian Revolutionary
　Idea(N.Y.:Norton, 1969)
· Thomas Mappes & Jane S. Zembaty, Social Ethics(N.Y. McGrow-Hill, Inc.,
　1992)

사회생태주의와 자치 공동체

각주 ─────────────────

1) P. Singer, Animal Liberation, 2nd ed.(London; Pimlico.1955), p.174.
2) P.W. Taylor, Respect for Nature;A Theory of Environmental Ethics(Princeton Univ. Press,1986), pp.121-122
3) Alan Ritter, Anarchism(Cambridge Univ. Press, 1980), p.1.
4) George Woodcock, Anarchism(Cleveland Ohio; World Publishing Co.,1962), p.15
5) Alan Ritter, pp.25-39.
6) Murray Bookchin, Remaking Society(Montreal-N.Y., Back Rose BooKs, 1989), pp.7-18

참 고 문 헌 ─────────────────

· 구승회, 『생태철학과 환경윤리』, 동국대학교 출판부, 2001.
· 김성국, 구승회 외, 『아나키, 환경 · 공동체』, 모색, 1996.
· 도성달 · 유병열, 『사회윤리이론과 도덕교육』, 한국정신문화원, 1996.
· 방영준, 『저항과 희망, 아나키즘』, 이학사, 2006.
· 진교훈, 『환경윤리학:동서양의 자연보전과 생명존중』, 민음사, 1998.

· Bookchin, M., 1974. The Limits of the City(Montreal-N.Y., Black Rose BooKs)
· Bookchin, M., 1982. The Ecology of Freedom:The Emergence and Dissolution of Hierarchy(Montreal:Black & Rose Books)
· Bookchin, M., 1986. The Modern Crisis(Montreal-N.Y., Black Rose BooKs)
_____, 1989. Remaking Society(Montreal-N.Y., Black Rose BooKs)
_____, 1996. Post-Scarcity Anarchism(Montreal-N.Y., Black Rose BooKs)
_____, 박홍규 역, 『사회생태주의란 무엇인가』, 민음사, 1998.
_____, 문순홍 역, 『사회생태론의 철학』, 솔, 1999.
_____, 구승회 역, 『휴머니즘의 옹호 Re-Enchanting Humanity』, 민음사, 2002.

· E.F. 슈마허, 이승무 역, 『내가 믿는 세상』, 문예출판사, 2003.
· Frankena, W.K., 1979. "Ethics and Environment』 in K.E. Goodpaster and K.M. Sayre(eds.), Ethics and Problems of the 21st Century(Univ. of Notre Dame Press)
· Regan, T., 1983. The Case for Animal Rights(Berkeley:Univ., California Press)
· Singer, P., 1955. Animal Liberation, 2nd ed.(London; Pimlico)
· Taylor, P.W., 1986. Respect for Nature:A Theory of Environmental Ethics(Princeton Univ. Press)

PART 03 _ 한국인의 가치관과 미래

한국인의 사유원형과 민족맥류의 회복

참 고 문 헌 ────────
· 김태길, 『한국윤리의 재정립』, 철학과 현실사, 1995.
· 김형효, 『한국정신사의 현재적 인식』, 고려원, 1985.
· 박동운, 『民性論』, 샘터사, 1982.
· 박용헌, 『우리의 이념 · 가치지향성과 정치교육』, 교육과학사, 1997.
· 박용헌, 방영준 외, 『한국인:그 얼과 기상』, 신원, 1986.
· 윤태림, 『한국인』, 현암사, 1970.
· 이규태, 『한국인의 의식구조』上 · 下, 문리사, 1981.
· 임희섭, 『사회 변동과 가치관』, 정음사, 1986.
· 정세구, 『가치 · 태도 교육의 이론과 실제』, 배영사, 1982.
· 진교훈 외 공저, 『오늘의 철학적 인간학』, 경문사, 1997.
· 최재석, 『한국인의 사회적 성격』, 개문사, 1983.
· 한국윤리학회 편, 『한국인의 민족정신』, 1993.
· 한국사회학회 편, 『대한민국 60년의 사회 변동』, 인간사랑, 2009.
· 한국역사연구회, 『100년 동안 어떻게 살았을까』, 역사비평사, 2002.

· 한국정신문화연구원 편, 『국민의식의 현재적 진단』, 고려원, 1983.
· 한국정신문화연구원 편, 『한국 사회의 구조변화와 그 문화적 함의』, 한국정신문화연구원, 1996.
· 한국정신문화연구원 편, 『도덕성회복을 위한 정신문화 포럼 I, II』, 한국정신문화연구원, 1997.
· 한국사회과학연구소 편, 『한국 사회론』, 민음사, 1980.
· 황경식 외, 『윤리질서의 융합』, 철학과 현실사, 1996.

· Toffler Alvin, Future Shock, New York:Bantam Books, 1970.
· Banaty, Bela H. and Bela A. Banathy, Toward A Just Society for Future Generations, Portland(Oregon:International Society for the Systems Science, 1990)
· Boulding, K.E., 『20세기의 인간과 사회』, 범조사, 1980.
· Churchman, C. West, Challenge to Reason(New York:McGraw-Hill Book Company, 1968)
· Churchman, C. West, The Systems Approach and Its Enemie(New York:Basic Books, Publications, 1982)
· Dublin Max, 황광수 옮김, 『왜곡되는 미래』, 의암출판, 1993.
· Ferguson, Marilyn, The Aquarian Conspiracy(New York:St. Martin's Press, Inc., 1980)
· Fromm, Erich, The Revolution of Hope, Bantam Books(N.Y.:Harper & Row, 1968)
· F.Fukuyama, 구승희 역, 『트러스트』, 한국경제신문사, 2002
· Hans-peter Martin & Harald Schumann, 『세계화의 덫』, 영림카디널, 1998.
· Huntington, S. 『문명의 충돌』, 김영사, 1997.
· Inglehart, Ronald, The Silent Revolution(Changing Values and Political Styles Among Western Publics, Princeton Univ. Press, 1977)
· Jonas, Hans, Responsibility Today(The Ethics of An Endangered Future, Social Research, Vol.43., 1976)
· Kluckhohn, C.,:Values and Value Orientation in the Theory of Action(N.Y.:Harper & Row, 1962)
· Lauer, R.H., 정근식 외 역, 『사회 변동의 이론과 전망』, 한울, 1990.

· Liska, A.E., 장상희 외 역, 『일탈의 사회학』, 경문사, 1990.
· Rokeach, Milton, The Nature of Human Values(N.Y.:The Free Press, 1973)
· Ulrich, Werner, Critical Systems Thinking and Ethics:The Role of Contemporary Practical Philosophy for Developing an Ethics of Whole Systems, in Bela H. banathy and Bela A. Banathy(eds.). Toward A Just Society for Future Generations, Vol.1. International Society for The Systems Science, 1990.

의병정신의 특성과 현대적 의의

각주 ————————

1 신용하, 『한국근대사와 사회변동』, 문학과 지성사, 1981, pp.56-78참조
2 김호성, 『한말의병운동사』, 고려원, 1987, pp.211-250 참조
3 R.E. Erwin, 『On Justice and Injustice』, Mind 79, 1970, p.205.
4 황경식 외11인, 『윤리질서의 융합』, 철학과 현실사, 1996, pp.43-44.
5 정창석, 『식민지 시대 한일 양국의 상호인식』, 한일관계사 연구 논집 8, 경인문화사, 2005, pp.66-67
6 정창석, pp.110-111.
7 김호성, p.206.
8 김호성, p.176.
9 박은식, 『한국독립운동지혈사』, 일우문고, 1973, p.47.
10 김호성, p.17.

참고 문헌 ————————
· 강재언, 『한국근대사연구』, 한울, 1983
· 고범서, 『가치관연구』, 나남, 1992
· 김상기, 『한말의병연구』, 일조각, 2007
· 김호성, 『한말 의병 운동사 연구』, 고려원, 1987
· 교육과학기술부, 『2007 개정 도덕과 교육과정 해설』
· 김창민 외 편역, 『세계화 시대의 문화 논리』, 한울 아카데미, 2005
· 금장태, 『동서교섭과 근대한국사상』, 성균관대학교 출판부, 1984

· 박호성, 『공동체론』, 효형출판, 2009
· 박은식, 『한국독립운동지혈사』, 일우문고, 1973
· 박민영, 『대한제국기 의병연구』, 한울 아카데미, 1998
· 방영준, 『저항과 희망,아나키즘』, 이학사, 2006
· 방영준, 『공동체의 본질과 실천에 관한 연구』, 윤리연구, 제64호(한국윤리학회, 2007
· 방영준, 『세계화,다문화 시대의 쟁점과 윤리교육의 방향』, 윤리연구, 제77호, 한국윤리학회, 2010
· 신용하, 『의병과 독립군의 무장독립운동』, 지식산업사, 2003
· 신용하, 『한국근대사와 사회변동』, 문학과 지성사, 1981
· 정창석, 『식민지 시대 한일 양국의 상호인식』, 한일관계사 연구 논집 8, 경인문화사, 2005
· 유근호, 『조선조 대외사상의 흐름』, 성신여대 출판부, 2004
· 윤병석, 『의병과 독립군』, 세종대왕 기념사업회
· 안병직, 『한국근대 민족운동사』, 돌베개, 1980
· 이정식, 『한국민족주의의 운동사』, 미래사, 1986
· 이태룡, 『한국근대사와 의병투쟁2』, 증명출판, 2000
· 황경식 외11인, 『윤리질서의 융합』, 철학과 현실사, 1996
· R.E. Erwin, 『On Justice and Injustice』, Mind 79, 1970

6 · 25 한국전쟁이 가치관 형성에 미친 영향

각주 —————————
1) 김운태, 『해방30년사 제1공화국』, 성문각, 1976, pp.57~67.

참고 문헌 —————————
· 김동춘, 『전쟁과 사회』, 돌베개, 2006.
· 김운태, 『해방30년사② 제1공화국』, 성문각, 1976.
· 변형윤 외, 『분단시대와 한국 사회』, 까치, 1985.
· 김태길, 『한국인의 가치관연구』, 문음사, 1983.
· 박동운, 『민성론』, 샘터사, 1982.
· 윤태림, 『한국인』, 현암사, 1970.

· 이규태, 『한국인의 의식구조』 上·下, 문리사, 1981.
· 이어령, 『신한국인』, 문학사상사, 1986.
· 이효재, 『분단시대의 사회학』, 한길사, 1985.
· 한국사회과학연구소 편, 『한국 사회론』, 민음사, 1980.
· 정한택, 『한국인』, 박영사, 1979.
· 한국사회학회 편, 『대한민국 60년의 사회 변동』, 인간사랑, 2009.
· 한국역사연구회, 『100년 동안 어떻게 살았을까』, 역사비평사, 2002.

통일 한국의 미래와 가치

각주 ─────────────

1) Philip E. Jacob & James V. Toscano, ed., The Integration of political communities(Philadelphia; Lippincott,1964), pp.1~26.
2) 한스 요하임 마즈, 송동준 역, 사이코의 섬, 민음사, 1994 , p.83.
3) 레스터 써로우, 이창근 역. 세계경제전쟁, 고려원. 1993 , pp.115~119.
4) Stanley M. Elkins, Slavery(N.Y.:Grosset and Dunlap,The University Library,1963)
5) Richard Pratte, Ideology and Education(N.Y.:David Mckay, Co., 1977), pp.50~51.
6) H.Waltzer. 『Introduction』 in Ideology and Modern Politics, eds., Leo M. Christenson and Others(N.Y.; Dodd, Mead & Company, 1975), pp.6~11.
7) David Held, Political Theory and Modern State(Standford ; Standford University Press,1989), p.181.
8) W.Streek and P.Schmitter, ed., Private Interest Government:Beyond Market and State(Beverly Hills:Sage, 1985)

참고 문헌 ─────────────
■ 국내문헌
· 고범서, 『가치관 연구』, 나남, 1992.
· 김동춘, 『전쟁과 사회』, 돌베개, 2006.
· 임희섭, 『사회 변동과 가치관』, 정음사, 1986.

· 한국심리학회편, 『남북의 장벽을 넘어서』, 93년도 통일 문제 학술 심포지움.
· 한국정신문화원 편, 『통일한국의 삶의 양식과 가치체계 탐색』, 보고논총93-2, 1993.12.
_____, 『통일문화창조를 위한 연구』, 연구논총85-11, 1985.11.
· 황성모, 『통일독일 현장연구』, 일념, 1992.
· 마즈, 한스 요하임, 송동준 역, 『사이코의 섬』, 민음사, 1994.
· 써로우, 레스터, 이창근 역, 『세계경제전쟁』, 고려원, 1993.
· 평화문제연구소, 한스자이델재단 편, 『기다리는 통일, 준비하는 통일』, 1995.4.
· 한국역사연구회, 『100년 동안 어떻게 살았을까』, 역사비평사, 2006.

■ 외국문헌

· Elkins, Stanley M., Slavery(N.Y.:Grosset and Dunlap, The University Library, 1963)
· Held, David, Political Theory and Modern State(Standford:Standford University Press, 1989)
· Jacob, Philip E. & James V. Toscano, ed., The Integration of political communities(Philadelphia:Lippincott, 1964)
· Kanter, R.M., Commitment and Community:Communes and Utopia in Sociological Perceptive(Cambridge:Harvard University Press, 1972)
· Kluckhohn, C., Values and value Orientation in the Theory of Action (N.Y.:Harper and Row, 1962)
· Pratte, Richard, Ideology and Education(N.Y.:David Mckay, Co., 1977)
· Rokeach, Milton, The Nature of Human Values(N.Y.:The Free Press, 1973)